남자친구를 빌려드립니다

남자친구를 빌려드립니다

남자친구를 빌려 드립니다

· 김이한 장편소설 ·

큰나무

남자친구를 빌려드립니다

초판 인쇄 | 2005년 4월 2일
초판 발행 | 2005년 4월 6일

지은이 | 김이한
펴낸이 | 한익수
펴낸곳 | 도서출판 큰나무

등록 | 1993년 11월 30일(제5-396호)
주소 | 120-837 서울시 서대문구 충정로 3가 3-95 2층
전화 | 02) 365-1845 · 1846   팩스 | 02) 365-1847
e-mail | btreepub@chollian.net
홈페이지 | www.bigtreepub.co.kr

값 9,000원

ISBN 89-7891-202-8 03810

너에게 아낌없이 주는 나무이고 싶었다. 하지만 너는 몰랐다.
나무는 어디에고 서 있지만, 나무는 아무 말도 없지만, 너만을 위한 나무가
있다는 사실마저 너는 몰랐다……

프롤로그

아이들이 빠져나가 버린 방과 후의 학교는 조용하다 못해 을씨년
스럽기까지 하다. 특히, 봄바람 끝에 묻어나는 채 가시지 않은 겨울
의 찬 기운은 3월의 초입에 들어선 학교 구석구석에 여전히 남아
있어, 그 어수선하고 쓸쓸한 분위기를 한층 더 진하게 만들고 있었
다. 그리고 그것이 사람의 예민한 감정을 자극하여 터질 듯한 긴장
감마저 돌게 할 만큼 최고조에 이른 장소는, 학교 본관건물에서 한
참이나 뒤떨어진 창고 옆 쓰레기장이었다.

타다 만 듯 검게 그을린 폐지는 약한 바람에도 이리저리 몸을 굴
리고 있었고, 아직 정리가 되지 않은 생활 폐기품들이 금방이라도
무너질 듯 아무렇게나 쌓여 있는 그곳은, 저녁 해가 자신의 힘을 서
서히 잃어가는 시간과 맞물려 더더욱 음침해 보였다.

그렇게 누구라도 별로 발을 내딛고 싶지 않은 장소에, 비슷한 또
래로 보이는 대여섯 명 정도의 소년들이 모여 꽤나 심각한 표정으로
대화를 나누고 있었다. 아니, 조금만 자세히 살펴본다면, 그들이 상

호간에 이야기를 주고받고 있는 것이 아니라, 어느 한쪽의 일방적인 말이 계속되고 있다는 것을 알아차릴 수 있을 것이다.

그들의 중심에 서 있는 남학생은 다른 소년들에 비해 머리 하나가 더 솟아 있는 듯 보이는 큰 키와, 낙낙한 교복 밑으로도 충분히 가늠할 수 있는 팽팽한 근육, 음울하면서도 빈정거림을 담고 있는 미소가 어울리는 입매와 누구의 머릿속에 든 생각이라도 단번에 알아차릴 것 같은 날카로운 눈빛을 가지고 있었다. 지금의 그는, 평소 사람들이 알고 있던 평범한 모범생의 이미지는 사라지고, 한창 감성이 예민할 나이인 또래 여학생들의 마음을 뒤숭숭하게 만들 정도로 매력적인 소년으로 변해 있었다.

자신의 앞에 우르르 모여 있는 녀석들 주위를 어슬렁거리며 왔다 갔다하던 그 남학생이 잠시 멈춰 서서 이마에 흘러내린 머리카락을 쓸어올리며 한숨을 내쉬었다.

'휴우, 자기 여자를 지킨다는 건, 그것도 눈치 채지 못하게 보호해야 한다는 건, 꽤나 힘든 일이라니까.'

사실 그는 타고난 운동신경을 이런 수준 낮은 일에 사용해야 한다는 데 상당히 짜증이 나 있는 상태였다. 그러나 그보다도 더 그를 분노케 하는 것은 생각지도 못한 조무래기들이 그의 여자의 평온한 일상을 어지럽혔다는 사실이었다.

"괘씸한 것들! 너희들이 아직도 그 소문을 듣지 못한 모양이지?"

그는, 그의 여자를 부등호라고 놀리고 가방까지 빼앗았다는 놈의 짧은 다리를 걸어차며 부드럽게 물었다. 스스로의 귀에도 자신의 목소리가 너무 온화해서 마치 노래하는 것처럼 들렸다. 녀석들에겐 불행한 일이었지만, 그 '부등호'의 이름은 성은 이요, 이름은 하라는, 누구의 것도 아닌 그의 여자 이하였다. 이하…… 이상도 아니고 미만도 아닌 이하!

"우, 우린 소문 따윈 들어본 적이 없……."

"잘 모른다?"

“모른다는 건 아니고…….”

픽!

“앗, 으윽!”

짧은 다리를 가진 녀석이 그 단 한 번의 공격에 힘없이 고꾸라지는 것을 지켜보며, 모두 약속이라도 한 듯 서서히 뒷걸음질치기 시작했다. 눈앞에서 차가운 미소를 흘리고 있는 녀석으로부터 멀어지기 위한 움직임이었지만, 등 뒤에 느껴지는 차가운 콘크리트 벽에 더욱 가까이 다가서게 될 뿐이었다.

“소문 따위 들어본 적이 없다? 그렇다면, 지금 들어보면 되겠군. 아니, 들어보는 게 아니라 직접 보면 확실히 알 수 있겠지. 안 그래?”

그가 피식 웃으며 한 발을 그들 가까이 내밀자, 녀석들은 옆으로 세 걸음 움직였다.

“잘못했어.”

“잘못? 잘못인 줄 알았던 거냐?”

다시 한 걸음 더 내딛으며, 마음이 쓰릴 하의 얼굴이 떠오르자, 그의 발에 더더욱 힘이 실렸다.

“제발 그만해!”

“뭘 그만하라는 거지? 아직 시작도 안 했는데 말이야.”

말이 끝남과 동시에 콘크리트 벽과 한 몸이 되려 애쓰던 녀석들이 모조리 바닥에 쓰러졌다. 조금만 스쳐도 땅바닥과 조우하는 그 녀석들을 보자, 그는 더더욱 지금의 상황이 마음에 안 들었다. 이번 녀석들은 약골들이 분명했고, 가벼운 체조 정도로 마무리해도 될 것 같았음에도, 이 따위 녀석들에게 이하의 마음이 상처받았을 거라 생각하니 더 화가 치솟았기 때문이다.

“으아악!”

그는 창고와 맞닿은 담벼락 옆의 나무상자들을 차례로 발로 부숴가며, 어설픈 폼새로 엎어져 있는 그들에게로 천천히 걸어갔다. 철저하게 절제된 그의 움직임에 녀석들은 서로의 몸을 감싸안으며 다가

오는 그를 피해 쓰레기 컨테이너 박스 쪽으로 슬금슬금 기어갔다.

"그래, 내 소문에 대해서 말하자면 말이지……."

"아, 아냐! 잘 알 것 같아. 다시는 그 애에게 그런 말 안 할게."

"그래, 가까이 가지도 않을게."

"한 마디도 하지 않겠다니까!"

"이제부터 우린 그 앨 모른 척할 거야."

"모른 척이라니! 우린 그 앨 몰라, 누군지 모른다고."

그의 말이 끝나기도 전에, 범인들은 서둘러 한두 마디씩 내뱉었다. 매우 긍정적인 자세였고 말투였지만, 배알도 없는 그 모습이 오히려 그의 섬세한 도덕심에 생채기를 내는 듯 느껴졌다.

"그래? 그럼 소문은 여기까지만 하고, 이제 본격적으로……."

또다시 그가 말을 제대로 끝맺기도 전에, 그들이 바지자락을 붙들며 외쳤다.

"안 돼!"

"제발 부탁이야. 본격이고 뭐고 집에 가고 싶어."

"부모님들이 기다리시거든."

"친구들도 기다릴 거야."

"약속할게. 제발 보내줘."

"보내주기만 한다면 하라는 대로 다 할게."

그가 이렇게 화를 내는 것조차 아까울 정도로 이 범죄자 무더기들은 간절하게 애원했다. 아아, 진짜 재미없을 정도로 심약한 녀석들이다!

"약하디 약한 여자를 놀리니 기분이 그렇게 좋았냐?"

물론 하는 '약한'이란 형용사가 어울릴 법한 가녀린 소녀는 아니었다. 그러나 적어도 이들보다는 약하니까, 그 정도 단어는 붙일 수 있겠지.

그의 높낮이 없는 어조에, 그들은 머리가 빠지지 않을까 걱정될 정도로 과장되게 고개를 흔들었다. 하얗게 질린 얼굴과 떨리는 손발

들을 보자 웃음이 비어져 나왔다.

"여자를 괴롭히는 짓거리는 아주 추악한 범죄에 해당된다고 집에서 배우지 않았냐?"

그들은 대답할 생각도 않고 눈만 크게 뜬 채, 그의 발과 손을 이리저리 번갈아 쳐다보고 있었다. 혹시나 다가올 공격을 피해보려는 심사가 뻔히 보이는 그 한심한 작태에, 그는 다리를 움직이는 가벼운 운동조차도 아깝다는 생각이 들었다.

여성 인권 위원회에서 일하시는 그의 어머닌 여자를 괴롭히는 남자들은 태양 아래서 살 수 없는, 뱀파이어 같은 존재들과 다를 바 없다고 매번 강조하시곤 했다. 거기에 덧붙여, 아무리 작은 일이라도 그 따위 짓을 하는 인간들은 법의 심판에 의해 처단받아야 할 악의 무리라고 주장하셨다.

그런 어머니의 가르침대로라면, 힘없는 여성을 괴롭히는 것만도 용서하기 어려운데, 감히 그의 여자를 놀리다니! 그가 참기 어려운 화를 아주 곱게 누르며 마지막으로 그들에게 일침을 가하려는 순간, 갑자기 그의 이름이 학교 운동장 전체에 커다랗게 울려퍼졌다.

드디어 이 모든 사건의 원인이 등장했다. 그의 이름을 처절하리만치 외치고 있는 주인공은 십리 밖에서도 알 수 있는 그의 여자, 이하였다.

그는 항상 하에게 자신의 존재를 어필하기 위해 별별 멋진 모습을 다 보여줬지만, 그녀는 코웃음만 치기 일쑤였다. 결국 그가 택한 마지막 방법은 그녀의 동정심을 한가득 얻을 수 있는 말수 적고 약한 모범생이라는 가면이었다. 다행히, 아직 남자로 변하기 전의 예쁘장한 그의 외모가 제 몫을 톡톡히 해주었기에, 그녀는 그의 본모습을 결코 알지 못했다.

결론적으로 말하자면, 아직 이 녀석들을 제대로 해결하지 못한 이 판에, 그녀의 동정심을 자극하는 모습으로 되돌아가야 하는 상황이 되었다는 것이다.

처음, 그가 이 일을 해결하고자 마음먹고 움직였을 때, 교실에선 그의 멋진(?) 모습을 보여줄 수 없기에 일부러 이 녀석들에게 대들고 질질 끌려나오긴 했지만, 사람들의 눈에 띄지 않는 어두운 뒷골목으로 오자마자 상황은 뒤바뀌었다. 그리고 하가 이곳으로 오고 있는 이 상황에서, 그는 빨리 선택을 해야만 했다. 이대로 그의 본 모습을 보여주느냐, 아니면, 여전히 그녀가 알고 있는 그 조용하고 모범적인 녀석으로 돌아가느냐. 결론은…… 아니다였다.

아직 아무것도 확실한 것이 없는데 그녀에게 이러한 모습을 보이는 것은 시기상조라고 그는 판단을 내렸고, 결국 그것은 자신이 이 녀석들에게 처절하게 당하고 있는 약한 모범생의 모습으로 돌아가야 한다는 의미였다.

형들은 그의 이런 모습을 사악하기 이를 데 없다고 말하곤 했지만 성경에도 그런 말도 있지 않은가. 오른발이 나간 것을 왼발이 모르게 하라는. 역시 성경은 진리로 가득 차 있는 마음의 양서이다.

"오늘은 여기까지만 하지."

아쉬움을 담은 그의 표정과는 달리, 녀석들의 얼굴엔 화색이 만연하게 피어나기 시작했다. 하지만 그것도 잠시, 그가 짐짓 힘을 주어 벽에 주먹을 날리자 다시금 얼굴색이 누렇게 시들어갔다.

"단, 나와의 일은 절대 발설하지 말 것. 그리고 너희들이 날 때리고 도망간 설정으로 해둘 것."

그의 억지와도 같은 명령에 그들은 입을 커다랗게 벌리며 뭔가를 말하려고 했지만, 그의 주먹이 닿은 벽에서 사그락거리며 떨어지는 회색 가루와 섬광처럼 꽂히는 그의 날카로운 눈빛에 기가 죽어, 그대로 고개를 끄덕이며 그의 바지자락을 잡아당겼다. 그의 말대로 따르겠다는 의사표시이리라.

"알아들었으면 잽싸게 사라져."

하지만 그들은 이 정도 선에서 끝났다는 것이 아직도 믿어지지 않는지, 도망가지 않고 온몸을 덜덜 떨고만 있었다.

어느새 그의 이름을 부르는 이하의 목소리가 더 크게 들리기 시작했고, 그와 동시에 사람이 달려오는 소리가 들렸다. 다다다다! 운동화가 땅바닥에 닿을 때마다 학교 운동장을 요란하게 울리며 불규칙한 박자를 만들어냈고, 그 리듬도 점점 강해지고 있었다.

"소문을 더 들어야겠어?"

그가 다시 한 번 나무상자들을 큰 소리로 박살내며 윽박지르자, 그제야 그들은 둔해진 몸을 일으켜서는 정신없이 사라졌다. 주춤주춤 뒷걸음질치다가 금세 속도를 높여 뒤꽁무니 빼는 그들을 보며 그는 잔뜩 비꼬인 웃음을 털어냈다.

그 웃음이 사라지기도 전에, 그는 땅바닥에 누워 교복에 흙먼지를 묻히고, 바지 한쪽을 쥐어뜯었으며, 머리카락을 헝클어뜨린 다음, 교복 단추를 몇 개 떼어버렸다. 하의 측은지심을 발동시키기 위한 변신 작업이었다. 눈 깜짝할 사이 그는 초라하고 힘없는 남학생으로 다시 돌아와 있었다. 더구나 벽을 친 주먹에서 피가 흘러 시각적인 효과가 극에 달했다. 자신의 변신에 만족한 그가 피식 웃으며 바닥에 힘없이 쓰러지는 순간, 하가 나타났다.

"헉, 헉, 헉! 서준후, 준후야!"

저, 걱정에 휩싸여 헐떡이는 목소리라니, 음악이 바로 저런 것일 것이다.

"준후야, 정신 차려! 너 죽는 거 아니지?"

"나, 난 괜찮아."

그가 너무 변신을 잘한 나머지 죽음의 그림자까지 드리워졌나 보다. 하와 함께할 미래를 설계한 마당에 지금 죽다니, 절대 그럴 수는 없지.

그는 쓰러진 채로 힘겹게 몸을 돌리고는 향긋한 냄새가 풍기는 그녀의 무릎에 털썩 떨어졌다.

하는 그의 어깨를 흔들어대며 울먹이기 시작했다. 로미오와 줄리엣의 안타까운 마지막 장면만큼이나 애틋한 그림일 것이다.

“그러게 왜 그놈들한테 덤빈 거야! 내가 충분히 혼내 줄 수 있었는데.”

“그, 그래도……. 콜록콜록!”

이 기침은 절대 연기가 아니었다. 환자 같이 보여서 동정심을 유발하려는 게 아니라, 흙먼지들이 날리는 바닥에 누워 있는지라, 더러운 그 가루들이 그의 입안과 콧속으로 흘러들어왔기 때문이다. 그조차도 예상 못했던 음향 효과에, 그녀는 더욱더 그의 팔을 문지르며 울먹였다. 팔 부위에서 일어난 먼지들이 그를 향해 올라오기 시작하자, 그것들을 고스란히 들이마신 폐는 괴롭다 요동쳤고, 그의 호흡도 불쾌할 정도로 가빠졌다. 하를 완벽하게 속여넘기는 것은 좋았지만, 이 먼지들로 인한 불쾌감을 절실하게 인식한 그는 다음번엔 먼지가 폴폴 날리는 땅바닥이 아니라 상쾌한 풀 향기 가득한 잔디밭에서 쓰러지겠다고 다짐했다.

“그놈들을 정의의 이름으로 혼내줄게. 절대 용서치 않겠어.”

“괜, 괜찮아.”

흙먼지 뭉치가 입 속에 가득 차서 말하기도 힘에 겨웠다.

“아니야, 괜찮지 않아. 내가 네 몫까지 복수해 줄게.”

이 얼마나 열광적인 대사인가. 그를 위해 복수까지 해주다니 말이다. 확실히 가끔씩 이런 극적인 장면도 보여줄 필요가 있다. 들키지 않는 그날까지 이런 상황을 연출해 보는 것도 나쁘지 않겠다는 생각이 들었다.

그는 그렇게 그녀의 몸에 기대어 행복감을 가득 안고 집으로 돌아왔고, 애정 어린 손길까지 받을 수 있었다. 하지만 그녀만 모르고 누구나 다 아는 그의 위장전술은 며칠이 지나지 않아 탄로났고, 덕분에 그는 하의 인생에서 쫓겨날 만큼 위태로운 처지에 처했다. 그나마 다행인 것은, 누구나 다 알지만 그녀만 모르는 그의 짝사랑은 들키지 않았다는 것이었다.

누누이 강조하지만, 말 못할 사랑도 참 힘든 것이다.

1

현재

스튜디오 한쪽에 만들어진 대기실엔 마련된 가죽 소파와 유리 탁자가 놓여 있었고 마주 보는 벽에는 옆이 기다란 볼록 무늬 창이 달려 있었다. 그 아래에는 키 낮은 책꽂이가 자리잡고 있었다. 투명한 아크릴로 되어 있어 안에 있는 내용물들이 확연하게 다 보이는 것으로 거기엔 최신호의 잡지들과 사진가의 작품집들, 그리고 여러 종류의 신문들도 놓여 있었다. 그 옆에는 기다리는 동안 마실 수 있는 음료들과, 갖가지 차들이 예쁜 모양의 종이상자에 촘촘하게 들어가 있었다. 그 음료 테이블 옆 빈 공간은, 대기실의 현대적인 인테리어와 전혀 어울리지 않는 꽃무늬 패브릭 소파가 차지하고 있었다.

울긋불긋한 꽃들이 흐드러지게 피어 있는 그 소파에 준후가 앉아 있었다. 그 소파는 그녀가 스튜디오 개업기념으로 준 선물이었다. 평소 꽃무늬 소파에 대한 지나친 관심이 있던 차에 그에겐 물어보지도 않고 덜컥 사버렸다. 그리고 그에게 이 소파를 이곳에 놓으라고 강요했다. 물론 그녀도 어색한 배치가 될 거라는 걸 빤히 알았지만 그래도 우겼다. 그녀는 평소엔 매우 합리적인 사람이었지만 이 녀석 앞에만 서면 합리는커녕 비합리적이고 비이성적인 일들을 서슴지 않고 했다.

준후는 고마워하기는커녕 이곳과는 절대 어울리지 않는 꽃다발무늬라며 예술적인 시각이 지지리도 없다고 그녀를 비난했다. 그 말에 토라진 그녀가 소파를 질질 끌어냈지만 '줬다가 도로 뺏는 치사한 누구'란 말에 분을 삭이며 제자리에 둔 채 나와 버렸다.

그리고 지금, 그 소파에 등을 기댄 채, 그녀는 초조한 마음을 감추며 답을 기다리고 있었다.

손가락으로 탁자를 두들기며 리듬을 만들다가, 빠져나온 머리카락 하나 없음에도 정성 들여 머리를 다시 빗는가 하면, 가운의 단추를 모두 풀었다가 잠그기도 했다. 그것으로도 부족한지 가운을 벗어 여러 모양으로 접는 행동도 수차례 반복했다.

그러나 들려오는 건 나른하게 내뱉는 숨소리뿐. 그녀는 초조한 숨을 내쉬며 기다림의 미학(?)을 완성하기 위해 다른 일들을 찾기 시작했다.

이번에는 시선을 아래로 내려 운동화의 끈을 느슨하게 했다가 팽팽하게 조였다. 마치 지구에서 가장 아름다운 리본을 만들기라도 하듯 애를 썼다. 평소의 그녀는, 끈을 칭칭 감아서 신발 안쪽으로 밀어 넣은 채로 돌아다녔다. 그런 그녀가, 지금은 리본 만들기를 업으로 하는 사람인 양, 한쪽이 으스러진 리본을 장인 정신으로 매만지고 있는 것이다. 거기에 더하여 그 리본을 돋보이게 하기 위해서 발목에 뭉쳐 있는 양말을 위쪽으로 쭉 올렸다.

이렇게까지 대답을 기다리고 있건만 들려야 할 목소리는 들리지 않았다.

결국 그녀가 나른한 숨소리만 내고 있는 주인공을 향해 싸늘한 시선을 던졌지만, 그는 눈썹 한쪽을 찡긋 올렸을 뿐이었다. 불행히도 그녀의 싸늘한 시선은 늘 탁월한 효과를 자랑하지 못했고, 지금도 마찬가지였다. 오히려 그에게 시선을 돌리는 순간부터, 그녀의 눈에는 경탄의 빛이 어리고 있었다.

처음 본 순간부터 무척이나 주눅 들게 했던 상대의 훤칠한 외모가, 20여 년이 훨씬 지난 이 순간까지도 그녀를 헤벌레하게 만들어버린 것이다. 사람의 외모는 그다지 중요치 않다고 생각해온 그녀지만, 눈앞의 얼굴만큼에는 압도당해 늘 할 말을 잊곤 했다. 그렇다고 그녀가 남자의 겉모습 따위에 무너져 본심을 잃는 여인네는 절대 아니었지만 누구나 인생의 최대 약점이 있듯이, 그녀에게도 그것이 존재했다. 이 인간 서준후와, 음식, 돈. 이 세 가지 앞에만 서면, 그녀는 이유 없이 항상 작아짐을 느꼈다. '그대 앞에만 서면, 왜 나는 작아지는가'란 노래가사처럼 말이다.

그런 그녀의 생각을 읽고 있기라도 하듯, 예나 지금이나 여전히 여인네의 마음을 홀렸다 팽개치고 다니는 준후는 또 다시 한쪽 눈썹을 움찔거렸다. 그 순간에는 그것을 확 뽑아버리고 싶은 마음이 들었다가도, 다시 눈을 돌리면 어느새 눈썹 제거 생각 따위는 저 멀리 달아났다.

그녀가 그의 외모에 대해 이렇게 투덜거릴 때마다 그가 하는 말이 있다.

'난 단지 이렇게 생겼을 뿐인데 뭐가 문제냐.'

'하긴, 저렇게 생긴 것들은 이렇게 생긴 것들의 마음을 전혀 모르지.'

그나마 다행히 것은 저 녀석의 성격은 참 나쁘다는 것이다. 물론, 그녀는 그에게 단점이 있다는 사실에 안도하는 속 좁은 여잔 아니었다. 단지, 형평성이란 문제를 고려해서 즐거워 하는 것 뿐.

일단 단 한 번도 바지를 줄여 입은 적이 없다는 녀석의 저 긴 다리. 그에 비해, 너무나 분하게도 그녀는 줄여 입지 않은 바지가 없었다. 아니, 생각해 보니 그렇지 않은 적도 있긴 하구나. 7부 바지는 8부나 9부로 위장해서 입기도 하니까.

그리고, 단 한 번도 남자 몸매가 이러저러해야 된다고 생각해 본 적은 없는 그녀의 눈길을 뇌주지 않는, 그리고 가끔, 아주 가끔은 쓰윽 쓸어보고 싶기도 한 몸과 어릴 적 봤던 영화 속 여주인공들의 단골 포즈, '등 뒤에서 껴안기'를 수도 없이 하고 싶도록 만드는 너른 등판.

솔직히 말하자면 그녀는 꽤나 변스러운 처자였다. 그렇다고 아무 남자나 상상의 주인공으로 만드는 위험한 스타일도 아니었다. 그리고 준후도 어디까지나 감상용이지, 실제로 만지면…… 음…… 그런 생각은 하지 않는 게 낫겠다. 정신 건강을 위해서.

다시 본론으로 돌아가서, 그녀는 단 한 번도 저 턱보다 멋진 턱을 본 적이 없었다. 질레트 면도기 모델도 울고 갈, 손으로 그 깊이를 측정하고플 정도로 굴곡진 저 턱을 말이다. 물론 그의 둘째형인 준호 오빠의 턱도 인상적이지만 역시 저 턱만은 못했다. 당연히 준호 오빠의 아내이자 그녀의 친구 연주에겐 그렇게 말하진 않았다.

그리고 또 동양인 같지 않은 콧대와 이지적으로 생긴 아몬드형의 눈.

동네 앞산 높이를 지향하는 그녀의 콧대와는 달리, 그의 콧대는 하늘 높은 줄만 알았다. 그래서 잘난 체가 심한 건지도 모른다. 지적인 것과 거리가 다분히 거리가 먼 녀석이었지만, 겉으로 드러나는 분위기는 무던히도 지적이어서 여자들이 더더욱 매달린다는 그 눈도 문제였다. 그들이 그의 수학 점수를 보았다면, 결코 지적이다느니 하는 소리는 하지 않을 테니, 그에 관한 모든 걸 알고 있는 그녀에게 그런 것들은 우스울 따름이다. 그럼에도 불구하고, 노랫말에 나오는 '당신의 눈에 풍덩 빠진 나'가 그녀에게 그대로 적용되는 순간도 있으니, 그녀로서는 참 마음에 안 드는 반응이다.

마지막으로, 저 입술.

옷깃만 스쳐도 피가 솟구친다는 에로티시즘이 절정에 달하는 시간대인 한밤중에 딱 한 번, 그녀가 저 입술을 아주 가볍게 스치는 상상을 한 적이 있었다. 그리고 그 상상은 그녀를 부추겨 어처구니없는 행동을 시도하게까지 만들었다.

그가 비몽사몽 제정신이 아닌 틈을 타서 딱 한 번, 그것도 아주 찰나의 순간 동안만, 저 입술을 느낄 수 있었던 것이다. 솔직히 말하면, 좀더 해보고 싶은 마음이 굴뚝 같았지만, 성추행범으로 몰려 쇠고랑 차는 일만은 피하고 싶었기에 재빨리 탈출할 수밖에 없었다. 그 과정에서 그녀는 그의 가족들에게 도둑으로 오인받는 바람에 상처까지 입었고, 응급실에서 턱을 몇 바늘 꿰매고 나서야 안도의 한숨을 내쉴 수 있었다.

그 한밤중의 도둑키스 사건은 도둑질을 했던 그녀와 그 현장을 처음부터 끝까지 지켜봤던 준도(준후의 강아지)만이 알고 있었다. 들통날 것이 걱정되지 않느냐 묻는다면, 전혀 아니올시다. 준도는 그녀의 범죄(?)를 방조했던 책임이 있으니까.

영광의 상처를 안긴 했지만 아직도 저 입술을 보면, 그때의 느낌이 새록새록 살아났다. 로맨스 소설에 나오는 여주인공들이 왜 키스한 번에 맥을 못 추며 꼬임을 당하는지 이해가 갈 정도로 말이다. 그렇다고 그녀가 준후한테 대책 없이 폭 빠진 건 아니었다. 그때의 경험은 한때 잠시 스쳐가는 바람과도 같은 것이었다.

"하! 그러니까, 그 결혼식장에 너랑 동반해서 네 애인인 척해달라, 이 말이냐?"

여지껏 담배 하나를 꺼내 손가락으로 장난을 하던 그가 그것을 두 토막으로 잘라버리며 물었다.

'그걸 아깝게 버리다니. 피우지도 않을 담밴 왜 자꾸 사는 걸까.'

"응, 맞아. 해줄 거지? 어디 가서 결혼식장 소개용 남자친구를 빌리겠어? 말이 나와서 말인데, 여태껏 내가 너한테 해준 거 있잖아.

그거, 이번에 받는 셈 치자고."

"갑자기 왜 그러냐? 안 하던 짓하고. 외국에서 공부하고 온 후유증이 아직도 계속인 거냐?"

햇빛이 쏟아져 들어오는 스튜디오에서 그의 움직임과 음성은 느릿하기만 했고, 그녀는 자신의 상황에 대해 너무나 무관심한 그를 향해 눈을 흘겨주었다.

예나 지금이나 저 나쁜 인간성은 참 변하지도 않는다. 어릴 적엔 그다지 나쁜 애도 아니었는데, 나이가 들어 갈수록 성악설을 증명하는 인간형이 되어 갔다.

"안 하던 짓? 하던 짓은 뭔데? 해줄 거야, 말 거야? 내가 옛날에 그 나이트에서 만난 여자들 떼어내 준 거 다 기억하지?"

"……."

그때마다 얼마나 힘들었는지, 가끔 그 여자들이 등장해 자신을 응징하는 꿈까지 꾸었다. 그녀가 무슨 죄를 지었다고. 단지 우정을 위해 희생했을 뿐인데 말이다. 다행히, 꽤나 효과가 있었는지 다들 투덜대면서 결국은 물러났었다. 그녀의 신들린 연기력을 고려하면 당연한 결과이겠지만 말이다.

"말없는 거 보니까, 확실히 잊은 건 아니네?"

"그걸 어떻게 잊겠나? 있는지도 몰랐던 딸내미가 턱하고 나타났는데."

그는 눈을 가늘게 뜨며 손바닥으로 턱을 문지르기 시작했다.

그걸 저렇게밖에 표현 못하다니, 작품성을 모르는 인간이었다.

"그래, 그거. 원래 삼류 신파 같은 게 잘 먹히는 거야. 하여튼 부탁 들어준다고 해서 조건 달 생각은 하지도 말라고."

"하긴 예전에도 그 짓을 몇 번 하긴 했네."

그러니까 그녀는 예전에도 그 짓을 했다.

생긴 것과는 너무나도 다르게 남자 운이 지지리도 없는 박복한 여인네가 바로 그녀였다.

특이하게도 파트너 선택엔 제한이 없어서 미혼의 남자라면 누구나 가능했던 고등학교의 사교댄스에서, 다른 친구들은 그 기회에 평소 마음에 담아두었던 젊은 총각들을 파트너로 영입했지만 그녀는 그렇게 하질 못했다. 굳이 이유를 들자면, 남성의 부재 때문이라고나 할까.

아무튼, 그 당시 보다 못한 그의 형들이 자의 반 타의 반으로 그녀의 파트너가 되어 주어서 그나마 구색을 갖출 수 있었다. 아마, 그녀가 어디서 남자친구 하나 빌려왔으면 좋겠다고 입버릇처럼 말한 것이 그때부터일 것이다. 그녀의 나이 현재 서른 빼기 하나이건만, 여전히 가난한 현실 속에 있다. 그야말로 빈곤의 악순환이다.

어쨌든, 그의 말 속에는 그녀의 부탁은 무시하면서 아픈 과거지사만 들춰내려는 의도가 엿보여, 그녀는 발끈하여 대들었다.

"야, 내, 내가 언제……. 얘가 사람 잡네. 난 네 조건에 응할 생각이 없으니 알아서 해."

체육대회의 사교댄스, 그 사건의 마지막은, 오빠들도 바쁜 스케줄을 어쩌지 못해 그가 그녀의 파트너가 되는 것으로 화려하게 장식되었었다. 오, 하느님, 맙소사! 그때 그녀가 얼마나 하염없이 절망의 구렁텅이에 빠졌던가. 그것은 친구들에게까지 엄청난 충격을 안겨주었었다.

두 사람은 서로의 댄스 실력을 욕하며 다른 커플들에게 방해까지 되면서도 댄스에 참가해야만 했고 결국 철사 같은 뻣뻣한 몸동작으로 보는 이들의 눈을 죄다 버려놓아 최악의 커플로 선정되었던 것이다. 그 날을 위해 불철주야 노력했던 그녀의 연습 또한 물거품이 되고 말았던 불명예스러운 그 사건은 생각만 해도 그녀로 하여금 누군가를 해치고 싶은 충동이 들게 만들곤 한다.

"조건은 무슨 조건? 좀 알아듣게 설명해."

이제 발뺌까지 하다니, 열불이 나 죽을 지경이다. 그러거나 말거나, 그는 그 반 토막짜리 담배를 짓이기고 있었다. 잔인한 녀석!

"흥! 내가 뭐라도 부탁하면 넌 꼭 조건을 달잖아. 하지만 이번엔 소용없을 걸? 속 좁은 너 말고도 책 읽어 줄 사람 구했으니까. 히히 히!"

순간 그의 나른한 움직임이 깨졌다. 순식간에 소파에서 미끄러져 내려와 그녀 옆에 털썩 주저앉은 그가 긴 다리를 쭉 펴더니, 불쑥 다가와선 그녀의 연약한 어깨를 무서운 힘으로 꽉 잡았다.

또 시작이다. 마음대로 되지 않으면 꼭 힘으로 해결 보려는 그 유치한 행동!

"야, 너 뭐하는 짓이야? 아파 죽겠어. 이거 못 놔? 또 왜 그러는 거야? 말로 해, 말로 하라고. 꼭 무식한 애들이 힘만……."

그는 화들짝 놀라며 손을 떼며,

"어떤 무뇌아가 그걸 읽어 준다고 했나?"

좀 전과는 사뭇 다른 차가운 목소리였다.

'20여 년 동안 읽어 준 사람이 누군데, 그럼 본인도 무뇌아란 걸 인정한다는 건가. 쳇!'

그도 로맨스 소설을 읽는 것에 재미를 느꼈던 모양이다. 그걸 저 대신 남이 한다니 화까지 낼 정도로 말이다. 그러니까 시켜줄 때 열 렬히 잘할 것이지. 그녀는 그렇게 궁시렁대면서 아픈 어깨를 주무르 다, 옷에 간 구김을 보며 눈살을 찌푸렸다. 이 녀석은 자신의 힘이 얼마나 센지도 모르나 보다. 하긴 때리는 놈이 맞는 놈 마음을 어찌 알겠냐마는…….

"무뇌아? 너 죽을래? 얼마나 성실하고 목소리도 끝내주는 앤데? 우리 약국 신입 약사야. 네가 미스 쭉빵이들과 함께하는 동안 난 참 한 약사를 뽑았지. 너, 함부로 말하지 마라."

그 착한 송 약사가 이 단어를 듣는다면 얼마나 가슴 아파할지 눈 에 선했다.

송 약사! 미안해. 내가 더 잘해줄게.

"신입 약사? 난 못 봤는데. 남자가 답답하게 약이나 팔고. 풋, 웃기는군.”

특기이자 취미인 비웃음을 날리며 그가 조각난 담배를 휴지통에 던졌다.

‘무뇌아에 이어 답답하게 약이나 판다고? 말도 참 예쁘게 한다. 아이고, 혈압 올라.’

“너, 그거 이 땅의 수많은 남자 약사를 무시한 발언이야. 그리고 너랑 다를 게 뭐가 있어? 넌 뭐 다른 줄 알아? 조그만 암실에서, 더 조그만 기계 가지고, 그것보다 더 조그만 버튼이나 누르잖아.”

“예술을 모르는 약장사한테 무슨 말이 필요하겠냐? 그런데 갑자기 그 애인이 왜 필요한데? 나 말고는 없냐?”

거참, 잠깐 동안의 장식용 역할에 비싸게도 군다.

거만한 그의 태도에 그녀는 주먹이 우는 걸 느꼈지만 아쉬운 사람이 참아야 하는 법. 다른 애들이 이만큼만 생겼어도 이렇듯 비굴한 처지는 되지 않았을 것이다. 그렇다고 남자친구를 빌려주는 소개소가 있는 것도 아니고. 로맨스 소설엔 종종 나오던데 왜 한국엔 없을까. 이 참에 일회용이나 전시용 남자친구를 하나 만들어 버릴까.

“나름대로 알아봤는데, 그래도 워낙에 출중한 너 정도는 되어야 약발이 들을 것 같아서 말이지. 확실히 어필할 수 있는 외모가 필요해. 딱 한 시간만 연기하면 된다니까.”

이런 낯간지러운 찬사에도 눈썹 하나 까딱하지 않으면서 잠자코 있으니, 저거 심각한 만성 프린스 질환 환자임에 틀림없다고 그녀는 생각했다.

“네 친구들이 가짜 애인이라고 당연히 생각할 거다.”

그는 귀찮은 듯한 표정으로 말을 이었지만, 그녀는 단박에 그 말을 잘랐다.

“걱정도 팔자다. 대학 때 친구들인데, 다들 널 모르니까 괜찮아.”

“왜 그 애인이 필요한 거냐고 몇 번이나 물었잖아?”

‘자존심 상하게 꼭 말을 해야 하나?’

모른 척 넘어가 줄 수도 있는 일인데 끝까지 알아내려고 하는 그를 보면서, 그녀는 그에게 이해심을 바라는 건 무리라고 생각하며 한숨을 쉬었다.

"예전에 얘기했던 그 선배 있잖아, 우진 선배. 내가 자기 좋아한 건 어떻게 알아 가지고 그걸 미안해하잖아. 난 동정받는 건 정말이지 참을 수가 없단 말이야. 더구나 선배 애인이 내 친구거든. 이럴 때는 당당하게 애인을 데리고 나가주어야 폼나게 '나 너 잊었다'라고 말할 수 있잖아. 또, 그래야 아직까지 내가 자기 못 잊어서 애인 없는 거라는 생각도 싹 없앨 수 있을 거고."

'아, 말하고 보니 정말 짜증난다. 남자들의 그 쓸데없는 자만심 때문에 내가 이런 불필요한 일까지 해야 하니…….'

자신의 말에 더욱 화가 나서 그녀의 목소리가 높아졌다.

"그래서 아직까지 못 잊었나?"

그는 주머니에서 새로운 담배를 꺼내 물며 물었다.

"서 군! 너 담배 피우려고?"

담배 냄새를 무척이나 싫어하는 그녀가 그 모습을 보고 그가 끔찍이도 싫어하는 호칭 겸 별명을 부르며 소리를 질렀다.

"하! 그렇게 오래 봤으면서 날 모르냐? 그냥 갖고만 노는 거지."

"맞다, 그렇지? 나 없을 때도 피우지 마. 담배 냄샌 토할 것 같다고."

그 말과 함께, 그녀가 그의 입에 물린 담배를 재빨리 뺏어서 휴지통에 던져버렸다. 그런 그녀의 하는 양이 마음에 안 들었는지 그가 인상을 확 구기면서 또 하나를 입에 물었다.

'호오, 아무래도 무서운 걸 보여줘야 담배를 입에서 뗄 모양이로군.'

그 모양새를 지켜보던 그녀는 말없이 그의 주머니를 뒤져서 마지막 담배를 꺼내 자신의 입술에 물었다. 아니나 다를까, 그는 얼굴에 온갖 주름이란 주름을 모두 만들어내더니, 그의 입과 그녀의 입에 있던 담배를 모두 휴지통에 던져버렸다.

확실히 친구를 바른 길로 선도하는 것 또한 크나큰 기쁨이며 보람찬 일이다. 비록 돈이 좀 들긴 하지만 말이다.

"그런데 잊은 건 확실한 거냐?

"뭘?"

"잊었냐고, 그놈."

그 말을 하며 그는 또 다시 주머니를 뒤적였고, 그러다가 담배를 찾지 못하자 아쉬운 듯 휴지통을 흘끗 바라보았지만 다시 꺼내지는 못하는 듯했다.

"아, 그놈, 아니 그 선배? 당연히 잊었지. 아주 잠깐 좋아했다니까. 다시 보니까 영 아니더라고."

사실, 그녀 스스로도 그때 무슨 마음으로 그 선배에게 핑크빛 연정을 불태웠는지 모를 일이었다. 언제나 넘치는 열정을 불태울만한 남정네들을 찾아보지만 오래가질 못했다. 딱 한 번 봤을 뿐인데 오백만 번 만난 것처럼 질리고, 어젠 멋지게 보였는데 오늘은 영 아니고……. 주로 이런 식이었다. 그녀의 영원한 사랑을 받을 행운의 남정네는 없는 것인지. 넘치는 사랑 쏟아주겠다는데도, 은근히 모집이 이루어지질 않았다.

"그래? 좋아. 결국 자존심 한번 세워 보겠다는 이거군? 도와주지."

그의 또 다른 취미인 남의 아픈 마음 팍팍 상처내기와 빈정대기가 시작되었다. 원래 그런 녀석인 걸 알면서도 자꾸만 상처받는 건 무슨 조환지 모르겠다.

에잇, 약한 마음 버려, 이하!

그런데, 참 신기한 일이다. 로맨스 소설만 그렇게나 읽었으면, 여자들이 얼마나 자존심을 중히 여기는지 알 때도 되었는데, 아직까지도 그는 그 사실을 알지 못하고 있었다. 그리고 이렇듯 한 박자 느린 그를 볼 때마다 그의 수학 점수가 연상이 되는 그녀의 마음은 또 무슨 심보인지…….

　‘후에 서준후 2세는 볼만 할 거다. 과목별로 과외를 왕창 시켜도 모자랄 것이 분명해.’

　“내가 너보단 낫지. 항상 함께 놀기가 무섭게 여자들을 버리잖아. ‘오는 여자 환영이고 가는 여자 더 환영’이 네 모토잖아? 나중에 천벌 받을 거다. 너 같은 바람남들 끝이 얼마나 안 좋은지 알아?”

　‘그럼, 그럼. 바람 많이 부는 애들, 끝 좋은 거 못 봤다.’

　“천벌? 나름대로 벌 받고 있는데, 뭐. 완벽하게 해줄 테니 보조나 잘하라고. 어설프면 곧바로 그만둔다. 알겠냐?”

　그는 알지 못할 말을 중얼거리며 오히려 그녀보고 잘하라 했다. 그 말에 그녀는 다시 울컥 하는 감정이 목까지 가득 찼지만, 준후가 아직도 여우주연상감의 그녀 연기를 못 봐서 하는 말일 테니 그냥 넘어가기로 했다. 그가 그녀의 신들린 연기에 감탄할 생각을 하니 벌써부터 그 역할에 대한 남다른 주인의식이 생기기 시작했다.

　“잘할 테니 걱정 말라고. 초보인 네가 문제지.”

　“그런데 그 전에 네가 해줄 게 한 가지 있다. 그것만 확실하게 해주면 평생 네 자존심 세우게 해주지.”

　‘또 어떤 시련을 준비한 걸까. 두렵다, 두려워.’

　함께한 세월이 몇 년인데 그냥 해주면 안 된다는 건지, 녀석의 냉정한 말에 약간은 서운하기도 하고 화가 나기도 한 그녀지만, 이번만큼은 가능하면 그가 말하는 모든 걸 들어줄 셈이었다. 그만큼 그녀에게 ‘가짜 남자친구’가 절실히 필요했기 때문이다.

　“또 조건이야? 이번엔 뭔데? 혹시 여자 떼어 내는 거라면 사절이야. 같은 여자로서 다른 여자한테 못할 짓이거든. 사람이 할 짓이 아니라고.”

　“그 못할 짓을 몇 번이나 한 게 누군데? 헌데 이번엔 좀 힘들 거다. 다른 여자들과는 질적으로 다르거든. 물론 걱정은 안 해. 네가 워낙 그쪽 분야에 명성이 대단하니까. 이참에 밥줄 바꾸지? 내가 아는 감독 있는데 잘 얘기해 줄게. 네가 약만 팔기엔 너무 아깝거든.”

빈정대는 그 말투에 그녀는 열이 머리끝까지 엄청난 속도로 확 솟구치는 기분이었다.

‘좋아. 네가 그렇게 나온다면, 나도 맞불 작전으로 나가겠어.’

“말도 참 예쁘게 한다. 너도 유학 가서 그 말버릇 좀 고치고 오지 그랬어?”

“너랑 같은 곳에 있었는데 다를 게 뭐가 있겠냐? 그런데 너도 외국물 좀 먹었을 텐데, 어째 그 모양이냐? 이거 교복이지? 색깔만 다르게 여러 벌 산 거, 맞지?”

그는 그녀가 입고 있는 체크무늬 남방 끝자락을 획 잡아당겼다 놓으며 아래위로 훑어보았다.

꼭 질 것 같으면 옷 타령이다. 아니, 대체 이 지적이면서도 우아하고, 편안한 옷차림을 왜 그렇게만 보는 건지. 예술을 한다는 녀석이 은근히 예술을 몰랐다. 그가 매일 보는 미스 쭉빵이들이 입는, 옷감 절약정신이 과도한 의상과 비교하다니 말이다.

“얼마나 편한데? 우리 민족의 예술 컨셉은 항상 여백에 있었어. 그 여백을 여분으로 활용한 것뿐이라고. 넌 예술 한다면서 그런 것도 몰라? 약사가 가운 입지, 뭘 입어? 그리고 안에 무얼 입든 상관 안 해. 잠옷을 입어도 모른다고. 사람들이 내 옷을 궁금해 하는 줄 알아? 아무도 안 봐.”

“그놈의 아무도 안 본다 소리, 지겹다. 넌 항상 보고 싶은 것만 보는 애니까.”

평소 자신이 갖고 있던 의상에 대한 가치관을 펼쳐 보였지만 그에게는 그다지 설득력이 있는 이론은 아닌 모양이었다.

‘편하면 그만인 것을…….’

그러나 실상은, 그녀 또한 자신의 변화 없고 편안한 옷차림에 질리고 있는 중이었다.

“그건 그렇고, 질적으로 다르다면 좀 괜찮은 여자야? 그럼 더 가슴 아프잖아.”

 ‘나 정말 한가해요’ 유형은 그래도 속일 만했지만 ‘정말 좋아해요’
유형은 속이면서도 양심이 무척이나 찔렸다. 그를 향해 그릇된(?)
열정을 불태우던 여자들은 대부분 전자에 속하는 유형이라 그녀가
연기를 하면서도 도덕적인 신념에 충실할 수 있었지만, 그렇지 않다
면…….

 갑자기, 그녀는 본능적으로 이번 연기가 그다지 내키지 않았다.

 “괜찮은? 글쎄, 그런 건 아니고 평범하게 해선 안 된다 이거지.
다른 애랑은 달리 나랑 백년해로하겠다고 다짐을 불태우고 있거든.”

 순간, 그녀는 들고 있던 사진을 떨어뜨렸다.

 ‘뭐, 백년해로? 그럼 그렇게 기도했던 그 공주님이란 말인가. 언제
나 바라왔던 너의 공주님이라고. 이런…….’

 그의 공주님이 너무 빨리 나타난 것 같다는 생각이 들었다. 사실,
그의 나이를 생각해 볼 때, 꽤나 늦은 출현이었는데, 그녀에겐 그
‘공주님’의 출현이 언제나 빠르게 여겨지는 것이다. 알 수 없는 불안
감을 느끼면서도, 그녀의 입에서는 언제나처럼 잘해보란 말이 술술
나왔다.

 “차라리 잘해봐라. 혹시 알아? 너한테 맞는 사람일지…….”

 친구라면, 그것도 굉장히 우정 어린 친구라면 마땅히 잘 되길 빌
어야 하는데, 자신이 지금 하고 있는 이 말이 무척 싫었고, 그런 생
각을 하는 자신도 마음에 들지 않는 그녀였다. 그래서 일부러 머리
를 좌우로 흔들며 산만한 생각들을 떨쳐버리고자 했다.

 “또 소설 쓰고 있네. 네가 마냥 읽는 그 조그만 책 좀 갖다 버려
라.”

 “항상 작은 것만 있는 거 아니야. 요즘엔 다른 책이랑 같은 크기
로 나와. 커, 크다니까. 더군다나 전자책까지 있는 걸! 모니터에서도
읽을 수 있어.”

 엄연히 ‘로맨스 소설’이란 장르명칭이 버젓이 있는데, 그는 항상

‘조그만 책’이라고 칭했다. 몇십 년 동안 그녀가 정정해 주어도, 여전히 ‘조그만 책’이란다. 하여튼 꽤나 머리도 나쁘고 힘든 녀석이었다.

“그래? 세상 좋아졌네. 자, 주소 여기 있다.”

그녀의 말을 듣는 둥 마는 둥 하며, 그가 쪽지 한 장을 그녀에게 던져주었다. 팔랑팔랑 깃털처럼 내려앉는 쪽지를 향해 그녀가 몸을 날렸지만, 그것은 저 멀리 휴지통 구석으로 떨어져버렸다.

“나 오기 전부터 이거 시키려고 계획한 거, 맞지? 지독한 놈이야, 넌.”

‘제대로 좀 던져줄 것이지, 매일 고생만 시키는 게 미안하지도 않나.’

“하여튼 임무 완수해라. 그럼 이 몸을 특별히 네 남자친구로 빌려주지.”

그녀는 손에 쥔 쪽지를 내던지고 싶은 마음을 꾹 참느라 온몸이 부들부들 떨리고 있는 것도 느끼지 못했다. 아쉬운 인간이 참아야 함을 알고는 있지만, 그래야 나중에 보란 듯이 그의 청을 거절할 수 있다는 것도 알지만, 저런 식의 빈정거림은 정말 참기 힘들었다. 이러다가 죽은 후에 부처님처럼 몸에서 사리가 나올지도 모른다는 생각마저 들었다.

그때, 갑작스레 문이 벌컥 열리더니 카메라를 든, 앞치마 차림의 젊은 여자가 나타났다.

“오, 자세 좋고! 그래, 그거라니까. 하 언니, 조금만 옆으로 붙어 봐. 붙어 보라니까. 서로를 필요로 하듯이 말이야. 아, 근사하네. 언니, 그 답답한 단추 세 개만 풀면 어때? 그러지 말고 다 풀어버려.”

갑자기 등장한 그 젊은 여자는 카메라 렌즈를 열심히 만지작거리며 그녀가 생각할 틈도 없이 이상한 주문을 해댔다. 그녀는 얼떨결에 그 주문에 따라 그의 곁으로 바짝 붙었지만 그는 매몰차게 그녀를 밀어냈고, 그 때문에 그녀는 바닥에 볼썽사나운 모습으로 바닥에 주저앉고 말았다.

"오징어 형수님! 카메라 좀 치워주시죠."

인정머리라곤 쥐뿔도 없는 준후는 이런 망측한 자세로 널브러져 있는 그녀를 말없이 내려다보다가 고개를 돌려버리고는, 그대로 암실로 들어가 버렸다.

"아이 참, 안타깝다. 하 언니, 저렇게 섹시한 남자랑 있는데 가슴 안 떨려? 그것도 청바지만 입었는데, 언니가 확 덮쳐 버리지 그랬어? 우리 스튜디오 여자 손님들의 꿈이잖아."

그의 셋째 형수이자 스튜디오 도우미인, 일명 '오징어'라 불리는 깜찍한 후배, 오지영 양은 준후의 냉랭한 말 따위는 들리지도 않았는지, 깔깔깔 웃어댔다. 그러면서도 인간미는 넘치는 여인인지라 그녀를 일으켜 세워주는 걸 잊지 않았다.

"아가씨야! 나도 가리면서 덮친단다. 떨리긴 개뿔, 차라리 내가 읽는 책을 보고 말지. 그리고 덮친다고 당할 위인이냐? 힘도 얼마나 센지. 뼈만 있는 애들은 덮쳐도 안 맛있단다."

바닥에 부딪친 뼈들을 추스르며 그녀는 다시 한 번 그를 향한 원망을 쏟아냈다.

"말만 그런 거지? 책, 그 로맨스? 백날 그거 읽으면 뭐해? 한 번 해보는 게 낫다니까. 아니, 얼굴은 왜 벌게지고 그래? 대체 뭘 상상한 거야? 하하하! 내가 언니 때문에 미친다니까."

"그런 적 없다니까."

그녀는 지영의 말을 강하게 부정했지만, 얼굴은 오히려 더욱 벌게질 뿐이었다. 왜냐하면 뜨거운 밤을 보내는 어떤 남녀를 아주 잠시 상상했기 때문이다. 가끔 생각해도 낯 뜨거운 일이긴 했다. 민망하게 얼굴색은 왜 변하는 건지, 주인의 의지를 번번이 배신하는 신체였다.

"그 대신, 에로의 결정판 시디 빌려줄게. 죽이는 거야."

그런 하를 놀리며 웃던 지영이 웃음을 멈추고, 넌지시 제안했다. 그러나 그것이 시집 안 간 처녀에게 하는 염장질이라는 것을 모르는 그녀가 아니었다.

‘흥! 요즘 세상에 죽이는 게 어디 있다고…….’

“괜찮아. 내 머릿속이 더 야해. 그 시디들이 내 머릿속을 따라오지 못할 걸?”

뻔뻔한 그녀의 말에, 지영은 못 믿겠다는 듯 코웃음을 치며 들고 있던 카메라를 내려놓았다. 그녀의 머릿속에 존재하는 야한 상상의 산물을 보여줄 수도 없고 참 안타까운 일이었다. 솔직히 비디오 가게에 있는 그 뻘건 비디오조차도 그녀의 상상에 비하면 참으로 이름값을 못했다. 그 정도 수준으로 무슨 뻘건 비디오라고 거참, 우습지도 않았다.

“그런데 준후 도련님은 왜 기분이 저조해? 혹시 언니한테 비운의 여주인공 역이라도 시켰나? 어라, 얼굴 보니까 맞구나.”

“너도 이제 풍월을 읊는구나. 맞다, 맞아. 내가 이 짓만은 하지 않으려고 했는데 지은 죄가 많아서 어쩔 수가 없어. 아유!”

그녀는 쪽지를 슬쩍 쳐다보며 한숨을 쉬었지만, 머릿속에선 벌써 각본이 슬슬 그려지고 있었다. 서 군 말대로 배우의 기질이 숨어 있는 지도 몰랐다.

‘혹시 모르니, 오디션이라도 한 번 볼까나.’

“그건 그렇고 내가 말한 거 생각해 봤어?”

“아, 그거? 난 못해. 내 몸을 보고도 그런 말이 나와?”

며칠 전, 지영은 그녀에게 근사한 예술 사진의 주인공이 될 수 있는 기회를 주겠다며 모델을 서달라고 했다. 그녀가 모델이라니, 그것도 누드 모델로 말이다. 오래 살고 볼 일이다. 요즘 아무리 누드가 열풍이라지만 누구나 다 할 수 있는 그런 건 아니지 않은가.

“뒷모습인데 뭐가 어때? 언니의 뒷모습엔 묘한 슬픔이 있다니까. 하여튼 절대 언니인 거 모르게 해줄 테니 걱정 말고 나한테 맡겨.”

지영의 마음 편한 그 소리에, 그녀는 땅이 꺼져라 한숨을 쉬며 대답을 반복했다.

“어림없다니까.”

2

과거, 그들의 학창시절

점심을 먹고 난 후, 매점에 새로 입성한 과자들을 디저트로 즐기고 있을 때, 한 여학우로부터 부름을 받았다. 자주 있는 일이라 이제는 아주 익숙하다 못해, 보너스-매점의 신제품과 매점 밖 또또분식의 쿠폰-라도 살짝 껴 있지 않으면 귀찮기까지 했다. 그런 생각을 하는 스스로에게 화들짝 놀라면서 이하는 뇌물수수 의혹을 받는 뉴스 속 인물들의 모습이 남 일 같지 않게 느껴진다는 사실에 고개를 설레설레 흔들었다. 다소 비약된 것 같긴 하지만 쇠팔찌 손목으로 얼굴을 가리며 '난 아니야'라며 고개를 떨어내는 여자의 모습이 떠오르면, 그 여자와 자신이 무슨 상관이 있겠냐며 치부해 버려도 괜히 걱정이 되는 것이었다.

이번엔 특이하게도 학교의 가장 후미진 곳에서 만나자고 했다. 보통 의뢰인(?)의 사생활 보호를 위해 화장실에서 만나는 게 대부분이었다. 사생활 보호는커녕 냄새 보호도 되지 않는 곳에서 만난다는 것이 썩 내키진 않지만, 어차피 그곳 외에 '그런 부탁'을 받기에 적당한 장소가 없음을 상대방도 이하도 잘 알고 있기에, 별다른 불평을 하진 않는다. 거기다가 고용인(?)은 의뢰인의 요구를 충실히 수행해야 하고.

학생들 사이에서 학교의 후미진 곳이라는 장소는 등나무 넝쿨이 시원스럽게 둘러싸고 있는 벤치를 말했다. 겉보기에 그곳은 비비 꼬이면서도 쭉 뻗어나가는 등나무의 그림자 덕분에 시원한 여름을 보낼 수 있는 건전한 피서지로 보이지만, 실상 그곳은 청춘남녀들의 비밀스런 대화가 꽃피는 은밀한 장소였다. 얼마나, 어떻게 비밀스런지는 정확히 모르지만, 아무튼 몇 년째 이 학교를 다니고 있음에도 그곳에서의 로맨스와는 해당사항이 없는 그녀로서는 그 장소에서 나오는 남녀 학우 커플들이 심하게 부러울 뿐이었다.

이번 '부름'은 보너스가 두둑하다는 소리에 그런 씁쓸한 마음을 접고 이하는 등나무 벤치 쪽으로 터덜터덜 발걸음을 재촉했다. 이번 의뢰인이 누군지를 떠올리자, 그런 후미진 곳을 택할 만하단 생각이 들었다.

아, 여기서 '부름'이란 그녀가 학생으로서의 본업과 더불어 하고 있는, 준후를 대신한 비서 임무를 말한다. 그를 향한 뜨거운 마음으로 고생하고 있는 여학우들의 메시지를 받아서 그 장본인에게 전해 주는, 쉽게 말해서 서준후의 이동사서함이라고나 할까.

"알았지? 준후한테 잘 전해 줘. 너만 믿을게."

"어, 그래."

너만 믿을게……라……. 그래, 이런 예쁜 여자들이 저런 말을 하면 안 넘어갈 남자애가 없을 거란 막연한 짐작 - 그 짐작을 드디어 확인할 수 있는 좋은 기회였다. '너만 믿을게'라니! 이 얼마나 책임감 느껴지게 하는 문장인가. 여자인 자신마저도 아주 약간이지만 그런 의지가 샘솟은 것 같은데 말이다. 더구나 그 백옥 같은 손으로 남자애들의 손을 살포시 쥐고 말한다면…… 음…… 효과는 상상 초월. 부러워, 참 부럽다.

우리 학교 최고의 퀸카. 공부도 잘하고 얼굴도 예쁘고. 그야말로 흠잡을 데 없는 남학우들의 우상. 친구들과 정신없이 복도를 뛰어다녀도, 아무리 멀리 떨어져 있어도, 보는 순간 시선을 빼앗기는 자태로, 바로 이런 것이 아름다움이라고 말할 수 있는 진정한 표본. 같은 여자지만 이렇게도 다를 수 있음을 보여주는 본보기. 여자들이라면 열에 아홉은 동경과 질투를 불사를 수밖에 없는 공주님과 이하는 딱히 이렇다 할 연고는 없었다. 그저 얼굴 정도만 아는 사이라고 할 수 있었다. 그 '얼굴만 아는 사이'라는 것조차도 어떤 녀석의 후광 때문인 거지만.

이하는 앞에 선 그 여자애를 자세히 보기 위해 안경을 얼굴에 바짝 붙였다.

야, 정말 예쁘구나. 얼굴이 어찌나 하얀지, 스케치북이 따로 없었다. 그것도 싸구려 캐릭터 표지가 달린 스케치북이 아니라, 미술 전문가용의 그것이었다. 그녀의 얼굴은 전문가용까진 아니어도 미술가용은 정도는 된다고 '아무리 우겨 봐도 어쩔 수 없네.'의 수준일 뿐이다. 그렇게 스스로를 너무 잘 알고 있는 이하는 여자아이를 빤히 바라보던 시선을 달리하며, 부러움의 한숨을 포옥 내쉬었다.

"정말 너만 믿을게."

게다가 여자애의 모양 좋은 입술이 작게 오물거리며 나온 그 말은, 이하에게 또 다른 한숨을 만들어내게 했다.

너만 믿다니, 날 믿는다고? 아, 아, 제발 날 믿지 말아 줘!

대체 그녀가 무슨 힘이 있다고 그렇게 말하는 건지, 단지 연락책에 불과한 걸 누누이 강조하지만 소용이 없었다. 뭐, 이런 여학우들의 절대적인 믿음이 있기에 그녀가 '보너스'로 꽤나 풍요로운 삶을 영유할 수 있었으니, 그런 면에 있어선 그들의 잘못된 믿음이 고마운 일이긴 하다.

　자꾸만 딴 쪽으로 새는 자신의 생각을 바로잡으며, 이하는 다시 자신을 믿는다 말하는 이의 예쁜 얼굴을 보았다. 사랑 앞에선 장사 없다더니, 우리 학교 퀸카라는 눈앞의 여자애도 그 녀석 앞에선 단지 사랑에 흔들리는 마음 약한 소녀에 불과한 모양이었다. 도도하기로 소문난 여자아이가 난처한 표정을 하면서도 부탁을 하니 말이다. 아니, 대체, 그 녀석의 어디가 좋다는 거냐고. 허우대만 멀쩡한 것 빼곤 없는데.

　에잇! 갑자기 이하는 화가 났다. 무뚝뚝하다 못해 철사 같은 놈인데 왜 애들은 진실을 모르는 걸까. 모든 걸 낱낱이 밝혀 주고 싶은 마음이 굴뚝 같지만, 그 철사맨의 왜곡된 진실에 의지해 편히 먹고 사는 작금의 그녀 위치에서는, 조용히 곁다리로 딸려오는 보너스가 두둑한 '부름'이나 받아야 했다. 그렇다, 먹고사는 문제에 있어서는 딱 부러진 그녀의 올곧음도 약간 휠 수밖에 없는 것이다.

　"흠, 전해주는 거야 문제없는데 그 후는 솔직히 나도 잘 몰라."

　모르긴 뭘 몰라, 다 아는데. 곧바로 쓰레기통으로 쏙이지. 하지만 현재까진 그의 마음을 두드린 행운의 공주님이 없었으나, 이 여자아이라면 가능성이 있었다. 같은 여자가 봐도 마냥 이렇게 좋은데, 아무리 쇠심줄의 신경을 가진 그 녀석이라 해도 어느 정도는 못 이기는 척하고 받아들이지 않을까. 만약 이 아이에게도 그의 마음이 움직이지 않는다면, 평소 이하가 의심하고 있던 대로의 결론에 도달할 수밖에 없었다. 그 녀석의 취향은 남자라고.

　그러고 보니 예전에 이 퀸카라는 여자아이가 다른 친구를 시켜서 그녀에게 같은 부탁을 한 적이 있다는 것이 기억났다. 쯧쯧, 대체 눈이 얼마나 높아서 이 애의 편질 벌써 두 번이나 내치는 건지. 하여튼 여자 마음 몰라주고 아프게 하는 놈들은 유황불이 지글지글 탄다는 그곳으로 갈 것이다, 아니 그래야만 했다. 그래야 공평하거늘! 어찌, 그 녀석의 인기는 하늘을 찌르고도 모자라 대기권 밖으로 벗어날 정돈지, 그녀의 상식으론 도통 이해가 안 갔다. 그녀처럼 매력 만점인 인간은 이런 편지 하나 받지도 못하는데 말이다. 정말 불공평한 세상이다.

그게 아니라면……, 어쩌면 그녀의 매력은 보통사람들에게는 통하지 않는 성질의 것인지도 몰랐다. 쳇! 역시 너무나 매력이 넘쳐도 힘든 일이다. 실용성과 대중성을 겸비한 매력이야말로 사람들에게 어필할 수 있지 않을까. 이렇게 또 이하의 생각이 꼬리를 물고 물어 엉뚱한 방향으로 치닫고 있을 때, 여자아이가 입을 열었다.

"괜찮아. 하여튼 전해 주기만 해. 준후 옆집 산다며? 그 애랑 친하다고 들었어. 꼭 전해 줘."

여자만의 강한 육감으로 느끼건대, 좀 따지는 듯한 기분이라 이하는 조금 불쾌한 감정이 들었지만, 사실은 사실이라 그냥 넘어가기로 했다. 그러나 '친하다'라는 말을 할 때의 뉘앙스가 상당히 이하의 귀에 거슬렸다. 대부분의 사람들이 이 부분에선 의아해했다. 그와 그녀가 다정(?)하게 지낸다니 상상할 수 없다는 듯한 시선을 하고 말이다.

하지만 그들 눈엔 그녀가 평범해 보일진 몰라도, 알고 보면 대단한 인간성의 소유자였다. 그런 속 좁고 뻣뻣한 인간을 인내하며 오늘까지도 우정을 키워나가고 있음을 봐도 증명된다. 아무도 할 수 없는 일을 해내고 있는 그녀야말로 인간시장의 주인공 감이었다.

가끔은 그녀 혼자만 열심히 그를 알아온 것 같은 느낌도 들었고, 그럴 때마다 서글퍼졌던 그녀다. 태어나서 몇 해 빼곤 줄곧 같이 놀았으니 친한 건 당연한 일이다. 옆집에 살고 유치원, 초등학교, 중학교, 고등학교를 같이 다녀서 친해질 수밖에 없었던 상황임에도, 단지 그 대상이 여학우들의 지대한 관심을 한 몸에 받고 있는 녀석이라는 이유 때문에, 수많은 여학우들의 적의 어린 시선을 받고 지금과 같은 사랑의 메신저 역할이나 하고 있는 자신의 신세가 한심해서 서글 펐다.

사실 그녀가 이 우정을 힘겹게 지속시켜 가는 이유는 그 녀석의 오라버니들, 그 환상적인 볼거리와 신기하게도 그 속 좁은 녀석이 그녀한테만은 나름대로 잘한다는 점, 그것밖에 없었다.

애기가 나왔으니 말인데, 그의 형들은 안목을 한층 더 높이며, 세상을 아름답게 만들어 주는, 그런 남자들이었다. 오빠들을 보고 있노라면, 녀석으로 인해 아팠던 마음이 서서히 치유가 되어갈 정도였다. 아마도 그들은 병원을 방문하는 환자에게 질병뿐만 아니라 마음의 상처까지 치료해 주는 일석이조의 효과를 제공할 의사선생님들이 될 것이다. 아차차, 또 이상한 데로 생각이 흘러가고 있네. 이하는 퍼뜩 정신을 차렸다.

"그렇긴 하지만……."

"부탁할게. 너랑 있는 거 자주 봤어. 그냥 전해 주기만 하면 매점도 편하게 이용할 수 있잖아."

"어……, 알았어."

민망하게도 이하의 머릿속으로 '매점도 편하게 이용'이란 말만이 울려퍼졌다. 그랬다. 이번 부름의 보너스는 바로 매점의 자유로운 이용이었던 것이다.

이 퀸카가 미모에 비해 사려 깊음은 좀 떨어지는 것 같았다. 보너스의 내용을 저렇게 꼭 밝혀야 하는 건지, 누가 들을지도 모르는 상황인데 말이다.

이번이 아니더라도, 확실히 서준후의 친구란 꼬리표 덕분에 이하는 정말 편하게 학교를 다니고 있긴 했다. 러브레터 꼭 전해 주라며 온갖 맛있는 걸 다 사주고, 청소랑 숙제도 대신 해주고. 부모님께선 뇌물처럼 이 세상에서 나쁜 건 없다고 말씀하셨지만 뇌물은 무슨 뇌물! 친구들의 사랑을 위해 오늘도 애쓰는 이 몸이 누려야 할 당연한 대가지, 암! 이왕 이렇게 된 거, 졸업 때까지 쭈~욱 편해 볼란다.

이렇게 그녀는 모든 걸 긍정적으로 생각하며, 편지를 교복 재킷 속에 쑤셔넣고는 오늘의 보너스를 즐기기 위해 또 발걸음을 돌렸다.

물론 매점 쪽으로…….

해가 지고 좀 더 시간이 흐르자, 하늘에 별들이 하나 둘 총총 뜨기 시작했다. 여름에서 가을로 막 들어서는 길목이라, 또 다른 계절을 알리는 바람이 시원하게 불었다. 커다란 놀이터를 중심으로 장방형으로 시작되는 다섯 개의 골목 중, 가을의 기운을 머금은 바람이 좁다란 길목을 빠져나가는 그 끝머리에, 유달리 서로 가깝게 마주한 두 집이 있었다. 낮게 쌓은 담 때문인지 언뜻 보면 하나의 집을 두 개로 나누어놓은 듯이 겉모습도, 또 내부 구조도 거울을 보는 것마냥 대칭을 이루고 있었다. 서로의 현관과 거실 창문이 마주보고 있기 때문에, 거실에서 함께하는 각 가족의 모습이 그대로 옆집에서 보일 정도로 두 건물은 얼굴을 가까이 맞대고 있었다.

그 중 한 집에서, 나이에 비해 꽤나 키가 큰 소년 하나가 어슬렁거리며 마당을 가로질러 왔다. 소년은 옆집과 그의 집을 나누는 담 밑에 서더니, 손에 든 것들을 우르르 쏟아놓았다. 그리고는 몸을 최대한 웅크리더니 땅을 향해 뭐라고 중얼거렸다. 잠시 후, 담 밑의 조그만 구멍으로 사람 머리가 보였다.

"하! 대문으로 다니라고 했는데, 왜 굳이 그 개구멍으로 와서 날 힘들게 하냐? 에이씨!"

그렇게 투덜대면서도, 준후는 담 밑의 조그만 구멍을 넓히려고 손으로 주위의 흙을 파기 시작했다. 손으로 대체 얼마만큼이나 파겠다는 건지, 삽이라도 들고 올 것이지. 남자치고는 은근히 소심한 스타일이라, 통이 큰 이하와는 영 스케일이 맞지 않았다.

"서 군, 욕 그만해. 내가 힘들지, 네가 힘들어? 이게 다 너 때문이라고. 땅은 그만 파고 좀 잡아당겨 봐. 계속 파다 담 무너지면 우리 죽는 거 몰라? 우리더러 담 다시 세우라고 하면 어쩌려고 그래?"

분명 엊그제까지도 무리 없이 오가던 구멍이었다. 갑자기 쪼그라들 일은 없을 텐데 이상했다. 머리는 잘 들어가는데, 어깨부분이 좀 걸리는 듯했다. 앗, 들어갔다. 어라……, 그런데 어깨를 통과했더니, 이번에는 엉덩이에서 걸리고 말았다. 어휴, 역시 글래머러스한 몸매를 가지고 있다는 것도 참 피곤한 일이다.

"그게 왜 욕이냐? 영어라니까. 알파벳 A하고 C! 그러니까 그 딴 편지 안 읽는다고 했지. 으, 아이쿠!"

결국 빠져나올 수는 있었다. 하지만 가져온 물건이 꽤 많아서 그런지, 그가 잡아당긴 힘으로 인해 이하는 그의 몸 위로 털썩 내려앉고 말았다. 그런데 책에서는 이런 식으로 남자 몸 위로 내려앉게 되면 황홀해서 어쩔 줄 모르는 여주인공들이 대부분이었는데, 그녀의 경우엔 좀 아닌 듯 했다. 아니면 준후가 남자주인공으로서의 자질(?)이 모자란지도 모를 일이고.

"앗! 거북이 등껍질도 아닌데 무슨 몸이 이렇게 딱딱해? 잘 좀 잡아당길 것이지, 아파 죽겠네. 여자를 다루려면 섬세한 손길이 필요한 거 몰라? 책에도 나오잖아."

담에 부딪친 어깨와 준후의 딱딱한 몸에 부딪친 무릎이 쑤셔서, 이하가 잔뜩 인상을 쓰며 투덜거렸다. 그러면서도 그녀의 머리 속은 지금의 상황과 책에서 본 상황을 비교하느라 바삐 굴러가고 있었다. 하긴, 책 속에 나오는 여주인공들이 그런 황홀경에 빠지는 것은 멋진 남자 품에 제·대·로 안겨서 그런지도 몰랐다. 하필 떨어져도 이런 딱딱한 몸에 툭 떨어지다니 원통하기 그지없어라. 다음번엔 제대로 떨어져 봐야지.

"섬세한 것도 여자 나름이지. 섬세가 다 죽었냐? 그리고 이 근육질의 몸매를 거북이 등껍질이라 표현하다니. 뭘 몰라도 한참 모르는군."

준후의 빈정거림을 코웃음으로 맞받아친 이하는 손가락으로 그의 몸 여기저기를 콕콕 찔렀다.

딱딱한 뼈만 만져지는 탄력성 제로인 살도 근육이라고 부를 수 있느냔 말이야. 그녀야말로 남자들의 진짜 근육에 대해서라면 모르는 게 없는 전문 지식인이라고 당당하게 말할 수 있다. 그 동안 읽은 책들이 몇 권인데 그런 거 하나도 제대로 감정할 줄 모르겠는가.

"근육질? 뼈밖에 없는 어린 남자 몸에 무슨 근육이 있다고. 이게 뼈지, 근육이냐? 그렇게 같이 책을 읽었으면 이제 알만한데 아직도 진정한 남자의 자태를 몰라?"

준후의 몸 위에 버젓이 앉아서 그렇게 타박을 주던 그녀는, 갑작스레 준후가 몸을 일으키자, 발라당 뒤로 넘어지고 말았다.

아니, 애가 또 왜 이러는 거야. 청소년기를 질풍노도의 시기라 하더니 변덕이 장난이 아니었다. 겨우 그깟 뼈 얘기에 또 마음이 상한 모양이다. 그녀에게는 독수리처럼 뻣뻣하다며, 그게 과연 사람이 움직이는 거냐면서 마음의 상처를 수십 번 내어놓은 사람이 누군데, 본인이 한 짓은 다 잊고 남 탓만 하다니 그야말로 적반하장이다.

"그 조그만 책에 있는 남자들을 네가 실제로 봤냐? 본 적도 없으면서 아는 척하긴. 설마 오늘도 그 편지냐? 아, 짜증난다."

어쭈, 이젠 토라지기까지 하네. 어이없어 하는 이하의 표정을 보고도, 준후는 속 좁은 티를 팍팍 내며 휙 돌아앉았다.

쯧쯧, 우리 학교 여학생들이 녀석의 이런 모습을 봐야 편지의 양이 줄어들 텐데. 아니다, 영상시대의 흐름에 맞게 차라리 이런 걸 비디오로 찍어서 대량생산을 고려해 봐야겠다. 단연코 수익성은 최고일 거라 짐작되었다. 더불어 '보너스'도 물밀 듯이 밀려올 거고. 아무래도 그녀의 머리는 비즈니스용인 모양이었다.

"그런 걸 꼭 만져봐야 아나? 느낌으로 알지. 필! feel! 몰라? 그래, 네 오빠들 정도면 봐줄 만하지. 양복만 입으면 끝내준다니까. 특히 준휘 오빠 정말 007같지 않니? 어쩜 그렇게 양복발이 사는지, 내 나이가 조금만 많았어도 본드걸 변신을 시도하는 건데, 안타깝다. 그랬다면 넌 나한테 형수님이라고 불러야 했을지도 몰라."

그런 멋진 남자의 아내가 된다는 상상에 갑자기 이하의 온몸에 생기가 돌기 시작했다. 역시, 여자의 인생은 사랑으로 완성된다는 말은 명언 중의 명언이다.

"형수님이라니! 또 소설 쓰는군. 절대, 절대 그럴 일은 없으니 그만 하시지."

형수님 얘기만 나오면 저렇게 펄펄 뛰었다. 왜 가능성을 무시하는 걸까. 물론 다른 그 무엇도 아닌, '가능성'뿐이라는 것을 그녀도 너무 잘 알고 있다. 준후의 잘난 형들은 그녀를 거의 집 나갔다 돌아온 막내 여동생 취급이었다. 즉, 슬픈 일이지만 이하에게는 그들이 영원한 남잔데, 그들에겐 여자일 수가 없는 것이다. 바로 앞에 놓인 최상급 스테이크를 보기만 하고 먹을 수 없는 심정을 누가 알까. 아니다. 이대로 포기하는 것은 천하의 이하답지 않았다. 가능성이라는 것은 언제든 변할 수 있다는 것이니, 아직 희망을 버릴 수는 없는 일이었다. 그래서 이하는 준후의 빈정거림에 얼른 덧붙였다.

"사람 일은 진짜 모르는 거야. 두고 보라고."

"홍, 잘도! 알게 뭐야!"

또 빈정거림! 아무리 마음 넓은 사람이 속 좁은 녀석을 이해해야 한다지만, 화딱지가 나는 건 어쩔 수 없었다. 저걸 확 때려줄 수도 없고. 그냥 속으로만 분한 마음을 삭힐 뿐이었다. 이런 것만 봐도, 확실히 이 세상은 착한 사람들은 살기가 쉽지 않은 곳이다. 도처에서 이런 식으로 시험에 들게 하니까.

"넌 이걸 읽어야 해. 널 성원해 주는 여학생들에 대한 최소한의 의무야."

"그게 무슨 의무냐? 말도 안 돼."

"말은 되니까 읽어라. 그런데 이 개구멍 좀 늘려야 하나 봐."

"뭘 늘려? 이번 기회에 여기 막고 대문으로 다녀. 알겠냐? 강아지도 아니면서 왜 이런 곳으로 다니는 거야? 귀찮아 죽겠다."

그가 천천히 몸을 일으켜 세워서는 옷에 묻은 흙을 털며 투덜거렸다. 그런 그의 움직임을 여전히 마당에 주저앉아 한심스러운 눈빛으로 보던 이하도 나자빠진 자세를 바로하며, 온몸에 달라붙은 풀과 흙 부스러기들을 떼어내기 시작했다. 얼마나 구른 건지, 머리카락에도 까슬까슬한 알갱이와 바스락거리는 풀이 손에 잡혔고, 그것을 눈앞으로 가져오며 이하는 또 한 번 이마를 찡그렸다. 에이, 저 나쁜 놈. 약하디 약한 여자를 그런 식으로 내동댕이를 쳐! 그렇게 속으로는 불만이 가득했지만, 이하의 입은 녀석의 말에 조근조근 대답해 주고 있었다.

"네가 좀 뭘 몰라서 그러는데, 원래 주인공들은 이런 곳으로 다니는 거야. 예전에 읽었던 그 책에서도 여주인공이 담 아래에 있는 작은 구멍으로 도망가다가 멋진 남자를 만났잖아. 아! 생각만 해도 가슴이 떨린다. 하여튼 넌 낭만도 모르고 문학도 몰라."

그를 보면 알 수 있듯이, 로맨스적 감수성이라는 게 누구에게나 있는 건 아니었다. 또 그것은 누군가에게는 과잉으로 존재해서 문제가 되기도 했다.

"하! 웃기고 있네. 문학? 너한테 문학은 그 쪼그만 책이 전부잖아. 여자랑 남자랑 나와서 어쩌구저쩌구. 언제 그렇게 문학의 종류가 획일화되었대냐?"

진짜 분위기 깨는 덴 타의 추종을 불허한다니까. 누가 데리고 갈진 몰라도, 그의 마누라는 고생 꽤나 할 것이다.

아직도 자리에 앉은 채로 흙을 털어내느라 손을 바쁘게 움직이던 이하는 녀석에게 다시 한 마디 쏘아줄 요량으로 고개를 들었다가 흠칫했다. 준후가 일어서서 팔짱을 끼고서 그녀를 내려다보고 있었던 것이다. 안 그래도 하늘 높은 줄 모르고 자란 킨데, 앉아서 보니 더욱 무시무시해서 그녀도 얼른 일어서서 소리쳤다.

"서 군! 너, 로맨스를 너무 무시한다. 사랑이 소재가 아닌 글은 없어. 너, 문학작품 중에서 사랑 안 나오는 거 있음 얘기해 봐. 없지? 로맨스야말로 최고라고."

자신도 모르게 이하의 목소리가 커져 있었다.

　로맨스 정신을 계승하기 위한 열혈 투사의 절절한 의지표명인 것을 어쩌랴. 사실, 가끔은 그녀가 이 세상의 로맨스를 위해 음지에서 뛰는 외로운 레지스탕스라는 생각이 들기도 했다. 그러다가 멋진 007을 만나게 된다면 금상첨화지. 후후후!

　"할 말이 없다. 오늘은 뭐가 이렇게 많아?"

　머릿속 생각의 움직임에 따라 시시각각 변하는 이하의 표정을 보던 그는 가만히 고개를 몇 번 흔들고는, 그녀가 갖고 있던 봉투꾸러미들을 받아들었다. 굽혔던 허리를 다시 세우고 그녀를 힐끗 보더니, 또 무언가를 발견했는지 눈을 반짝이며 피식 웃었다. 아니, 또 뭐라고 사람 속을 벅벅 긁으려고 저런대.

　"하, 귀신이 따로 없다. 여기 앉아서 네 몰골 좀 봐라. 머리는 또 그게 뭐냐? 그러니 이런 거 하나도 못 받는 거다."

　그는 그렇지 않아도 우울한 기분을 더 침침하게 만드는 진기하면서도 백해무익한 능력을 가지고 있었다. 그나마 그간 함께해온 세월 때문에 그녀가 참는 것이지 다른 사람이라면 어림도 없었을 것이다. 그러고 보면 참 신기한 일이다. 만나면 어김없이 티격태격 하지만―특히 그는 무심하다는 그녀의 성격을 잘도 긁어놓는다―어느새 서로의 얘기에 빠져들곤 해서 치열했던 말싸움은 온데간데없다. 잊지 말아야 하는데도 싹 잊혀지는 것이다.

　그렇게 이하가 그와 자신과의 사이에 대한 일종의 고찰에 빠져 있을 때, 준후는 그녀가 열심히 털어냈어도 여전히 옷에 끈덕지게 달라붙어 있는 흙을 털어내고, 역시나 같은 이유로 머리카락에 남아 있던 풀들도 떼어주었다. 그리고는 머리카락 끝에 대롱거리는 머리끈을 잡아채서 이하의 손에 쥐어주고 난 뒤, 담 밑의 봉숭아꽃 옆에 돗자리를 깔았다.

　"두고 봐! 나도 언젠간 책가방 하나 가득 그런 거 잔뜩 받을 테니까. 너도 알다시피, 원래 주인공들은 좀 늦게 주목을 받는 거라고."

그가 준 고무줄은 그냥 주머니에 넣어버리고, 손가락을 빗 삼아 흐트러진 머리카락을 빗어 내리며, 이하 나름대로의 변론을 펼쳤지만 설득력이 부족했는지, 그는 굵은 눈썹만 치켜올리며 인상을 쓸 뿐이었다. 늘상 그랬던 것 같다. 보통사람에겐 잘 먹히는 그녀의 유려한 말발이, 유독 그에겐 전혀 먹히지 않아 번번이 실패만 했다.

"아……, 그래, 그래! 그 쪼그만 연애소설의 여주인공들 말이지? 하긴, 주인공들이 주목을 받긴 하지. 알고 보니 그 여자들이 하나같이 예쁘고 완벽한 몸매의 소유자였으니까. 그런데 말이지, 내가 보기엔 넌……."

그는 눈을 가늘게 뜨고는 그녀를 위아래로 훑어보기 시작했다. 그런 그의 태도에 이하는 상당히 기분이 나빠졌다. 지금 그는 은근 슬쩍 로맨스 여주인공들과 자신을 비교하고 있는 것이다. 이 녀석처럼 세뇌가 통하지 않는 인간들은 어서 내치는 게 상책이다.

"야! 그만하자, 그만해. 하여튼 친구의 꿈을 항상 무시한다니까. 그건 그렇고 오늘은 중요한 편지가 많아. 이것부터 읽어볼게. 음, …에이, 야! 불 좀 이쪽으로 비춰봐. 넌 센스도 없나? 진정한 남자가 갖춰야 할 것이 바로 그거야."

이하는 포기한 듯 그가 앉은 돗자리에 털썩 앉으며, 가방에 있던 편지 하나를 주섬주섬 꺼내었다. 그리고는 평소처럼 그녀가 대신 편지 내용을 읽어주려고 하는데, 이미 어둑어둑해진 시간이라 잘 보이지 않아서 랜턴을 들고 있던 그의 손목을 잡아 편지 가까이로 획 당겼다. 그 순간, 마지못해 랜턴을 움직이던 그가 갑자기 전원을 꺼버렸다.

아, 신이시여! 왜 저의 한계를 수없이 시험하시나이까. 이 놈의 길고 질긴 우정만 아니었다면, 손가락 하나만 닿아도 질겁하며 온 동네를 시끄럽게 하는 화상을 그냥 확 패주는 건데……. 참자, 참아야지. 이렇게 참는데, 복수할 그 날이 오겠지. 아무렴, 반드시 그 날이 올 것이다.

　　언제부터인지 그는 타인의 신체와 조금이라도 닿을라치면 온갖 법
석을 다 떠는 접촉혐오증 환자가 되었다. 사람이 사람과 살을 맞대
는 건 정말 자연스러운 일인데, 어째서 이 녀석은 그것을 싫어하는
지 모르겠다. 물론, 가끔은 본인도 의식하지 못하고, 그녀도 의식하
지 못해서 일어나는 터치들에 대해서는 슬쩍 넘어가기도 했다. 하지
만 평생 수절하는 여인네의 몸도 아니면서 어찌나 조심하는지 짜증
이 용솟음쳤다. 어떤 때는, 그런 모습이 너무도 한심스러워서, 온몸
을 던져서 그를 꽉 안아버리는 상상을 하기도 했다. 그럼 얼마나 싫
어할까. 숨을 쉴 수 없을 정도로 화가 나서 미쳐버릴 테지. 하하하!
이하는 준후가 얼굴이 울그락불그락해져서 길길이 날뛰는 모습을 생
각하니, 괜히 기분이 좋아졌다. 이런 걸 두고 사악함이라 하는 것일
거다. 좋다, 꼭 그렇게 해서 겁이나 줘야지.

　　"하! 나보고 센스가 없다고? 남자 보는 눈이 낮은 줄은 알았지만
정말 심각한 수준이다. 됐다, 됐어! 얼른 읽어나 봐. 그런데 너, 오늘
별 떨어지는 거 모르지?"

　　그래도 이번 접촉은 견딜 만했던지, 다시 전원을 켠 랜턴을 가까
이 대며 준후가 퉁명스럽게 입을 열자, 그때서야 이하는 오늘이 세
계 3대 유성우 중의 하나인 페르세우스 유성우가 쏟아지는 날임을
기억했다.

　　"아, 맞다. 그렇지? 이런, 깜박 잊고 있었네! 야, 서 군! 내 이름
그렇게 부르지 말랬지?"

　　자신의 건망증을 탓하며 손바닥으로 이마를 한 대 친 그녀가 대
뜸 준후에게 쏘아붙였다.

　　신중하신 부모님들의 최고 실수인 그녀의 이름, 이하. 성까지 함
께 부르면 좀 봐줄 만한데, 이름만 부르면 정말 우스웠다. 하라니,
그야말로 저 녀석의 놀림감에 딱 적당하지 않느냔 말이지.

　　"이건 감탄사라니까. 싫으면 그런 이름을 갖고 태어나질 말았어야
지."

아니나 다를까, 녀석이 흥흥거리며 비웃었다. 그래도 하는 못 들은 척 대꾸했다.

"흐응, 너 참 말 많다. 집에만 오면 말이 많아지지. 학교에선 꿀 먹은 벙어리면서. 자 읽는다."

"그만 좀 떠들고 읽어 봐라."

"알았어. 흠흠, …사랑하는 준후 오빠? 헤에, 말도 안 돼. 누가 누굴 사랑한다는 거야? 정말 웃기지도 않아. 어린 것들이 사랑을 어찌 알아?"

목소리를 가다듬고 편지를 읽기 시작했지만, 평소와 같은 하의 궁시렁거림 때문에 맨 윗줄이 시작되자마자 끊겼다. 알고 있는 일이지만 그래도 오늘만은 한 개의 편지라도 제대로 읽어볼 수 있으려나 내심 기대를 했던지, 준후가 역시나 하는 표정으로 타박을 주었다.

"하, 너 뭐하냐? 읽으랬지, 누가 만담하래? 조용히 어서 읽으라니까."

"만담이라니? 그냥 비평하는 거야. 문학적 비평, 알았어?"

"…그래, 너 알아서 다 해라 다 해. 난 가만히 있을게. 하여튼 한 마디도 안 진다니까."

"그러니까 내 말은 답장이라도 해주든지, 아님 직접 만나서 대꾸라도 해주라는 거야. 이런 식으로 계속 싹수없이 굴면 애들이 더 싫어해. 왕자님이 그럼 되겠나?"

원활한 학교생활과 여학우들과의 친목 도모를 위해 열심히 설득해 봤지만, 준후는 늘상 심드렁한 대꾸만 했다. 지금도 예외가 될 수 없었다.

"그러라고 해. 난 관심 없으니까."

자신보다 배는 덩치 큰 녀석을 한 대 때릴 수도 없고 해서, 하는 애꿎게도 옆에 다 자란 봉숭아 잎만 잘게 찢었다. 저런 잘생긴 외모에 마음씨까지 좋았더라면 금상첨화였을 텐데, 그 점만은 타고나질 못했다. 하긴, 그렇게 되었더라면 여자들은 지금보다 더 힘들었을 것이다. 너무 완벽하면 사람처럼 보이지도 않을 테니, 저렇게 모자라는 면도 있어야 자기 같은 범인(凡人)도 살아가고, 여자들도 더 괜찮은 남자를 찾아 흩어지지.

"그럼, 관심이 없다고 말을 하든지, 그게 싫으면 편지를 쓰든지! 가능하면 이 하트가 붙어 있는 편지엔 꼭 답장을 해주면 좋겠어."

그렇게 말하며, 하는 아까부터 손에 쥐고 있던 것을 그에게 살짝 밀어놓았다. 새빨간 하트가 분홍색 봉투의 반을 차지하고 있는 그 편지는 '사랑고백 편지네'라며 온몸으로 광고를 하고 있는 터라, 척 보기에도 딱 알아볼 만한 그런 것이었다.

"왜?"

자식, 의심은 참 많아서 큰일이야. 사람을 못 믿는 것도 병인데 말이야.

"왜냐고? 그건 말이야, 그 하트 모양의 주인공이 네 팬클럽 중에 가장 착하고, 예쁘고, 공부도 잘하고 그리고⋯⋯."

자신 앞에 디밀어진 그것을 본체만체하며 묻는 준후에게, 그녀는 왜 답장을 해줘야 하는지 설득할 만한 여러 가지 말을 찾기 위해 단어를 주억거렸지만, 머릿속에선 오늘 먹은 매점의 인기절정 상품들만이 그려졌다. 이럴 줄 알았으면 미리 연습 좀 할 걸 그랬다.

"흥! 특별한 부탁을 받았겠지. 매점에서의 환상적인 간식거리들과 함께. 안 그러나?"

딱 꼬집어 내는 그 말에 하는 배시시 웃을 수밖에 없었다. 저렇게 필요 없이 예리한 구석도 있는 녀석이었다. 그래 봤자 이 세상 살기에 편하지 못할 텐데, 약간은 불쌍하기도 하군.

"그것 참, 머리 좋네. 그냥 넘어가면 안 되겠어? 하여튼 한 번만 써줘라. 응? 제발."

어쩔 수 없었다. 이왕 밝혀진 거, 비굴하면 어떠냐, 아픔은 한순간, 배부름은 영원한 법.

"네 말대로 하자면 난 왕자님이라며? 왕자는 백성들에게 공평하게 하지 않으면 안 돼."

그녀는 슬슬 화가 나기 시작했다. 지금 이 녀석이 감히 퉁긴다고 퉁기는 모양인데, 어림없다.

"야! 내가 학교에서 네 대변인으로 사는 것도 힘든데, 적어도 이런 것 정돈 해줘야지. 이게 뭐 어렵다고? 눈 한 번 딱 감고 써줘라. 몇 줄이면 된다니까."

하는 부탁하는 처지에 큰 소리를 치고 있는 자신이 머쓱했지만, 이 일은 꼭 해내야만 했다. 그녀의 신뢰도에 금이 가게 할 수는 없었다. 신용등급 점수가 하향된다는 것은, 지금까지의 유복(?)하고 행복한 학교생활의 미래가 어긋나는 걸 의미했다. 절대로 그렇게 되게 놔두어서는 안 된다.

"좋아. 그럼 너는 나에게 뭐 해줄 거냐?"

그녀가 의지를 불끈 다지는 그 찰나, 그가 여유로운 동작으로 팔짱을 끼며 그녀를 내려다보았다.

그리고 그것은, …참 재수 없는 자세였다. 생각 같아선 교차되어 있는 팔을 확 풀어버리고 싶었지만, 힘에서 밀리는 그녀이기에 그건 다음 기회로 미루기로 했다. 과연 다음 기회란 게 오기나 할지는 장담할 수 없지만.

"이것 봐라? 대변인으로 부려먹는 것도 억울한데 또 뭘?"

"그 조그만 책 그만 읽으련다."

"뭐?"

삐딱하게 봉숭아꽃들을 보던 하의 고개가 준후 쪽으로 획 돌아갔다. 엇! 그건 절대 안 될 말이었다. 그나마 그의 유용함이 유일하게 돋보이는 그녀의 여흥거리인데, 그걸 하지 않겠다니, 그것만은 안 된다고, 서 군!

"안 돼! 절대로 안 돼! 그건 남자가 읽어야 제 맛이라고."

라디오 드라마가 괜히 있는 줄 아나. 그게 얼마나 청취자에게 버라이어티한 라이브 느낌을 주는지, 아는 사람은 다 아는 사실이었다. 특히 그녀가 하는 '로맨스' 소설의 라디오 드라마에서는 더더욱!

"형들도 있잖아. 형들한테 시켜. 네가 좋아하는 007 형한테 해달라고 해."

머리 위에서 들려오는 준후의 퉁명스러운 목소리를 멀리하고, 이하는 손익계산을 하기 위해 빠른 속도로 머리를 굴리기에 바빴다. 여학우와의 우정 때문에 그녀의 황금 같은 놀이를 포기해야 한다는 것인가. 그러기엔 좀 많이 아까운 일인데. 갈등이 생겼다. 로맨스와 먹을거리는 그녀에게 있어서 같은 레벨의 문제였기 때문이다.

"준휘 오빠 목소린 그런 삘이 안 나와서 재미가 없어. 무뚝뚝한 네 목소리가 냉정한 사업가 역에 딱이란 말이야. 이 소설엔 다 너같이 싹수없고 만성 프린스 질환에서 헤어나오지 못하는 남자들이 주로 나와서 어쩔 수 없다니까. 소설의 재미를 극대화하기 위한 내 노력을 망치지 마라."

정말 그랬다. 준후의 그 심드렁하고 싹수없는 목소리는 로맨스 소설 남주와 절묘하게 맞아들었다. 특히, 카리스마를 내뿜으며, 여주를 갈망하고, 여주로 하여금 고민하게 만드는 검정 고수머리의 구릿빛 피부를 가진 회장 직책의 남자주인공들 역할에 너무 어울렸던 것이다.

"좋아. 그렇다면 일 주일 동안만 쉬자. 어때?"

"으악, 일 주일이나? 으으, 음, …그럼 이 편지 답장 몇 줄 써주는 거야?"

일 주일! 사실, 그녀에게는 엄청나게 긴 시간이었다. 그·러·나 뇌물을 받은 자의 더 나은 미래를 위해서 반드시 감내해야 할 시간이기도 했다. 그깟 일 주일, 어떻게 해서든지 참을 수 있을 것이다.

"좋아. 사나이로서 약속하지."

하의 의심 가득한 질문에 준후가 예의 그 시니컬한 미소를 지으며 대답을 했고, 하는 한 번 더 그에게 다짐을 받았다. 일부러 그의 성질을 살살 건드려 가면서.

"알았어. 뼈다귀만 있는 서 군! 약속 확실히 지켜라. 알겠지?"

"하! 너 죽을래? 근육이라니까."

"근육 좋아하네. 그게 근육이면……."

그때였다. 준후가 앉은 자리 뒤 쪽으로 굳게 닫혀 있던 창문이 열리는 소리가 들리더니, 세 개의 시커먼 동그라미가 삐죽이 튀어나와 아른거렸다.

"어린 것들이 아주 죽는다는 말이 입에 붙었어. 안 그래, 형들? 저 애들은 하루에도 수십 번 죽는다니까."

"늬들이 불사조냐? 만날 죽었다 다시 살아나게?"

"그래도 뭐, 서로 죽이고 살리니 다행이지. 다른 사람들은 안 죽이잖아. 하하하!"

"……."

준후의 세 형들이었다. 그들은 하와 준후의 싸움을 말리기 위해서 끼어들긴 하지만, 언제나 그들을 놀리는 것으로 끝을 보곤 했다. 준후와 마찬가지로, 이 집 형제들은 준수한 외모와는 달리 실상은 영 도움이 되지 않는 남자들이었던 것이다. 어린 동생들을 놀려놓고는 뭐가 좋은지 실실거리며 웃는 삼형제를 하가 못마땅한 눈초리로 쳐다보고 있는데, 누군가가 외쳤다.

"애들아! 떨어진다, 떨어져! 얼른 소원 빌어야지."

그 소리에 하는 얼른 하늘로 시선을 들어올렸다.

북동쪽 하늘, W모양의 카시오페이아 근처에 있는 페르세우스 별자리 끝에서부터 백색과 청백색 계통의 긴 꼬리를 가진 별똥별이 하나둘씩 떨어지고 있었다. 시간이 지나면 저 떨어지는 유성의 수는 점점 더 많아지고, 그것이 절정을 이룰 때면 정말 장관일 터였다.

아앗! 소원! 그래, 소원을 빌어야지. 떨어지는 별의 아름다움에 잠시 넋을 잃었던 정신을 차리고 소원을 빌기 위해 마음을 가다듬었다. 소원은 무릎을 꿇고 경건한 마음으로 빌어야 이루어질 것이니까.

‘별님! 왕자님이 제 맘을 더 이상 아프게 하지 않게 해주세요. 저
도 더 이상 맘 아프기 싫거든요. 왕자님이 정말 훌륭한 공주님이랑
행복할 수 있도록 최선을 다할게요. 그리고 착한 일 엄청 많이 하고
요. 대신, 왕자님이 아니어도 좋으니까 나만 바라보고, 나만 좋아하
는 그런 사람 한 명만 보내 주세요. 전 누구처럼 여러 명 절대 필요
없어요. 딱 한 명만 부탁드릴게요. 제대로 된 한 명으로요. 별님! 제
말 들리죠?’

그는 인생 최대 약점이자 평생 복권(?)인 하의 피 튀기는 설득에
못 이겨 결국 촌스런 하트 편지의 주인공을 만나야만 했다. 그나마
라디오 드라마 배우를 일 주일 동안 쉴 수 있다는 게 천만다행이었
다. 사실상 그런 소설 속 남자주인공 역할을 한다는 것이, 얼마나
스타일 구기는 짓인지는 천하가 다 알 것이다.

정말이지 이해할 수가 없는 것이, 여자들이 그런 웃기지도 않은
남자들에 열광을 한다는 사실이다. 당연히 하 역시도. 그 남자들이
얼마나 잘생기고, 돈이 많고, 멋진지 구구절절 설명하는 부분이 책의
삼 분의 일이나 되었다. 더러는 성격 좋은 남자들도 있지만, 여자
주인공들을 괴롭힌다고 생각할 정도로 카리스만지, 포악인지를 남발
하는 의심스러운 남자들이 태반이었다.

또 여자 주인공들은 그 남자들에게 들러붙는 거머리 같은 여자조
연들에 대해 터무니없는 의심과 상상을 했다. 이심전심이라고 본인
들한테 하는 거 보면 알 텐데, 그걸 보고, 슬퍼하고, 떠나버린다. 어
이없어 하고 화를 내는 주인공 남자들의 마음을 십분 이해하고도 남
았다. 그래서 그런지 줄거리가 빨리 끝나지 않고 오해로 가득 찼다.
게다가 마지막 장면엔, 남자가 쫓아와서 불쌍하게 사랑한다는 말을
하면 그 한 마디에 여자들은 마음을 돌렸다. 그가 여주인공이라면
싹 무시할 텐데, 책 속의 여주인공들은 마음 약한 여자들만 엄청나
게 많았다.

그렇게 불만투성인 소재와 내용, 주인공들이 문제긴 했지만, 자신의 여자를 향한 진드기 같은 그들의 소유욕엔 그도 놀랄 지경이었다. 가끔은 그런 식으로 변신해야만 사랑을 쟁취할 수 있는 건지 조금은 걱정이 되기도 했다. 이런 것이 바로 세뇌일지도 몰랐다.

하는 특히 그 남자주인공들의 성적인 능력에 지대한 관심을 갖고 있었다. 그래서 그를 매번 당황하게 만들었다. 긴 우정을 들먹이며, 남성 신체의 모든 비밀을 알고 싶다고 하면서, 물어볼 사람은 그밖에 없다고 큰 눈을 이리저리 굴리며 난리를 쳤다. 어차피 시간이 지나서 하가 준비만 된다면, 알고 싶지 않아도 알게 될 때가 올 텐데. 그때가 오면 내가 온몸을 던져서 보여줄 텐데 왜 그렇게 마음이 급한 걸까. 흠, 그 생각을 하니 그의 입가에서 흐뭇한 웃음이 비어져 나왔다.

그는 매번 그녀의 설득에 쉽게 넘어가곤 했다. 이상한 건, 그녀가 뭔가를 부탁하면, 수월하게 들어주고 싶다가도 마음 한 구석에 묘한 마음이 들어 거절했다. 해주긴 하는데, 쉽게 해주고 싶진 않은 그런 마음. 그에게 온갖 인상을 빡빡 써가며 혼자 울트라 슈퍼 생쇼를 다 하며 매달리는 걸 볼 때면 정말, 재밌다 못해 짜릿하기까지 했다. 그걸 보기 위해서 그는 여지껏 하의 부탁을 한 번에 오케이 한 적이 없었다. 때문에, 형들이 그의 변스러움을 놀리는 거지만, 그 자신도 어쩔 수 없었다. 네버 스탑. 멈출 수가 없으니 말이다. 누가 그런 즐거움을 거부하겠는가.

하지만 그런 즐거움 때문에 이런 원치 않는 사건에 엮일 때도 종종 있었다. 바로 지금과 같은!

"그 식충이를 매점의 어떤 걸로 꼬여낸 줄은 모르겠지만 소용없는 일이니 그만 해라. 돈 굳히라는 충고야."

그래도 이렇게 왕림해서 헛돈 쓰지 않게 해주는데 이 여자애는 고마워할 줄도 몰랐다.

"너 정말 냉정한 애구나."

오히려 눈앞의 소녀는 입술을 바르르 떨며 주먹을 움켜쥐었다.

이하! 그를 이런 목숨의 위협이 느껴지는 살벌한 곳으로 밀어놓은 그 장본인은 어딘가에서 뭔가를 볼이 터져라 먹고 있을 것이 분명했다. 어서 이 사건을 끝내고 그 현장을 덮치러 가야 한다는 마음에 그는 다시 열고 싶지 않은 입을 열었다.

"냉정한 게 아니라 너한테 관심이 없을 뿐이야. 그럼 알아들은 줄 알고 이만 간다."

그리고는 그대로 돌아서서 걷기 시작했다. 이마에 굵은 주름을 만들어놓은 채로.

정말 짜증나는 일이다. 먹을 거라면 거의 반 미치는, 여러모로 속 썩이는 그녀 때문에 이런 일에 또 휘말리는 것은. 그런 심각한 병을 앓고 있는 애를 번번이 꼬드겨서 쪽지를 전하게 하는 여자애들이 더 문제였다. 대체 몇 번을 말해야 알아듣고 이런 짓을 그만둘까. 분명 거절당할 걸 알면서도 수단을 가리지 않고 그를 만나겠다니 더 환장할 노릇이다. 아니, 그런 애들에 질려 죽을 지경이었다.

"좋아하는 애라도 있는 거니? 그렇다면……."

"……."

뒤에서 들려오는, 바르르 떨리는 음성에 그는 걸음을 딱 멈추었다.

정말 의외다. 요즘 이런 게 유행이 아닐까 하는 생각마저 들었다. 학교의 퀸이라 불리며 많은 남학생들의 우상인 아이니, 꼭 그가 아니라 해도 얼마든지 괜찮은 녀석을 고를 수 있을 터였다. 그리고 그가 보건대, 저 여자아이는 진심으로 그를 좋아해서 그런 편지를 준 것도 아니었다. 그런데도, 입술을 바르르 떨기까지 하며 상처받은 것처럼 굴고 있었다. 순간 그는 이 모든 상황의 주범을 향한 온갖 짜증이 다 일기 시작했다. 그녀야말로 본인이 항상 주장하는 대로 정의의 심판을 받아야 했다. 두고 보자, 이하!

"그렇다면, 뭐?"

"나, 그렇게 멍청한 애 아니야. 관심 없다는 거, 관심이 딴 곳에 있기 때문인 거야?”

허, 참! 잘 모르는 사람의 관심이 그렇게 중요할까. 그런데 이거 어디서 많이 본 상황인데, 어디서 봤더라. 아, 며칠 전에 읽었던 노란 표지의 책에서 본 듯한 내용이었다. 제목이 트라이앵글의 남자라던가. 큭, 내가 지금, 가슴에 노란 털이 숭숭 난 바보 남자주인공과 같은 상황에 빠졌다. 결국 그 책들도 터무니없는 내용만 있는 건 아니었던 거다.

“그런 거 답할 이유, 없다고 보는데. 특별히 생각해 줘서 여기까지 나온 거니 바보 같은 질문도 그만둬. 이제 진짜 간다.”

확실히 예쁘장하게 생긴 여자애였다. 비만 오면 둥둥 떠다니는 누군가의 머리와는 다르게 반짝이고 찰랑거리는 머리카락, 한밤과도 같은 새카만 머리카락이 아닌 연한 갈색톤의 머리, 작고 마른 게 아닌 길고 날씬한 몸, 너무 커서 옷이 사람을 입은 것 같은 교복이 아니라 맵시까지 나는 교복. 꽤나 봐줄 만은 했다. 하지만 그뿐이다.

“혹시 이하라는 애, 그 애가 네 관심의 전부니? 그래서…….”

“……!”

순간, 돌아서는 그의 발걸음도, 그의 호흡도 멈추었다. 꽉 다문 턱에 힘이 들어갔다가 순식간에 빠졌다. 그와 함께 다리도 풀리는 느낌이었다.

어떻게 알았을까. 그의 가족들 빼고는 아는 사람이 아무도 없는데. 다른 사람 앞에서 단 한 번도 내색한 적이 없는 일인데. 20년 가까이 함께 있어도 모르는 천하의 둔녀가 있는가 하면, 단 몇 분 만에 알아내는 여자애도 있구나. 하지만 그것은 아직 밝혀져선 안 될 그만의 비밀이었다. 아직은, 아직까지는 말이다.

그래서 그는 딱딱하게 굳은 등을 내보인 채로 냉정하게 대답했다.

“그래서? 그러면 관심 끊으려고? 하여튼 내 관심은 네가 아닌 건 분명해. 그러니까 시간낭비 말아라.”

그 말을 끝으로 그는 들킨 마음을 수습하기 위해 재빨리 여자아이의 곁에서 멀어졌다.

　제길! 다시는, 다시는 그 녀석이 아무리 부탁해도 들어주지 않으리라!

　그리고 뒤에 남겨진 여자아이는 사라진 그의 뒷모습을 보며 중얼거렸다.

　'결국 네 관심은 그 애였던 거구나.'

3

"서준후, 네가 문과를 선택한 건, 백 번 잘한 일이다. 이과의 평균 점수가 높은 걸 보더라도 네 희생은 정말 가치 있는 일이었어. 존경한다, 서 군."

하는 장군이 전쟁에서 공을 세운 군인을 치하하듯 준후의 어깨를 토닥이며 말했다.

"……!"

하트 편지 사건으로 인해 준후에게 심한 구박을 받던 하는, 드디어 한 건 잡았다고 생각했는지 온갖 잘난 체를 하며 그의 속을 북북 긁고 있었다. 과자봉지를 쥐고 있던 준후의 손에 힘이 가해지자 과자들이 비명을 지르며 잘게 부서졌다.

하는 모르는 수학 문제를 물어오는 다른 친구들에겐 온갖 정성을 기울이다 못해 기까지 살려주며 문제를 풀어주는데 반해, 준후에게만은 그렇지 않았다. 매정하게도 핀잔을 주기가 일쑤였고, 머리가 나쁘다며 그를 철저히 무시하는 발언까지 해댔다.

그래, 오늘 날 잡았다 이건데, 두고 보자. 이하, 너도 분명 이런 날이 올 거다. 그땐, 그때는……. 그런데 과연 그때가 올까.

준후는 수학점수에 대해선 언제나 할 말이 없다. 고개 숙인 남자가 되는 것이다. 수학이란 학문이 그의 약점이기 때문이다. 완벽해 보이는 남자에게 이런 약점의 존재는 인간적인 매력을 뚜렷하게 해 줄 텐데, 눈앞의 여인에게는 놀림의 대상이 될 뿐이다.

하지만 오늘의 무시는 일 절에서 끝나지 않고 이 절에 후렴구까지 되풀이되고 있었다.

"네 형들은 수학의 황제란 별명에 걸맞게 경시대회의 상을 모두 쓸면서 의대에 합격했는데, 너는 왜 그래? 이해가 안 간다, 안 가. 네가 가문의 영광에 먹칠을 하는구나. 그 멋진 전통을 깨는 네가 안쓰럽다. 아깝다, 아까워."

하는 같은 말을 두 번이나 반복하면서, 준후의 자존심에 대형 상처를 내고 있었다. 그리고는 아무렇지 않게 과자를 우적우적 씹었다. 그 모습이 어찌나 얄미운지, 준후는 과자 그릇을 빼앗고 싶은 충동을 애써 누르며, 턱에 잔뜩 힘을 줬다.

"가문의 전통을 지키기 위해서 간 게 아니라고. 부모님이 말리시는데도 형들이 자발적으로 의대에 간 거야. 누누이 말하지만 의술과는 거리가 먼 대신, 난 예술에 천부적인 재능이 있다고. 의술과 예술이 뭐가 달라? 결국 예술도 마음을 치료하는 거니, 비슷한 거지. 더구나 잘나가는 형들이 있는데, 왜 내가 가문의 전통을 걱정하겠어?"

"……."

준후 자신이 듣기에도 꽤나 멋진 변론이었는데, 하는 그의 말은 들은 체도 않고, 과자그릇에만 온 신경을 다 쏟고 있었다. 그가 수초간 뚫어지게 응시하는데도 전혀 아랑곳하지 않고 먹기에만 매진하고 있었다.

이쪽 좀 한 번 봐주면서 먹지.

"하! 내 말 안 들려?"

준후의 입에서 갈라지는 목소리가 톡 튀어나왔다.

그는 하의 음식에 대한 강한 집착에 서운한 적이 한두 번이 아니었다. 그녀가 음식과 서준후란 인간을 저울질하는 상상을 멈출 수가 없다. 물론 양팔저울이 음식 쪽으로 무너져 내리는 것은 당연한 그림이기에, 더 서운하고 더 슬펐다.

"으이구, 또 예술타령이네."

하는 아주 잠시 그를 흘끗 쳐다보더니, 과자그릇에 다시 시선을 주었다.

겨우 한 마디. 그리고 계속되는 입 주위의 움직임. 준후는 하의 입을 보면서, 인간의 끈질긴 생명력과 음식에 대한 집착을 느낄 수 있었다. 살기 위해서 먹는 게 아니라, 먹기 위해서 산다는 걸 증명하는 인간이 바로 그녀가 아닐까.

"문제 한 개당 한 개만 먹는다면서 한 움큼을 집어 먹냐?

하는 준후 쪽을 향해 잠깐 고개를 들었다가, 다시 그릇에 얼굴을 파묻고 이전의 행위에 몰두했다. 그렇게 한참 동안을 있던 그녀가 고개를 획 들었다. 그릇을 양손으로 쥐고는 나머지를 입에 톡톡 털어 넣었다. 그리고 들고 있던 빈 통을 쟁반 위에 던지더니, 그를 향해 씩 웃었다. 순간 오싹한 기분이 들었다. 저 한 줌도 안 되는 여자애가 뭐 무서울 게 있다고 그런 느낌이 들겠냐마는, 하여튼 썩 유쾌하지는 못했다.

그는 인간의 강한 생존본능과 더불어, 인간이 가지고 있는 위장의 최대량에 대해 놀라움을 금치 못했다. 이제는 하의 위 크기에 대해 걱정하지 않을 수 없다.

준후는 내과의인 큰형에게 하의 위는 연구해 볼만한 가치가 있다고 몇 번이나 주장했지만, 뒤통수에 혹만 더 늘어날 뿐이었다. 연구대상을 찾는 게 어려운 것만은 아닌데, 큰형은 보통의 사람과는 다른 하의 위 조직세포를 연구해서 의학계에 공헌을 하고 싶진 않은 모양이다.

"서준후, 내가 몇 번을 말하는 건데도 잊는 거야? 나한텐 한 개라는 건, 한 움큼을 말하는 거야. 그리고 지금 예술 소리가 나와? 아니, 함수의 f만 나오면 손도 못 대고, 그래프 나오면 건너뛰고. 대체 문제를 풀겠다는 거야, 말겠다는 거야? 함수가 수학의 꽃이라는 거 몰라? 그리고 이건 또 뭐야? 그래프 그리라니까 무슨 머리카락만 수 십 개 그려놨어? 어쭈, 이 머리카락은 파마했냐?"

"……!"

"이건 굵은 웨이브고, 저건 스트레이트한 거냐?"

하는 준후가 그린 그래프들을 빨간 펜으로 죽죽 그어대며 선생님처럼 굴기 시작했다. 그는 다시 한 번 어금니를 꽉 물고는 숨을 골랐다.

열심히 그린 삼차 함수 그래프를 파마라고 놀리다니, 인간의 존엄성이 여지없이 무너지는 참혹한 상황이다. 이런 학습부진아 취급을 받으면서까지 수학에 열을 올려야 하는 걸까. 차라리 수학 중간고사를 포기할까 생각해 봤지만, 이 시험에 그의 미래가 달려 있으니 그건 안 될 말이다.

결국 참다못한 준후는 입을 열었다.

"하, 너무 한 거 아니야? 무슨 과외가 이래? 제대로 설명도 안 해주고, 먹기만 하고! 윽박지르고 무시하고! 다른 애들도 이런 거 못 푼다고. 그리고 여기 좀 보라고. 문제 위에 쓰여 있는 파란 글씨 안 보여? 심화문제라고 쓰여 있지?"

평소의 준후라면 이런 식의 변명 비슷한 초라한 얘기는 상상도 못할 일이다. 그는 언제나 하 앞에서만은 잘난 체를 하기 때문이다.

"그런 핑계를 대다니, 웃기지 마. 진정한 수학인의 자세란 말이지, 선입견 없이 문제를 받아들이는 거야. 심화니, 기본이니 그런 것 따위엔 연연해서는 안 돼! 그리고 내가 아무리 수학의 여왕이라고는 하지만, 제자가 너무 수준이 낮아서 힘들어 죽겠다고. 그러니 넌 더

더욱 노력해야 해. 그 첫 번째 노력이 바로 스승님의 배를 채우는 거지. 알겠어?"

"너야말로 웃기지 마."

말은 그렇게 했지만 가슴 한구석 초라한 뒷모습을 숨긴 채, 준후는 빈 그릇에 과자를 들이붓고 있었다. 하가 그에게 큰소리를 칠 수 있는 유일한 분야이니 너그러운 마음으로 눈 한 번 질끈 감고 참기로 했다.

준후가 그릇을 채우기가 무섭게 하는 과자에 손을 댔다. 그는 기가 막힌 한숨을 쉬고는 하의 하는 양을 지켜보다 실실 웃고 말았다. 뭐든 깔끔하게 먹어치우는 하가 아주 귀여워 보였다. 이제는 과자부스러기를 얼굴 여기저기에 붙이고 그릇을 핥고 있는 하를 보며 준후는 혀를 찼다. 이런 모습도 귀엽다고 느끼는 한심한 자신 때문에 말이다. 어른들 말씀처럼, 아무래도 정이 들어서 그런 모양이다. 호환마마보다 더 무서운 게 있다면 그건 바로 정(情)이다.

준후와 하의 키는 언제나 비슷하게 자랐다. 그러다 중학교에 들어갈 무렵부터 그들의 키는 더 이상 비슷할 수 없었다. 준후가 이제 180cm를 웃도는 키인데 반해, 하는 그의 어깨에도 못 미치는 키다. 괴롭히고 놀기에 딱 좋은 키, 그의 마음대로 요리(?)가 가능한 사이즈인 것이다. 하는 더 자라야 한다며 키 크는 음식만 골라서 먹고 있지만, 준후는 하가 제발 크지 않기를, 하의 키가 거기서 딱 멈추기를 바라고 있다.

또 하는 가볍기도 얼마나 가벼운지, 준후가 가끔 그녀의 어깨를 쥐고 흔들기라도 하면, 하는 버들가지처럼 휘청대며 힘겹게 묶어놓은 머리카락들이 몽땅 개인행동을 해버린다. 그렇게 풀어져버린 머리채를 손에 쥐고 발을 동동 구르는 하를 보고 있으면, 준후는 가슴 밑바닥서부터 보글보글 피어오르는 기쁨을 주체할 수가 없었다. 이러한 사악함을 잠재워야지 하면서도, 한 번 맛본 기쁨을 잊을 수가 없기에, 앞으로도 계속 그럴 것만 같아서 걱정이었다.

더구나, 요즘은 매일매일 그 기쁨에 대한 욕구가 커져만 갔다. 그 욕구는 시도 때도 없이 만지고픈 병으로 변했다. 하의 긴 머리카락도 잡아당기고 싶고, 동글동글한 뒤통수도 만지고 싶었다. 또, 가는 손목도 쥐고 싶고, 뼈가 도드라진 무릎도 쓰다듬고 싶었다. 귀여운 귀도, 오똑하게 서 있는 코도, 생각외로 예쁘게 보이는 입술까지도 만지고 싶었다. 할 수만 있다면 하를 아주 조그마한 사이즈로 만들어서 하루 종일 주머니에 넣어 데리고 다니고 싶기까지 했다. 하지만 그의 사회적 지위와 평소 이미지를 고려해볼 때, 해서는 안 될 일이었다.

준후가 하를 생각하는 것과는 전혀 다른 마음만 품고 있는 그녀에게 그런 마음을 들키기라도 한다면, 누군가에게 그런 모습을 들키기라도 한다면, 그건 몇십 년 동안 잘 숨겨온 서준후의 비밀을 만천하에 드러내는 일인 것이다. 아직은, 좀더 숨겨야만 하는 소중한 그의 비밀을. 항상 이런 생각 끝에는, 준후의 사악함이 마음과는 전혀 다르게 표출되곤 한다.

예를 들자면 지금처럼. 준후는 하의 머리를 손으로 쓰윽 쓸어보고 싶은 마음을 접고는, 엉뚱하게도 팔로 그녀의 목을 조르고 말았다.

"야, 서 군! 너 죽을래? 이거 못 놔? 말로 해, 말로!"

들고 있던 그릇을 바닥에 떨어뜨린 하는 켁켁거리며 온몸을 비틀었다. 그 바동거리는 느낌이 너무 좋아서, 그녀의 목에 둘러진 준후의 팔에 힘이 더 들어갔다.

"그래, 나 수학 못한다. 그래서 어쩔 건데? 수학 잘한다고 인생 잘나가는 거 아니다. 나한테 열광하는 여자애들을 보라고. 성적이 뭐가 중요해?"

하는 온몸을 뻣뻣하게 경직시켰다가 숨을 내뱉고는 준후의 팔을 잡아당기기 시작했다. 하지만 그의 팔이 풀릴 리 없었다. 준후는 계속 힘 낭비만 하는 그녀가 불쌍해서 두른 팔을 조금 느슨하게 했다.

에잇, 모르겠다. 너무나 하고 싶은데, 그렇게는 할 수 없으니 그 비슷하게라도 좀 해봐야지 않을까. 비밀을 숨기는 데 따른 작은 보상이라고 생각하고 싶었다. 그리고 이런 사악함을 이겨내기엔 그는 너무 나약한 남자다. 미안하다, 하. 하지만 내 마음은 그렇지 않거든.

준후는 고개를 숙여 턱을 하의 정수리에 올려놓고, 서준후 표 그물에서 탈출하기 위해 처절하게 몸부림치는 이하 물고기를 즐겁게 관찰하고 있었다.

"흥! 그런 걸로 잘나가는 인생이라고 주장하다니. 그러니 수학을 못하지! 난 너처럼 수학 못하는 남자와는 연애도, 결혼도 절대 안 할 거야. 그런 머리 나쁜 남자와 오묘하고 아름다운 수학의 세계에 대해서 어떻게 애기하겠어? 그리고 2세를 생각해야지. 애가 커봐라, 낮은 수학 점수 비관하면 부모는 가슴이 얼마나 아프겠어?"

하는 그래도 힘은 남았는지 숨을 몰아쉬며 끝까지 재잘거렸다.

준후의 행복했던 기분이 나락으로 떨어졌다. 자존심이 상하는 건 둘째 치고라도, 그는 하의 말을 절대 인정할 수 없었다. 아니, 어처구니없는 일이다.

아빠가 수학에 소질이 없다 해도, 아들은 잘할 수 있지 않을까. 수학의 여왕인 엄마만 닮으면 충분히 가능성 있는 일인 걸, 뭐. 분명 그럴 거야. 설사 그렇지 않다 해도, 돈을 몽땅 들여서 과외를 시키면 되는 거라고. 절대 내 자식에겐 이런 설움을 당하게 하지 않을 거야. 좋아, 나중에 애 낳으면 두고 보자, 하!

그 생각에 다시금 흐뭇해진 준후는, 하를 들어올려 짐짝처럼 침대에 던져놓았다. 그리고는 냉큼 달려가서 침대에 뛰어들었다. 그러자 침대가 하를 위로 폴짝 들어올렸다가 내려놓았다.

"과연 그럴까? 그건 나중에 두고 볼 문제지. 그리고 아직도 네가 현재의 상황을 파악 못한 모양인데, 아주 강한 걸로 시도해 주지. 기대해!"

준후는 하의 말도 안 되는 '부계유전'에 대한 화풀이로, 온몸을 던져 하를 덮쳤다. 이 놀이는 최고의 재미에, 하의 온기를 제대로 흡

수할 수 있는 장점까지 가지고 있다. 절대 포기할 수 없는 놀이인
것이다.

"서 군, 너 저리 안 가? 이거 놔, 놓으라고. 숨 막혀 죽겠어."

하는 두 손으로 준후의 가슴을 밀어내며 외쳤다. 하지만 힘의 세
계는 수학의 세계와는 다른 법, 그녀는 그에게 밀릴 수밖에 없는 것
이다.

"안 가! 못 놔! 그러게 왜 무시해?"

"살려주세요! 도와주세요! 헬프 미! 거기 누구 없어요?"

하는 준후가 잠시 힘의 방향을 바꾸는 사이, 필사적으로 침대 끝
으로 도망쳤다. 하지만 그것도 잠시, 준후에게 발목을 잡히고 말았
다.

"또 도움을 요청하시겠다? 미안하지만 지금 007들은 본드걸 만나
러 가서서 없고, M도 비밀임무 수행하느라 안 계시거든. 그러니 이
제 그만 항복하시지, 이하!"

오늘은 집에 아무도 없었다. 하가 007이라 부르는 양복발 형들도,
M인 어머니도. 오직 준후와 하만 이 너른 집에 있을 뿐이었다. 그
렇다면 결국은 좀더 재미를 봐도 된다는 얘기다. 하하하! 정말이지,
신나서 죽을 것 같았다.

"그럴 리가, 그럴 리가 없어. 난 어떻게 하라고! 서준후, 어서 이
손 놓지 못해? 후환이 두렵거든 어서 저리 가!"

준후는, 울 것 같은 표정의 하를 보면서 때늦은 후회를 아주 살짝
했지만, 자신도 모르게 그녀를 향해 달려드는 손을 어쩌질 못했다.
이것은 치료가 불가능한 병인 것이다.

그때였다. 갑자기 방문이 벌컥 열리더니, 항상 준후의 즐거운 순
간을 방해만 하는 007형제들이 들이닥쳤다. 그는 하를 붙잡고 있던
손을 슬며시 등 뒤로 가져갔다. 그리고 다시 고개를 드니, 눈 앞에
는 그의 모친인 문 여사가 서 있었다. 문 여사는, 성폭력방지 협회
의 고문으로 일하고 있는, 이 세상에서 사라져야 할 것이 바로 폭력

이라고 항상 강조하는 사람이다.

그러니까 준후의 오늘 하루는……!

"아니, 세상에! 대체 이게 무슨 짓이야? 서준후, 얼른 일어서지 못해? 얘들아, 뭐하니? 얼른 떼어내야지."

문 여사의 말이 끝나기가 무섭게, 007세트들은 준후를 잡아채서 침대 밖으로 던져버리고 하를 들어올렸다. 그는 불퉁거리며 바닥에서 일어나 하를 노려봤다. 하는 형들의 팔에 매달려서 그들이 들어오기 전에 당했던 일들을 미주알고주알 늘어놓기 시작했다.

준후는 사실보다 부풀려 설명하는 하를 보며 코웃음을 쳤다. 그녀는 머리부터 발끝까지 과자부스러기 범벅에, 묶은 머리칼은 고무줄에서 빠져나와 심란함이 돋보이는 모습을 하고 있었다. 아주 볼만했다. 그는 자신이 만들어놓은 하의 모습에 픽 웃음이 새나왔다. 그러다 문 여사와 눈이 마주치고 말았다. 문 여사는 하의 옷을 털어 주며, 그를 향해 무시무시한 눈빛을 쏘아댔다.

"어머니, 일부러 그런 게 아니라고요. 하가 그럴 만한 짓을 해서 이런 건데. 하필이면 남자의 자존심을 건드려 가지고……."

준후는 그 눈빛에 놀라 엉겁결에 뭐라고 중얼거렸으나, 그것도 문 여사의 말에 잘려나가고 말았다.

"이 녀석아, 남자의 자존심을 생각하기 이전에 네 수학 점수를 생각해야지."

준후의 생각으로는, 수학점수보다는 자존심이 우선이었다. 그건 비교조차 할 수 없는 일이다.

"그럴 수도 있죠. 하지만 그래도 남자에게 자존심만큼은……."

준후의 다음 말은 문 여사의 최대 무기 등판 때리기에 밀려 또 잘려나갔다. 어머니 또한 여성인데, 힘은 남성을 능가해서 그를 항상 놀라게 했다.

"시끄러워, 서준후! 우리가 밖에서 다 들었어."

그럼 알 게 아닌가. 서준후가 얼마나 가슴 아픈 일을 당했는지.

"수학을 못하면 밥도 먹지 말아야 해. 너의 형편없는 수학 점수를 도와주러 온 착한 애를 저렇게 만들다니. 심하지 않아?"

수학과 밥이 무슨 관계라고, 그런 말은 태어나서 처음 들어봤다. 심하다니, 사나이의 자존심을 뭉개놓았는데, 이건 아주 약한 거라고.

"허구한 날 애를 못살게 구냐? 애 몰골을 봐. 저게 뭐야?"

흠, 몰골이 어디가 어때서! 맘에 들기만 한다. 형들은 역시 예술을 모른다. 보는 눈이 없으니, 예술 대신 의술을 택한 거겠지.

문 여사와 그의 형제들은 현장에서 걸린 죄를 캐물었다. 문 여사는 하의 여기저기를 살피고는, 다시 한 번 그에게 온갖 잔소리를 다 했다. 그를 오늘날 이 땅의 모든 성폭력에 희생된 여자들의 적으로 간주하면서 말이다.

가끔은 그런 생각도 들었다. 나는 주워온 애가 아닐까. 수학도 못하는 것도 그렇고, 하가 저렇게 막내딸 취급을 받는 것도 그렇고. 혹시 하와 내가 산부인과에서 뒤바뀐 건 아닐까. 그래서 부모님에게 자신보다 더한 귀여움을 받고 있는 건지도 모른다.

준후는 서글픈 생각에 온통 구겨진 얼굴을 하고 있는데, 하는 그에게 '메롱'을 연발하며 씨익 웃었다. 그러고는 문 여사와 함께 방을 나갔다. 분명 또 주방에 가는 것이리라.

준후는 결심했다. 다음에는 집에 개미 한 마리 없을 때, 완벽한 계획을 세워 하를 가만두지 않기로. 그때는 어림도 없다. 각오해라, 이하! 간단하게 목조르기만으로 끝나진 않을 거다. 으흐흐!

"준후야, 넌 항상 걸리냐?"

"그래, 아무도 없을 때 하면 되잖아. 그 사이를 못 참고."

"그러게 말이야. 네 맘 이해한다, 동생아. 하가 아직 미성년자니 어떻게 할 수도 없을 테고. 애가 타지. 참 딱하다."

병 주고 약 주는 인간들!

"그럼 들어오질 말았어야지. 왜 한참 좋을 때 방해하는 거야!"

준후는 형들을 향해, 신경질을 내며 베개를 던졌다.

　"그러게 안 된다고 한 거다, 이 녀석아! 한참 좋다가, 거기서 더 좋으면 어쩌려고? 무슨 일이 생길 수도 있다고."
　둘째인 준호의 말에 모두들 놀라 입을 벌렸다. 모범의 절대지존인 준호가 별스런 상상의 무한대를 질주하는 걸 보니, 형제들 모두 신기한 것이리라.
　"준호 형! 날 뭘로 보고 그런 말을 하는 거야? 내가 그 정도로 궁한 줄 알아? 그리고 저 조그만 게 어디 볼 데가 있다고……."
　준후의 말에 세 형제들은 불신이 물씬 풍기는 눈빛으로 그를 바라보고 있었다. 정말 미칠 노릇이다. 아니면 그들이 준후의 새까만 속을 알아차렸는지도 모르고.
　"아무리 작아도 여잔 여자야."
　"그럼. 작다고 보통의 여자와 다르진 않을 거야. 그렇지?"
　"당연하지. 어머니랑 목욕탕에 같이 가는 걸 보면 여자가 맞다니까."
　"거기서 그만. 형들이야말로 하를 여자로 생각하는 거야? 하는 동생이야. 거기서 더 이상 진도 나가지마. 작다, 거기서 끝인 거야. 알겠어?"
　그들이야말로 무슨 일을 벌일지 모르는 인간들이다. 내부의 적이 더 무서운 것이다. 피를 통한 그들이라고 무조건 신뢰할 수 없었다.
　"동생아, 조금만 참아라. 그때가 되면 네가 무슨 짓을 하든 말리지 않으마."
　"그래, 얼마 안 남았어. 고작 일 년이야. 그 사이에 마음을 다 잡아."
　"그 땐 우리가 알아서 부모님을 모시고 나갈 테니. 아마도 여긴 네 세상이 될 거야."
　그 얘기에 다시 스르륵 새까만 마음이 발동하기 시작했다.
　아직은 아니라고, 서준후. 너무 좋아해선 안 돼.
　"그런데 그때가 언제야?"

“그야, 하가 마음의 준비를 해야 할 수 있지. 설마 네 맘만 준비
되면 시도하려고 한 거야? 이놈 봐라? 아주 웃기네.”
“그러게. 정신 차려. 진정한 장수야말로 때를 안다고 했어.”
“기다리는 자만이 미인을 얻는 거라고.”
준후는 침대에 주저앉으며 한숨을 내쉬었다. 일 년, 그 일 년이
너무 멀게만 느껴졌다.
“대신 우리랑 한 번 해보자. 우리가 네 역할을 하고, 네가 하 역
할을 하는 거야. 그래야 너도 나중에…….”
어쩐지, 너무 쉽게 동의해 준다 싶었을 때, 그들의 저의를 파악했
어야 했는데.
“싫어. 삼 대 일이라고. 말이나 되는 소리야? 난 절대 안 해.”
어서 빨리 이곳에서 사라져야겠다. 그렇지 않으면 납작 눌린 오징
어가 되리라.
“야, 서준후! 거기 서라.”
“준후야, 할 말 있는데 그냥 나가면 어떡해?”
“이리와. 진짜 중요한 얘기야. 안 들으면 너만 손해야.”
준후는 고개를 저으며, 잽싸게 방을 빠져나갔다. 저런 식으로 꼬
드겨서 한두 번 당한 게 아니다.
”괜찮아. 안 들어!”

준후는 하를 찾기 위해 주방으로 향했다. 아니나 다를까, 하는 저
녁이라고 하기엔 너무나 이른 끼니를 없애고 있었다. 이런 예상은
좀 빗나가도 되건만, 어김없이 들어맞아서 그 자신이 민망할 따름이
었다.
준후는 고개를 절레절레 저으며, 하의 맞은편 의자에 털썩 주저앉
았다. 그는 나무 등받이에 몸을 기대고는, 열심히 작업에 매진하고
있는 하를 보며 한숨을 내쉬었다. 그 소리에 하는 아주 잠시 멈칫하
더니 그를 향해 신경질적인 눈빛을 보냈다.

그래, 먹어라. 하, 너도 다가올 마음의 준비를 해야 할 테니. 밥 힘으로 사는 애가 할 수 있는 게 뭐 있겠냐. 많이 먹고, 잘 준비해라. 그래야 이 낭군님이 널……! 으흐흐흐!

준후가 시커먼 속마음이 펼쳐지는 상상에 흐뭇해하던 그때, 문 여사가 커다란 플라스틱 통을 들고 주방으로 들어왔다.

"다음 달이라니, 믿을 수가 없네. 아이구, 이제 섭섭해서 어쩌나 모르겠다. 가시기 전에 이거라도 좀 가져다 드려야겠구나. 할 얘기도 있고 하니, 내가 갔다 오마."

문 여사는, 숟가락을 손에 쥔 채 벌떡 일어나는 하를 앉히고 거실로 발걸음을 돌렸다. 마지막으로 준후가 벌인 좀전의 사건을 상기시키는 저릿한 눈빛도 잊지 않으면서 말이다.

"무슨 얘기야? 뭐가 다음 달인데?"

준후는 문 여사가 나가자, 하 쪽으로 몸을 한껏 숙이고 물었다. 그녀는 입안에 든 음식물을 한꺼번에 삼키고는 입을 열었다.

"아, 그거? 우리 이민. 다음 달에 미국으로 이민 간다고."

헉!

하는 대수롭지 않다는 듯이 어깨를 으쓱하며 말했다. 그러고 앞에 놓인 물잔에 손을 가져갔다. 하지만 준후가 더 빨랐다. 그것을 재빨리 빼앗아, 하의 손에 닿을 수 없는 위치에 올려놓았다.

"다시 말해봐. 내, 내가 제대로 들은 거야?"

하는 불만족스러운 표정으로 다시 숟가락을 들었다.

"그렇다니까. 미국으로 이민 간다고!"

입안에 가득 찬 음식물 때문인지 정확한 발음은 아니지만, 준후에게는 이제껏 하가 말한 어떤 문장보다도 확실하게 들렸다. 하지만 믿고 싶지 않았다. 너무 확실하게 들려서일까.

"그래!"

하는 숟가락을 과감하게 휘두르며 나머지 밥을 섞고 있었다.

"그러니까 말이지. 다음 달에, 미국으로, 한 번 가서 안 오는, 그

해외이사를 간단 말이야? 그것도 너희 식구가?”

고맙게도 준후의 입에선 평소의 목소리가 고스란히 나와주었다. 귓가에 들린 문장은 뇌에서 이해한 지 오래인데도, 그는 또 묻고 있었다. 아마도 그 자신을 설득하기 위해서인지도 모른다.

“그래, 이 바보야!”

하가 ‘바보’라는 말에 신경질을 가득 담아서 말해도, 하의 입에서 밥풀이 포물선을 그리며 앞에 떨어져도, 그는 예전처럼 놀릴 수가, 화를 낼 수가 없었다. 이미 그의 귀엔 심장을 멈출 만한 문장이 딱 자리 잡아서 다른 것들은 아무 것도 아닌 게 되어 버렸다.

아까 한 말 취소야. 이렇게 예상을 빗나가게 하면 어떡해, 조금만 빗나가게 하라고 했잖아! 차라리 내가 민망해서 죽어도 좋으니, 항상 내 예상을 빗나가지 마.

아무렇지 않게 먹고 있는 하를 보니, 자꾸만 꿈을 꾼 것 같은 생각이 들었다. 아니면 귀에 이상이 생겨서 그런 건 아닐까.

“그런데 너무 갑자기 가는 거 아니야?”

멍청한 놈, 고작 한다는 소리가 겨우 그거냐!

“전혀 아니야. 나 어릴 적부터 이민 신청한 걸? 언니들이랑 친척들도 다 있고. 부모님이 굉장히 가고 싶어 하셨거든. 안 갈 수 없지. 그런데 물 안 줄 거야? 목 타 죽겠어.”

가서 영원히 오지 않을지도 모르는데, 넌 매일 마시는 물이 그렇게 중요한 거냐? 거짓말, 거짓말! 못살게 구니까 화풀이 하는 거지?

심장이 박자를 잃은 소리가 어찌나 큰지, 자신의 귀까지 다 들릴 지경이었다. 몸에 몇 톤의 추를 달아놓은 것 마냥 한없이 무겁기만 했다. 그래서 밑바닥으로 떨어질 것만 같다. 뜨거운 피가 단숨에 빠져나간 듯한 느낌이 들어 온몸이 덜덜 떨렸다. 어디가 아픈데, 정확히 어디가 아픈지 모르겠다.

“대체 언제 가기로 결정된 거야? 왜 말 안 한 거야?”

준후는 급속도로 열이 오르는 눈가에 힘을 주며 숨을 골랐다.

“우리 부모님이 너희 부모님한테 말씀하셨을 걸? 그런데 왜 너만
몰라? 다들 다 아는데. 서 군, 너 너무한 거 아니야? 나한테 관심
좀 가지셔.”

뭐, 관심? 너한테는 항상 과도한 관심을 가지고 있어, 이하. 너만
몰라, 모른다고! 나 없는 미국으로 영원히 떠난다고? 누구 맘대로?
넌 못 간다, 못 간다고!

하지만 말할 수 없다. 아니, 말이 나와 주질 않는다.

“지금 가면 어쩌려고 그래? 우리는 항상 죄인이라는 고3이라구,
고3. 그런데 이런 중요한 시기에 무슨 이사? 그것도 저 멀리 미국으
로?”

거참, 웃기는군, 서준후. 학생주임 같은 얘기나 하고. 그런 말을
하고 싶었던 게 아니잖아.

“……”

하는 국물을 벌컥벌컥 마시느라 여념이 없다.

“공부 잘하는 애가 왜 다 늦어서 조기유학을 가겠다는 거냐? 그
성적이면 어디든 가는데, 그냥 한국에 있는 학교 가. 거기서 어떻게
적응하려고?”

날 좀 보라고, 이 바보야! 한 번만 날 쳐다보고 무슨 말인지 해보
라고.

“……”

서준후 입시주임과 말 안 듣는 학생, 이하. 주방이 점점 더 진학
지도실로 변해 가는데도, 하는 여전히 국물을 마시느라 답이 없었다.

“약대 나와서 동네에 약국 개업한다며? 사업한다며? 한국 사람은
한국 땅에서 살아야 해. 그리고 입맛도 까다로운 애가 어딜 간다는
거냐? 거기 가면 느끼한 것들만 잔뜩 먹어야 한다고. 잘 생각해
서……!”

입시주임 변신마술이 깨져버렸다. 잠자코 듣기만 하던 하가 들고
있던 숟가락을 테이블에 탁 소리 나게 내려놓으며 말했다.

“나, 가지 말라고?”

하는 꽤나 건들거리며 물었다. 그를 떠보려는 듯한 눈빛. 이 서준후의 비밀을 알아차린 건가. 엄청나게 둔한 애니 그럴 린 없을 것이다. 그랬으면 정말 좋겠다. 아직은.

“뭐, 여러 가지를 따져 볼 때 안 가는 게 좋겠다 이거지.”

그건 진짜로 맞는 말이다. 다시 한 번 말해 줄까.

“그러니까 나, 안 갔으면 좋겠어?”

하는 갑작스레 얼굴을 들이밀더니만 준후의 머리카락을 잡아당겼다. 아주 큰일날 자세다. 그는 딱딱하게 굳은 채로, 위험스러울 만치 가깝게 붙어 있는 하의 얼굴을 밀어냈다. 떠날지도 모르는 그녀와 떠나면 앞으로 어떻게 살지 모르는 그, 떠나고 싶은 그녀와 떠나면 아파서 죽을지도 모른단 생각이 든 그는 서로를 몇 초간 바라보고 있었다.

“지금 상황으로 볼 때는……!”

준후는 이 어색한 상황을 무마하겠다는 생각에 입을 열었지만, 하의 놀림에 말을 잇지 못했다.

“나 갈까, 말까?”

하의 입술 한쪽이 씰룩거렸다. 준후를 속이거나 놀릴 때마다 생기는 입술의 부자연스러운 움직임. 드디어 알았다. 하는 겁 없이 그를 놀리고 있는 것이다. 그는 마음이 타서 죽을 것만 같은데, 누구는 신나서 죽을 것 같은 표정이다.

진짜 심각했는데, 넌 날 놀린 거냐. 남의 속도 모르고, 매정한 하!

그나마 유지하고 있던 긴장이 툭 소리를 내며 도망가 버렸다.

“그래, 가려면 가버려! 가! 가서 오지 마. 너 따위 내가 기……!”

준후는 자신도 모르게 나오는 속말을 가까스로 삼키며, 혹시라도 오래도록 숨겨둔 마음이 들킬세라 거실로 달아났다. 그리고는 소파 위에 또 다시 털썩 주저앉았다. 그는 거칠게 숨을 몰아쉬며 깨질 것 같은 마음을 다잡았다.

가슴에서 치솟는 절박함, 속마음 하나 털어놓지 못해서 삼킨 말들, 사실은 그렇지 않은데 그렇게 밖에 할 수 없었던 몸짓들 따위는 무시하고 싶었다. 아니, 꼭꼭 숨겨야 하는데, 그 자신도 모르는 곳에 감춰 둬야 하는데, 이번만큼은 자신이 없었다.

하가 바로 옆자리로 뛰어오르자, 소파가 흔들거렸다.

"넌 어쩜 그렇게 말도 싹수없이 하나? 그래도 그렇게 오래된 친구가 떠날지도 모르는데 말이야. 사실은 나 안 갔으면 좋겠지?"

"……."

준후는 답답함에 머리를 헝클어뜨렸다. 혹시나 터져 나올지 모르는 마음을 감추려고 머리카락을 사정없이 잡아당겼다.

"자식, 네 인생에서 내가 얼마나 중요한 존재인지 이제야 알았구나. 하긴 나 아니면 누가 성질 더러운 너랑 놀아주겠어? 과외 선생님도 해주지, 학교에서 네 인기관리도 해주지, 집 옆에 살면서 각종 홈서비스도 해주지. 나야말로 네 생활 관리사잖아. 그런 내가 떠난다고 하니까 너 무서웠지, 그지? 그래, 내가 다 안다니까."

준후는 나오게 해달라고 강요하는 마음을 누르기 숨을 내쉬었다. 하는 그의 등 뒤에서 뻐기는 목소리로 조잘대기 시작했다. 이젠 등까지 두들기며 선생님 흉내까지 냈다.

"……!"

"그래, 그렇게 의지해 온 내가 떠난다니, 상실감에 충격까지 받았을 거야. 그 마음 이해해."

"하, 또 웃기는군. 내가 언제……!"

준후의 등 뒤에 있던 하가 그의 목을 끌어안았다. 일순간 모든 근육이 오그라들었다.

이렇게 갑자기 다가오면 어떻게 하라는 거지. 물론 이보다 더한 레슬링놀이도 하는 판에 그깟 뒤에서 목을 끌어안은 것뿐인데, 이건 아무 것도 아니지. 그런데 왜 이렇게 떨리는 거야.

"한국의 미를 미국에 알릴 좋은 기회였는데, 생각해 보니까 내가 가면 네가 무척 외로울 것 같더라고. 그렇지 않아도, 성격 안 좋아서 친구도 없는 애가 따돌림 당해서 학교를 자퇴할 수도 있잖아?"

준후가 있는 힘껏 공기를 들이마시자, 오그라든 근육들이 적당히 풀어지기 시작했다.

소설 한 번 거하게 쓴다고 말하고 싶지만, 그는 지금 상실감이라는 것도, 충격이라는 것도, 고스란히 느끼고 있었다. 하가 그의 인생에서 갑자기 사라질 거란 생각을 해본 적이 없어서 당황한 것이다. 평생 함께 있어야만 할 것 같은 무언가를 내줘야 한다니 너무나 낯선 일이라 놀란 것이다. 이하가 서준후의 곁을 떠난다는 건 있을 수 없는 일이고, 불가능한 일이라고. 평생 가도 내주고 싶지 않다. 아니, 내주지 않을 것이다.

"…그래서 너만 안 간다는 거냐? 부모님이 너만 남겨 주신대?"

가지 마라. 할 수만 있다면 가지 말라고. 하지만 가겠다면 방법은 있지. 힘들고 어렵겠지만 따라가면 된다고. 조기 유학이라고 하기엔 좀 늦었지만, 부모님께 가겠다고 하면 보내주실 거야. 그리고 예술은 바다 건너가 더 좋다고들 하는데, 미리 가면 되는 거지. 몇 년 후에 가려고 했던 거 조금 일찍 가는 거라고 생각하면 된다고.

"여기 남으래. 에잇, 짜증나. 사실 가고 싶었는데. 집 문제도 있고 학교도 안 마쳤다고. 그리고 생각해 보니까, 나 같은 고급 두뇌를 수출하는 건 나라의 막대한 손실이잖아. 또, 너희 형들이 있는데 내가 어디 가겠어? 하하하! 미래의 형수가 될지도 모르는 판에 말이야. 나 안 간다니까 좋지?"

"……!"

결국 거짓말 한 거잖아. 가지 않을 거면서 날 떠본 건가? 속이 새까맣게 타서 재만 남았는데, 뭐가 어쩐다고? 누구 때문에 머리에 쥐나면서까지 유학을 결심한 상황인데. 뭐, 형들 때문에 안 간다고? 미래의 형수 자리를 아직도 포기 못한 거야?

준후는 기가 막혀서 말이 다 나오지 않았다. 그래도 안 간다니 어던가. 마음만은 태평양인 그가 이해해야 할 일이지.

"야, 왜 말이 없어? 창피해서 그렇구나? 뭘 쑥스러워하기는. 은근히 귀여운 구석도 있네? 너 무서웠지? 그러니까 나 구박하지 마라. 못살게 굴지도 말고."

하는 그렇게 말하며, 더욱더 준후의 목에 매달렸다. 숨을 쉬기엔 약간 곤란했지만 오늘만, 지금만 참아주기로 했다. 참다운 남성미의 상징인 서준후에게 귀엽다는 말을 쓰다니. 하지만 가지 않겠다는 말에 감격스러워서 또 참기로 했다.

그런데 그는 결코 구박을 한 적이 없었다. 단지 진실한 충고를 가끔, 아주 가끔 한 걸 제외하면 말이다. 그것도 다 애정의 한 방법이란 걸 모르는 누군가가 문제인 것이다.

"내가 언제 그랬냐? 네가 항상…… 윽, 이하! 너 팔 안 풀어? 등에서 얼른 내려와."

하는 이제 찰거머리처럼 준후의 등에 붙어서는 목을 조르기 시작했다.

조그만 게 어디서 이런 힘이 났는지, 알다가도 모를 일이다. 이렇게 힘이 센 앤데, 더 이상의 준비는 필요가 없는 듯 보였다. 그래, 그만 준비해도 충분했다.

"네가 발뺌을 하니까 이런 거야. 그리고 항상 나만 당하니까 불공평하잖아. 너도 한 번 당해 보라고."

"야, 그건 내가 하는 거지, 넌 아니라고. 넌 그냥 당하는 컨셉인 거야. 어서 안 떨어져!"

하는 그 말에 아랑곳하지 않고, 계속해서 손에 힘만 더 주었다. 그 동안 당한 걸 이번 기회에 복수하려는 것 같았다.

"이거 은근히 재밌네. 헤헤헤! 그래서 네가 만날 하는 거구나. 신난다, 신나. 너 진짜 약 오르지?

준후는 계속해서 힘자랑하는 하를 이리저리 뿌리쳐 보았지만, 어찌나 딱 들러붙었는지 떼어낼 수가 없었다.

지금은 더 이상 달라붙으면 안 될 때인데. 하가 남자를 몰라도 너무 몰랐다. 그러다가 이 서준후가 진짜 남자로 변신하면 어쩌려고 그러는지, 계속 신난다만 외치고 있었다. 확 변신해 버릴까. 그럴 때마다 있는지도 몰랐던 양심이란 놈이 슬그머니 일어나서 내키는 대로 변신할 수가 없다.

하가 깔깔대고 웃는 바람에 그의 목을 쥔 손이 느슨해지자 준후는 그 틈을 타서 목에 둘러진 손을 있는 힘껏 잡아 뺐다. 그런데 하의 몸무게와 자세를 고려하지 않은 대단한 힘인지라, 결국 그녀는 공중으로 붕 솟았다 떨어지고 말았다. 준후는 낙하하는 하를 겨우 붙잡긴 했지만, 이미 그의 다리 쪽으로 떨어지고 난 후였다.

하의 얼굴을 보니, 많이 아파서 그런지 눈도 못 뜨고 가는 신음만 흘리고 있었다.

"괜찮아? 그러게 내가……."

"이 나쁜 놈. 내가 신나는 게 그렇게 싫어? 어떻게 이럴 수가 있어? 넌 진짜 나쁜 놈이야. 한 번 당해주면 안 돼? 이런 꼴 안 당하려면 미국에 그냥 확……!"

"안 돼, 넌 못 가."

"……!"

준후는 여기저기를 주무르며 일어서는 하의 목을 꽉 붙들며 절박하게 말했다. 어깨보다는 안전한 목을 붙들면서 말이다. 그도 무슨 생각으로 그랬는지, 어떤 마음으로 그랬는지 몰랐다. 어쨌든 그래야 할 것 같았다. 하가 있어야 할 곳은 바로 여기, 그의 옆자리니까.

하가 놀란 것 같았다. 설마 눈치를 채고 놀라 말문이 막힌 건가. 어색한 분위기와 뻣뻣하게 굳은 하 때문에 준후의 심장은 팔딱 뛰었다.

"하, 많이 아프냐? 그러니까 내 말은……."

준후는 꽉 붙든 팔을 풀며, 하를 달래볼 생각으로 평소와 달리 조심스럽게 말했다.

"휴우! 서 군, 그렇게 세게 목을 조르면 말을 할 수가 없잖아. 넌 너무나 힘이 넘쳐서 문제야."

그럼 겨우 숨을 쉴 수 없어서 말을 못한 거란 말인가. 혹시나 가슴 졸이며 물었는데 저 둔함이라니.

"가지 않기로 했으면서 왜 딴 말 하냐? 그러니까 내가 그런 거지. 부모님만 가시고 넌 원래 안 가기로 되어 있었으면서, 나 위하는 척 사기를 쳐? 하여튼 또 간다고만 해봐!"

결국 준후는 퉁명스러운 목소리로 가지 말라는 말을 대신했다. 평소 스타일은 버리기가 힘들다. 간만에 부드러운 남자로 반짝 변신하고 싶었는데. 형들 말대로 이런 것도 꾸준한 연습이 필요한 건지, 이번 기회에도 실패하고 말았다.

"그럼 어쩔 건데, 네가 어쩔 건데?"

분위기 파악해서 애교라도 부릴 것이지, 저렇게 바락바락 대드는 걸 보면 하도 변신이 불가능한 애다. 앞으로 하의 몫까지 변신해야 할 자신을 생각하니 억장이 무너진다. 그래도 조기유학은 가지 않아도 되니 다행스럽고도 고마운 일이다.

만약 하가 어딘가로 갈 조짐이 조금이라도 보인다면, 그 또한 반드시 함께 움직이리라 다짐했다. 한 번 마음을 정하고 나니, 이젠 모든 게 쉽기만 한 것 같다.

"내가 뭘 어쩌긴, 그냥 잘 보내주려고 그런 거지. 어라? 아니, 시간이 벌써 이렇게 되었잖아. 할 일도 많은데, 너랑 놀다가 다 가버렸다. 체육관에서 사범님이 기다리고 계실 텐데, 혼나면 네 책임이야. 알겠냐?"

준후는 옆으로 자리를 옮기며 바쁜 척을 했다. 상황이 일단락되고 보니, 그 자신이 초라해 보이는 것 같기도 하고, 평소보다 너무 흥분한 것 같기도 했다. 하여튼 기분이 머쓱했다.

"아니, 그게 왜 내 책임이야? 말은 바로 해라, 서 군! 항상 내 평계만 대고 그래?"

"시끄러워. 이따가 봐."

"이따가도 보고 싶지 않은 게 네 얼굴이야."

준후는, 그 말을 듣고 울컥한 나머지 하의 머리끈을 아래로 획 잡아당겼다. 잘해보려고 노력해도 파트너가 호응해 주질 않으니, 만날 그가 이 모양인 것이다.

준후는 이미 제어장치가 고장난 심장이 무슨 일을 저지르기 전에 재빨리 현관문을 박차고 나섰다.

"하야, 준후가 왜 저러니? 또 싸웠어?"

현관 앞에서 어리둥절한 표정으로 서 있는 하를 보며, 이층에서 내려오던 준휘가 물었다.

"체육관 간대요. 싸우긴 누가 싸워요? 제가 항상 일방적으로 당하기만 하는 걸요, 뭐. 오늘은 아예 절 공중으로 던졌다니까요."

하는 분한 표정으로 씩씩거리며 말했다.

준휘는, 감정표현에 인색한 막내 동생 때문에 여러 가지로 괴롭힘을 당하는 하가 안타깝기도 했지만 요즘엔 준후가 더 안쓰럽단 생각을 많이 했다. 같은 방향이긴 한데, 다른 걸 보고 있는 건 힘든 일이니까.

"아까 과자 먹다가 싸운 것 때문에 그래?"

"아니요. 이민 가는 거요. 부모님만 가시고 전 안 간다고 얘기하려다가, 제가 좀 놀렸거든요. 그런데 화를 내잖아요."

"뭐라고 했는데?"

"친구가 없으니 불쌍해서 미국 안 가고 남아서 놀아준다고 그랬죠. 그런데 안심은커녕 화만 내잖아요."

"그리고 또 다른 건 없었어?"

"사실 기회를 틈타서 목을 좀 졸랐는데, 그것 때문에 그런가 봐요. 서 군은 항상 제 목을 조르잖아요. 아주 잠깐 힘 좀 준 거 가지고. 왕치사, 서준후!"

하는 불퉁거리며 소파 위로 쿠션을 집어던졌다.

"흠, 그래? 너보고 가지 말래?"

"당연하죠. 제가 가면 저런 구린 화상한테 친구가 있겠어요? 우리가 서커스 남매도 아니고 항상 공중으로 굴리질 않나, 목을 조르질 않나. 이 참에 확 가버려서 저 꼴도 안 보는 건데."

준휘는 그런 하의 모습을 보며 씽긋 웃고 말았다.

안 돼요, 아가씨. 그런 위험한 생각은. 우리 막내 죽는 꼴 보고 싶지 않다면 가지 말아야 해.

"네가 참아라, 하. 하루 이틀 일도 아니잖니? 넌 마음의 준비나 잘하렴."

그 말에 골을 내던 하의 얼굴이 일순간에 밝아졌다.

아니, 마음의 준비를 그렇게나 바라왔나? 혹시 하가 준후의 마음을 안 건가.

"또 뭐 사주려고 그러는 거죠? 헤헤헤! 먹는 데엔 마음의 준비 같은 거 필요 없으니까 얼른 사주세요."

하는 할 말을 잃게 만드는 애다. 심각하게 둔한 하에게 어떤 마음의 준비를 시켜 잡아먹을지, 막내 동생의 먼 여정이 그려졌다.

눈빛을 빛내며 기대에 찬 표정으로 자신을 바라보고 있는 하를 보자, 준휘는 신음소리가 절로 나왔다. 그는 지갑을 사수하기 위해 방으로 달려갔다.

이민 사건으로 준후의 청춘시절을 위험에 빠뜨렸던 하는 원하던 대로 약대에 합격했고, 그도 예술가의 첫걸음을 위해 사진학과에 입학했다.

이민간 하의 부모님들을 대신해, 준후의 부모님과 007세트 형제들이 쏟는 애정과 감시 때문에 그에게 놀이의 기회는 좀처럼 오지 않았다. 부모님도 안 계시는 큰 집에 자러 가는 것 외엔 할 일도 없는 애니 아예 그의 집에 눌러앉히자고 몇 번을 말했지만, 가족의 거센

반대에 부딪혀 실패하고 말았다. 준후의 형들이 말하길, 007 본인들은 괜찮지만 혹시 모르는 스캔들에 주의해야 한다며 부모님을 설득시킨 것이다. 형들이 아니라 원수가 따로 없다. 스캔들 자체가 불가능한 사람이 바로 하인데, 이 서준후라면 몰라도. 하여튼 그렇게 또 시간은 흘러갔다.

대학입학을 앞둔 초봄, 준후의 집을 뻔질나게 드나들던 하가 보이지 않았다. 세 끼 그의 집에서 꼬박꼬박 챙겨먹는 애가 며칠 전부터 흔적조차 찾을 수 없었다. 대체 어디에서 끼니를 해결하고 있는 걸까. 조만간 주린 배를 움켜잡고 들어올 거라며 기다렸지만 3일이 지나도 들어올 생각을 하지 않았다. 그런데 그의 가족들은 전혀 궁금해 하지도 않았다.

"준후야, 심심하지?"

"형은 당연한 얘기를 물어 보고 그래?"

"맞아. 큰형은 너무 뻔한 건만 묻는다니까."

007의 임무는 세계평화와 악의 무리 소탕인데, 왜 아주 소심하게 준후의 일에만 발 벗고 나서는 건지 알 수가 없다.

"무슨 소리야, 형들? 내가 왜 심심해? 할 일이 널렸어. 아르바이트해서 카메라 장만하느라 바쁘다고."

그건 진짜다. 카메라 얼른 사야 한다. 심심? 심심한 건 아니다. 그냥, 그저, 단지 삶이 여유로운 느낌이랄까. 너무 여유로워서 공허한 느낌마저 들었다. 삶이 그다지 재미있는 것 같지도 않았다. 매사에 흥미도 없고, 기운도 빠지고, 입맛도 없다. 건강을 생각해서라도 하를 찾아야 할 모양이다. 아무래도 하는 그의 인생에서 없어서는 안 될 생활필수품이 되어버렸다.

"아르바이트는 다음달부터라며?"

"지금은 아니잖아."

"친구가 참 없는 우리 막내라니까."

준후는 알면서 이러는 형들이 밉다. 꼴도 보기 싫다. 그도 친구는 많다. 하를 대신할 친구가 없어서 그렇지.

"원래는 이번 달부터였다고. 그리고 내가 언제 기다렸다고?"

준후의 말에 세 형제들은 들고 있던 책들을 그에게 던졌다. 가까스로 날아오는 것들을 피하고 보니, 그는 세 남자들의 몸 밑에 깔려 있었다.

"심심하니까 비디오나 빌려 와라."

"골고루 재미난 걸로 빌려와. 알았지?"

"만화책 말고, 꼭 비디오 빌려와야 한다."

준하는 준후에게 지폐를 여러 장 쥐어 주며 현관 밖으로 밀었다. 엉겁결에 문밖으로 밀려나온 그는, 영화 보면서 예술 공부나 해야겠단 생각에 신발을 신었다.

"어서 오세요. 엇, 서준후! 너 여긴 웬일이야?"

"어서 와?"

준후의 귓가에는 경쾌한 종소리와 더불어 익숙한 목소리가 내려앉았다.

하는 사람 놀래키는 재주가 무척 많은 애다. 대체 어디에서 밥을 얻어먹고 다니기에 보이지 않은 거냐고, 걱정했다고, 언제 올 거냐고 묻고 싶은 걸 간신히 참았다. 세 살 버릇 여든 살까지 간다는 말이 딱 맞는다.

하고 싶은 말은 언제나 입에서 나와 주질 않고 안에서만 맴돌았다. 이것도 병인데, 해야 할 말인데, 언제나 뒤돌아서야 나오는 한참이나 늦어버린 말들. 몇 박자나 느린 그의 마음들. 제발 언젠가는 늦지 않게 나와 주길 바라며, 이번에도 다음 기회를 노릴 수밖에 없다.

"나 심심할까봐 놀러 왔구나."

"하, 웃기는군."

"에잇, 쑥스러워하기는. 다 알아. 내가 밥 안 먹으러 가서 걱정했

구나. 새해가 되니 너도 마음 변화가 생겼네? 우와, 대단하다, 서
군!"

그녀는 가지런히 놓여진 비디오들을 손으로 쓸며 그를 향해 씽긋
웃어 보였다.

웃지 마, 웃지 말라고. 뭐가 좋다고, 그렇게 방싯 웃는 거냐.

하가 웃으니 그의 얼굴이 자꾸만 달아오르려고 했다. 그때가 언젠
지 정확히 기억나진 않지만, 어느 때부턴지 하가 웃으면 이상한 기
분이 든다. 뱃속에 있는 내장기관이 꿈틀거리고, 균형 감각이 말을
듣지 않는다. 아마도 이민 사건으로 인한 후유증인가 보다.

"또 소설 쓴다. 그런데 대체 여기서 뭐 하는 거냐?"

"아, 미래의 내 사업을 위해 연습하고 있었어. 고객과의 소중한
만남을 위해 애쓰고 있는 거란다."

그냥 아르바이트하고 있다면 될 것이지, 말 한 번 거창하게 한다.

"네 미래의 사업은 뭐고, 고객은 또 뭐냐?"

하는 준후가 수학문제를 틀릴 때마다 짓던 표정을 만들어 보이며,
손가락으로 그의 가슴을 콕콕 찔렀다. 그는 개미 발걸음 같은 움직
임을 만드는 하의 손가락을 가슴에서 떼어 내었다. 그 개미 발걸음
도 하가 만들면, 준후의 온몸이 성감대로 변한다. 개미가 아니라 코
끼리 발걸음과 같은 충격을 주기 때문이다.

"서 군, 내 사업, 약국 몰라? 약국을 경영하기 위해선 고객과의
신뢰에 기초한 영업이 되어야 한다고. 지금부터 차근하게 경영수업
할 생각이야."

"경영수업? 네가 재벌 2세냐?"

"거참, 너처럼 비즈니스 정신이 결여된 애랑 무슨 얘길 하겠어?"

하는 카운터의 유리판까지 두드리며 열변을 토하기 시작했다. 눈
을 커다랗게 뜨고는 팔을 휘저어대며 준후에게 대답을 재촉했다.

"비디오랑 약이랑 그게 무슨 상관이라고, 거참!"

매번 그렇듯이 준후는 그녀의 경영철학, 사업구상에 대해선 그다

지 귀담아 듣지 않는 편이다. 그녀의 표정이라든지 말할 때마다 하는 손짓, 오물거리는 입술, 갸웃거리는 머리를 보는 게 더 흥미로우니까. 아무리 봐도 질리지가 않는 것이, 참 신기한 일이다.

"당연하지. 너도 카메라맨 되면 당연히 필수로 해야 할 일이야. 영업을 우습게 보면 안 된다고. 얼마나 고되고 힘든 싸움인지 몰라."

그건 영업뿐만이 아닌데. 준후 역시도 고되고 힘든 싸움 중이다. 그의 본심을 은근슬쩍, 여기저기 흘려보는 중이었지만, 생각했던 대로 효과가 나타나질 않으니, 느는 건 한숨뿐이다.

"그건 그렇고, 형들이 비디오 좀 빌려 오라는데, 잘나가는 걸로 좀 줘봐라."

"좋아, 그리고 보너스도 몇 가지 넣어줄게."

하는 가지런히 놓여 있던 비디오들 중에서 세 개를 골라 검정 비닐봉지에 담았다. 옆에 쌓여 있던 비디오 잡지도 함께 넣었다. 나름대로 경영수업을 착실히 했는지, 비디오를 만지는 폼이 예사롭지 않았다.

"자, 여기. 대여기일 지켜야 한다. 아무리 친구라도 지킬 건 지켜야 해. 그리고 특별히 보너스로 괜찮은 거 하나 넣어줄게. 나나 되니까 이런 거 알아서 챙겨주는 거야."

하는 온갖 생색을 다 내며 카운터 아래로 몸을 숙이더니 다른 비디오 세 개 더 넣어주었다. 보너스라면서 구석에서 꺼내다니, 그다지 믿음이 가지 않았다.

"돈까지 다 받으면서 친구를 잘 둔 거라는 거냐? 그런데 언제 끝나? 곧 저녁 먹을 시간인데, 안 가냐?"

준후는 벌써 떠나야 할 시간이기에 하의 영업장에서 좀더 버틸 변명거리가 필요했다. 역시나 저녁이라는 말 한 마디에 안색이 환해진 하는 카운터 위에 바짝 몸을 기대며 입맛을 다셨다.

"맞다. 저녁 먹어야지. 너희 엄마가 오늘 불고기 해주신다고 하셨어. 꼭 가야지. 30분만 있으면 주인 아주머니 오시니까 같이 가자."

"그러지, 뭐."

다행이다. 같이 가잔다. 사나이가 조신하지 못하게 마음을 함부로 표현할 수는 없는 거다. 생각보다 심드렁하게 대꾸했지만, 실은 좋아서 펄쩍 뛸 것 같다. 하는 저녁 때문이 아니라 그의 기다려준다는 말을 듣고 좋아하는 것이다. 물론 그도 좋다. 그에게 동그란 의자를 내주며 앉으라고까지 했다.

내일도 또 와서 하의 경영수업에 힘을 실어줘야겠다. 하 말대로, 그도 영업에 힘을 써야할 예술인이니까.

"그런데 하, 너 잘하기는 하는 거냐?"

하는 준후의 의심스런 눈길에 손까지 흔들며 흥분했다.

"당연하지. 너도 알다시피 내가 아저씨들, 아줌마들한테 엄청나게 어필하잖아."

"그렇긴 하지."

참 다행인 일이다. 그런 나이든 분들에게만 어필하니까.

"나 스스로도 고객들과의 친화력에 놀란다니까."

하는, 노인들, 아이들, 동네의 개들한테까지 엄청난 인기몰이를 하고 있다. 물론 인사성 밝은 것도 한몫 단단히 하지만, 이미지 자체가 워낙 친근해서인지 보는 사람마다 그녀를 좋아라 했다. 하지만 하는 정작 어필해야 할 젊은 총각들에겐 별 소용이 없다며 원통해했다. 준후에겐 무척 행복한 일이다. 괜히 젊은 총각들의 관심이나 끌면 시끄러운 일만 벌어져 그의 머리만 아픈 일이다. 물론 준후 자신이 알아서 날파리 떼를 잡아내고 있으니, 그다지 걱정은 하지 않았다.

그때였다. 문에 달린 종이 소리를 내자, 하는 들어오는 40대의 아저씨를 반갑게 맞이했다. 그 아저씨 또한 하를 보자 마찬가지로 반가워했다. 하지만 준후의 표정은 구겨졌다. 부정적인 생각이 그의 머릿속을 파고들었기 때문이다. 요즘 원조교제가 유행이라던데, 중년의 남자가 하에게 기분 나쁜 마음을 품고 있는지도 모른다. 그는 혹시 모를 악의 구렁텅이에서 하를 보호해야만 한다. 하는 듯해서 원조교제인지도 의식하지 못한 채, 아저씨들을 따라가고도 남을 애다. 맛난 것만 사준다면 이 서준후도 팽개치고 가버리는 애니까.

"학생 있었네? 어제 빌려준 거 괜찮더라. 다른 사람들도 재밌게 봤다더니, 역시나 나한테도 맞더라고. 오늘은 어떤 거 추천해 줄 거야?"

아저씨는 검정비닐에 싸인 비디오를 내밀며 귀여워서 못 견디겠다는 듯이 하의 어깨를 두드렸다. 준후가 보기엔 상당히 부적절한 행동이었지만, 하는 아무렇지도 않은 건지 표정에 변화 하나 없었다. 어깨를 만지다가, 은근슬쩍 머릴 만질 수도 있는 거고, 저러다가 손도 덥석 잡을 수도 있는 거고, 저러다가……! 그 생각에 정신이 번쩍 들었다. 영업이고 비즈니스고 당장 그만두게 해야겠다.

"어머, 재밌으셨어요? 다른 아저씨들도 그게 요즘 것 중에 제일 낫다고 그러셨거든요."

그렇지 않아도 어린 여자애가 근무할 곳은 못 된다는 결론에 도달할 참이었는데, 하는 연신 웃으며, 카운터 밑에 놓여 있는 종이봉투를 집어 올렸다.

"이번에도 잘 부탁할게."

"여기, <자라총각 뒤집어졌네>랑, <애들은 재웠수>, <연필부인 흑심 품었네>만 빼놨어요. 아직 다른 건 안 들어와서요."

준후는 더더욱 결심을 굳혔다. 저런 제목의 영화들을 줄줄이 외우고 있는 하를 보고 경악을 금치 못했다. 설마 그 많은 걸 다 본 건가. 그는 빨간 것들이 주종을 이루는 테이프꽂이를 한참이나 노려보았다. 아무래도 하는 다른 영업을 알아봐야 할 것이다.

그래도 뭐가 좋다는 건지 하와 아저씨는 한참을 떠들더니, 하는 다음에는 꼭 그걸 빼놓겠다는 약속을 단단히 하며 아저씨를 배웅했다.

"하! 너 설마 저런 거 다 본 거냐? 그리고 너 아저씨가……!"

그때까지 꾹 참고 있던 준후가 입을 열었다.

"서 군, 조용히 해. 네 나이가 몇인데 저런 거 가지고 호들갑이야? 꼭 봐야 다 아나? 안 봐도 여기 앉아 있으면 다 알게 된다고. 그리고 저런 게 은근히 안 야해요. 진짜 보여줘야 할 곳은 잘 보여주지도 않고 다리나 괜히 형광등만 비춰준다니까."

"너, 너 어떻게……!"

진짜 보여줘야 할 곳과 다리와 형광등이 준후의 눈앞을 어지럽게 만들었다. 하는 계속해서 떠들며 그를 더 기막히게 했다.

"저런 거 서비스로 넣어주면 엄청 좋아해. 이런 게 바로 서비스 노하우라는 거야."

"그걸 말이라고 하냐. 그래도 이런 건 너무하잖아."

준후도 남자이기에 뭐라 말할 처진 아니었지만, 그래도 그렇지. 그가 모르는 사이에 그녀가 변해버린 건가.

"너도 남자면서 안 그런 척하기는. 우리 사이에 내외할 일이 뭐가 있다고? 그리고 PSA인 나로서는 뭐, 이런 거 우습지도 않지. 하긴 넌 아직 ASA니까, 내가 이해할게."

"뭐, PSA? 그건 또 뭐냐? 내가 뭐, 뭐라고?"

영업 뛰면서 이상한 단어들은 다 주워들었나 보다. 우리 사이라니. 우리 사이는 그런 사이이기 때문에 당연히 조심해야 한다. 아직은.

"PSA. 프로 섹스 어소시에이션(Pro Sex Association)의 약자다. 몰랐지? 괜찮아. 너도 조금만 크면 다 알 수 있어."

원래도 하가 이상한 걸 잘 만들어내기도 했지만. 이젠 별걸 다 지어낸다. 저런 협회는 난생 처음이다. 그리고 프로라니! 올 봄 꽃샘추위에 프로가 다 죽었나. 조금만 크면 다 안다고? 더 이상 알 게 없는 그를 보고 지금 무슨 소리를 하는 거야.

"설마, ASA의 A는 아마추어의 그 아마냐?"

"응, 당연하지. 우와, 너 나름대로 똑똑하네."

그거 하나 맞았다고 금세 똑똑한 남자가 되다니. 아마라니! 이 서준후가 '아마추어'의 그 '아마'라는 건가. 프로면 프로였지, 절대 아마는 아니라고. 지금 누가, 누굴 아마라고 하는 건가.

"너, 그거 네가 만들어낸 협회지? 어디서 그런 걸 만들어서 이상한 얘기야? 딴 데 가서 그런 얘긴 하지도 마."

"시끄러워. 네가 프로의 세계를 어찌 이해하겠니? 그래도 너 줄려고 오는 손님들한텐 다 거짓말하고 숨겨놨던 거 보너스로 줬다고. 그걸 보고 한 단계 업그레이드 된 아마가 되렴. 아저씨들이 요즘 엄청나게 찾는 거, 특별히 너한테만 빌려주는 거야."

준후는, '특별히 너한테만'이란 말에 속없이 쿡 하고 웃음이 나왔다. 그 한 마디에 마음이 스르륵 풀어졌지만, 그래도 할 말은 해야 한다.

"네가 굳이 보여주지 않아도 이런 거 다 아니까 보너스는 넣지 마라. 내가 너 같은 줄 아나?"

"흠, 네가 보너스를 보면 나한테 고맙다고 할 걸? 제목만 이상해서 그렇지 나름대로 건전해."

하는 이상야릇한 눈빛을 던지며 실실 웃었다. 혹시나 하는 마음에, 준후는 검은 봉지를 뒤적이며 '그 엄청나게 찾는 거'를 꺼냈다. 빨간 비디오 제목다운 그런 거였다. 하나는, <형부, 저 왔어요>와 <처제, 어서 와>라는 거였고, 다른 하나는 차마 입에 담기가 민망할 제목이었다.

그는 눈만 껌뻑거리며 마지막 비디오의 제목만 뚫어지게 노려봤다. 정말 미칠 노릇이다. 그의 성과 하의 이름이 묘하게 결합된 중의적인 제목이고나 할까. 얼굴이 화끈거려 죽을 지경이다. 생각을 멈춰야 할 때다. 요즘처럼 마음을 잡기 힘든 때에, 이건 정말 심했다. 그의 상상은 이제 돌이킬 수 없는 강을 건널 참이었다. 그 강을 건넌다면 이제 그는……!

"영업이고 뭐고 여기 당장 그만 둬. …그리고 나 먼저 갈게."

준후는 그 말을 끝으로 비디오 가게를 나와야만 했다. 아니, 도망칠 수밖에 없었다.

"기다리겠다고 하면서 먼저 가냐, 치사한 서 군! 아니, 이게 얼마나 요즘 절찬리 인기몰이 중인데, 애가 뭘 몰라도 한참 모른다니까. 똑똑한 척은 혼자 다 하면서 말이야."
빨간 비디오치고는 제목도 무척 섬세했다.
<당신이 하라면 난 서>
밥 먹으러 갈 때 꼭 가져가야지. 서 군이 나이가 들수록 은근히 쑥스러워한다니까. 하지만 이 비디오를 보게 되면 좋아할 게 뻔하지, 뭐. 결국 준후도 남자니까. 이런 것까지 챙겨주는 친구가 어디 있겠냐고. 서준후, 너 친구 하난 잘 두었다니까.

4

으슥한 밤이었다. 숯처럼 타버린 마음이 보이지 않을 정도로 새까
만 밤이었다. 별도 없고, 달도 없고, 그저 어둑한 밤하늘만 덩그러니
그림처럼 걸려 있었다.

달이라도 떠 있지, 별이라도 반짝거릴 것이지. 그럼, 마음도 덜 아
플 텐데.

별과 달에게서도 위로받을 수 없는 처량한 신세인 준후는, 활짝
열린 창으로 보이는 밤하늘에 하의 얼굴을 그려넣었다.

무슨 얼굴, 그런 얼굴 떠올려서 뭐가 좋다고.

준후는 방바닥을 구르는 술병을 집어 들었지만 출렁이는 액체 소
리가 들리지 않았다. 벌써 다 마셔버린 모양이다.

손에서 미끄러진 병이 바닥을 도르르 굴러 침대와 벽 사이로 숨
어들었다. 구석에 박힌 술병을 보자, 준후의 마음 한쪽이 무거워졌
다. 저 술병처럼 준후 자신이 하의 마음 한구석에 콕 박혀버려야 하
는 건데. 충분히 노력한 것 같은데, 왜 자꾸 부족하기만 한 건지. 그

의 노력은 노력이 아니란 말인가.

제대 전 마지막으로 휴가 나온 준후가 기쁜 마음으로 하를 마주하기도 전에 들어야만 했던 소식은, 한동안 그의 호흡을 멈추게 했다. 하가 그렇게 말리고 말리던 미국행을 결정한 것이다. 어떻게 그럴 수 있냐고, 날 두고 갈 수가 있냐고, 그럴 수 없다고, 가려면 날 데리고 가라고는 말하지 못했다. 마음속에서만 수십 번, 수천 번 소리 지르고, 화를 내고, 매달려봤을 뿐이다.

그를 뇌두고 갈 수 있는 하에게 대단하다며 열심히 공부하고 돌아오라고는 했지만, 한편으로 너무도 얄미워 죽는 줄 알았다. 아니, 이건 '미운'이란 형용사가 감당할 수 있는 만큼의 수준이 아니기에, 적절한 단어를 찾을 수도 없었다.

준후는 제대 날짜만 기다렸다. 구겨진 하의 사진을 움켜쥐고는 달력의 숫자를 매일매일 그어댔건만, 하는 언제 그 소식을 알려줄까 들뜨게 기다렸다고 했다. 이런 상황인데, 그의 고백이 제대로 먹힐 리가 없다. 사실 하가 그의 나머지 인생 전부를 함께만 해준다면 그깟 유학, 웃는 얼굴로 수십 번도 더 보내줄 수 있다. 물론 그도 함께 가는 거겠지만.

그렇지만 현실은 항상 그를 비웃기만 했다. 하는 준후에게, '유학 환송회의 밤(하가 이름 붙인)' 내내 이제 보지 못할 테니, 잘할 기회는 이때뿐이라며 불판에 누워 있는 고기나 제대로 구워보라고 했다. 조각난 마음을 하나하나 잇고 있는 사람에게 할 소리란 말인가. 매정한 애란 건 알고는 있었지만, 그때만큼 여실히 확인한 적도 없는 듯했다.

미국 가서 고생이나 실컷 해서 눈물 뚝뚝 흘리며 그에게 다시 돌아오라고 마음속으로 온갖 주문을 걸어봤지만 어디까지나 그의 바람일 뿐이다. 하가 그곳에서 잘 살 거란 건 불 보듯 뻔한 일이었다. 준후는 불판 위의 오그라든 고기와 같은 자신의 모습에 한계치 이상까지 술을 마셨다.

하는 일단 외국인이면 다 영화배우처럼 생긴 줄 안다. 그런 남자들은 극소수에 불과한데, 미국에 가기만 하면 멋진 남자들을 한꺼번에 만나는 거라고 믿고 있다. 외국 남자들이 자기 나라 여자들을 놔두고 왜 하에게 집착하겠는가. 바짝 마르고, 키도 작고, 먹는 것만 밝히고, 바보처럼 웃기만 하는 앤데. 이 서준후라면 몰라도, 외국 남자라면 하를 선택하지는 않을 것이다.

가만, 생각해 보니 그것도 아니다. 세상엔 수많은 사람들이 존재하는데, 꼭 취향이 일반적인 사람만 있는 건 아니다. 혹시 그와 비슷한 취향을 가진 외국 남자가 하를 마음에 들어해 온갖 느끼한 언변과 미국의 산해진미, 잘생긴 외모로 꼬여낸다면, 그녀는 단박에 넘어갈 것이다. 어쩌면 넘어가기도 전에 달려갈 하가 아닌가.

특히나 미국은 남녀간의 관계가 얼마나 자유로운지, 커플들이 처음 만나자마자 키스며 그보다 더한 것도 할 수 있는 일이다. 가슴에 털이 숭숭 나 있는 놈이 하에게 손을 댄다는 건 참을 수 없는 일이다. 그가 즐겨하는 목조르기 한판을 시도하는 가슴털을 생각하니, 그의 손이 부들부들 떨렸다. 그건 오직 서준후만이 할 수 있는 놀이인 것이다. 그만의 고유한 권한과도 같다.

안 돼! 그럴 수 없다고. 따라갈 거야. 따라가면 된다. 모아놓은 돈도 있고, 그것도 부족하다면 부모님께 부탁하면 된다. 절대 떨어질 수 없어. 그렇지, 우리가 얼마나 오래된 사인데. 이하, 우리 사이가 그렇게 쉽게 끝날 거라고 착각하지 마. 지구 끝까지 쫓아갈 거야. 먼저 가서 네가 터를 좀 잡으렴. 그럼 이 낭군님이 곧 갈 테니까. 넌 절대 내게서 벗어나지 못할 거야. 하하하!

이제는 먹물처럼 검기만 한 밤하늘에 수십 개의 별들이 반짝거리는 것 같다. 아니 보름달이 두둥실 떠 있는 것 같기도 하다. 아, 정말 아름다운 밤이다. 그는 숨을 들이마시고는 침대로 올라가 누웠다. 그리고 즐거운 마음으로 잠을 청했다.

대체 이게 무슨 짓이니, 이하!

어쩌자고 불순한 마음은 먹어가지고, 남들 다 자는 밤에 이런 짓을 하고 있는 거냐고. 그래, 그냥 집에 가자. 따뜻한 방바닥에 결리는 몸도 구우면서 그렇게 놀자. …아니, 여기까지 와서 어떻게 포기해! 얼마나 수십 번 생각하고 짠 계획인데. 확실하게 끝을 내고 잊으면 되는 거야. 아주 확실하게 말이지. …그런다고 잊혀질까? 당연하지. 잊혀질 거야, 잊혀지고말고.

짝사랑이란 지겨운 운명도 마감할 때가 온 거라고. 그러니 어서 빨리 끝내자. 모든 걸 훌훌 털고 속 시원하게 미국 땅을 밟는 거야. 거기서 새로운 남자 만나서 멋진 인생을 시작하는 거야. 그러기 위해선 서 군에 대한 미련을 확실히 잘라내야 한다니까. 조금이라도 남아있는 감정 따윈 여기서 쓸어버려야 해.

딱 한 인간을 빼고는 주위 사람들 모두 하의 떠남을 아쉬워했다. 준후가 지껄인 말을 생각하니, 하는 속에서 무엇이 울컥 치밀어 올랐다. 외국 가서 비싼 돈 뿌리며 공부하면 된다는 착각은 버려라, 여기서 별 볼일 없는 애들은 거기서도 별 볼일 없더라. 가는 날엔 그래도 고운 모습 남겨주려 했건만, 하는 그 생각을 저 멀리 던지고 맞받아서 소리를 질렀다. 시끄러우니 불판에 올린 고기나 제대로 구우라고.

떠나는 전날까지도 비인간적인 말만 하는 녀석에겐 무언가를 기대하는 것 자체가 불가능한 일이다. 그런 서준후가 그녀의 마음을 아는 날엔 아마도 죽을 때까지 놀려댈 것이 뻔하다. 생각만 해도 치가 떨린다. 고백하는 그녀의 면전에다 대고, 준후는 비웃고 놀릴 것이다. 그런 우세스러운 일을 당하고 사느니, 그냥 포기하는 게 낫다. 좀, 아니 많이 아깝지만 이쯤에서 접는 게 백번 잘하는 일이다.

그 멋진 인생의 첫걸음은, 바로 그놈의 길고 긴 우정의 종지부를 찍어야만 가능한 것이다. 결국 택한 방법은 역시나 그녀다운 느끼한 종지부. 밤마다 그녀의 마음을 산란하게 만들던 준후의 입술을 훔치는 것이다. 다른 것도 많은데 왜 그 방법이 머리에 퍼뜩 떠올랐을까. 왜긴, 변스러우니까 그렇지. 하지만 그거 한 번이면 확실히 잊을 수 있을 것 같다.

솔직히 두 눈 시퍼렇게 뜨고 말짱한 정신으로 있는 준후에게 그런 일을 시도한다는 건 상상조차 할 수 없다. 그녀보다 수백 배 예쁘고 섹시한 여자들한테 온몸으로 공격받는 준후가, 그녀가 덮친다고 당해줄 위인이겠는가. 더구나 접촉혐오증 환자가 어떤 상황을 연출할지는 알만한 얘기다. 비명에, 온갖 법석은 다 떨고 경찰에 신고까지 하고도 남을 것이다.

성추행 혐의를 홀딱 뒤집어쓴 그녀가 쇠팔찌를 끼고 구멍이 뚫린 벽에 갇힌 모습이 또다시 눈에 선하다. 불행히, 쇠팔찌를 떨칠 수가 없는 인생인 모양이다. '20년 우정에 종지부 찍다 감옥 입소에 도장 찍은 비운의 여인'이란 활자가 박힌 신문 한 장이 떠오른다. 역시 이 방법뿐이다. 비록 구차하고 비겁해 보여도 어쩔 수 없다.

그런데 훔치기도 전에 힘들어서 죽을 판이다.

하는 깊은 한숨을 내쉬며, 높다란 담을 올려다봤다. 그래, 밤손님들이 월담을 해서 들어간다면, 그녀는 굴을 파서 담을 지날 수 있다. 어릴 적부터 드나들던 개구멍이 참으로 고마웠다. 월담하는 자세보다는 폼은 나진 않겠지만, 그래도 떨어질 위험에선 벗어날 수 있으니 얼마나 다행인가.

하는 구멍에서 가까스로 기어나와 무거운 몸을 일으키다 놀라 주저앉고 말았다. 코앞에 준도가 앞발을 떡 벌린 채, 혀를 내밀고 헐떡이고 있었다. 그녀의 기어나오는 모습이 너무 처절해 보여서 그랬는지, 준도의 표정은 그다지 밝지 못했다. 그녀의 짠한 모습을 보고 마음이 아픈가 보다. 사실 준도는 표정이 풍부한 개는 아니지만, 분위기 파악은 상당히 잘하는 축에 들어간다.

준후의 집을 지키는 무늬만 진돗개인 준도는, 집에 들르는 새로운 얼굴들에게 지대한 관심을 표명하는 개다. 배달청년들을 향한 준도의 애정은 무척 각별해서 보는 사람들에게 궁금증을 자아냈지만 그들에게서 나는 음식냄새 때문이라는 것이 밝혀졌다.

결국 준도는 순수 혈통의 진돗개에서 평범한 변견으로 강등당하고 말았다. 하지만 은근히 애교가 많은 녀석인지라 다시금 가족들의 애정을 차지했다. 자신의 낮은 신분을 또 다른 장점으로 승화시켜 극복한 위대한 동물인 것이다.

하는 그런 준도를 향해 미소를 듬뿍 지어줬다. 수컷인 준도는 그녀를 보고는 꼬리를 살랑살랑 흔들었다.

"준도야, 역시 넌 여잘 보는 눈이 있구나. 하지만 우린 이루어질 수 없는 사이란 거 알지? 우린 같은 척추동물이긴 하지만 넌 포유류, 난 만물의 영장인 영장류란다. 그러니 신도 우릴 도와줄 수 없어. 네 주인이 너처럼 꼬리만이라도 흔들어주면 얼마나 좋겠니. 수건 한 장 흔들어준 적 없는 녀석이 네 주인이란다. 그래서 이 누나가 밤에 고생을 하는 거야. 그러니 넌 혹시나 네게 마음을 두는 여자 개가 있거든, 못이기는 척하고 받아주라고. 괜히 구박하고 팅기면 복 못 받는다. 알겠지? 누나의 새 인생 시작을 네가 도와줬으면 좋겠어. 누나가 나올 때까지, 아주 조용하게 아름다운 밤이나 즐기렴."

하는, 아름다운 밤을 즐기려는 준도에게 쇠고기맛 개껌을 던져주고는 현관문 쪽으로 숨죽여 걸어갔다.

오늘을 위해 준비한 위장용 의상이 서로 마찰을 일으켜 섬뜩한 소리를 냈다. 하는 영화에 나오는 미스 도둑의 단골의상인 스판덱스를 입으려고 했지만, 특수제작품이라 구할 수가 없었다. 아쉬운 대로 온몸에 달라붙는 에어로빅 의상이라도 입을 걸 그랬다는 후회가 밀려왔다.

준후의 부모님껜 참으로 죄송스런 일이지만, 하는 능숙하게 비밀번호를 누르고 천천히 현관문을 열었다. 다행히 이 집 식구들은 한 번 잠들면 깊게 자는 체질들이라, 깰 걱정은 하지 않는다. 그리고 오늘밤은 준후를 제외한 모든 식구들이 샹그릴라 디너쇼에 갔기에,

집에는 그녀와 준후 단 둘뿐인 것이다.

후후후! 서준후, 넌 오늘 죽었어!

완전범죄를 위해서 하는 신발을 등 뒤에 매달려 있는 배낭에 집어넣었다. 손전등을 움켜쥐고 집안 이곳저곳을 둘러본 그녀는 안전하단 판단을 내리고서, 준후의 방으로 연결되는 2층 계단을 오르기 시작했다.

하는, 오래된 계단이 내지르는 비명을 감추기 위해서 닳고 닳은 계단의 중앙을 피해 계단의 양쪽 끝만 지그재그로 밟아 올라갔다. 마치 게가 기어가는 것 마냥 상당히 굼뜬 동작들이 잇달았다. 유연성이 제로인 그녀에겐 상당히 무리가 가는 각도인지라 두 다리에 고통이 따랐다. 뽀뽀 한 번 하려다가 온몸이 망가지는 게 아닌지 모르겠다.

하는 그렇게 어기적거리는 걸음으로 힘겹게 계단에 올랐고 드디어 준후의 방문 앞에 섰다. 하지만 벽에 걸려 있는 거울을 슬쩍 들여다보고 너무 놀란 나머지 손전등을 떨어뜨리고 말았다.

이런!

적막한 공간은 플라스틱과 바닥이 마주치는 둔탁한 소리로 가득 채워졌다.

하는 몸을 둥글게 말아 바닥에 납작 엎드려 한참을 기다려 봤지만, 자신의 거친 숨소리만 들려왔다. 그녀는 안도의 한숨을 내쉬고는 거울 앞까지 기어갔다. 옷자락 스치는 소리를 최소로 줄이며 거울 앞에 선 그녀는, 겁에 질려 얼음처럼 굳어졌다.

닌자도 아닌데 온통 새까만 차림 일색인 사람이 번득이는 눈빛으로 서 있었다. 조그만 배낭을 어깨에 두르고, 시커먼 색의 땀복을 아래위로 쫙 빼입으니, 영락없는 밤손님이다. 패션을 완성하는 액세서리인 수술실에서 쓰는 장갑과 마스크, 까만 수영모자가 만들어내는 조화는 상당했다.

까만색 수영모자는 오늘 패션의 하이라이트다. 영화에서 머리카락 때문에 항상 완전범죄를 달성하지 못하는 대다수의 도둑 여인 때문에 짜증이 났던 그녀였기에, 이 부분에서만큼은 완벽하게 붙는 수영모자를 선택할 수밖에 없었다. 그것도 패션의 통일성을 돋보이게 하는 올 블랙으로. 하지만 너무나 조여서 땀이 다 날 지경이다. 영화에 나오는 여인네는 온통 새까만 색으로 위장을 해도 섹시하기만 하던데, 그녀의 모양새는 왜 이렇단 말인가. 어설픈 도둑의 차림새다.

스타일이 영 안 사는군. 이래서 무슨 잠자는 숲 속의 왕자님 놀이를 해내겠다는 건지.

하는 자신의 패션에 엄청난 실망을 하고는 정확히 두 걸음에 준후의 방문 앞에 섰다. 귀를 문에 바짝 대고 문 맞은편의 소리에 귀를 기울였지만, 아무런 소리도 들리지 않았다. 그래서 손잡이를 돌리고 문을 밀었다.

스르륵. 문이 열리자, 하의 눈에는 깜깜한 세상이 펼쳐졌다. 눈을 수십 번 깜빡이자, 그제야 푸르스름한 형체들이 눈에 들어왔다. 하는 머리를 문 안으로 밀어넣자, 에탄올 냄새가 코를 찔렀다. 그 독한 냄새에, 그녀는 마스크를 좀더 끌어올려 코를 덮었다. 손전등을 다시 켜서 방바닥을 비추자, 술병들이 방바닥을 점령하고 있었다.

기가 막혀! 난 '이제 가면 언제 오나'인 마당에, 넌 술이나 퍼마시고 있었다니.

하는 어이도 없고, 화도 나서 바닥에 털썩 주저앉았다. 참 많이도 구질거리는 인생이다. 떠난다는 사람 보며 눈물짓기는커녕, 신나게 술이나 먹고 퍼져 자는 남정네나 좋아하다니. 그런 남정네한테 마음이 남아서 이런 미친 짓까지 하고 있다니. 차라리 화가 나야 하는데 이쯤 되니, 마음 한구석이 쩍쩍 갈라졌다.

오랜 세월 동안 함께했으면 그 정(情)이라는 것도 생길 만할 텐데. 그러면 준후 눈에 콩깍지 같은 것도 쓰여서 그녀를 좋아라 할 수도 있는데. 그게 아니라면 그들도 남녀사이니 스캔들 같은 것도 생길 수 있고. 그럼 얼마나 좋겠어. 다른 남녀들은 원치 않는 일도 자주 일어나던데, 아무리 기도를 해도 왜 일 비슷한 건 생기지도 않는 거냐고.

그들이 함께 밤을 보내도 역사는커녕 싸움만 일어나지 않으면 다행스럽고 무사한 일이다. 혹시나 무슨 일이 일어나지 않을까 하면서 하가 은근슬쩍 준후의 몸에 기대기라도 하면, 온갖 법석을 다 떤다. 비듬 풀풀 날리는 머리 치우라면서.

그깟 비듬이 어디가 어때서! 우리 사이에 더한 것이 묻어도 아무렇지 않은데, 넌 겨우 흰 가루 조금 떨어진다고 밀어내는 거냐고.

남자들은 야한 영화를 보면 야릇한 생각이 들기도 한대서, 하는 은근한 기대감으로 기다려도 봤지만, 준후는 한술 더 떠서 그런 몸으론 어림도 없다고 했다. 어림없다니, 어림이라니. 그건 슬쩍 보고는 모르는 일 아닌가. 해보기 전까지는!

미래에 만날 그녀의 남자 씨는 이 세상에서 가장 행복한 남자가 될 것이다. 왜냐하면 그녀가 온갖 기술로 다 사랑해 줄 거니까. 너무 좋아서 그녀 없인 못 산다고 그럴 정도로 말이다. 지금부터 끊임없는 기술 개발을 해야 한다.

이런 구박을 당하면서도 그녀가 버틸 수 있었던 건 바로 그 '혹시나'였다. 그 '혹시나' 때문에 꽃다운 청춘 다 보냈다. 이럴 줄 알았으면 일찌감치 정리하고 새 남정네나 찾았더라면 오늘 같은 달밤의 만행은 저지르지 않아도 되었을 것인데. '혹시나'라는 건 불확실한 것의 대표 단어다. 이제 그녀는 확실한 것들에만 승부수를 걸 것이다. 미련하게 기다리지 않을 것이다. '혹'으로 시작하는 것들은 안녕이다.

앉아서 과거 회상에 시간을 낭비하다니, 어서 빨리 일이나 저지르고 도망이나 가야겠다. 그래야 몇십 년 동안의 보상이라도 받을 수 있지.

하는 굴러다니는 병들을 이리저리 피한 뒤, 준후가 자고 있는 침대 앞까지 살금살금 걸어갔다. 그리고 조용히 침대 위로 몸을 실었다. 그녀는 준후 옆에 몸을 옹송그리고 앉아 몇 시간 전까지도 본 얼굴을 또 눈으로 그렸다.

그나저나 참 잘생긴 녀석이다. 그윽한 달빛까지 받으니 더 멋져 보이는 것 같다.

허허, 이거 보게. 그녀의 손이 준후의 이마 위에 귀엽게 내려앉은 머리카락을 쓸어주기 위해 슬금슬금 움직이고 있는 게 아닌가. 그의 얼굴을 향해 움직이는 그녀의 발칙한 손목을 다시 잡아채며 짜증 섞인 몇 마디를 중얼거렸다.

하여튼 개 버릇 못 준다고, 새 인생 시작해야 할 이 순간에도 이 모양, 이 꼴이니. 그래, 뭐 어때? 오늘까지만 그럴 건데. 오늘만 그럴 거니까 뭐든지 다 해보자고.

어차피 그녀가 무슨 짓을 한다 해도 준후는 깰 수 없다. 그의 주량은 그녀보다도 한참이나 아래여서 몇 병 마시다보면 슬그머니 없어져 구석에서 자고 있기가 일쑤였다. 더구나 오늘밤엔 007들의 발빠른 제보가 있어서 더욱 확신을 갖고 이 일에 착수한 것이다.

'준후, 그 녀석 맛이 갔어. 아무리 때리고 발로 차도 일어나질 않네. 어떤 짓을 해도 일어나지 않을 것 같아. 어쩌니, 하야? 그래도 마지막 날인데, 멋진 이별이라도 해야 하는 거 아니니? 오늘 같은 밤엔 평생 기억에 남을 만한 걸 해야 하는데 말이지. 오빠들이 다 맘이 아프네. 물론 너 혼자라도 와서……. 그리고 지금 부모님 모시고 우리들은 샹그릴라 디너쇼에 가거든. 일찍 온다 해도, 아마 새벽에나 들어올 거야. 우리가 너와 마지막 밤을 보내줘야 하는데 안타깝다.'

그런데 그녀의 귀에는 이 긴 문장 중에서 겨우 몇 단어만 들렸다. '어떤 짓'과 '기억에 남을 만한 것'과 '너 혼자라도'와 '새벽에나 들어올'.

아, 아! 왜 그런 단어만 귓가에 쟁쟁 울려서 이런 일을 벌이게 된 걸까. 오빠들이 저 단어들만 말하지 않았어도 이런 유치한 짓은 하지도 않았을 텐데. 귀가 얇은 것도 문제고, 머리 속 전체가 변스러움에 물들어 있는 것도 문제야, 문제!

준후의 입술을 떠올리기만 해도 기분이 좋아서 헤헤거리며 방바닥을 구르던 게 바로 그녀다. 그런데 드디어 접촉할 수 있다니. 아름다운 밤이다, 너무 아름다워서 감당이 안 되는 밤.

인생 최초로 시도되는 그녀의 달밤키스.

그러기 위해서 하는 나름대로 정갈한 자세로 준비에 임했다. 제대로 준후의 입술을 느끼기 위해 양치질 3번, 혹시 치약의 냄새 때문에 방해가 될까 정수기 물로 헹구기를 수십 번. 입술 표면의 거친 각질을 제거해서 완벽한 표면의 매끄러움 유지.

하는 입에 침이 고이는 것 같았다. 의식도 없는 애를 데려다가 이게 무슨 짓일까라는 생각은 하지 않겠다. 어차피 차원 높은 키스는 불가능하다. 단지 접촉에만 의미를 둬야지.

하는 마스크를 벗고 주머니에 쑤셔 넣은 다음 비장한 각오를 하고 준후의 얼굴 쪽으로 몸을 숙였다.

신이시여, 이런 기회를 주셔서 정말 감사합니다. 성공해서 추억 하나 제대로 만들 수 있게 해주세요. 하나, 둘, 셋!

으악!

이런 바보 같으니라고. 하려면 제대로 해야지. 너무 좋아서 눈을 질끈 감은 게 탈이다. 목표점을 멀리 정했는지 그만 바닥으로 고꾸라지고 말았다. 정말 화딱지가 난다. 그러게 진즉에 좀 알아서 해줬으면 그녀가 이런 생고생을 안 해도 되는 건데. 하는 아픈 무릎과 엉덩이를 문지르며 힘겹게 다시 침대 위로 올라왔다. 준후의 머리맡까지 기어와 다시금 준비자세를 만들었다.

그래, 이번엔 제발 해보자. 하나, 둘!

하는 눈도 감고, 숨도 멈추고 준후의 입술에 그녀의 입술을 대어 보았다. 그리고는 바로 몸을 일으켰다.

머리 속에선 뭔가 지글지글 타는 것 같고, 아랫배에서는 뭔가가 펄럭이고 있었다. 이게 소설 속 여주인공들이 느낀다던 뱃속의 나비

떼들일까. 날개짓 하는 걸 보니, 그것이 틀림없다. 느껴지는 정도로
보아 아주 많았다. 수백 마리 되는 게 틀림없다. 이게 그건 거야.

했어, 했다고. 드디어 나도 첫 키스를 한 거야.

하는 두 손에 얼굴을 묻은 채, 미친 사람마냥 키들거렸다. 그녀는
새어나오는 음흉한 웃음을 막지 못했다. 큰소리로 껄껄대고 웃고 싶
지만, 에티켓 상 밤손님의 신분이라 그럴 수도 없다. 만에 하나, 누
군가 준후의 방에 들어와 그녀의 이런 모습을 본다면, 그녀는 그날
로 눈을 감고 말 것이다.

그런데 입술에 느껴져야 할 떨림이 왜 온몸으로 번지는 걸까. 아
무래도 다시 해봐야지. 그래야 입술의 느낌을 제대로 알 수 있지 않
을까. 어차피 애는 의식도 없는데 해보고 싶은 거 다 해도 되지 않
을까.

그 생각에 그녀의 입술이 귓가를 향해 달려갔다.

안 돼, 그러지 말자. 이하, 네가 하는 짓은 왕변태라고. 새 인생
시작하자고 변태짓까지 용인될 순 없는 거라고.

하지만 마음 한구석에 숨겨져 있던 새까만 응어리들이 들고 일어
섰다.

홍, 그간 네게 했던 일을 생각해 보라고. 얼마나 당했어? 드디어
기회가 온 거라고. 이 때 아니면 언제 이럴 수 있을 것 같아? 지금
이 기회라고.

그녀의 마음엔 애초부터 선한 응어리들은 있지도 않았다. 그러니
새까만 응어리들의 말을 듣는 수밖에.

그렇다면 뭘 해볼까. 이럴 줄 알았으면 생각 좀 해볼걸. 그래도
갑작스레 떠오르는 것들이 있긴 한데, 그런 것을 머리 속에 그리자
그녀의 얼굴은 화끈거리기 시작했다. 만약 유혹에 굴복한다면 그녀
는 인간이 아니다. 인간이 아니긴, 모든 인간이 그런 일을 밤마다
하는데, 뭐.

미칠 것 같다. 그를 지켜줄 것이냐, 아님 지켜주지 말아야 할 것

인가. 이런 고민도 난생 처음 다 해보고. 오늘밤은 대단한 날이다. 그런데 이런 건 남자들이나 해야 하는 고민인데, 여자는 할 필요가 없는 고민인데. 그 생각에 기분이 씁쓸했다. 만약 준후가 그녀에게 '나 믿지?' 이렇게 얘기하면 그녀는 모르는 척하면서 '더한 걸 해도 믿을게'라며 다가갔을 텐데.

서준후, 넌 최고의 상대를 놓친 걸 반드시 후회하고 말 거야.

하는 얼굴을 준후의 가슴, 정확히 심장 부근에 가만히 대보았다. 그러자 듣기 좋은 소리가 그녀의 귓가에 내려앉았다.

쿵, 쿵. 준후의 냄새와 어우러진 심장소리. 쿵, 쿵. 항상 함께 있었지만 듣지 못했던 소리. 쿵, 쿵. 언제까지나 듣고 싶은 소리. 쿵, 쿵. 그녀의 심장소리. 쿵. 그녀의 심장이 박자를 놓친 소리. 너무 행복해서. 쿵, 쿵, 쿵……. 이미 한참이나 늦어버린 그녀의 심장소리.

앞으로도 그렇게 제대로 뛸 수 없는, 한참이나 늦어버린 심장의 소리를 들으며 하는 잠 속으로 빠져들었다. 이번엔 제대로 한 번 뛰어 보자고 다짐하면서.

아, 허리야.

하는 구부렸던 몸을 쭉 폈다. 그리고 주위를 두리번거리다 깜짝 놀랐다. 세상에, 그 사이에 잠이 들었나보다. 그녀는 밤손님의 행색을 한 채, 준후의 가슴에 널브러져 그렇게 한참을 보냈던 것이다. 잠자는 숲 속의 왕자님 흉내만 내고 빠져나가려 했건만 또 유혹에 지고 만 것이다. 머리털을 쥐어뜯고 싶지만 꽉 조이는 수영모자 덕택에 불가능했다.

이제는 헤어져야 할 시간, 다음에 다시 만나자. 마지막으로 준후에게 작별키스나 할까 해서(시작과 끝은 항상 같아야 하는 법이니까) 다시금 몸을 숙이는데 갑자기 그의 눈이 번쩍 떠졌다.

헉!

이를 어쩌나. 살면서 먼지가 되고 싶은 순간이 그녀에겐 왜 이렇게 많은 걸까.

너무 놀라 어쩌지도 못하고 숨을 딱 멈춘 채 꼴까닥 침을 삼켰다. 모든 것이 멈춘 채, 시계의 초침소리만이 그들을 에워쌌다. 잠자는 공주는 왕자님이 입맞춤했을 때, 눈을 뜨자마자 왕자와 사랑에 빠졌지만, 이 왕자님은 눈만 무섭게 뜨고는 아무 말이 없다. 그러더니 곧바로 침대로 누워버렸다. 휴, 다행이다. 잠결이라 누굴 보았는지 잘 모르는 것이다. 하지만 그건 그녀의 오산이었다.

"이하, 이제 꿈에서까지 나오다니, 심하다."

그런데 갑자기 그녀의 이름이 들리는 것이 아닌가. 그럼 준후가 잠에서 깼단 말인가.

그녀는 재빨리 침대 밑으로 내려가 최대한 몸의 표면적을 작게 하고는 침대 가장자리에 몸을 붙였다. 언제 들킬지 모른다. 머리카락들이 수영모자 덕택에 눌려 있어서 쫙 설 순 없지만 온몸의 털들은 쭈뼛거리며 일어선 것 같다. 그러기를 몇 분. 더 이상 준후의 움직임이 느껴지지 않는다는 확신이 들자, 그녀는 서둘러 일어나 방안을 살펴봤다.

하는 가슴을 쓸어내리며 탈출경로를 짜기 시작했다. 방문을 열고 집안을 살피고 있자니, 디너쇼에서 돌아오는 가족들의 소리가 들렸다. 결국 왔던 길로 되돌아가진 못할 것 같다. 그럼 비상시의 경로를 택할 수밖에.

하는 침대 반대편 창문을 열어 지면과 창의 높이를 가늠했다. 흠, 심각한 수준이다. 더구나 준도의 집까지 있어서 조심히 떨어지지 않으면 어딘가에 부딪힐 수도 있다.

가족들이 모두 집에서 나갈 때까지 기다릴까. 그럼 비행기를 놓치고 말겠지. 당당하게 문을 열고 나가 인사라도 해볼까. 아니야, 그건 죽음을 자초하는 일이야. 현관문으로 나갈 수 있는 손님이 아니라고. 특수한 손님, 밤손님이니까.

하는 다시 한 번 창 밖으로 몸을 내밀었다. 뛰어내릴 수 있을 것처럼 보이지만 만만치 않은 높이다. 그녀는 초조한 기분으로 수영모자의 밴드부분을 만지작거렸다.

그때였다. 문 밖에서 준후를 부르는 가족들의 목소리가 들렸다.

이럴 수가. 어서 빨리 선택을 해야만 한다. 다시 한 번 밖으로 시선을 돌렸다. 아름다운 밤을 보낸 준도가 그녀를 향해 얼른 내려오라고 손짓하고 있었다. 그래, 이 방법뿐이다. 그냥 내려가야 한다. 그녀는 창문을 넘어 난간 위에 발을 딛고 몸을 벽에 바싹 기대었다. 완전 범죄를 위해서 창문을 조심스럽게 닫았다.

달칵, 방문이 열리고 창 너머로 말소리가 들려왔다.

"이 자식, 여태 자고 있잖아?"

"그러게. 밤새 내내 자고 있었을까?"

"보아하니 그런데? 하가 왔겠지?"

헉, 그들은 그녀가 올 줄 알았나보다. 하여튼 007 아니랄까봐, 모르는 게 없다. 혹시 물으면, 절대, 절대 그런 적 없다고 잡아떼야지.

하는 가장 안전한 목표지점을 정한 다음 과감히 뛰어내렸다. 어, 떨어진다, 떨어져. 놀이공원의 기구를 탈 때 느껴지는 그 이상야릇한, 온몸의 장기들이 들썩이는 느낌이 전신을 휘감았다. 그 설명할 수 없는 감각에, 감았던 눈이 뜨였다. 그래서 착지자세가 흔들리고 말았다. 하는 목표지점을 벗어나서 준도의 집에 부딪치고는 주르륵 미끄러져 떨어졌다.

쿵!

하는 통증을 호소하는 몸을 무시하고 눈을 떴다. 준도가 그녀의 얼굴에 코를 묻고 킁킁거리고 있었다. 그녀의 얼굴을 혀로 핥았는지 얼굴이 미끈거렸다. 그런데 준도의 입냄새가 고약했다. 주둥이를 손으로 치우며 일어선 그녀는 고약한 입냄새 주범의 얼굴을 보고 깜짝 놀라고 말았다. 입 주위가 여기저기 불그스름했기 때문이다. 쥐를 잡아먹고 그 입으로 그녀를 핥았나보다. 으, 더러워. 그녀는 쓰고 있던 수영모자와 장갑을 벗고는 그것으로 얼굴을 닦아냈다.

그런데 그건 쥐의 피가 아니었다. 그녀의 피였다. 낙하할 때, 개집의 지붕 끝에 걸려 피부가 찢어진 것이다. 손으로 더듬더듬 턱 주위를 매만지자 피부가 타는 듯한 느낌이 들었다.

미쳤구나, 미쳤어. 잘하는 짓이다. 제대로도 못해봤는데 다치기만 하고 이게 무슨 짓이란 말인가. 그녀 자신이 무척이나 한심했지만 신세 한탄할 시간이 없었다.

하는 준도의 입 주위를 대충 닦아주고는 자신의 턱 주위를 두 손으로 꽉 누르고는 서둘러 개구멍을 통과해서 집으로 향했다. 넘어진 곳이 쓰리고 몸 이곳저곳이 쑤셨지만, 들키는 것보단 아픈 것이 나은 일이었다.

집으로 돌아오는 길에 그녀는, 다음번엔 이렇게 스타일 구기지는 않겠다고, 당당하게 덮치겠다고 마음먹었다.

5

"하 아가씨가 안 보이네. 오늘은 안 오려나?"

큰며느리 나영은 남편 얼굴을 흘끔 쳐다본 후, 국그릇으로 시선을 내렸다. 그리고 작게 중얼거렸다. 식탁에 둘러 있는 모든 사람에게 다 들릴 정도로.

준후는 우회적으로 물어오는 큰형수를 보며 혀를 찼다. 현모양처의 전형인 형수가 능청스러운 모습을 보여주다니, '부부는 닮는다'란 말이 맞는 모양이다. 어차피 직접적으로든 간접적으로든, 그에게서 나올 답은 뻔한데 말이다.

"어딘가에서 또 식탐을 발산하고 있겠죠. 와봤자 칠칠치 못하게 뭐나 흘릴 테고, 밥맛 떨어지게 사람 성질만 긁을 텐데, 안 오는 게 낫죠. 또 물은 좀 많이 먹나? 대체 밥을 먹는 건지, 아님 물을 먹는 건지 알 수도 없고."

준후는, 한 문장에 대한 답치고는 길게 말을 끝맺었다. 그리고 그 순간, 갈증이 나는 것도 같아서 물컵으로 손을 뻗었다.

지금도 그에게 가장 많은 말을 이끌어내는 것도 하고, 그의 관심의 대부분도 하라, 하 얘기만 나오면 평소의 모습과는 다르게 말이 많아진다. 수다스러워지는 자신의 모습을 매번 후회하는 것도 지겨워서, 이제는 생각나는 대로 다 말해버린다.

"그게 어때서 그러니? 옛말에, 물 많이 먹는 사람들이 부자로 산다는 말이 있지. 할아버님도 그렇게 말씀하시곤 했는데. 하야말로 얼마나 물을 많이 마시니? 그 말이 맞긴 한 것 같아. 요즘 애들이랑 다르게, 하는 얼마나 경제관념이 투철한지. 그러니 그 약국 건물도 산 게 아니겠어?"

식구들은 문 여사의 말에 고개를 끄덕이며 동의했다. 집안 식구들에겐 그저 물을 많이 먹는 것이 부의 상징으로 보일지 몰라도 준후에겐 아니었다.

하는 그런 조부의 절대적인 지지를 받으며, 준후가 아침마다 허리가 휘도록 떠오는 약수를 없애는 암적인 존재였다. 추워 얼어 죽는 겨울날, 더워 쪄죽는 여름날, 그를 약수터를 내몬 잔인한 애가 바로 하였다.

준후가, 그놈의 수질 좋고 물맛이 끝내준다는 물을 찾아 약수터를 오간 지 십여 년이 지난 어느 날 그 고된 일을 그만둘 수 있었다. 그가 첫 작품집 계약금으로 과감하게 우리나라에서 가장 좋고, 가장 비싸다는 정수기를 하에게 사줬기 때문이다. 그때 그를 바라보던 하의 눈빛을 결코 잊을 수가 없다. 그 눈빛에 기분이 좋아졌던 그는 어깨엔 잔뜩 힘이 들어가고 심장은 터질 것 같았다. 좀더 정확한 이유를 알기 전까지는 말이다. 그 빛나는 눈빛은 정수기를 사준 서준후를 향한 것이 아니라, 항상 맑고 시원한 물을 쏟아낼 정수기를 향한 것이었다. 그래서 그의 마음은 또다시 한쪽이 기우뚱거렸다.

그래도 고마움을 느꼈는지, 하는 정수기에 이름까지 넣어줬다. '서준후 개과천선 기념 정수기', 그 밑줄엔 '이하의 서준후 우정지속 외길 20주년 기념품'이라고. 절대 지워지지도 않는 강력 방수 페인트로 말이다. 그러면서 정수기 오픈식을 해야 한다며 그를 불러다놓고 난리법석을 떨었다. 사진도 찍고, 정수기 물로 세수까지 하고.

"역시 하는 큰손이 될 수밖에 없어. 아마도 준후보다 더 잘 벌지 않을까?"

형제들 중 가장 온유한 성격을 가져서 문 여사의 사랑을 듬뿍 받고 있는 준하가 말했다.

준후는 준하의 말에 기분이 상했다. 어릴 땐 수학 때문에 자존심이 상하더니, 이제는 경제능력으로 자존심이 상해야 하다니. 괜찮다, 요즘은 마누라가 잘나가야 집안이 잘 된다고 하니까. 아무래도 그는 외조를 해야 할 팔자를 타고났나 보다. 결혼하면 그냥 집에서 눌러앉아 가사에 힘쓸까도 생각중이었다. 그는, 가끔 살림의 황제인 서준후 씨가 고운 앞치마를 착용하고, 약국으로 출근하는 하에게 행운의 키스를 해주는 장면을 떠올렸다. 그래, 열심히 외조하는 남편이 되어야지.

하는 떠오르는 신흥재벌 수준이다. 말도 안 되는 비디오 가게 경영수업이 도움이 되었는지, 동네 주민들의 뜨거운 성원 속에서 약을 팔고 있다. 가끔 들러보면 동네 주민들의 시시콜콜한 별별 얘기를 다 들어주고 있었다. 준후는 약국 구석에 서 있다 하고 싶은 얘기는 하지도 못한 채, 함께 있고 싶은 마음도 접은 채 조용히 나와야만 했다. 영업에 방해되니 집에 가라나 뭐라나.

이런 반면에, 하는 준후의 스튜디오에 연예인이나 모델들이 오면 기가 막히게 알고서는 나타난다. 그는 말해 준 적이 없는데 말이다. 사인 받고, 건강상담 해주고, 작업이 끝날 때까지 가지도 않는다. 그가 잡아 끌어내야만 겨우 몇 발짝 움직인다. 한번은 여자 보는 눈이 지지리도 없는 남자 모델이 하에게 집적거려서 그의 속을 확 뒤집어놓은 적도 있다. 이 세상엔 서준후 말고도 별스런 취향의 남자가 다 있다.

그 생각에, 준후의 입에서 나오는 말이 곱지 못했다.

“흥! 여자가 돈 많이 벌면 뭐해, 남자가 벌어 주는 돈으로 잘 살면 그만이지. 그래서 형은 하 다음으로 물 많이 먹는 오징어랑 결혼했어?”

준후는, 부친이 없을 때만 그의 어시스턴트이자 준하의 아내를 오징어라 불렀다. 이름이 오징어와 비슷한 오지영이기 때문이다. 지영은 그의 대학 후배로, 그가 소개해 준 병원에 갔다가 준하와 사랑에 빠지고 말았다.

“준후야, 아버님 안 계신다고 죽음을 무릅쓰는구나.”

준하는 되지도 않는 인상을 쓰고 준후에게 말했다.

“준후 도련님, 무슨 말씀을 그렇게 하세요? 전 별로 물 많이 안 먹어요. 그리고 하 언니 요즘 바빠서 죽어요. 그래서 못 오는 거죠. 그렇죠, 연주 언니?”

둘째 형수이자, 그의 초등학교 동창인 연주는 준호 형과 함께 살고 있다. 그녀는 맞선 대타로 나온 큰 형(이미 그때 준휘 형은 결혼을 한 상태였다)과 선을 보는 줄 알고 너무나 좋아하다, 진짜 상대를 알고는 실망을 금치 못했다. 그것이 준호 형을 슬프게 했다.

연주의 별명은 잠자는 숲 속의 공주도 아니고 ‘기절한 밭의 공주’로, 뒷마당 채마밭에서 준호 형의 키스를 받고는 기절해서 그런 이름을 얻었다. 수도승이라고 불리던 형을 단박에 변강쇠로 만들어버린 대단한 사건이었다. 형은 뽀뽀라고 우기는데, 과연 뽀뽀만으로 여자가 기절할 수 있을까.

준호 형처럼 무뚝뚝한 남자도 아내라면 거의 깜빡한다. 연주도 하처럼 로맨스에 탐닉하는지라, 형 또한 이제는 로맨스 열혈 독자가 되었다. 부창부수(夫唱婦隨)를 온몸으로 실천하는 중이라 어쩔 수 없다면서, 로맨스 잡지까지 구독하고 병원 간호사 누나들과 바꿔보기까지 했다. 신음이 절로 나온다.

“맞아요. 요즘 하 신났어요. 21세기의 약국 경영의 신화라나 어쩐다나. 약국 확장은 다 끝나긴 했지만 그래도 일이 너무 많죠. 더군다나 이번에 신입 약사 뽑았으니, 뭐. 송 약사가 일도 잘하고 하한 테 끝내주게 한다는데요? 전 부러워 죽을 지경이에요."

연주의 말에 준호의 눈썹 한쪽이 올라갔다. 바로 옆에 자기 남자 놔두고 왜 딴 남자에게 열을 올리는지, 여자들의 마음을 이해할 수 없다. 그래도 준호 형은 연주와 결혼이라도 했지. 그는 아직도, 아직 도 멀었다. 마음의 준비는 더 이상 무리인데, 이제 실전으로 들어가 도 되는데.

"그 송 약사, 정말 괜찮던데요? 꽤나 잘생기고. 하 언니한테 얼마 나 잘해주는지 몰라요. 좋아하는 책도 매일 읽어주고, 식사랑 영양제 먹는 것까지 체크한대요. 별 사이 아니라고는 하지만 남녀사이라는 건 아무도 모르는 거니까."

"하! 웃기는군. 그 무뇌아가 송 뭐란 말이지?"

준후는 지영의 말에 발끈했다.

며칠 전, 스튜디오에 쳐들어와서 남자 친구로 위장해 달라 부탁했 던 하가, 이제 읽어 주지 않아도 된다며 삐기던 것이 이유가 있었던 것이다. 이 서준후의 대타가 바로 송 약사란 놈인가 보다. 밥이랑 영양제는 또 무슨 얘기야. 밥이 보약인데 무슨 약을 또 먹나. 약사 라면서 하가 약물 오남용을 하고 있다니. 보건복지부에 신고나 해버 려야지.

"너 본 모양이구나?"

"아직 본 적은 없지만 안 봐도 훤해."

분명 마마보이같이 생긴 애송이일 것이다. 비리비리한 놈이겠지. 하루 종일 조그만 약국에서 함께 일하다 보면 무슨 일이 일어날지 모르는 것이다. 만약 송 약사도 예전의 그 모델 놈처럼 취향이 특이 해서……!

가슴이 철렁 내려앉았다. 하지만 준후에게도 방법은 얼마든지 있 다. 곁에 있는 김 약사를 매수하면 되는 것이다. 사랑은 방어다. 암, 공격 들어오기 전에 시시때때로 챙겨서 막으면 되는 거지.

"무슨 말을 그렇게 하니, 이 녀석아? 송 원장님 둘째 아들이라더라. 내가 봐도 어찌나 참하던지, 딸 하나 있으면 꼭 시집보내고 싶더라. 어른 대하는 것도 예의 바르고, 그만하면 능력도 있는 것 같고. 하도 이제 나이가 있으니 얼른 가야지. 연하도 괜찮더라고. 더 젊게 살 수 있잖아? 내가 안 그래도 송 원장님한테 얘길 좀 드릴까 하는데."

준후는 숟가락을 테이블 위에 거칠게 내려놓았다. 20여 년간 버티고 있는 그를 놔두고 만난 지 일 년도 안 되는 딴 놈이라니.

"어머, 어머님 좋은 생각이네요. 부부 약사, 얼마나 좋아요? 여보, 당신도 그렇게 생각하죠?"

나영이 손뼉을 치며 좋아했다.

부부 약사라는 말이 준후의 뒤통수를 친 것 같았다. 당신의 아들보다 그 비리한 송 약사를 높이 평가하시는 거란 말인가. 이렇게 괜찮은 남자를 놔두고 말이야. 이제 부부 약사란 말은 그의 사전에서 존재하지 말아야 할 위험 단어로 분류되었다.

"그럼. 참 보기 좋지. 내 친구들 중에도 그런 애들이 많아."

큰형이 저런 말을 해도 되는 걸까. 큰형수와의 결혼에 결정적인 역할을 한 것이 누군데! 서준후, 바로 그였다. 그가 아니었다면 지금쯤 형은 한의사에게 형수를 빼앗겨 비참한 생활을 하고 있을 것이다. 조만간 형의 기억을 되살려 위기감을 조성해 줘야겠다.

"말도 안 돼. 그것도 연하? 걘 거기서 더 젊어지면 완전 영아 수준이 될 걸? 지금도 수준이 엄청나게 낮은데 더 낮아지면 큰일이라고. 그리고 남자가 소심하게 조그만 가게에서 약이나 팔고. 그게 뭐야? 큰물에서 놀아야지. 아니면 예술을 하든지."

"너도 별반 다를 게 없는 걸로 아는데, 서준후? 네 암실에 비하면 약국은 태평양이지."

준호가 예의 그 무심한 어투로 잔인하게 덧붙였다. 준호는 준후가 아버지 다음으로 두려워하는 존재였다.

"그래, 준호가 말 한번 잘했다. 하여튼 준후 너, 송 약사에게 함부로 굴지 마라. 이번 기회에 내가 하한테 옷 좀 얻어 입어야겠다. 확실하게 밀어붙여야지. 원래 남녀사이는 옆에서 부추겨야 잘 되는 거야. 결혼은 뭐, 가을이 좋나? 아니면 언제가 좋을까?"

그 뒤로 계속되는 문 여사의 결혼 계획에 준후는 억장이 무너질 지경이었다. 식구들은 알면서도 모르는 척, 무척이나 즐거워하며 그를 더욱더 놀려댔다.

그때쯤, 벨소리가 울렸다.

"아버님 오셨나보다. 애들아, 차 좀 내오거라."

문 여사는 남편을 맞이하기 위해, 현관문을 열었다. 그러자 얼굴이 벌겋게 달아오른 서 원장이 아내의 인사도 받지 않고 집안에 들어섰다. 귀가하자마자 서재로 직행하는 여느 때와는 달리, 서 원장은 부리나케 식당으로 들어갔다. 그리고는 노기 띤 목소리로 입을 열었다.

"준후, 이놈! 아비 이름에 먹칠을 해도 유분수지. 너 그러고도 내 아들이더냐? 이리 와서 어떻게 된 건지 사실대로 얘기해라."

너그러운 성격에 유머감각까지 갖추고 있는 서 원장에게서 좀처럼 찾아볼 수 없는 낯선 모습이었다. 서 원장은 들어왔던 속도만큼이나 빠르게 찬바람을 내며 나가버렸다. 식구들 모두 깜짝 놀랐다. 문 여사는, 평생 화 한 번 안 내고 산 사람인데, 무슨 일인지 모르겠다며 답답해했다.

"대체 무슨 일이야? 준후, 너 대체 무슨 짓을 한 거냐?"

"어떡하죠? 어머님, 아버님 굉장히 화나셨나 봐요."

준후는 별말 없이 자리에서 일어섰다. 드디어 올 것이 왔다. 한 박사 딸이 은근히 치사한 유형이든지, 아니면 하가 연기를 끝내주게 했든지 둘 중 하나다. 가족들의 걱정하는 모습에도 불구하고 그는 느물대는 미소를 지으며 서 원장의 뒤를 따랐다.

"형들, 아는 거 있어?"

준하는 준휘와 준호에게 물었지만, 그들도 모르기는 마찬가지였다.

"나도 모르지. 원래 알 수 없는 애니까. 그건 그렇고 무슨 일인지 모르겠네."

"저 정도까지 일 저지른 적은 없잖아, 안 그래?"

식구들도 모두 모르겠단 표정이었다.

"그러게 말이다. 무슨 일이지 가서 들어봐야겠구나."

문 여사는 짓궂긴 하지만 그래도 말썽 하나 피우지 않고 자란 막내아들이 몹시 걱정되었다. 여간해서 소리 한 번 높이는 법이 없는 남편이 저 정돈 걸 보니, 쉽게 넘어가지 않으리란 건 분명해 보였다. 그녀는 한숨을 내쉬며 준비된 차를 담아 거실로 향했다.

준후는 어기적거리며 걸어와 서 원장 앞에 무릎을 꿇고 앉았다. 생각 같아선 모든 걸 낱낱이 밝히고 싶지만, 그렇게 하자니 하 때문에 펼쳐질 악몽 같은 상황이 떠올라 그렇게 할 수도 없었다. 그녀의 공연에 함께 가서 마무리를 확실하게 해버릴 걸 그랬다는 때늦은 생각이 들었다.

서준후 심판의 장소가 거실로 정해지자, 식구들은 식사도 팽개친 채 그곳에 모였다. 형수들과 형들은 분위기에 맞게 침울한 얼굴을 하고는 현관문 근처에 모여 있었다. 상황이 좋지 않으면 언제든 달려나가기 쉬운 명당자리인 현관 가까이 앉으려고 실랑이를 벌이기도 했다. 형제애와 가족애란 말이 참으로 무색한 풍경이었다.

어릴 적엔 형들에게만 만족감을 주던 이 심판이, 지금은 형수들까지 가세해서 거국적인 관람이 되어버렸다. 형들이 심판을 받을 때면, 형수들이 구원의 사자라도 되는 양 나타나서는 모든 걸 책임지겠다며 아버지 앞에서 호소만 하면 무죄방면이었다. 하지만 준후에겐 그런 구원의 사자가 없으니 매우 불리한 일이 아닐 수 없다.

정 안 되면 준후도 하를 부르면 된다. 어차피 하는 그의 평생을 책임져야 할 반쪽이고, 또한 오늘 심판의 간접적인 원인제공자니 불러도 될 것이다. 이제 하도, 그 이상한 연극 말고도 다양한 역할을 소화해내야만 한다. 특히나 앞으로 있을 구원의 사자 역할도 연습할 겸.

애써 분위기를 바꿔보려는 문 여사가 서 원장에게 차를 권했다. 하지만 서 원장은 거들떠보지도 않은 채 준후만 노려보고 있었다. 그는 두 손을 무릎 위에 올려놓고, 길게 한숨을 내쉬었다.

두 여자 사이에 어떤 일이 있었는지 모르니 답답하기 그지없었다. 그는 죄인 취급을 받으며 무릎에 쥐가 나도록 앉아 있는데 하는 어디에 있는 걸까. 대개는 이 시간에 그의 집에 와서 식탐을 자랑하고 있을 앤데, 오늘은 왜 오지 않은 건지. 그가 무슨 죄가 있다고, 단지 죄가 있다면 어설픈 배우를 고용한 탓이지. 이해 못하는 여자 이해시키려다 결국 이런 일에 휘말리게 된다니.

"내가 살면서 이렇게 창피한 적은 처음이야. 그것도 친구들 앞에서 말이야. 준후, 네가 만든 상황 때문에 화가 나기도 했지만 그보다 더한 건 명색이 네 아비라는 내가 그 사실을 모르고 있었다는 거다. 난 네 아비가 맞더냐?"

"……."

준후는 고개를 푹 숙이고 터져 나오려는 한숨을 가까스로 막았다. 어디서 많이 들어 본 대산데, 하가 즐겨 보는 시대물 연속극의 한 장면 같았다. 차라리 어떤 일이 있었는지 대략이라도 들었다면 좋으련만, 그 또한 상세한 내막을 모르니 잠자코 듣고 있을 수밖에 없었다.

"준후야, 어서 말씀 드려. 대체 이게 무슨 일이니?"

방바닥만 뚫어져라 보고 있는 막내아들이 안타까운 문 여사는 대답을 재촉했다.

"……."

그가 아는 것이라도 말해야 하는 걸까. 그러기엔 일이 너무 커져 버렸지. 대체 그 머리 나쁜 한 박사 딸이 무슨 얘길 했을까. 언제까지 이렇게 버틸 수 있을까.

몇 초가 흘렀지만 그는 여전히 할 말이 없었다. 참다못한 서 원장이 먼저 입을 열었다.

"네가 한 박사 딸을 좀 만났었다고 들었다. 그게 사실이냐?"

아주 웃긴 여자군. 내 마음대로 만났나, 가는 곳마다 등장한 게 누군데.

"만나다라는 동사에 그런 광범위한 뜻이 있는 줄 몰랐습니다. 아버지."

준후가 그 여자를 만난 적이 있다는 걸 모두 아는 모양이다. 일부러 만난 적은 없는데. 정말 귀찮은 여자다. 나이가 몇인데 청춘사업까지 일일이 부모에게 얘기하는 건지, 유치한 여자 같으니라고. 그러니 이런 일이 일어난 거겠지. 그 여자에게 관심 끊어달라고 몇 번이나 말했지만, 소용이 없었다.

"뭐라고? 그럼, 만나지도 않은 여잘 만났다고 하더냐?"

다시금 목소리가 커져가는 서 원장을 문 여사가 조심스레 말렸다.

"요즘 제가 가는 곳마다 어떤 여자와 마주치더군요. 그냥 몇 마디 나눈 게 전부였습니다. 그 여자가 말씀하신 그 한 박사님의 딸이 맞다면요."

준후는 말 한 마디씩 뚝뚝 끊어서 말했다. 그는 화가 나서 소리라도 지르고 싶었지만, 그렇다고 사실을 말해도 혼이 나긴 마찬가진 듯했다. 부모님이 하가 벌인 연극을 아는 날엔……. 생각도 하기 싫었다. 하 말로는 완벽하게 처리했다고 했는데, 그게 아닌가 보다. 아니면 너무 완벽해서 탈인지도 모르겠고.

스토커가 따로 없었다. 가는 곳마다 마주치는 그 여자가 달갑지 않았다. 어찌나 치밀한 스토커인지 처음엔 우연이라고 생각했다. 일 때문이라는 그를 듯한 이유를 대긴 했지만, 그가 이해할 수 없는 이유로 눈앞에 나타나곤 했다. 어느 하루 날 잡아서 알아듣기 쉽게 얘기해 줬는데도 그의 조언을 무시했다. 멀쩡하게 생겨서는 은근히 머리가 나쁜 여자다.

"흠, 그래? 그렇다면 그 딸이 거짓말이라도 했다는 게야? 좋다. 그럼 그 딸한테 찾아왔다던 미혼모는 또 누구냐?"

서 원장은 대단한 증거를 잡았다는 듯이 말했다. 거참, 이번에도 미혼모로 변신한 모양이었다. 차라리 저번에 했던 신학생이나 파계승, 그런 걸로 할 것이지. 확실하게 하라고 했더니 결국은 그걸로 결정한 것이다. 너무나 확실해서 탈이라니까.

"미혼모? 이게 다 무슨 소리야? 여보, 속 시원하게 다 털어놓으세요. 우린 이해도 안 가는데, 뜬구름 잡듯이 말씀하는 건지."

잠자코 듣고 있던 문 여사가 답답하다는 듯이 바닥을 두드렸다.

말씀드리기가 참 민망한 노릇이었다. 졸지에 미혼모로 변신한 하와 그 미혼모를 내친 비열한 놈, 서준후. 이것도 어디서 많이 본 내용인데, 분명히 하가 읽었던 그 책들 중의 하나일 것이다. 은근히 독창성도 없는 애라니까.

"솔직히 말해봐, 이 녀석아! 한 박사 딸이 기겁을 했다더라. 애까지 딸린 여자 하나가 찾아와서 '제발 부탁이니 우리한테서 준후 씨를 빼앗아가지 말라'고 했다더군. 여보, 당신 아는 거라도 있소? 혹시 당신은 알고 있었던 거 아니오?"

"무슨 말을 그렇게 하세요? 전 오늘 처음 들은 얘긴데, 미혼모라니? 세상에! 내 아들이 그럴 리가 없어."

문 여사는 믿지 못하겠다는 듯이 말하며 준후를 바라봤다. 그리고는 어지러움을 느꼈는지 이마에 손을 대었다.

'어머니, 당연히 아들이 그럴 리가 없지요. 조금만 기다려 주세요. 제가 다 해명을 할게요.'

"어머님, 약이라도 드셔야 할 것 같아요. 제가 가져올게요."

나영은 약을 가지러 방을 빠져나갔다. 준후는 완전히 불효자로 낙인 찍혀 쫓겨날지도 모를 판이었다.

"그래, 할 말은 있겠지? 그 여자가 대체 누구냐? 집안 반대 때문에 어쩔 수 없이 그렇게 살고 있다더라. 아이까지는 몰래 낳았지만 집안에서 인정도 해주지 않는다고. 그래서 그 아이만 보고 살고 있다고 했단다. 언젠가는 서씨 집안에 받아들여지길 바란다면서, 한 박사 딸한테 울면서 하소연을 했다더구나. 넌 분명 아는 게 있지? 서준후!”

서 원장은 안경 너머로 아들을 쏘아보며 다그쳤다. 내용이 거의 신파극의 전형이었다. 그의 입에선 아주 긴 한숨이 쏟아져 나왔다. 그도 어지러움을 느꼈다.

“준후야, 이게 다 무슨 말이니? 너희들은 혹시 알고 있는 얘기니? 나 원 세상에! 이게 무슨 날벼락이야?”

구석에 모인 형들과 형수들은 바닥을 향해 고개를 숙이고 있었다. 다들 화를 피하자는 몸짓 언어였지만 궁금함은 참을 수는 없었던지 계속해서 준후와 서 원장을 흘끗거리고 있었다.

“한 박사 딸 말이 사실이냐?”

“그러니까 그것이…….”

준후는 버티다 못해 결국 한 마디를 덧붙였다.

“다른 말은 필요 없다. 사실이냐고 물었어. 그게 사실이냐?”

“그 상황은 사실이지만 진짜 사실은 아닙니다, 아버지.”

그 말에 문 여사는 옆에 있던 협탁에 몸을 기대고는 숨을 몰아쉬었다. 나영은 문 여사에게 물과 함께 약을 권하자, 문 여사는 몸을 일으키고 힘겹게 약을 삼켰다.

“내가 아직도 네 아비가 맞더냐? 그리고 나도 자식 가진 아비다. 대체 네가 뭔데 귀한 집 딸을 미혼모로 만들어? 네가 그러고도 남자냐? 난 그런 자식 키운 적 없다. 넌 내 아들이 아니야.”

서 원장의 분노는 극에 달아 문 여사가 아들들보다도 더 예쁘다 하며 애지중지하던 찻잔들에게 바닥을 두드리며 위협을 가하고 있었다. 아들들보다 더 귀한 찻잔들이 위태롭게 흔들렸다.

“여보, 무슨 말씀을 그렇게 하세요? 우리 준후가 여자가 좀 따라

다녀서 그렇지, 설마 그렇기야 하겠어요? 안 그러니, 준후야? 사실대로 말씀드려. 어서.”

“한 박사 딸이 그렇게 말했다면 사실이겠죠. 하지만 그건 어디까지나…….”

“당장 그 미혼모를 이 자리에 데려와. 절대 그냥은 못 넘어간다. 대체 어떤 여자길래 우리가 그렇게 반대를 하는지 한 번 보자꾸나. 준휘야, 전화기 가져오거라.”

준후는 상세한 설명을 덧붙이려 했지만 제지당하고 말았다. 서 원장은 화를 참을 수 없다는 듯이 숨만 몰아쉬고 있었다. 당장 하에게 구원요청을 해야 할 것 같았다. 그녀의 말이라면 서 원장은 거짓말도 참말이라고 믿으며 그에겐 강요까지 하는 사람이었다.

전화기가 준후의 무릎 앞에 떠밀려왔다.

“어서 전화해라. 만약 데려오지 못하면 넌 서씨 집안에서 영원히 추방이야. 내가 혼인빙자 간음죄로 널 경찰에 신고할게.”

이럴 수가, 드디어 그도 범죄자의 라인에 서야 할지도 모른다. 이하, 너 오늘 정말 제대로 걸렸다.

“아버님, 다 사정이 있어서 그런 겁니다. 제 말 좀 들어보세요. 이게 다 그 멍청한 여자 때문에……!”

“더 들을 것도 없어. 얼른 그 앨 여기로 데려와!”

서 원장은 아들의 어떤 변명도 듣지 않겠다는 듯이 비장하게 말했다. 그러고는 뒤돌아 앉아, 아들을 외면했다. 준후는 고개를 내리고는 수화기를 집어 들었다.

“어? 그래, 나야. …일이 좀 잘못된 것 같아. 지나랑 네가 우리 집으로 와야 할 것 같아. 지금 당장! 그래, …그래, 그렇다니까. 네가 여기에 와서 해명해. 집에서 영원히 쫓겨날 판이야. …난들 뭐 이렇게 될 줄 알았나? …그러니까 누가 그렇게까지 하래? 지금 가게가 문제냐? 너도 미혼모가 될 판이라고. 그냥 가게 문 닫아버리고 얼른 뛰어와.”

준후는 그렇게 말하고는 있는 힘껏, 수화기를 내려놓았다.

"지나? 그게 그 딸애 이름이더냐?"

딸. 딸이란 말에 괜히 마음이 떨렸다. 하를 닮은 예쁜 딸과 서준후의 마누라, 이하가 그 옆에 있는 멋진 그림이……. 어떤 상황인데 그런 말도 안 되는 감상에 젖은 거냐, 서준후. 정신 차려.

"딸은 아닌데, 그 애 이름은 지나가 맞습니다."

"좋다. 다같이 기다려보자."

하는 수화기 밖으로까지 넘어올 정도로 악을 쓰는 녀석에게 터져 나오려는 욕을 삼키며 발을 동동 굴렀다. 그리고 몇 마디를 덧붙이려는 순간, 연속적으로 들리는 기계음이 그 기회를 빼앗았다.

"아, 아, 아! 가슴이 터질 것 같다. 친구가 그렇게 힘 써줬으면 알아서 할 것이지, 날 이런 궁지로 몰아넣어? 내가 이럴 줄 알았어, 이럴 줄 알았다고. 나쁜 놈! 한눈에 봐도 그 여자가 보통은 아닌 것 같더라. 내가 미쳤지, 미쳤어. 내가 애인만 있었어도 구차하게 부탁도 안 했을 텐데, 괜히 약점은 잡혀가지고. 으, 짜증나! 졸지에 미혼모 되고, 그것도 모자라서 이젠 집안 망신까지!"

하는 한동안 이쪽 끝에서 저쪽 끝까지를 수십 번 오가며 솟아오르는 화를 가라앉히기 위해 애를 썼다. 어느 정도 떨리는 가슴이 진정되자, 약국이 무너질 정도로 큰 한숨이 나왔다. 한숨이 빠져나오자 몸이 축 늘어졌다.

준후가 그녀의 인생에 발을 들여놓은 그 이후로, 그녀를 키운 건 8할이 한숨이다. 여태 아무런 문제도 없었는데 들키다니, 그것도 아주 크게 걸리다니. 운이 지지리도 없는 팔자다. 여우주연상감의 연기를 펼친 대가가 고작 이런 거라니. 그 생각에 다시 온몸에 열이 펄펄 솟았다.

"하 언니, 왜 그래? 무슨 일 있어? 온몸에 전화선은 감고 뭐하는 거야? 매출 안 좋아서 설마 직업 바꾼 거야? 행위예술가로?"

“……!”

같이 일하는 김 약사가 걱정스런 표정으로 물어왔다. 평소라면 김 약사의 어설픈 유머에 웃기라도 하겠지만, 열이 솟으니 그것도 맘대로 되지 않았다.

“그리고 왜 손은 덜덜 떨고 있어? 대체 무슨 일이야? 우리의 라이벌 약국에서 새로운 마케팅이라도 벌인 건가?”

그래, 걱정이 너무 되서 손이 다 떨려 죽겠다. 김 약사는 하의 이마에 손을 대어보고 체온을 확인하더니 고개를 갸웃거렸다.

“…아니.”

김 약사에게 사실을 밝힐 수 없는 게 애석할 따름이다. 하는 더 큰 한숨을 토해내고는 몸에 감겨 있는 전화선을 풀기 시작했다.

“그게 아니면, 뭔데?”

“그럴 일이 있단다. 아무래도 오늘은 여기서 영업 끝내야겠다. 너도 얼른 들어가라. 일이 있어서 먼저 들어가야겠어.”

김 약사는 전화선을 다시 원상태로 감아서 테이블 위에 올려놓고, 하를 빤히 응시했다. 그녀는 김 약사의 묻는 시선을 모르는 척하고, 서둘러 가운을 벗었다.

“하지만 아직 문 닫을 시간도 안 되었는데? 내가 차라리 그냥 남을게. 그런데 큰일이라도 생겼어?”

“그럼, 아주, 아아주 큰일이지.”

“무슨 큰일인데?

“그런 게 있어. 나중에 알려 줄게. 그럼 내일 보자.”

하는 김 약사의 채근에 대충 둘러대고, 서둘러 약국을 빠져나갔다. 그녀는 갑작스레 생긴 딸을 데리러 가기 위해서 언니의 집으로 향했다.

하는 현관문을 열기 전에 호흡을 가다듬었다. 한 손엔 손잡이, 다른 한 손엔 지나가 들려 있었다. 졸려서 칭얼대는 지나를 안고 있으려니 힘이 배로 들었다. 손엔 땀이 흥건해서 자꾸만 손잡이를 놓쳤다.

잘해야 한다. 그래야 준후도 살고, 그녀도 살고, 지나도 산다. 만약 이 일이 미국에 계시는 부모님께 전해진다면, 그녀는 죽은 목숨이다. 그래, 힘내자.

"저, 원장님 안녕하세요. 저 왔어요."

그녀는 쭈뼛거리며 들어와 문가에 섰다. 오늘 서준후 심판의 장소는 거실인 모양이었다. 안쪽에는 준후의 부모님이 앉아 계셨고 그리고 좀 떨어진 곳에 준후가 무릎을 꿇고 앉아 있었다. 그리고 그녀가 서 있는 자리에서 얼마 떨어지지 않는 곳에 다른 식구들이 모여 있었다. 식구들의 시선이 그녀에게로 곧장 떨어졌다. 이런 부담스러운 시선을 계속 받자니, 다리가 덜덜 떨리고 가뜩이나 지나의 무게로 무리를 하고 있는 팔까지 흔들렸다. 많은 식구들 속에서도 강력한 시선이 있었으니, 그게 바로 서준후의 것이었다. 그녀도 준후를 향해 냉담한 눈빛을 던져봤지만 그는 오히려 그녀를 눈에서 불꽃이 튈 정도로 더 쏘아보기만 했다.

힘든 연기 해줬으면 제대로 얘기나 할 것이지, 하여튼 서준후는 손이 많이 가는 애어른이라니까. 오늘은 이해의 한도를 벗어난 상황을 만들었으니, 용서치 않으련다. 끝나고 두고 보자, 서준후!

하는 준후를 향해 발산했던 눈빛을 순식간에 지우고는, 선량한 미소를 입가에 한가득 머금고 식구들에게 눈인사를 던졌다. 모두들 그녀를 멀뚱히 쳐다보고는 속닥거렸지만, 그녀는 짐짓 아무렇지 않게 거실로 들어갔다. 그리고 식구들과는 되도록 멀리 떨어진 화분 옆에 자리를 잡고 앉았다. 화분에 가려서 그녀의 모습이 잘 보이지 않길 바라며.

"하야, 왔니? 이 안쪽으로 들어오지, 왜 그 구석에 앉아 있어? 지금 온 걸 보니 오늘은 우리 집에서 밥을 먹지 않았나 보구나. 조금 있다가 준비하라고 하마. 난 준후, 이 녀석이랑 볼일이 있단다."

서 원장은 무서워 보이던 좀 전의 모습과는 달리 하를 보자 부드럽게 말했다. 밥까지 챙겨준다는 말에 그녀의 용기가 확 쪼그라들었다.

"아니, 저 밥 먹고 와서 괜찮아요. 그런데 원장님이 말씀하시는 그 볼일이, 아마도 저와……. 그러니까, 제가……."

하는 심하게 말을 더듬고 끝말도 잇지 못했다. 식구들의 시선이 다시 그녀에게로 쏠리자, 입에서 나올 말들이 다시 목구멍 속으로 쏘옥 들어가 버렸다.

침착하자, 침착해. 솔직히 말하면 될 일이다. 준후의 여자 문제야 워낙 알려진 얘기고, 들러붙는 여자한테서 그를 구해주려고 하다보니 실감난 연기가 필요했다고, 그래서 그렇게 되었다고 하면 되지 않을까. 분명 이해해 주실 거다. 절대 나쁜 짓을 한 것이 아니다. 너무나 빛나는 연기, 그것이 문제라면 문제였지.

그런데 가만 생각해 보니 그 여자, 괘씸했다. 외모는 세련미가 철철 넘치게 생겼는데, 하는 짓은 은근히 치사한 스타일이네. 나이가 몇인데, 부모한테 미주알고주알 다 고해 바치는 거야. 서준후, 그런 여자들한테나 어필하고, 실없는 녀석. 주위에 있는 참하고 멋진 여자한테나 어필할 것이지. 보는 눈도 없는 녀석!

"그 앨 아는가 보구나? 그래, 하는 알고 있었구나. 얘길 좀 해 보거라. 그래도 너한테만은 얘길 한 모양이구나?"

서 원장은 방석을 두드리며 하에게 앉으라는 손짓을 했다. 그녀의 이름을 부르는 소리가 딴 생각을 하던 그녀를 재빨리 현실로 되돌려 놓았다.

"원장님. …저, 그러니까 그 여자가 참 괜찮은 여잔데요. 피치 못할 사정이 있어서……!"

"아버지, 그 미혼모가 바로 하예요. 그 딸이 만났다던 여자가 하라고요!"

준후는 그녀가 뜸을 들이던 마지막을 가로챘다. 거실 여기저기에

선 식구들의 놀란 숨소리가 터져 나왔다. 그리고 그는 화분에 가려서 보이지 않았던 지나를 자신의 무릎에 끌어 앉혔다.

아! 말은 참 간단한데, 꺼내기가 그렇게 어렵다니. 그나저나 식구들의 주목을 단번에 받자니, 얼굴이 새빨갛게 불타올랐다.

"그리고 이 앤요, 하랑 좀 닮긴 했지만 하 언니인 후 누나 딸, 지나예요. 지나 아시죠? 지나 돌 땐, 아버지가 갑작스레 수술 때문에 못 오셨잖아요."

언니의 조카인 두 살짜리 지나는 불행히도 하와 판박이처럼 닮아 있었다. 평소에는 '우리 딸'이라며 사람들을 깜빡 속이는데 기쁨을 느꼈겠지만, 오늘처럼 그 점이 원망스러운 적은 없었다.

방 안은 침묵에 휩싸였다. 벽시계의 초침소리, 멀리서 들리는 개 짖는 소리, 보일러 돌아가는 소리까지, 방 안의 침묵을 더욱 강조하고 있었다.

서 원장은 하와 지나를 한참동안이나 바라보았다. 하는 무릎에 놓인 손을 꼼지락거리며 준후와 서 원장을 번갈아 쳐다보았다. 서 원장과 눈이 마주치자 지은 죄 때문에 그녀의 고개가 저절로 아래로 향했다. 그녀는 바닥에 깔려진 마루 무늬를 수십 번 눈으로 따라그리다가, 아래로 내리깐 눈을 최대한 올려서 준후의 눈치를 살폈다. 그는 한숨을 내쉬고는 지나의 고수머리를 쓰다듬은 후, 그녀에게 사나운 눈짓을 해보였다.

홍, 어디서 눈을 흘기는 거야! 이게 다 누구 잘못인데!

"언젠가는 이럴 줄 알았어. 하 언니가 저러다가 걸릴 줄 알았다니까."

지영은 새로운 미혼모 가족을 흘끔대며 준하에게 작게 말했다.

"세상에! 아직도 저 짓들을 하고 논단 말이야?"

"그러게 말이다. 쟤네들은 왜 저러고 노는지 모르겠어. 조용히 둘만 잘 놀면 되는데 집안까지 시끄럽게 한다니까."

구석에서는 식구들의 혀 차는 소리와 속닥거리는 소리가 들렸다.

그들끼리의 소곤거리는 소리치고는 상당히 커서, 거실 안쪽 구석구석까지 다 들릴 정도였다.

"조용히들 하거라. 다시 말해봐라. 그러니까 한 박사 딸의 사무실에 간 여자가 하랑 저 애, 지나라고? 그러니까 우리 집안이 그렇게 반대한다는 그 여자가 하라고?"

서 원장은 눈을 가늘게 뜨고 의심스런 목소리로 물었다. 그 물음에 하의 고개가 더 꺾였다. 오랜만에 무릎을 꿇고 앉아 있으니 다리가 저렸지만 상황이 상황인지라 하는 아픔을 꾹 참고 있었다.

"야, 하! 뭐 해, 얼른 대답하라고."

준후는 그녀의 옆구리를 찌르며 대답을 강요했다. 그래, 대답한다, 대답해. 우정을 위해 힘쓴 의리파 여인이 고작 이런 대우를 받아야 한다니. 억장이 무너졌다.

"네, 원장님. 사실은 준후가 여자 문제가 너무……!"

"…엄마!"

그녀는 비굴한 웃음을 지으며 열심히 변명을 시작했지만 몇 마디 하지도 못한 채 또 제지당했다. 이번에는 그녀의 조카 지나가 그녀를 '엄마'라고 불렀기 때문이다.

"…앗! 헤헤헤, 지나가 이모란 발음을 잘 못하거든요. 그래서 절 엄……, 엄마라고 불러요. 그리고 남자는 다 아, 아빠라고 부르죠. 그렇지, 지나야? 여기 이 사람은 뭐라고 불러?"

하는 식은땀을 뻘뻘 흘리며 설명을 했지만, 자꾸만 변명 비슷한 얘기만 되어가는 것 같았다. 그녀가 손가락으로 준후를 가리키자 지나는 '압빠'라는 끝말이 강한 단어를 내뱉었다. 다행히 조카는 시키는 대로 잘 따라주었다. 그런데 서준후, 이 녀석은 왜 도와주질 않는 건지, 그녀는 연신 손바닥으로 얼굴에 난 물기들을 닦아내느라, 그리고 웃기 위해 얼굴 근육을 무리하게 움직이느라 애를 먹었다.

"됐다, 이제라도 날 잡아야지. 진작 애길 하지 그랬니?"

갑자기 바뀐 서 원장의 태도에 그녀와 그뿐만 아니라 다른 식구

들도 모두 어리둥절해 했다. 날은 무슨 날! 아무래도 진실의 종이
울려야 할 시간인가 보다. 그래서 더욱더 열심히 설명하려고 했지만
할 수가 없었다. 대체 오늘 그녀의 말문은 왜 이렇게 막히고 꼬이는
건지. 그리고 조카는 계속해서 '엄마'와 '아빠'라는 단어만 조잘대며
상황을 악화시키고 있었다.

"저 그게 아니라, 원래……!"

"난 너희들 반대한 적 없었다. 대찬성이지. 그렇게 오래 알아왔으
니 결혼생활도 순탄할게야. 너희들이 담벼락에서 밤마다 만날 때 그
런 생각이 들었지. 그래서 내가 그 조금씩 커진 구멍에 꿈쩍하나 안
했던 게다. 결국 그쪽 담이 무너졌어도 말이다. 더군다나 혼수까지
저렇게 만들어 놨으니……. 이리 좀 올래, 아가야? 네 이름이 지나
라고?"

서 원장은 떨리는 목소리로 입을 열었다가, 잠시 말을 멈추었다.
결국 더 이상 보고만 있을 수 없었던지 준후가 냅다 소릴 질렀다.

"아버지! 대체 무슨 말씀이세요? 지나 나이가 두 살인데, 그때 하
는 외국에서 공부중이었다고요. 어떻게 저도 없는 외국에서 하가 임
신을 할 수 있어요? 애가 뭐 성모 마리아랍니까? 남자도 없이 임신
하게?"

아니, 이게 대체 어떻게 되어가는 일이야. 그리고 이 친구가 왜
그렇게 화를 낼까. 지금 준후보단 그녀가 더 화를 내야 할 심각한
상황인데 말이다. 그리고 무슨 말이 그래? 준후가 없으면 그녀는 임
신조차 할 수 없단 얘기 아닌가. 그녀를 무시하는 얘기가 틀림없다.

"시끄럽다, 이 놈아! 2년 전이면, 그, 그때 아니냐? 가을에 네 녀
석이 미국에 공부하러 간다면서 학교는 안 다니고 하 있는 곳에서
줄곧 사진만 찍다 왔잖아? 기억 안 나는 거냐? 어때? 맞지? 이 고
얀 놈 같으니라고. 뭘 잘했다고 소릴 질러? 남의 집 귀한 딸 데려다
가 저렇게 만들어놓고, 아주 하를 빼다 박았구나, 박았어. 내가 이
사장을 어떻게 봐야 할지……."

서 원장은 지나를 안아 올리며 혀를 찼다.

이 말도 안 되는 시나리오가 먹혀들어가다니. 준후와 그녀가, 그러니까 그렇게 해서 애를……! 앗, 머리가 심하게 아파왔다. 상상조차도 금물인 일이다. 그러니까, 우리가 그것을 해서, 그래서……! 이렇게 심각한 상황에서도 그녀의 변스러움은 제대로 작동이 되고 있었다.

"걱정 마라. 내가 알아서 다 하마. 우리 집안이 이 사장 집안이랑 보통 사이냐? 너희들은 마음의 준비나 해두렴."

하는 위에서 신물이 넘어오는 것처럼 쓰라렸다. 아무래도 그녀가 직접 나서서 상황을 정리해야 할 것 같았다.

"원장님! 지나가 저랑 많이 닮아서 그런 생각이 드셨겠지만요. 사실은 제 조카에요. 그리고 준후랑 그런 적이 결코 없어요. 저흰 절대 그런 사이가 아니에요. 설마 제가 준후랑요? 에이, 그건 아니죠. 저희 사이가 보통 사이도 아니고, 뭐. 하하하! 그러니까 어떻게 된 일이냐면, 아이참! 야, 네가 좀 잘 설명해 봐."

모든 식구들이 이상하게 바라보자 처음과는 달리 더 이상 설명하기가 힘들어졌다. 그녀는 당황해 버려서 헛웃음까지 나왔다. 아무리 얼굴이 철판처럼 두꺼워도, 자신의 실감나는 연기를 인정해야 할 때는 좀 멋쩍기 때문이다.

"맞아요. 아버지, 우린 아직까지 그런 적이 없어요. 아버님, 전 결코 앨 그렇게 대한 적도 없고, 그런 생각한 적은……! 에헴, 그러니까 이건 우리가 곧잘 하는 놀이거든요. 그렇지, 하?"

준후는 동의를 구하기 위해 팔꿈치로 그녀를 쿡쿡 찔렀다. 아, 정말 아프다. 이게 사람 팔꿈치인가, 송곳이지.

"그런 사이가 아니다? 놀이라고? 둘 다 그런 사이가 아니라고? 확실한 거냐? 그리고 저 앤 조카라고?"

서 원장은 상당히 의심스런 눈초리로 그들을 살펴봤다. 이제껏 의심 한 번 안 하시던 분이 왜 그런 결론에 도달하셨는지 모르겠다.

만약 그런 마음이라도 있었다면 예전에 둘은 느끼한 사이가 되었을 것이다. 하지만 지금도 여전히 둘은 그저 그런 사이일 뿐이다. 남자지만 여자친구 못지않은, 뭐 그런 친구라고나 할까. 서준후가 거기서 성격만 좀 좋아지고, 여탕을 함께 가게만 된다면 정말 최고의 동성 친구가 될 것이다.

"네. 이제야 이해하시네요? 아시다시피 여자들이 준후를 너무 귀찮게 하잖아요. 준후는 맘도 없는데 어떤 여자가 쫓아다닌다고 해서 제가 좀 도와줬어요. 예전에도 많이 도와줬고요. 그래서 이번에도 당연히 도와줬죠. 주로 제가 연극 하나를 준비해서 감쪽같이 연기를 하거든요. 여태 별 문제 없었는데, 이번에 그것이 좀 잘못되었나 봐요. 헤헤헤! 너무 확실하게 도와줬는지 싶고, 그런데 그 여자가 이렇게까지 치사하게 소문을 낼 줄 누가 알았겠어요?"

하는 그저 계속 웃기만 했다. 그냥 웃자. 웃는 얼굴로 한몫 보자. 하는 정말 쥐구멍에라도 숨고 싶은 심정이었다.

그들의 하는 양을 빠짐없이 지켜보던 문 여사가 짐짓 엄한 목소리로 입을 열었다.

"대체 무슨 말인지 모르겠구나. 처음부터 제대로 얘기해 보거라."

"정말 죄송해요. 다시는 이런 일이 없도록 하겠습니다. 준후가 너무 간곡하게 부탁을 하는 바람에, 제가 도와주지 않을 수 없었어요. 친구가 도와야지, 누가 돕겠어요?"

그녀는 그를 이 세상에서 가장 불쌍한 사람처럼 바라보고는, 그녀 또한 불쌍한 표정을 지었다. 빌고 또 빌어야지. 간곡? 준후, 저 녀석은 간곡의 '간'자도 모르는 위인이다. 넓은 아량을 지닌 그녀가 이해해야지, 그리고 이 사태를 해결해야지.

"그래도 그렇지. 그렇게 할 필요까지 있었니? 한 박사 딸한테 그런 해괴망측한 짓을 하다니. 차라리 잘 말하지 그랬니? 지성인들답게 대화로 해결해야지. 그리고 하, 너는 그 소문을 어떻게 감당하려고 그런 짓을 하고 다녀? 너희 부모님이 이 사실을 아셔봐라. 널 당장 끌고 미국으로 들어가실 게야. 이제부턴 도와달라고 해도 도와주지 마라. 그런 부탁을 하는 녀석은 친구도 아니다. 예나 지금이나 이렇게 철딱서니 없어서야, 쯧쯧쯧!"

서 원장은 주먹으로 가슴을 치고는 앞에 놓인 찻잔을 들어 벌컥벌컥 들이켰다. 하와 준후는 연신 한숨만 쉬어대며, 고개를 들지 못했다.

그녀도 가슴을 치고 싶은 마음이 굴뚝 같지만 저런 아들을 둔 부모의 심정은 오죽하겠는가. 마음 같아선 그의 가슴을 확 치고 싶었지만 부모의 안타까운 마음을 알기에 그녀가 참는 것이다.

"여보, 이제 그만하세요. 저희들도 큰일인줄 알았을 거예요. 그건 그렇고, 당신 입장이 참 난처했겠어요. 나중에 이 일을 어떻게 얘기하죠?"

"그런데 그 한 박사 딸 말이, 그 미혼모가 불쌍하다면서 오히려 본인이 잘못했다고 그러더란 거야. 만약 준후에게 여자가 있었더라면 그렇게 하지도 않았다면서 말이야. 친구들은 준후, 저 녀석을 두 여자를 울린 나쁜 아들로 알고 있겠지? 거참, 이렇게 민망할 데가 있나! 내일 당장 그 애한테 사과하고 오너라. 그리고 하 너도 같이 가고. 알겠지? 그렇게만 한다면 내가 이번 일은 넘어가마. 추후에도 이상한 소문이 들린다면 그땐 이렇게 쉽게는 못 넘어간다. 다신 이런 일이 없도록 해라."

서 원장은 방바닥을 두드리며 대답을 재촉했다. 하는 고개를 끄덕이며 바닥에 납작 엎드렸지만, 준후는 그저 고개만 돌리고 아무런 답을 하지 않았다.

그 여자한테 다시 가야 한다니, 자존심 상하는 건 둘째 치고라도 얼마나 창피스러울까. 역시 서준후는 그녀 인생의 최대 약점이자 오점일 수밖에 없다. 이 일로 더 이상 그의 집에 오갈 수 없게 될지도 몰랐는데, 이 정도로만 끝났으니 정말 다행한 일이다.

“뭐해들? 대답 안 할 거냐?”

“네!”

하는 재빨리 머리를 흔들며 크게 대답했다. 하지만 ‘미혼 압빠’의 답이 들리지 않았다. 그녀는 또다시 솟아오르는 화를 참고 발바닥으로 준후의 다리를 슬쩍 밀었다. 그러자 그가 흠칫거리며 옆으로 비켜 앉았다.

“…네.”

준후는 마지못해 답을 하고는 하를 죽일 듯이 노려보았다. 아니, 잘못했다고 빌어도 힘든 상황에 뭐가 그렇게 잘난 거야!

“좋다. 이제 좀 쉬어야겠다. 여보, 당신도 올라갑시다.”

“네, 그래도 다행이에요. 정말 그랬다면 아이고……. 내가 미치고 말지.”

서 원장은 고개를 흔드는 문 여사의 팔을 잡아끌고는 마지막으로 그들을 향해 무서운 눈빛을 던지고 위층으로 사라졌다. 하는 서 원장 내외의 방문 닫는 소리가 들릴 때까지 얌전히 있다가 그제야 입을 열었다.

“서준후! 너 때문에 죽겠다. 힘든 연기 해줬으면 뒤처리는 네가 알아서 잘해야지. 이게 뭐야? 더구나 그 여자한테 가서 미안하다고 해야 하다니, 난 절대 못해!”

“하! 어차피 우린 한 배를 탔잖아. 지금 와서 그 배 탄 적 없다는 거냐?”

준후에게선 아직 고맙다는 말도 듣지 못했다. 그런데 지금 이 사건의 책임을 함께 지자고 한다. 이 사건의 배후자는 바로 그인데. 그녀는 단지, 약점 잡힌 하수인에 불과했다.

“배는 무슨 배! 네가 하라고 해서 난 했을 뿐인데, 내가 무슨 잘못이 있어? 친구 생각해서 살신성인하며 도와줬더니 뭐가 어떤다고?”

하는 손가락으로 준후의 가슴을 찌르며 목소리를 높였다. 가슴을

확 밀어볼까도 생각해 봤지만 힘이 센 애라서 언제 공중으로 날아갈
지 모르기에 단순하게 콕콕 찌르기만 했다.

"하, 그럼 이게 누구 각본이야? 그러니까 좀 괜찮은 걸로 할 것이
지, 누가 그런 걸로 하래?"

준후는 벌떡 일어서더니, 그녀보다 큰 키를 자랑하며 인상을 박박
썼다. 키로 제압해 보겠단 얘긴데, 그깟 신체 사이즈 가지고 굴할
그녀가 아니다. 말로 질 것 같으면 그는 항상 큰 키를 곧추세우고
그녀를 내려다보며 이죽거렸다. 그녀도 따라 일어서서 좀 멀찍이 떨
어져 섰다. 그래야 좀 덜 올려다볼 수 있기 때문이다.

"하려면 제대로 해야 해서 그랬다, 왜! 다른 여자들이랑 틀리다
며? 그래서 강력한 걸로 해야 한다고 주장한 게 누군데?"

"그래도 상황 좀 봐가면서 해야지. 다른 땐 좀 그럴싸하던데 이번
엔 왜 그거야?"

"그게 제대로 먹히는 거라서 그랬다. 네가 안 봐서 그러는데, 거
기서 더 이상 사실적인 연기는 나올 수가 없었다니까. 내 연기에 놀
란 그 여자와 사무실 식구들 표정을 네가 봤어야 해. 소품도 얼마나
힘들게 구했는데? 지나까지 업고 가느라 허리 끊어져 죽는 줄 알았
다고. 그런데 뭐라고? 너 나한테 고맙다는 말도 안 했어. 그리고 걸
렸으니 싹싹 빌어야 하는데 너 태도가 그게 뭐야?"

"뭐? 네가 <미워도 다시 한번>의 여주인공인 줄 아나? 차라리
내가 같이 갔어야 하는 건데. 널 믿은 내가 바보지."

"고맙다고 해도 아쉬운 판에, 뭐라고? 너 죽을래, 서 군?"

"얘들아, 그만해라. 준후야, 그러게 네가 알아서 해야 할 일을 남
에게 미뤄서 이렇게 된 거다. 그리고 너희들은 계속 얘기하고 싶겠
지만, 지나가 잠이 들었다."

거실 한복판에서 목에 핏대를 세우고 말싸움에 열중하느라, 관중
을 깜빡 잊고 있었다. 동네 창피할 일이다. 준휘가 지나를 그녀의
가슴에 안겨주었다. 조카 지나는 연기력이 철철 넘치는 이모 때문에

피곤에 찌든 얼굴로 잠들어 있었다. 자느라 칭얼거리는 지나를 달래기 위해 그녀는 조카의 머리를 어깨에 기대게 하고 어르기 시작했다.

"막내 도련님, 차라리 이번 기회에 그냥 날 잡죠. 소문 난 김에 그냥 해버리면 되잖아요. 그 여자한테 다시 가서 사과할 필요도 없고. 그렇죠, 여보?"

"그러게. 그래, 이참에 가라. 그 정도 오래 지냈으면 결혼해서도 잘 살 거야. 안 그래, 형들?"

누구 일찍 죽는 꼴 보려고 그러는지, 지영은 식구들에게 말도 안 되는 동의를 구하며 이번 기회에 확실하게 보내자고 얘기했다. 그러자 식구들도 좋은 생각이라며 반색을 했다. 이런 식으로라도 비인기 신랑감 서준후를 그녀에게 떠넘기려는 모양인데, 부족한 거 없는 그녀가 뭐가 아쉬워 허구한날 스캔들만 뿌리는 남자랑 백년해로를 하겠는가. 어림없는 얘기다.

"셋째 형수님, 내일부터 스튜디오 나오기 싫으신 모양입니다."

준후가 지영에게 차가운 시선을 던졌다. 하지만 지영은 남편의 팔을 잡고 웃기만 했다.

"아니, 준후랑 결혼을? 수많은 남정네들이 번호표 뽑고 날 기다리고 있는데, 왜 사서 고생을 한대? 그만들 하시죠. 전 이만 물러갈게요."

하는 몸을 돌리고 현관문 쪽으로 발걸음을 옮겼다.

"이하, 거기 서! 너 이제 보니까 완전 코미디다. 번호표? 네가 은행이냐? 그리고, 넌 보고도 몰라? 이렇게 여자들 때문에 고생인 날 보면서도 서준후의 가치를 모르다니. 나 또한 넌 사절이다. 알겠냐?

코미디, 코미디라니! 요즘 같은 시대에 그녀처럼 참한 여성이 존재한다는 것 자체가 얼마나 희귀한 일인데. 서준후의 가치? 그런 단어를 붙이기조차 힘든 주제에! 가치는 무슨, 얼어 죽을 가치! 여자문제 때문에 골치만 아픈 가치? 결혼식장 소개용 남자친구 역할을 부탁하기 위해 연기한 그녀도 그다지 할 말은 없기에, 그저 삐져나오려는 좋지 못한 소리와 한숨을 꽉 삼켰다.

"이번엔 장난이 과했지 않았나 싶어요. 막내 도련님과 하 아가씨에겐 미안한 얘기지만 오랜만에 재미있는 구경 했어요. 호호호!"

나영은 쿡쿡 웃으며, 머리를 손으로 못살게 굴고 있는 준후를 보고는 입을 가렸다.

"형수님! 무슨 말씀을……!"

"그래, 너희들이 잘못했지. 하, 너도 그만할 때도 되지 않았어? 너 재미로 하고 다니는 거지? 내가 종종 얘기는 들었지만 이렇게까지 문제가 있는지 몰랐다."

지나를 안고 있던 하는 얼굴을 찌푸렸다. 그녀의 영원한 007오빠들이 저런 말을 하다니. 역시 좋은 시절 다 갔다. 그들에게 본드걸들이 생긴 이후로 확실한 푸대접이다.

"뭐, 전 친구 도와주려다가 이렇게 된 거라고요. 아, 진짜 억울해요."

하의 마지막 항변이자 절규는 식구들의 커다란 웃음소리에 파묻혔다. 오늘만큼은 뭉크의 <절규>란 그림을 뼈저리게 이해할 수 있었다.

"하, 너 사실은 재미있었지?"

하의 친구이자 준호의 아내인 연주가 슬쩍 물었다. 이젠 친구까지도 믿을 수가 없다. 결혼하더니 김연주가 아니라 서연주가 되었나 보다.

"연주야, 지금 불난 집에 선풍기 돌리는 거야?"

물론, 연기를 하는 순간엔 무척이나 재밌다. 배우들 말대로, 또 하나의 삶을 산다는 것이 은근히 매력적인 일이기 때문이다. 그런데 결과가 이러니 재미는 반감되고 말았다.

"그런 게 아니라……."

"늦었다. 얼른 들어가야지."

준호는 한참 길어질 그들의 이야기를 막으며, 준후에게 하를 태워 주라며 밖으로 내몰았다. 모여 있던 식구들이 우르르 현관으로 따라 나오며 배웅을 했다.

"네, 정말 죄송해요. 이제 들어가야죠. 무슨 팔자가 이렇게 복도 지지리 없는지."

"하, 뭐해? 빨리 안 나와? 집에 안 갈 거야?"

"알겠어. 좀 기다려라. 안녕히들 주무세요. 저 가요."

성질도 급한 준후는 하의 가슴에 달라붙어 있는 지나를 안아들고 신발도 신지 않은 그녀를 잡아챘다. 그녀는 신에 겨우 발가락만 끼운 채 끌려 나와야만 했다.

보통은 이런 역할연기가 끝난 후엔 축하연을 벌이곤 했는데, 오늘처럼 파란만장한 쫑파티를 하니 영 기분도 나지 않았다. 그나저나 서준후, 이 인간이 일이 이렇게까지 벌어졌는데도 말 한 마디 없다. 인간성 훌륭한 그녀도, 토라진 표시야 얼마든 낼 수 있었다.

"…이제 갈래. 너도 어서 집에 가라. 그런데 내일 거기엔 언제 갈 거야?"

하는 나름대로 기분이 상한 목소리를 내려고 노력하며 불퉁거렸다. 운동화 앞부리를 차문에 콩콩 치기 시작했다. 그러자 준후가 그녀의 무릎을 의자 쪽으로 잡아당겨 꽉 눌렀다.

"뭐, 어디 말이냐?"

그도 그녀처럼 단기 치매증 환자였나 보다. 여태 그들이 해왔던 얘길 다 잊은 듯 보였다.

"어디긴 어디야, 아무나 볼 수 없는 명연기를 펼친 곳이지. 한 박사 딸 사무실. 가서 사과하고 와야지."

준후는 주머니를 뒤적이더니 담배를 꺼내 입에 물었다. 설마 애까지 있는데 피우겠다는 건 아니겠지. 그래도 물어는 봐야지.

"서 군, 너……!"

"내가 몇 번이나 말해야 되냐? 안 태우는 거 몰라?"

기분 나쁜 건 그녀인데, 준후는 소리를 날을 세운 목소리로 말했다.

"그래, 나 머리 나빠. 그래서 항상 얘기해 줘도 모른다. 됐냐, 됐어? 하여튼 가야잖아. 이왕 갈 거면 같이 가야 덜 민망하지."

그녀는 절대 가지 않을 생각이었지만, 곰곰이 생각해 보니 가서 사과할 일이었다. 원장님이나 그나 모두들 앞길이 구만리 같은 사람들이고, 특히나 그녀를 딸처럼 대해주시는데 죄스러워서 견딜 수가 없었다. 어쩌면 이 놀이는 이제 그만하라는 일종의 암시일 수도 있었다.

"넌 갈 필요 없어. 내가 알아서 할 테니까."

준후는 담배 끝을 씹으며 밤이라 아무것도 보이지 않는 창밖을 들여다봤다.

"정말? 그래도 너희 아버님이 난처한 상황에 빠지신 건 나 때문이잖아. 그러니까 내가 가서……!"

"괜찮다니까. 내가 다 알아서 할 거야. 그냥 넌 가만히 있어."

엇, 왜 이렇게 신경질이야. 그런데 이렇게 책임감 있는 말을 할 때도 다 있네. 오, 기특한데? 세상은 역시 오래 살고 볼일이다.

"어떻게 가만히 있어? 내게도 책임이 있는데."

그래도 그녀는 끝까지 소신 있는 모습을 보이며 함께 가기를 주장했다. 사실 그녀의 놀이도 이쯤에서 막을 내려야 하기도 했다.

"됐다고 했지? 그 시간에 쪼그만 책이나 읽어. 그 무뇌아랑."

준후는 씹고 있던 담배를 조각조각 내서 주머니에 쑤셔 넣었다. 기특하다고 칭찬해 주려고 했는데, 말본새 하고는. 그 성격이 어디 가겠어.

"거기서 무뇌아 얘기는 왜 나오는 거야? 성실하게 끝까지 애프터 서비스 하겠다니까. 내가 가서 솔직히 얘기해야 그 여자가 더 믿을 거 아니야?"

"됐어. 네가 거길 또 왜 가? 얼른 집에나 들어가. 그리고 오늘 정말…… 미안하다."

헉! 미안하단다. 서준후가 이하한테 미안하다고 했다! 서준후 사전에도 그런 단어가 있긴 있었구나. 오늘 서준후 진짜 무리한다.

그런데 갑자기 그녀의 기분이 쑥 가라앉았다. 분명 들어야 할 말이지만, 그들 세계에선 낯선 단어였다. 그 단어가 그들의 거리를 지독히도 넓혔다. 그 거리감이 그녀의 마음을 차갑게 만들었다. 예상치 못한 준후가 마음에 들지 않았다. 차라리 뻔뻔하고, 무뚝뚝하고, 마음 상하게 하는 말만 골라서 하는 것이 훨씬 나았다.

"그래도 내 연기가 굉장했나봐? 얼마나 잘했으면 그렇게 속고 그러겠어. 그렇지?"

그 지독한 거리감이 너무 싫어서 그녀는 실없는 농담을 던졌다. 바보처럼 보여도, 푼수처럼 보여도 상관없다. 그저 예전처럼만, 그들이 늘상 해왔던 것처럼만 지내면 된다.

"하, 웃기지도 않는군. 너란 앤 정말 속이 없구나."

그게 서준후답지. 그래, 그런 게 더 나아. 훨씬 낫다니까. 그녀는 쓰게 웃으며, 지나를 더 꼭 안았다.

6

여느 토요일과 마찬가지로, 서 원장의 가족들은 아침 운동을 위해 동네 뒷산을 오르고 있었다. 아이들은 저희들끼리 신나게 노느라 밤 늦게 잠자리에 들었고, 아침까지 곤한 잠에 빠져 있어서 어른들만이 산에 올랐다. 서 원장 부부가 앞서서 걸었고, 며느리들과 아들들이 뒤따라 걷고 있었다.

"휴유! 준휘 씨, 전 여기서 좀 쉬었다 갈게요"

며느리 대표인 나영이 헐떡이며 말했다. 꼭대기에 가서야 숨을 돌리던 때와는 달리, 뒷산을 오른 지 십여 분이 채 되지도 않았는데 그녀는 길 한쪽에 있는 나무로 엮은 임시 의자에 몸을 기댔다. 그러자 다른 며느리들까지 그 옆으로 줄줄이 늘어져 앉았다.

"벌써? 알았어. 그럼 그렇게 해요. 우린 먼저 갈게."

준휘는 대수롭지 않게 말하며, 아내의 손에 물병을 쥐어주었다. 그리고 준후를 제외한 세 남자들은 다시 발걸음을 옮겼다.

준후는 어제 늦게까지 잠을 이루지 못해 무척이나 피곤했다. 나무들 사이로 스며드는 햇빛을 손바닥으로 막아내며 앉아서 쉬기 좋은 곳을 찾기 위해 주위를 두리번거렸다. 마땅한 장소를 찾아내 무거운 엉덩이를 땅에 붙이려는 순간 준휘의 목소리가 귓가를 파고들었다.

"서준후, 어디 가? 형수들과 함께 쉬려는 건 아니겠지? 넌 우리랑 같이 올라가야지. 어서 따라와."

"난 안 가. 힘들어서 좀 쉬어야겠어."

준후는 힘겹게 말을 마치고 엉덩이를 과감히 땅에 안착시켰다. 후들거리던 두 다리를 쫙 뻗고 뻣뻣해진 근육을 풀기 위해 목을 이리저리 움직였다. 조카들의 시각적 만족을 위해 밤늦게까지 귀신과 말 흉내를 내느라 피곤한데다가, 어제의 불미스런 사건으로 인해 잠까지 설쳐서 동네 뒷산도 백두산처럼 느껴질 정도였다.

"장가도 안 간 놈이 힘 쓸 데가 어디 있어? 빨리 가자, 이 녀석아!"

준휘는 동생의 모자챙을 아래로 획 잡아당겨서 시선을 가렸다.

"그래서 형들이 대단하다는 거야. 형수님들 기쁘게 하기 위해 밤늦게까지 힘을 쓰고도 산을 오를 수 있다니. 하지만 난 그렇게 못해. 대단한 남자가 아니라고."

준후는 팔짱을 낀 채 이죽거렸다. 세 남자들이 그를 에워싸고 험악한 눈빛을 해보였다.

"준후야, 너희 형수들 다 듣겠다. 큰형 말은 처자식 먹여 살려서 힘들다는 거지, 그런 뜻은 아니지. 넌 어째 그런 생각만 하니?"

조심성이 많은 준하는 그 말에 상심할 아내를 생각한 듯이, 주위를 두리번거렸다. 며느리들은 바람처럼 사라지고 난 뒤였지만.

"준하야, 난 너처럼 건전한 생각으로 말한 건 아닌데, 그렇게 말해 줘서 고맙다. 하여튼 준후 네가 힘들게 뭐가 있어?"

"형들 왜 이래? 나야말로 혼자라서 더 힘든 거라고. 밖에서 돈 벌어야지, 집안일까지 해야지, 조카들 놀아줘야지. 내가 제일 힘들걸? 하여튼 난 가지 않을 거야. 형들끼리 친목 도모 열심히 하라고."

준후는 방해꾼들을 피해 자리를 옮겼다. 벤치에 긴 몸을 뻗고 모자를 얼굴 쪽으로 끌어내렸다. 그래도 그들은 그의 곁에서 떠나지 않고 계속 가자고 종용했다. 평소라면 그가 있거나 없거나 신경도 쓰지 않는다.

"같이 가자. 할 얘기 있다니까."

"형, 제발 부탁이야. 조금만 쉴게. 아니면 지금 집으로 가도 좋은데 말이야."

준후는 옆으로 몸을 돌려 그들을 외면했다. 상쾌한 공기를 마시며 잠시 동안만이라도 벤치와 함께 자연의 모습으로 돌아가고 싶었다. 하 말대로 인간은 자연의 모습으로 있을 때 가장 행복함을 느끼고 가장 인간답다고 했다.

"네가 꼭 들어야 할 말이 있어. 더 이상 미룰 수 없는 얘기야. 너의 사적인 문제를 여기서 떠들 순 없지 않겠어?"

그의 사적인 문제라니, 그에게도 사생활이 존재했었나. 스튜디오에 항시 대기중인 셋째 형수를 비롯한 스토커들이 도처에 있었다. 언제나 준호의 낮게 깔린 목소리는 그의 신경을 자극했다. 더군다나 준호는 그에게 아버지 다음으로 무서운 사람이었으니. 어쩔 수 없이 그는 쉬고 싶은 유혹을 접어야 했다. 그는 잠시나마 몸을 뉘였던 새 침대를 아쉬워하며 터덜터덜 그들의 뒤를 따랐다.

등산로에서 조금 벗어난 한적한 곳에 이르자 네 남자들은 각자 자리를 잡고 앉았다. 준후는 납작한 바위를 보자마자 털썩 주저앉았다.

"이제 연습은 그만 하고, 본 게임 시작하는 게 어때?"

"무슨 게임? 나 오락게임 싫어하는 거 알잖아. 어제 플레이스테이션도 조카들 때문에 한 거라고. 고작 이런 얘기하러 날 부른 거야?"

그는 만지작거리던 나뭇잎을 내던지며 골을 냈다. 이런 얘기라면 어서 빨리 내려가서 새 침대를 사수하는 게 더 나았다.

"그게 아니라, 언제까지 하랑 매번 그런 놀이만 할 거냐고. 그 정도 협동정신을 보여줬으면 같이 살아도 문제없잖아."

그가 유치하게 놀이를 한다니, 무슨 놀이를 말하는 걸까. 그가 언제 하랑 놀았다는 걸까. 말은 제대로 해야 했다. 이 마음 넓은 서준후가 그 칠푼이 누나이자 팔푼이 동생인 하를 위해 큰 마음 먹고 함께해 줬을 뿐이었다.

"형들 지금 제정신이야? 어젯밤 너무 무리하셨구먼."

그는 눈앞에 있는 이름 모를 잡초들을 두 손 가득 뽑아냈다. 그가 앉아 있던 바위틈부터 시작해서 발 앞까지 차지하는 넓이에 있는 잡초들은 지금 이 순간 모두 제거 대상이었다. 그가 하는 양을 한동안 지켜보던 그들이 동시에 한숨을 내쉬었다.

"서준후, 너답지 않게 왜 그렇게 시간을 끌어? 너도 네 맘 잘 알면서 뜸까지 들이고. 그러기는 쉽지 않겠지만 하가 다른 남자라도 만나면 어쩌려고 그래?"

"네가 아니라고 오리발 내밀어봤자 우리가 다 아니까 그런 말은 꺼내지도 마."

"마음의 준비도 너무 오래하면 영원히 시동이 안 걸리는 거야. 내가 보기엔 너무 준비만 시켰어. 늦기 전에 어서 시동 걸어."

그들이 차례로 말을 쏟아내는 동안, 준후의 발 앞에는 엄청나게 많은 양의 풀이 수북하게 쌓여갔다. 그들은 날이라도 잡았는지 가뜩이나 혼란스러운 그의 머릿속을 더욱더 헤집으려는 속셈인 듯싶었다. 잎이 등산화를 덮을 정도가 되었을 즈음, 그는 아니라는 말을 하기 위해 입을 열었지만 입술만 달싹거렸다. 하가 과연 마음의 준비나 할 수 있을까. 그를 향해 로맨틱한 시선 한 번 주지 않는데. 물론 좋은 친구라고 말하며 나름대로 위하는 척은 다 하는 것 같지만. 하지만 그가 원하는 건 그런 것이 아니었다.

"뭐가 어려워? 그냥 솔직하게 말해. 그게 최고지."

"준하 말이 맞아. 이름값 좀 해봐라. 네 명성은 대체 어디 간 거야? 설마 애 마음 하나 몰라서 이런 건 아니지?"

준후를 둘러싼 그들은 의심이 가득한 눈초리로 그의 다음 행동을 주시했다. 하지만 그들의 기대감에 부응할 수 없는 일이었다. 그의 입은 더욱더 꾹 다물어졌다. 준휘는 맏형이란 타이틀과는 달리, 그의 속이 뒤집히는 말만 골라서 한다. 저렇게 잘 고르기도 힘든데 말이다.

"거의 부부 이상으로 붙어 있으면서 상황은 항상 그 모양이야? 노력은 하는 거야? 항상 옆에 있다고 해서 다……!"

"내 앞에서 노력이란 얘긴 하지도 마! 알았어?"

노력, 노력! 그가 여태 해온 건 노력이 아니란 말인가. 갑자기 눈 주위가 뜨거워지는 것 같았다. 울컥 치미는 게 있긴 했는데, 이건 하에 대한 화병이었다. 타서 재만 남았는지도 모를 속인데도 아직도 더 타들어 갈 게 있나보다.

"형들이 내 노력을 알아? 형들은 평생 가도 모를· 걸. 형들이 한 노력은 불과 몇 달이었지만 난 22년 하고도 5개월이나 노력했어. 하지만 항상 그 자리야, 그 자리! 이만큼도 앞으로 나가지도 않고 딱 그 자리라고."

그랬다. 형들은 결혼 적령기에 형수들을 만났다. 그리고 일 년도 채 되지 않는 짧은 노력의 결실로 결혼을 할 수 있었다. 서씨 집안에서 내려오는 그 유명한 신내림이 적절한 시기에, 적당한 기간 안에 작용했기 때문이다. 하지만 그에겐 그 신내림이 부적절한 시기에 (너무나 일찍 와버렸다. 그의 나이 6살에), 너무나 오랜 기간 작용해서 제대로 써먹질 못하고 있었다.

그는 아주 어릴 때부터 하를 그의 누군가로 점찍었다. 그래서 누군가를 찾아서 방황하지 않아도 되고, 그 사람한테만 잘하면 되는 줄 알았는데 그게 아니었다. 일찍부터 안다고 해도 전혀 도움이 되지 않았다. 그건 더 길고 긴 노력의 시작일 뿐이지.

"준후야, 너 이러다 우는 거 아니야? 하한테 쌓인 게 많았나 보구

나. 우리가 볼 땐 네가 문제라고 생각했는데. 솔직히 네가 하에게 다정다감하게 하는 스타일은 아니잖아.”

'울긴, 왜 울어!' 그 말에 머릿속에서 무언가가 툭 하고 끊어졌다.

“다정다감? 난 나만의 방식이 있다고. 단지 사람들이 이해를 못 해서 그렇지. 꼭 그렇게 느끼하게, 유들유들하게 잘하는 것만이 노력은 아니잖아. 난, 내 스타일에 맞게 할 뿐이야. 그런데 사랑은 둘이 하는 거잖아. 항상 내 스타일에 맞춰서 그랬는지 모르겠어. 결국 하 스타일은 아니었던 거야. …그래도 좀 알아야 하지 않아? 내가 하한테 하는 것처럼 다른 여자들한테 하는 거 봤어, 봤냐고. 대체 왜 모르는 거야!”

준후는 발 앞에 쌓인 풀들을 손으로 헝클어뜨리기 시작했다. 그러자 준하가 그의 두 손을 움켜쥐며 말렸다.

“준후야, 흥분은 몸에 해로우니까 맘을 가라앉히고 네 노력에 대해서 얘기해봐. 그래야 우리가 도와주지 않겠어?”

부끄러운 일이지만 못할 것도 없다. 사람들은 그의 노력을 좀 알아야 한다. 그래야 하가 얼마나 잔인하고 냉정한 앤 줄 알 것이다. 그의 마음을 아프게 한 하는 사람들에게서 동정을 받았고, 그는 나쁜 놈으로 낙인찍혀 왔다. 가족들도 이렇게 믿고 있는데 다른 사람들은 오죽 할까.

“형들도 대충 알 거야. 옆에서 보면 다 알잖아. …내가 아직도 살 떨릴 정도로 열이 받는 건, 그 이민 얘기야. 우리 고3때 속 뒤집혔던 거 알지? 형들은 다 알고 있었으면서 나만 몰랐잖아. 그때 말도 없이 이민 간다고 해서 내가 어쩔 줄 모르고 있는데, 하, 하가 눈앞에서 계속 장난만 하는 거야. 어느 순간 없어질지 모른다는 생각에, 하를 확 끌어안았는데, 힘이 너무 넘쳐서 그 애의 손을 놓쳐버린 거야. 그래서 하가 내 발치로 떨어졌지. 아무 계획 없이 끌어안아서 그랬는지 힘 조절이 안 되었던 건데, 그 앤 그걸 몰라주는 거야. 피가 난 것도 아니고 멍만 들었는데, 그것 가지고 한 달 동안 골을 내는 거야. 그리고 부모님한테 일러서 나만 죽도록 혼났잖아. 난 마음이 쓰려서 죽는 줄 알았는데, 겨우 그 멍 하나 가지고 그렇게 유세를 떨어야 해? 한동안 난 그 ‘이’자만 나와도 손이 다 덜덜 떨렸다고. ‘이’로 시작하는 하 이름만 들어도 이민 얘기가 생각나서 식은땀이 다 난다고.”

그러고 보니, 지금도 그의 손이 떨리는 것 같기도 했다. 콧잔등과 이마에 식은땀도 어리는 것 같았다.

“끌어안기까지 했어? 정말 절박하긴 했구나. 하지만 유학도 갔는데 그땐 그다지 슬퍼하지 않았잖아? 이민에 그렇게 민감하게 반응했어?”

준후는 씩 웃으며 다리를 쭉 뻗었다. 길게 할 이야기니 편한 자세를 취하는 게 좋겠다.

“그땐 마음의 준비를 했지. 가서 안 올 이민으로 한 번 당했는데, 그깟 유학 가지고 내가 놀랐을 것 같아? 언젠간 또 올 일이라고 생각하면서, 모든 준비를 하고 있었지. 이민이고 뭐고 그보다 더한 것도 우릴 갈라놓을 순 없으니까. 내가 따라가면 그만이라고 하면서.”

“으!”

“아!”

“윽!”

그 말에 세 남자들은 이상한 소리를 내더니 잔디밭으로 몸을 던졌다. 그의 노력에 형들 또한 은근히 감동 받은 눈치다.

“마지막 휴가를 받아서 집에 왔는데, 하가 갑자기 유학을 간다고 하더니 가버렸잖아. 당장 따라갈 수도 있었지만, 난 참았어. 혹시나 날 부르지 않을까 해서 기다린 거지. 너무 힘들다고 전화라도 오면 냉큼 가려고 말이야. 그런데 그건 나만의 착각이었던 거야. 난 무슨 일 생길까봐 노심초사 기다렸는데, 한 달 동안 전화는커녕 메일 한 통이 전부였어. 알지? 그 야한 수영복 입은 여자가 바다에서 놀고 있는 이메일, 기억하지? ‘난 잘 산다’라는 달랑 한 줄짜리 메일. 이게 말이 되는 얘기야? 우리가 함께해온 시간이 얼만데, 고작 메일 한 통 보내고, 달랑 끝인 거야?”

준후는 뽑아서 밀쳐냈던 풀들을 다시 한데 모아서 손바닥으로 탁탁 두들겼다.

“결국은 너도 갔잖아.”

“그래, 결국 갔지. 하, 그 애가 얼마나 독한지 모르지? 하는 거의 현지인 수준으로 적응해서 보란 듯이 잘 지내고 있더라고. …내심 기대했거든. 날 보고 엄청나게 좋아해서 감동 받지 않을까, 아님 나한테 안기면서 이제 그만 돌아가고 싶다고 하지 않을까. 그건 또 나만의 착각이었던 거야. 공원 놀러 다니고, 야채 길러서 샐러드 만들어 먹고, 도서관 가서 쪼그만 책 원서로 읽는다고 좋아하고, 날 외면하고 외국 친구들이랑 신나게 떠들고, 외국 남자가 말만 시키면 좋아서 입이 이만큼 찢어져서는 침까지 흘리는 거야. 생각만 해도 짜증난다. 이런 일은 머릿속에서 지워야 하는데. …그러다가 결국 그 사고가 난 거지.”

하가 당한 사고를 생각하자 두들기던 팔에 힘이 더 들어갔다. 그때 일을 생각하면 정말 아찔했다. 만약 그 순간에 그가 없었다면, 그 장소에 없었다면 하는……! 그런 일은 생각하지도 말자.

“아, 그 사고 말이야?”

준휘가 모자를 벗으며 중얼거렸다.

“응, 그거. 도로에서 뛰다가 멋진 남자 보고 정신이 팔려 트럭에 부딪혔잖아. 그것도 내 눈앞에서. 심장 떨려서 죽는 줄 알았어. 형들은 그런 경험하지 말라고. 정말 죽고 싶었어. 심하게 부딪혀서 이마에서 피가 나는데 뭐가 좋다고 웃고 있는 그 앨 보니, 공포 영화가 따로 없었어. 목을 조르고 싶더라니까.”

준후는 그때의 상황을 얘기하다가 자신의 목소리가 떨리는 것 같아 헛기침을 해댔다.

“애가 아픈데 얼른 병원엘 데려가야지. 목을 조르긴 왜 졸라?”

"내가 준후라도 화날 만하지."

"그래도 그 정도에서 그친 게 다행이지. 준후, 네가 놀라긴 했겠네."

세 남자들은 준후의 얘기에 고개를 끄덕이며 안쓰러운 표정을 지었다.

"거기까지면 다행이게? 더 웃긴 건, 어떻게 알고는 그 남자가 문병을 온 거야. 그 사고의 원흉인 노란 머리 그놈과 좋은 시간 보낼 테니 나가라는 거야. 그전까지 아파서 죽겠다고 진통제나 먹어야겠다고 한 앤데, 그놈을 보더니 아픈 것도 잊고 입이 이만큼 벌어져서 웃는 거야. 형들도 봤어야 해. 그 바보 같은 표정을! 그러면서 하는 소리가 더 걸작인 거 알아? '아픈 곳이 씻은 듯이 다 나았다'는 거야. 형들은 의사니까 더 잘 알잖아. 대체 그런 게 어디 있어? 그렇지? 그런 건 없지? 더군다나 그 노란 머리가 가져온 꽃을 말라비틀어질 때까지 안 버렸다고. 꽃은 돈 아까워서 받으면 짜증난다고 할 때는 언제고, 그놈이 가져다준 꽃은 먼지가 뿌옇게 쌓일 때까지 버리질 않다니. 그게 얼마나 더러운 건지 모르는 거야? 하는 대체 약사가 맞긴 한 거야? 병균 우글거리는 말린 식물을 고이 모셔두다니. 화가 나 미칠 지경이었어."

숨이 찼다. 말하고 보니, 하는 냉혹하고, 냉정하고, 잔인했다. 그가 이렇게 긴 문장을 토해냈는데도 형들은 별반 대꾸가 없다. 아니, 얘기하라고 할 땐 언제고 지금은 아무 말도 하지 않는 거냐고.

"심리적인 만족감이 통증을 잊게 하기도 하지. 플라시보 효과 비슷한……!"

"준호 형, 준후 열 받게 무슨 소리야? 하지만 가끔 그런 경우도 있긴 하지."

그 말에 준후는 그들을 향해 풀들을 몽땅 던져버렸다. 하지만 그들은 잽싸게 피한 뒤였다.

"서준후, 네가 말 많은 줄 오늘에서야 알았다. 평소에 좀 그렇게 해봐라."

"이런 거야말로 심리치료의 하나라고 할 수 있어. 딴죽 걸지 말고 좀 들어봐. 준후야, 속 시원하게 탁 털어놔."

"형, 나 원래 과묵해. 이렇게 억한 심정만 자극하지 않으면 조용하다고."

준하 형의 말에 기다렸다는 듯이 다른 얘기가 술술 나왔다. 더 많은 사건들이 있었지만 시간에 묻힌 터라 생각해 내기가 쉽지 않았다. 종이에라도 남겨놓아서, 어느 날 하에게 들이대서 손해배상 청구라도 해야겠다.

"그래, 또 있어. 유학 시절에, 옆집에 영화배우가 이사를 온 거야. 하늘에서 내려온 왕자님이라며 이제껏 기다리던 자기의 이상형이라는 거야. 아니, 날 놔두고 그럴 수 있는 거냐고? 안 그래?"

준후는 형들에게 동의를 구하며 자신의 가슴을 쳐댔다. 하지만 그들은 물끄러미 그만 바라보고 있었다.

"그런 유명한 남자가 평범한 동네엔 왜 오는 거야? 하여튼 정원 손질한다는 핑계로 하가 그 집 앞을 뻔질나게 나다니는 거야. 옆집 문소리가 들리면 밥을 먹다가도 숟가락을 내던지고 달려갔지. 결국 그러기를 한 달 하더니, 사인도 받고 악수도 하더라. 어떻게 그럴 수가 있지? 모르는 남자의 손을 잡고는 놔주지 않을 수 있냐고! 하루 종일 자기 손만 내려다보면서 멍하니 있는 거야. 또 그 악수한 손을 절대 안 씻겠다는 거야. 형들도 알다시피 내가 그런 불결한 위생상태를 얼마나 싫어하는지 알지? 하지만 내가 누구야! 이 서준후가 그런 꼴을 보고 가만히 있었겠어? 씻으라고 하면 절대 안 씻을게 뻔하니까 세차하는데 도와달라고 했어. 그래서 하한테 물을 확 뿌렸지. 하하하!"

그 생각에 그의 입에서 슬그머니 웃음이 새나왔다.

"상당히 심사가 뒤틀렸구나. 상담을 받아야 할 것 같다."

준하는 그에게 치료를 권유하고 있지만 그는 전혀 문제될 것이

없다고 생각했다. 위생상태를 개선한 것이 무슨 문제란 말인가. 오히
려 고마워야 할 일이지.

"상담? 어설픈 정신과 의사 흉내는 집어치우라고. 차라리 연극놀
이를 몇 판을 하고 말지."

준후는 준하의 말에 코웃음을 쳤다. 건전한 정신에 건전한 신체를
모범적으로 보여주고 있는 그이기에 치료가 필요하다고는 생각지 않
았다. 그의 마음에 돌을 던진 하라면 치료를 받을 만하다.

"그래도 진짜 라이벌들이 없어서 다행이네. 안 그래?"

"라이벌? 아니야, 형들이 몰라서 그래. 외국애들 중에도 이상한
애 많더라고. 솔직히 하가 어디 봐줄 만한 데가 있어? 나처럼 특별
한 취향의 남정네면 몰라도. 그리고 워낙 내가 수비를 잘하기도 했
지만, 한국에선 그런 놈들한테 전혀 신경 쓸 필요가 없었거든. 그런
데 거기선 신기하게 몇몇 애들이 하한테 말도 안 되는 눈빛을 보내
더라고. 기가 막히는 일이지? 물론 나야 워낙 취향이 독특하니까 그
럴 수 있지만. 개인적인 볼일로 가끔 눈을 떼면 그놈들이랑 없어져
있는 거야. 무섭지도 않나봐. 어떻게 그놈들을 따라갈 수가 있냐고.
그 이상한 가슴털 놈들하고 하를 찾으러 시골구석을 뒤지느라 죽는
줄 알았다니까."

지금도 그 생각을 하면 자다가도 벌떡 일어날 판이었다. 보디가드
노릇 때문에 유학 시절 마음 편할 날이 없었다.

"그런데 가슴털은 뭐야?"

"형, 그것도 몰라? 외국 애들은 가슴에 털 있잖아. 그런데 하가
그거 보고 멋있다고 어찌나 난리를 치던지. 이해가 안 가. 하가 은
근히 야한 걸 좋아하는 애잖아. 남자 가슴털이 뭐가 좋다는 거야?
가슴에 머리카락이 있다고 생각해 봐. 빗겨줘서 엉키지 않게 해줘야
할 거 아니야? 으, 생각만 해도 불결해."

하지만 가끔 그에게도 가슴털이 있다면 하가 좋아해 주지 않을까
란 말도 안 되는 상상을 한다. 순전히 파트너의 취향을 생각한 상상

144 김이환

이다. 그의 가슴에도 그런 실타래들이 있다고 상상하자, 영 속이 개운치 못했다.

"같은 남자가 보기엔 멋지던데? 네 형수도 좋아하더라. 하여튼 요지는 여전히 하가 정신을 차리지 못하고 있다 이거지?"

그는 신나게 마냥 떠들다가 준호 형의 말을 듣자 한숨이 나왔다.

"그러니까 너는 하의 맘을 지켜보다가 결국 여기까지 왔다 이거야? 그리고 하는 너한테 초지일관으로 여전하다는 이거고?"

하여튼 형들은 머리가 좋다. 하지만 그렇게 직접적으로 말할 게 무슨 필요가 있는지, 가슴만 더 아프게 말이다.

"그래, 맞아. 요즘 하는 것 보라고. 독립심이 강한 건지 절대 도와 달라고도 안 해. 그거 알지? 약국 이사해도 자기가 다 알아서 하고 와보란 말도 없어. 그리고 요즘엔 쪼그만 책도 안 읽어줘도 된대. 내 멋진 목소리가 그 남주인공한테 딱 어울린다고 할 땐 언제고 이제 와서 배신을 하는 거야? 형들은 내 맘을 모른다고. 요새는 어떤 놈한테 읽어 달라고 하나봐. 이게 말이나 된다고 생각해? 내가 하한테 어떻게 해줬는데, 그것도 모르고 배은망덕하게 이젠 딴 놈이랑 읽겠다는 거야?"

몇십 년을 성실하게 로맨스 세계로 안내한 그를 매정하게 내치는 하 때문에 요즘 불면의 나날을 보내고 있었다. 상심한 그는 요즘 밤마다 함께 읽은 책을 펼쳐들며 그들의 시간을 곱씹느라 잠을 제대로 잘 수가 없었다. 더 잘할 수 있는데, 더 멋지게 할 수 있는데. 그 허여멀건한 녀석보다 훨씬 잘 어울리는데.

"물론 네 맘은 잘 알겠지만, 네 노력 노선은 좀 문제가 있어. 말하지 않으면 아무도 모르는 게 사람 맘이야. 네가 처음부터 하의 스타일에 맞추면서 노력했더라면 좋았을 텐데. 솔직히 네가 여태 보여준 게 뭐가 있냐? 밖에 나가선 사교성 없지, 인상이나 찌푸리지, 여자들 문제 다중으로 복잡하지, 그 문제를 해결해 달라고까지 하지, 무뚝뚝하지. 나라도 당연히 애정을 찾아볼 수 없겠다. 더구나 말도 안 한 네 맘을 하가 어찌 알아?"

어쩜 저렇게 예쁜 말만 골라서 할 수 있을까. 형의 약점을 형수한
테 은근슬쩍 흘려주고 싶은 비열한 마음이 잠시 생기기도 했다.

"형, 하지만 다른 여자들과 하를 대하는 내 태도를 비교해 보면
알 수 있잖아. 내가 얼마나 하한테 잘해주는데? 여기서 더 이상 잘
할 수도 없어. 담배도 안 피우지, 사교성? 여기서 사교성 더 있다간
여자들 문제 더 복잡해져. 그리고 내가 인상을 안 찌푸리게 생겼어?
하가 워낙 칠칠맞잖아. 약국에 오는 손님들은 하를 실력 있는 약사
라고 생각하지만 그것 빼곤 영 아니라니까. 칠칠맞으니까 내가 그
애 몫까지 신경 써야 한다고. 당연히 신경이 곤두서니까 인상이 찌
푸려지는 거야. 그리고 여자 문제? 당연히 내 여자인 하가 그 문제
를 처리해야지, 누가 처리해?"

그는 자신의 목소리가 점점 커지는 것도 모르고 손에 쥔 모자를
쥐어짜고 있었다.

"나름대로 생각은 해주네. 하가 몰라서 그렇지."

"결국 너한텐 문제가 하나도 없고 하한테만 문제가 있다는 결론
이네?"

이야기가 그런 결론으로 나는군. 찾아보면 그 자신에게도 문제가
있을 수 있겠지만 지금 볼 땐 없는 것 같았다. 눈치가 꽝인 하가 문
제지.

"내가 볼 땐 네가 신뢰성이 전혀 없어. 여자들이 가장 중요시하는
건 바로 그거야. 그런데 넌 그런 걸 보여준 적이 없잖아. 항상 주지
말아야 할 곳에 신뢰성만 잔뜩 주니까 문제지."

"좋아, 하가 볼 땐 난 영 아닌 남잔 거야. 알겠지? 인정할 테니
방법이나 알려주라고. 이런 심리분석은 그만하고 현실적인 방법을
알려줘."

그는 두 손을 펼쳐들며 순순히 자신의 방법이 좋지 않다는 걸 인
정했다.

“평소의 그 비딱하고 아니꼬운 태도를 버려. 그리고 부드럽게 대하는 거야. 로맨스 책에 나오는 남자로 다시 태어나라고.”

그의 성격을 전부 다 바꾸라는 건데, 과연 할 수 있을까. 로맨스 책에, 그와 비슷한 성격의 남자들도 있었는데. 그런데 하는 왜 싫어하는 걸까. 아니면 느끼한 놈들을 목표로 삼아야 한다는 건데, 그런 짓을 하는 자신을 떠올리니 속이 느글거렸다. 하지만 식용유를 들이붓는 사태가 일어나도 그런 남자로 변신을 해야 한다. 천성이 뻣뻣한 그에겐 거의 불가능한 일이 아닐 수 없지만.

“넌 항상 하의 단점만 지적하다가 끝나잖아? 그런 얘기만 하는 남자가 뭐가 좋겠어? 예쁘다고, 잘한다고 해도 모자라는 마당에.”

지적하고 싶어서 지적하나, 더 잘하라고 말해주는 건데. 다른 여자한텐 그런 얘기 해주지도 않는데. 하는 그의 고마움을 모른다. 그가 볼 땐 그녀가 제일 예쁘지만 그런 말을 입 밖에 내려고 하는 순간, 다른 얘기가 튀어나온다. 왜 하 앞에만 서면 마음처럼 되지 않는지 답답할 노릇이다.

“은근슬쩍 스킨십도 하는 거야. 그래야 네가 남자로 느껴지지. 그리고 결정적인 순간에 네 마음을 사실대로 말해.”

스킨십. 그 말에 심장이 거세게 뛰었다 내려앉았다. 하의 어딘가를 만질 생각을 한다는 것 자체가 그에겐 고문이다. 다가가다가 몸에 큰 무리가 올 수도 있다. 좋아서 죽는다는 말이 그런 게 아닐까.

“형, 스킨십은 좀 그런 것 같아. 하가 마음의 준비가 안 되었는데 할 순 없잖아. 그리고 지금은 최악의 상황이라서 조금만 닿아도 큰일 날 수밖에 없어. 내가 좀 많이 참았냐고.”

목에 여우털이라도 감아놓은 것처럼 그 주위가 화끈거렸다. 그러자 세 남자들은 그의 얼굴을 보고 놀리기 시작했다.

“애 봐라, 혼자 상상의 나라에 가셨구먼. 하도 너와 같은 생각인지 모르겠다.”

“형이 몰라서 그러는데 하가 얼마나 변스러운 앤데, 하가 가지고 온 비디오 생각 안나? 책에서도 그런 장면만 나오면 애가 반 미친다고."

"오, 그래? 얼마나 좋아? 파트너가 그렇게 적극적인데, 그런 여자 만나기 참 힘들다. 넌 땡 잡은 거야."

아침부터 이런 상상은 위험했다. 그는 일단 스킨십은 제쳐두고 나머지에 열을 올려야겠다고 결심했다.

"처음만 좀 어색하지 계속적으로 잘하면 하도 네 마음을 알고 따라 올 거야. 나도 그래서 성공했잖아?"

그건 전혀 아니었다. 집안 식구의 도움이 없었다면 바람의 원조이자 거짓말의 대가인 준휘 형은 절대 형수와 맺어질 수 없었을 것이다.

"그래, 그렇게 해라. 어차피 내년이면 너 서른이다."

"얼마 안 남았어. 서둘러야지. 빨리, 빨리 하자."

형들은 그게 쉬운 줄 아나. 벌써 스물아홉이다. 서른 전까지는 꼭 해결을 봐야 할 일이다.

"그런데 내가 그래도 괜찮을까? 하던 대로 하는 게 낫지 않을까 해서 말이야. 안 그랬던 난데, 괜히 더 이상하지 않을까?"

"네가 하던 대로 해서 지금 이 모양인 거야. 성공한 사람들만이 방법을 아는 거지. 그러니 우리가 시키는 대로 해."

설득력은 상당히 부족했지만 형들은 성공 사례의 표본들이기에 그도 그렇게 해보기로 마음먹었다. 그의 변신이 하에게 마음의 변화를 가져올지는 정말 의문이지만.

서씨 집안 남자들이 나름대로의 작전에 골몰하고 있을 무렵, 그 집 며느리들도 벤치에 앉아 번득이는 아이디어를 구상 중이었다.

"하 아가씨가 이해가 가요. 아무 내색 없는 남자한테 무슨 마음을 먹겠어요? 매일 투덜대기만 하고, 구박만 하잖아요. 그런데 정말 막내 도련님이 하 아가씨를 좋아하는 거 맞긴 한지 모르겠어요."

큰며느리 나영은, 대학 내 암벽등반 서클에서 회장을 연임할 정도로 최고의 암벽타기 기술을 선보이던 용감한 여인이다. 그런 그녀에게 동네 뒷산이야 낮은 언덕 수준이겠지만 그들의 작전구상을 위하여 힘든 척 위장을 해야만 했다. 그녀는 평소의 조신한 모습과는 전혀 다른 야성적인 물마시기를 선보이고 있었다. 물통을 얼굴에 들이붓고 아무렇지 않게 손바닥으로 그 물기를 훔쳐냈다.

"내가 보기엔 분명히 좋아, 아니 사랑하는 거 맞아요. 너무나 오래되다 보니, 말이 안 나오는 거죠. 그리고 준후 도련님이 예술가치고는 표현력이 좀 떨어지잖아요. 지영아, 너도 봤지? 그 송 약사 얘기할 때 화내는 거 말이야. 병원에서 내가 다른 의사 선생님들이랑 웃고 있으면 준호 씨도 꼭 그렇게 화를 내더라고. 그게 바로 질투 아니겠어?"

둘째 며느리 연주는 그때를 회상하며 눈을 가늘게 떴다.

"맞아요. 하지만 하 언니도 문제가 있지요. 얼마나 둔한지 알잖아요. 눈치가 빠삭하면 그 긴 세월에 일이라도 났겠지요. 하지만 아무 일도 없잖아요. 하 언니는 그러는데, 막내 도련님이랑 너무 친하기 때문에 그런 연기도 해주는 거래요. 여자친구 같다나 뭐라나?"

"그렇다고 하더라. 여자친구는 무슨 여자친구! 그런 여자친구가 어디 있어? 연극은 원래 오래된 얘기고. 아마 한 대여섯 편은 했을걸? 하가 얼마나 좋아하는지 알지? 완전히 몰입해서 한다니까. 영화 배우가 따로 없어. 로맨스 소설 많이 보더니 그런 거에서 소재를 찾더라고. 하지만 정말 연기 하난 끝내주더라. 한번은 하가 수녀로 변신해서 준후가 신학생이라면서, 신의 사랑을 지킬 수 있게 도와준다나 뭐라나 그랬어. 배우가 따로 없더라. 아유, 아무도 못 봤지? 안타깝네. 그 여자랑 같이 있던 사람들까지 다들 깜빡 속았는데."

"연주 언닌 봤어요? 언제요?"

"사실 나도 그때 역 하나 맡았거든. 친구 수녀로 말이야."

연주의 말에 나영과 지영은 웃음을 터뜨렸다.

"준휘 씨 말로는 많이 좋아한다는데, 맞는 것 같기도 하고. 그런데 왜 도련님들은 준후 도련님을 도와주질 않는 거죠?"

나영은 물통을 지영에게 건네며 물었다.

"이 집 남자들은 그쪽 분야에선 독립적으로 행동하잖아요. 준하 씨가 이번엔 뭔가 결판을 낸다고 하던데, 내가 보기엔 그다지 효과가 없을 것 같아요. 남자들이 하는 일이 뭐 그렇죠. 이 집 남자들이 어찌나 무뚝뚝한지. 에휴."

지영은 입을 삐죽이며 자신의 결론을 피력했다.

"고등학교 때도 유명했지요. 준후 도련님이 여자애들한테 어찌나 인기가 많던지, 연애편지 쓰는 애들 엄청 많았죠. 그런데 도련님이 받질 않으니 애들이 하에게 그걸 다 줬어요. 그래서 밤마다 담 밑에서 편지 읽으며 둘이 오붓한 시간을 보냈으니 그 정이 오죽하겠어요? 그리고 로맨스 소설도 얼마나 많이 읽어줬는데요?"

"맞아요. 하 언니랑은 말도 잘한다니까요? 스튜디오에 오는 여자들이 막내 도련님한테 말 한 번 걸어도 무뚝뚝하게 몇 마디 내뱉고 마는데, 하 언니만 오면 암실에서 냉큼 달려 나와서 일거수일투족을 감시해요. 이 귀신같은 눈으로 보건대, 분명 막내 도련님은 하 언닐 맘에 두고 있어요. 그러니까 유학 가서 공부는 안 하고 틈만 나면 하 언니 찾아서 그 시골구석을 미친 듯이 헤매고 있었죠."

"그렇다면 기회만 만들어주면 되는 거네요?"

지영의 말을 잠자코 듣고 있던 나영이 입을 열었다.

"그렇죠, 드디어 그 기회가 오긴 오지요."

연주는 머리카락을 뒤로 넘기며 회심의 미소를 지었다.

"그게 뭔데?"

나영과 지영은 눈을 반짝였다.

"내가 보기엔 이번 대학교 동창 결혼식 모임이 하이라이트일 것 같아요."

연주는 확신에 찬 어조로 운을 뗐다.

"왜요?"

"하가 남자친구 있다고 뻥을 엄청나게 쳤거든요. 왜냐하면 거기에 하가 짝사랑했던 선배가 오는데, 사실 그 선배랑 하랑 약간의 분위기가 무르익었을 때 어떤 재수 없는 애가 끼어들었거든요. 물론 그렇다고 그 선배와 하가 어찌 될 건 아니었지만. 하가 자존심은 있어서 자기한테는 멋진 애인이 있다고 큰소리를 친 거죠. 대체 어떻게 감당하려고 그런 말도 안 되는 얘길 했는지, 애들이 나한테 다 묻던 걸요? 대충 얼버무리긴 했지만 걱정이에요. 아마도 도련님을 데려올 것 같긴 한데."

"아, 이제야 알겠다. 그러면 이번엔 막내 도련님이 연기하러 가는 거네요? 그러다가 연기를 너무나 그럴싸하게 해서 하 언니가 확 반해버리면 좋을 텐데. 하하하!"

지영은 자신이 생각해 낸 얘기에 흐뭇해했다.

"그리고 또 우리에겐 송 약사가 있잖니? 결혼식 건이 좀 안 되면 송 약사를 이용한 질투 작전을 벌이는 거지. 물론 착한 송 약사에게는 미리 말해 두었으니까 준비는 다 끝난 거야."

연주는 입맛을 다시며 사악하게 웃었다.

"어머, 벌써요? 정말 빠르네. 미리 생각을 열심히 해놨구나."

나영은 고개를 끄덕이며 손아래 동서들의 묘안에 혀를 내둘렀다.

"솔직히 결혼할 때 준후 도움 많이 받았으니까 제가 도와야죠. 우린 이제 구경할 준비만 하면 되는 거죠."

"에잇, 뭐야? 나도 기막힌 거 하나 준비했는데."

지영은 그녀의 방법이 최고라 생각하고 있던 차였다.

"뭔데? 그거 쓸만하니?"

"당연하죠. 막내 도련님이 항상 민감하게 반응하는 문제로 한 건 단단히 물어놨죠. 그 문제만 얘기하면 화를 어찌나 내는지. 하 언니만 설득하면 끝나요."

지영은 스스로를 준후와 하의 스토커라 자부해 왔기에 이 방법은 그녀만의 독자적인 특허품이나 마찬가지라 여겼다.

"어머머, 그냥 담담하게 지켜봐야 하는 일인데도 너무나 재밌어지려고 해요. 호호호! 막내 도련님 볼 때마다 웃음을 참을 수 있으려나? 자신이 없네요."

"언니들, 겨울 안으로 그냥 해결 보죠. 어때요?"

"역시 지영이 넌 똑똑하다니까. 당연히 그렇게 해야지. 나영 언니는 그냥 평소와 똑같이만 하면 되요. 알았죠? 대신 절대 웃으면 안 돼요."

연주는 나영에게 자못 심각한 다짐을 받아 두었다.

"여보, 대체 저 애들 뭘 하는 거래요? 편 나눠서 청백전이라도 하자는 건지, 오늘은 뒷산까지 가지도 않고 쉬네요."

문 여사는 쑤시는 어깨를 두드리며 말했다. 그러자 서 원장은 아내의 어깨를 주물러주며 한숨을 크게 내쉬었다.

"내버려두라고. 젊은 사람들은 젊은 사람들끼리 놀아야지. 그건 그렇고 이번에도 실패해서 어쩌지? 좀처럼 오지 않는 기회였는데 말이야. 은근히 미꾸라지 같은 녀석이라니까."

서 원장은 막내아들 생각에 혀를 찼다.

"그게 말이나 될 소리예요? 멀쩡한 처녀를 미혼모 만들면서 어떻게 보내요? 이 사장님도 그런 식은 싫어할 거라고요. 다른 방법을 찾아봐야지요."

문 여사는 남편 쪽으로 몸을 돌리고는 고개를 흔들었다.

"상황만 만들어주면 저희들 감정 확인하고 결혼할 줄 알았더니, 교묘하게 빠져나가기만 하니 문제야. 천생연분이 따로 없는데, 왜 저리 방황인 건지."

"그게 쉬운 일인 것 같아도 어려운 게죠. 더구나 몇십 년을 같이 봐와서 좀 떨어지면 될 줄 알았더니 쫓아가고, 쫓아가면 될 줄 알았더니 다시 원상태고."

문 여사와 서 원장은 동시에 땅이 꺼져라 한숨을 내쉬었다.

"그나저나 내가 이 사장한테 2년 안에는 무슨 일이 있든 성공할 거라고 했는데 큰일이라니까. 해 넘기면 더 큰일이지. 하여튼 이번 겨울까지는 어떻게 해서든지 보내야 하니까 당신도 신경 좀 더 써요."

서 원장은 아내에게 간곡하게 당부했다.

7

고급스런 분위기의 실내디자인이 돋보이는 사무실엔 두 남녀가 멀찍이 떨어져 있었다. 남자는 사무실 반을 차지하고 있는 커다란 소파에 앉아 있었고, 머리부터 발끝까지 세련된 차림의 여자는 남자를 등지고 창 밖을 내려다보고 있었다.

"솔직히 당신이 오리라곤 생각지 않았어요. 무슨 바람이 불어서 온 건가요?"

준후는 말없이 담배만 태우고 있었다. 하가, 자신이 없는 곳에서도 태우지 말라고 했는데, 그래, 오늘이 마지막이다. 이곳을 나가자마자 담배를 죄다 버려야지.

"할 말 있어서 온 거 아니에요?"

"……."

"당신이 아주 잠깐 욕심났던 건 사실이에요. 그리고 당신이 날 거절한 것도 그냥 단순한 거절이라고 생각 했었죠. 나란 여잘 모르는 거라고. 우리가 서로를 잘 알게 되면 다를 거라고 말이죠."

"…착각은 자유지."

여자가 잠시 말을 멈춘 사이, 준후가 재빠르게 말을 던졌다. 그 말에 여자는 잠시 움찔거렸지만 말을 이었다.

"그때도 내 착각은 끝나지 않았던 거죠. 워낙 잘난 남자라 좀 오만한 구석이 있구나 생각만 했는데. 그건 정말 쉬운 결론이었던 거예요. 사실 당신 뒤엔 아주 깜찍한 여자가 버티고 있었는데. 그걸 왜 몰랐을까. 평소엔 그런 거 알아내는 건 문제도 아닌데."

그에게 묻는 말은 아니었다. 그는 태우던 담배를 비벼 끄며 귀찮다는 듯이 입을 열었다. 하지만 여자가 손을 들어 그의 말을 막았다.

"내가 연기자 출신의 기획사 사장이란 건 알죠? 내가 사실인지 아닌지도 모르고 초보 연기자의 말을 순순히 맞장구 쳐주며 믿었을 것 같아요? 업계에선 알아주는 서준후 씨가 그깟 여자 문제 하나도 정리 못해서 날 위해 그런 이벤트를 준비했을 리는 없지 않겠어요?"

"그런 사람이 왜 그런 거지?"

필요 이상 날카로운 질문이 이어질 것 같아 그는 딱딱한 목소리로 짧게 물었다.

"말귀 못 알아듣는 멍청한 여자 취급해서 자존심이 상했고, 사실대로 말해 주지 않아서 기분도 나빠서 그랬죠. 어쩌면 생각보다 당신을 많이 좋아해서 그런 것 같기도 하고."

여자는 그를 똑바로 쳐다보며 씽긋 웃었다. 역시 연기자 출신의 기획사 사장은 여러 면에서 불편했다. 연기를 하는 건지, 사실인지 가늠할 수도 없거니와 자신을 시험하는 것 같기도 했다.

"사실, 무슨 사실?"

"애인이 있다는 사실. 그렇다고 말하면 간단히 끝낼 문제를 당신은 항상 그 '관심 없다'만 외쳤으니 내가 인정할 수 없었던 거죠."

창가에 서 있던 여자가 그의 맞은편에 와 앉았다.

"관심 없으니까 그렇게 말하는 거지."

"애인이 있어서 관심이 없다고 하진 않았어요."

"그게 그거지."

"왜 그랬을까요, 서준후 씨가? 그런데 난 그녀를 보고 알았죠."

"뭘 말이지?"

그는 갑작스레 의자가 좁아지는 느낌을 받았지만 더욱더 느긋하게 기대어 앉았다. 여자는 그를 향해 짓궂은 표정을 지어 보였다. 그는 찜찜한 기분에, 고개를 돌려버렸다.

"그녀가 바로 당신 관심의 주인공이란 거. …그런데 공식적인 애인은 아니었던 거죠. 만약 그녀가 당신의 애인이라면 당당하게 와서 '내 남자에게서 떨어져'라고 하지, 왜 그런 시답잖은 연기를 펼쳤겠어요? 그걸 핑계 삼아, 당신은 내게 그녀를 살짝 들이민 거죠. 그리고 결정적으로 소문도 좀 들었고요."

그는 거들먹거리며 말하는 여자를 향해 사나운 눈빛을 보였지만 그녀의 목소리는 더욱 나긋해졌다. 그 모습에 그의 입이 더 굳게 다물어졌다. 하지만 그 소문은 궁금했다.

"무슨 소문?"

"웬만한 여배우, 모델들이 당신에게 러브 콜을 보내도 눈썹만 까딱할 뿐 전혀 동요되지 않는다는 거. 온몸을 던져도 소용없어서 당신 취향이 남자가 아닐까 의심했다는데요?"

"누가 그런 말도 안 되는……!"

서준후가 여자 놔두고 남자를 좋아하기라도 한다는 거야! 대체 왜 그런 소문이 다 난 거야.

"아, 그럼요. 말도 안 되죠. 어떤 여자한테 홀딱 빠졌으니까 그런 건데 말이죠."

더 이상 여자의 얘기를 듣는다는 것이 불필요한 일이란 생각이 들었다. 상황이 점점 더 꼬여만 가는 것 같다. 어서 빨리 끝내고 여길 빠져나가고 싶은 마음이 든다.

"한 사장, 주제가 점점 더 벗어나는 듯한 느낌이 들어서 한 마디 하겠는데, 난 당신에게 사과하러 여기에 온 거라고. 당신은 내 사과를 받아주면 되는 거고."

"그래요? 그렇다면 당신은 더더욱 내 애기를 들어야겠군요. 그래야 당신 사과를 받아들일 거니까."

그는 자신도 모르게 신음소리가 흘러나왔다. 앞으로의 시간이 그리 짧지만은 않을 거라 생각했다.

"좋아, 그렇다면 계속하라고."

그는 자포자기한 심정으로 고개를 끄덕였다. 그래, 해볼 테면 해봐라. 한 귀로 듣고 한 귀로 흘리면 되니까.

"아, 솔직히 마음 접은 남자한테 이렇게까지 관심 갖는 것도 웃기지만, 당신의 그 알다가도 모를 심정을 추측해내는 게 너무 재밌어져서 어쩔 수 없었어요. 그런데 어디까지 했더라?"

"내, 내가 어떤 여자한테 홀딱 빠졌다까지 했어."

여자가 그를 향해 이상야릇한 미소를 짓자, 분통이 터질 것 같았다. 그는 손에 들고 있던 담배를 여러 조각으로 만들기 시작했다. 분명 기억을 다 하면서도 잊은 척하다니, 일부러 그러는 게 틀림없어.

"아, 맞다. 거기까지 했지요. 하여튼 홀딱 빠진 그 여자가 바로 여기에 온 그 여자란 걸 어렵지 않게 알아낼 수 있었어요."

"그래, 그럼 알았으니 된 거군. 내가 왜 관심이 없는지를. 이젠 내 사과를 받아줄 수 있는지 물어도 되겠어?"

미안하단 사람치고는 뻔뻔한 태도라는 걸 알지만 어쩌겠는가. 그의 약점을 들이대며 즐거워하고 있는 여자에게 결코 부드럽게 말할 수는 없었다.

"하하하! 상당히 불쾌해 보이네요. 하지만 아직 애기가 끝나지 않은 걸 어쩌죠?"

"그럼, 계속 하라고."

그는 어금니를 꽉 깨물었다. 다시는 하에게 이런 일 따위는 시키지 않아야겠다. 망신살만 뻗치고, 이게 뭐란 말인가.

"그렇게 말해 줘서 참 고맙네요. 우리 기획사 식구들이 당신 스튜디오에서 작업할 때마다 사인북을 들고 달려왔던 약사 선생님이 계시는데, 그분이 우리의 깜찍한 미혼모라고 다들 그러더군요. 특히나 남자 배우에게 사인만 받으면 당신한테 방해를 받고, 스튜디오 밖으로 끌려가도 꿋꿋하게 온다는 그분이라더군요. 그리고 말 한 마디 붙이기 힘든 예술가께서 그분만 오시면 수다쟁이가 되고 어미닭처럼 주위를 오가서 볼만한 풍경을 연출한다고 하던데요."

"……!"

그녀는 눈을 여러 번 깜빡이며 그를 약올리는 듯한 새침한 표정을 지었다. 과연 연기자 출신다웠다. 아니, 언제부터 그런 해괴한 소문이 돌고 있었나. 그런데 정말 내가 그런 짓을 벌였단 말인가. 물론 기억이 나는 듯도 했지만 어미닭이나 수다쟁이와는 거리가 먼 자신이었다.

"표정이 심하게 일그러졌네요. 내가 온몸을 던진 것도 아닌데 왜 그러죠? 몇 분만 참으면 당신 사과를 받아들일 참인데, 조금만 더 참아요."

그는 일어서려다 말고 다시금 자리에 앉았다. 간만에 좋은 일 하러 왔다가 된통 당하고 가는 건 아닌지 모르겠다.

"좋아, 빨리 끝내는 게 좋을 거야. 앞으로도 계속 나랑 작업하고 싶으면 말이야."

"훗, 알았어요. 사업은 사업이죠. 훌륭하신 예술가 한 분을 잃을 순 없죠. 하여튼 그 약사님만 스튜디오에 나오면 당신이 이상해진다더군요."

"좋아, 다 인정하겠어. 그러니 사과 좀 받지?"

그는 참다못해 다시 벌떡 일어섰다.

"오, 이젠 화까지 내는군요. 잘 몰랐는데 당신, 아주 귀여운 구석이 있네요."

"……!"

여자는 날씬한 몸을 일으켜 세워, 그의 코앞에 와 섰다. 그를 내려보고는 씩 웃더니 그의 옷에 있지도 않은 먼지를 털기 시작했다. 그는 흠칫 놀라며 그녀를 피해 옆자리로 이동했다. 그는 하를 제외한 다른 여자와 가까이 있는 것 자체가 죄라고 생각하는 부류라 어쩔 수 없었다.

"무늬만 바람둥이였던 거야, 그렇죠? 내가 아주 깔끔하고 미련 없이 끝낸 이유가 뭐라고 생각해요? 당신이야 구차하게 여자나 보내서 상황정리를 했지만."

여자가 획 몸을 틀었다. 불쾌하다는 듯이 그를 향해 시선을 내쏘았다.

"그 여자가 한 말 때문이죠. 어떻게 해서든지 당신을 내 사람으로 만들겠다고 말하니, 그 여자가 그러더군요. '우리가 마주친 그 순간 우린 이미 하나였어요. 당신이 노력할 순 있겠지만 모두 부질없는 짓이에요. 그를 사랑한다고, 좋아한다는 그런 말은 하지 않을게요. 그런 말조차도 우릴 제대로 표현할 수 없으니까요.'라고."

여자는 막힘없이 빠른 어조로 내뱉었다. 연기자 출신이어서 그런지, 하의 그 웃기지도 않은 대사를 한 번 듣고는 기억한 모양이다. 그런데 어디서 많이 들어본 얘긴 것 같았지만 생각이 나질 않았다. 아무래도 하가 매일 읽는 조그만 책에서 주워들은 얘기를 또 그럴 듯하게 외웠나 보다. 좋아하는 구절은 따로 정리까지 하고 지겹게 외우더니, 결국은 이렇게 사용하는 듯 했다.

"낭만적인 면이 많은 애거든."

그의 입술이 보기 드물게 곡선을 그렸다. 여자는 그를 유심히 쳐다봤다.

"신파극에서나 나올법한 비련의 여주인공 대사일 수도 있겠지만, 그 순간 그녀의 표정에는 한 남자를 완전히 소유한 여자만이 가질 수 있는 확신이 보였어요. 정말 놀랐어요. 초보 연기자님에게 감동받았다고나 할까? 그 여잘 이길 수 없단 생각이 들더군요. 당신의 사랑을 등에 업은 상황인데, 내가 경쟁이 되겠어요? 확신하지만 당신보다 몇 배나 나은 여자예요. 그 여자가 아까워요. 그리고 사과는 받은 걸로 치죠, 뭐."

"…고마워."

그는 뜸을 들이다 결국 건조한 목소리로 입을 열었다.

"잘 가요, 서준후 씨. 가능하면 당신을 만나지 않았으면 좋겠군요. 만난다고 해서 기분이 약간 나쁜 것 외엔 없겠지만. 그리고……."

그녀는 똑바로 서서 그의 눈을 마주봤다. 다시는 볼 수 없는 사람을 마지막으로 보듯이 강렬한 눈빛으로 눈 안에 그를 담았다.

"그리고?"

"그 여자한테 잘해 줘요. 빠른 시일 안에 그녀를 확실히 잡아요."

그는 몸을 돌려 문가로 걸어갔다. 손잡이를 잡아당기면서 마지막 말을 꺼냈다. 속 좁은 남자로 보일 수 있는 큰 위험을 감수하면서 말이다.

"정말 고마워. 당신이 확실히 잡으라고 해서 하는 말인데, 가능하면 남자 배우나 모델들은 보내지 마. 원한다면 다른 스튜디오를 추천해 주지. 그놈들 때문에 아주 짜증이 나서 죽을 지경이라고."

8

"우리가 마주친 그 순간 우린 이미 하나였어요. 당신이 노력할 순 있겠지만 모두 부질없는 짓이에요. 그를 사랑한다고, 좋아한다는 그런 말은 하지 않을게요. 그런 말조차 우릴 제대로 표현할 수 없으니까요."

"아니, 난 그렇게 생각하지 않소."

"그만, 그만! 송 약사, 좀 박력이 부족하다고 생각지 않아? 이 남잔 아주 싹수가 없는 남자라고. 그러니까 아주 오만하면서도 섹시한 목소리로 대사를 해야지. 송 약사 자신이 그런 남자가 되었다고 상상하면서 해보라고. 알았지?"

하는 송 약사의 나약한 목소리를 몹시 안타까워하며 직접 훈수를 두었다. 역시나 이런 역을 하기엔 송 약사는 너무나 착한 인생이다. 서준후가 꽤나 아쉬운 시점이다. 준후라면 그녀의 카타르시스는 약속된 일이었을 텐데. 아깝다, 아까워. 준후의 대사 솜씨는, 그녀와 함께 호흡을 맞춘 지도 15년 가까이 되었으니 거의 전문가 수준이라고 할 수 있다. 가끔은 너무나 딱 어울리는 분위기와 목소리 때문에, 눈앞에 남자주인공이 와 있는 듯한 착각도 일으켰다.

"하 언니, 더 이상은 못하겠어. 힘들어. 더군다나 먹었던 점심도 다 꺼진 것 같아. 아이스크림만 먹는다면 뭐, 조금 쉬고 다시 할 수 있을 것도 같은데……."

김 약사와 송 약사는 한 시간 정도의 역할연기에 지쳤는지, 결국 손에 들고 있던 엄청난 수의 하트무늬가 그려져 있는 책들을 놓아 버렸다. 김 약사는 울상을 지으며 데스크 위에 힘없이 쓰러졌다. 자신이 흐린 말끝이 하에게 잘 전달되었는지 보려고 눈 한쪽을 뜨면서 말이다. 송 약사가 일으켜 세워봤지만 꿈쩍도 하지 않는 김 약사다. 아무래도 그녀가 넓은 마음으로 이해해 줘야 할 때인 가보다. 배우들이 힘들면 그녀 또한 재미가 반감되지 않겠는가.

"그래, 그래. 수고했어. 하지만 오늘 영 삘이 안 나온다. 역시 그 대사는 내가 해야 멋진 것 같아. 김, 여기 돈 있다. 가서 먹고 싶은 거 몽땅 사와라. 알았지? 저번에 먹은 거 말고 다른 걸로 사와."

김 약사는 언제 힘없이 누워 있었냐는 듯이 재빠르게 일어나 그녀의 손에 있던 만 원짜리 지폐를 채갔다. 지루한 놀이에서 해방되어선지 김 약사는 신나게 약국을 빠져나갔다.

"선배님, 이런 책 많이 보면 눈만 높아져요. 더군다나 이런 냉혹한 남자가 뭐가 좋으세요? 제가 이런 남자들 실제로 얼마나 밥맛 없는지 말씀드렸죠? 그러니 주위를 둘러보시고 현실 속에서 찾으세요."

송 약사는 읽던 책들을 정리하며 그녀에게 항상 해오던 조언을 잊지 않았다. 물론 그녀도 알고 있는 사실이긴 했지만.

"송 약사, 거기까지. 나도 다 아니까 잔소리 그만 하라고. 아니, 밥맛이 없긴 왜 없어? 식욕뿐만 아니라 성욕도 도는 것 같은데. 에잇, 놀라긴! 하하하, 다 알면서 말이야. 어디까지나 이런 남자들은 감상용이지, 암 그렇지. 실제로 이런 남자들 얼마나 피곤하겠어? 하지만 이런 남자들이 나와야 제맛이야. 냉혹하고, 오만하고, 반말 팍 팍 하면서, 돈 엄청 많고, 여자들이 뻑 가게 생긴데다가 몸매 끝내 주고, 밤일까지 잘해야 주인공으로서의 뻴이 산다고. 안 그럼 책이 재미가 없다니까. 다른 건 몰라도 실제로 밤일은 잘해야 사랑 받는 거야, 송 약사! 내 말을 잊지 말라고.”

송 약사는 그녀의 매일 하루에 한 번은 나오는 지겨운 대사에도 별다른 내색 없이 얼굴에 미소를 듬뿍 머금고 차분히 듣고 있었다. 참, 아까운 남자야. 조금만 상상력이 풍부했어도 여인네들의 마음을 확 사로잡았을 텐데 말이다. 아마도 저 답답함 때문에 감점을 당했으리라.

“네, 당연하죠. 선배님이 추천해 주신 책을 보면서 뼈저리게 느꼈 답니다.”

그렇게 말하고는 그는 또 빙그레 웃었다. 옥골선풍이 따로 없다. 역시 눈을 즐겁게 하는 김 약사다.

“아니, 또 왜 웃어? 요즘 들어 송 약사 자주 웃는 거 보니까 말 이야, 수상해. 좋은 일 있는 거지? 나 궁금한 거 못 참으니까 빨리 얘기해 줘라.”

하는 송 약사 쪽으로 얼굴을 내밀며 재촉했다. 그녀는 궁금한 건 절대 참지 못하는 성격이다.

“그런 거 없어요. 선배님처럼 좋은 분이랑 일하니까 매일 웃음이 나오는 거죠. 선배님이 이렇게 유머러스하신 분인지도 몰랐고요. 또 선배님 덕분에 저도 새로운 분야를 개척하고 있잖아요. 후후후! 이 제 여자들이 어떤 스타일을 좋아하는지 대충 알 것 같아요.”

어떤 녀석과는 달리 그녀만 보면 행복하다는 표정을 짓는 남자도 있는데, 왜 이 남자에게로는 마음이 가진 않는 걸까. 그녀도 꽤나 자학적인 성격을 가진 건지도 모른다.

“그래, 송 약사, 역시 똑똑해. 청출어람(靑出於藍)이야. 많은 남 자들이 로맨스 소설을 읽어야 해. 그래야 여성의 심리를 제대로 이해할 수 있다고. 그저 힘만 세면 단 줄 아는 무식한 남정네들이 태반이어서 걱정이야. 아주 어릴 때부터 동화책도 좋지만 이런 책도 몇 권씩 읽어 줘야 한다니까. 남자들은 여자들한테 백날 뭐나 사주면 다 되는 줄 알아. 아님 개폼 잡으면 다 되는 줄 알지. 내 주위에도 그런 위인이 한 명 있거든.”

그런 인간형에 딱 부합하는 준후를 생각하니 자신도 모르게 주먹에 힘이 들어갔다. 본능적으로 악감정이 쌓이는 녀석이다.

“아, 그 서준후 씨요? 왜요? 여자들이 얼마나 좋아하는데요. 학교 다닐 때도 전설이라고 그랬다는데요? 그런 남자가 로맨스 소설에 딱 어울리지 않나요? 제가 봐도 멋지던데?”

역시 성선설의 표본을 보여주는 송 약사는 그 우악스런 놈의 편을 들어주고 있었다. 성선설도 진실 앞에선 잠시 쉬어줘야 한다.

“전설은 무슨 전설! 하긴 싹수없기로 전설적이긴 했네. 송 약사가 그 나쁜 놈이랑 같이 안 놀아봐서 그러는데, 사람은 일단 겉만 보곤 모르는 거라고. 그 인간, 사람 못살게 구는 덴 아주 선수에다 인정머리는 쥐뿔도 없어. 그래서 제대로 된 친구 하나도 없을 걸? 나처럼 마음 넓은 사람이나 만나주는 거야. 이젠 그런 꼴도 오래 보니까 꽤 참을 만해. 이제는 뭐랄까, 그런 모습이 정겹다고나 할까? 그런 것 보면 시간이 무섭지? 아무리 봐도 난 성인의 반열에 올라야 한다니까.”

그녀는 자신의 말에 고개를 끄덕이며 가슴을 쓸어내렸다. 역시 마음이 참 넓긴 넓다.

“그럼요, 선배님은 참 맘이 넓으시죠. 그렇게 오랫동안 알아 왔으니 동반자로 생각하시는 것도 괜찮지 않을까요?”

“동반자? 으, 말도 안 돼!”

그녀의 고함에도 아랑곳하지 않고 송 약사는 자신의 말을 이어갔다.

“저희 부모님은 초등학교 때부터 서로 알고 지내시다가 결국 결혼까지 하신 걸요? 그래서 그런지 지금도 여전히 사이좋은 친구처럼 보이세요. 연애하시는 것처럼 사신다고나 할까. 저희 부모님도 어릴 때부터 굉장히 친하셨대요. 역시 함께한 세월을 무시할 수는 없는 건가 봐요. 그래서 그런지 그런 커플들의 관계는 견고하잖아요?”

긍정적인 경우긴 하지만 그들의 경우는 그렇게 될 수가 없다. 파트너가 영 그녀의 마음도 몰라주고 따라와 주지 않으니 말이다. 일찌감치 마음 접은 게 얼마나 다행인가.

“뭐, 그 녀석하고 나? 그건 안 돼. 하지만 송 약사 부모님 같은 커플 얘기엔 동의해. 그러고 보니 내가 읽은 로맨스 소설에서도 꽤나 나오는 소재지. 하지만 그 뭐야, 그 녀석이 좀 탐탁지 않아. 잔소리도 엄청나고, 무뚝뚝하고, 그리고 젤 큰 문제가 있다. 여자 문제 땜에 아주 시끄럽잖아. 난 그런 남잔 질색이야.”

그녀는 고개를 절레절레 흔들며 송 약사의 의견에 난색을 표했다. 다른 건 참아도 여자문제가 가득인 남잔 참을 수가 없다.

“서준후 씨도 잘 보면 분명 괜찮은 면이 있을 거예요. 그러니 여자들이 그렇게 좋아하는 게 아닐까요? 선배님은 너무나 오랜 시간 동안 서준후 씨와 함께 지내서, 그분만의 진정한 매력을 모를 수도 있지 않을까요? 혹시 다른 여자랑 있는 거 못 보셨죠?”

“듣고 보니 일리 있는 말이네. 가족들이랑 봤거나, 아님 주로 우리 둘이거나 그렇지. 그래도 단둘이 있을 때 더 잘해줘야지 않을까?”

단둘이 있을 때 준후가 그녀에게 얼마나 잘했는지를 기억해 내려고 애쓰며 물었다. 기억을 뒤지기 위해서 애쓰는 걸 보니 그런 적이 없는 게 확실했다.

“선배님도 그분을 여성적인 시각으로 봐야 다른 여자들이 느끼는 그런 매력을 알 수 있지 않을까요?”

송 약사가 그간 로맨스 소설을 읽더니 아마추어 심리전문가가 된 듯 했다. 역시 배움이란 건 이처럼 사람을 변화시킨다. 평생교육을 해야 하는 이유가 바로 여기에 있는 게 아닐까.

"아니, 송 약사 무슨 말을 그렇게 하는 거야? 나 여자 맞아. 내가 여자로서 보는 건 당연하지. 그 나쁜 놈 애긴 그만 하자. 내가 요즘 그놈이랑 좀 안 좋거든. 다른 애기 하자. 그런데 요즘 운동한다며?"

"네, 몇 달뿐이긴 하지만 괜찮아요. 몸이 가볍단 느낌도 들고요."

"재밌어? 나도 멋진 몸매 만들어질까? 난 좀 부실해서 말이야. 왜 그 선전 있잖아. '탄력 있는 몸매를 원하십니까?'하면서 나오는 여자들 진짜 멋지지? 그렇게 온몸에 쩍 들러붙는 옷 입고 폼 나게 운동하고 싶거든. 아유! 언제나 가능한 일인지 몰라."

그녀는 커다란 한숨을 쉬며 이리저리 몸을 움직여댔다. 역시나 뻣뻣하기 그지없는 몸이다. 누군가가 놀릴 만도 했다.

"운동을 꾸준히 하시면 그렇게 될 수 있어요. 저는 운동을 꾸준히 해서 그런지 근육이 좀 붙은 것 같아요. 여기 가슴 쪽이랑 그리고 팔이랑……."

송 약사는 손으로 자신의 몸 여기저기를 가리켰다. 그런데 가운을 걸쳐서 그 멋진 근육들을 제대로 볼 수 없었다. 과학자는 실험을 통해 얻어진 결과를 꼭 눈으로 확인해야만 하니까, 그러니까…….

"정말? 멋지겠다. 그 멋진 근육을 가운 안에 숨기니 볼 수가 있어야지. 어디 한 번 만져보자. 그런데 송 약사, 이건 성추행 아니다. 이거야말로 의학적인 관찰 아니겠어? 운동으로 인한 근육조직의 변화, 그렇지? 행여, 젊은 남자에 열 올리는 늙은 여자로 오해하지 말아달라고. 알았지?"

그녀의 말에 크게 웃고 있는 송 약사를 보니, 그렇게 보일 수도 있겠다. 차라리 그런 말은 하지 말 걸 그랬나.

"네, 그럼요. 절대 의심 안 합니다. 선배님, 만져봐도 돼요. 전혀 문제될 거 없어요. 뭐 다른 사람들이 보면 모르겠지만 어디까지나 의학적인 관찰 아니겠어요? 하하하!"

"역시 송 약사는 마음도 너그럽고, 진정한 과학자의 자세도 되어

있다니까. 그렇다고 내가 가운 벗기고 만지진 않을 테니까 걱정 말
라고.”

그녀는 침을 꿀꺽 삼키고는 송 약사의 가슴을 더듬었다. 그런데
왜 침은 넘어가는 걸까. 흠, 정말 운동을 열심히 한 모양이다. 손가
락으로 꾹꾹 눌러 보니 그녀의 허벅지 살처럼 푹푹 들어가는 그런
끔찍한 물렁함을 찾아볼 수가 없었다.

“우와! 진짜 단단하네. 운동하면 이렇게 된다 이거지? 아이쿠, 이
거 무슨 철판도 아니고 강도가 아주 높은데?”

“하하하! 선배님 전 간지럼 타니까 빨리 만져주세요.”

그 말에 씨익 웃으며 그녀는 그의 옆구리에 손을 댔다. 그런데 뒤
통수가 가려운 느낌이 들어서 보니, 김 약사와 준후가 와 있는 게
아닌가. 그녀는 서둘러 송 약사에게서 손을 거두었다. 흠, 설마 마지
막 문장인 ‘빨리 만져주세요’를 듣진 않았겠지. 하지만 현장에서 걸
린 범죄자처럼 자신을 바라보는 눈빛을 보니, 그 문장이 그들 주위
를 맴도는 듯한 기분이 들었다.

“에그머니나, 언니! 이게 무슨 일이야? 우리 간판을 에로약국으로
바꿔야 하는 거 아니야? 그렇죠, 준후 오빠?”

“하, 직장내 성희롱이 얼마나 무서운 건지 몰라? 아님 그렇게까지
궁한 거냐? 남자 몸을 엉큼하게 더듬다니 대체 왜 그래?”

커다란 아이스크림 봉투를 든 준후와 김 약사가 놀란 눈빛으로
그들을 지켜보고 있었다. 특히나 준후의 얼굴은 그의 성격만큼이나
여러 겹 구겨져 있었다. 과학적 흥미를 퇴폐적인 것으로 몰다니, 날
본인 수준으로 생각하나. 더구나 달랑 아이스크림 봉투 하나 들고
사죄를 하러 온 것 같은데, 쉽진 않을 것이다.

“엉큼은 무슨 엉큼! 나처럼 순수한 사람한테 그런 막말을 하나?
다른 게 아니라 요새 송 약사가 운동을 좀 한대잖아. 그래서 운동으
로 인한 근육조직의 변화를 좀 검사해 봤지. 뭘 그걸 가지고 소릴
높이고 그래? 너야말로 네 스튜디오에서 별별 행각을 다 하는 주제

에, 누드 사진까지 찍으면서 기껏 가운 한 번 더듬었다고 펄펄 뛰기는. 시끄러워, 서 군! 아이스크림이나 먹어야겠다. 얼른 스푼 가져와야지."

그녀는 아무렇지 않다는 듯이 준후를 무시하며 비품실로 들어갔다.

남겨진 송 약사는 어쩔 줄 몰라 하며 데스크에 멀뚱히 서 있었다. 불쌍하긴 했지만 하와 그런 일을 벌인 인간이니, 그에게 좋은 대접을 받을 수는 없을 것이다.

"안녕하세요? 서준후 씨죠? 전 송……!"

송 약사가 싹싹하게 말하며 준후에게 손을 내밀었지만 그는 무시했다. 당연하지. 송 약사는 자신이 어떤 일을 했는지 모르는 것 같았다. 아무래도 그들 세계의 룰을 설명해 줘야 앞으론 조심할지도 모른다. 이래서 새내기들은 귀찮다니까.

"말 안 해도 알고 있습니다, 송 약사."

"아, 그러세요. 아까 일은……."

송 약사는 끝말을 흐리며 더욱더 미안한 몸짓을 해 보였다. 그래도 양심은 있는 녀석이군.

"이 약사가 원래 심각한 문제가 있긴 하지만 그렇다고 거기에 동조를 해서는 안 되는 겁니다. 물론 의학적 관찰이라고 주장하고는 있지만 지나가는 사람들은 그렇게 생각하지 않을 테니까요. 또 우리들의 관계를 아직 모르는 것 같은데……!"

그는 특히 송 약사란 단어에 힘을 주며 말했다. 그리고 그와의 관계를 밝히려는 찰나에 비품실에서 스푼을 가지고 나온 하가 그런 모습을 보고 발끈했다.

"서 군! 그만해. 너 뭐라는 거야? 내가 궁금해서 만져봤는데, 송 약사가 무슨 죄야? 너야말로 알 수도 없는 수많은 여자들이랑 음음음 했을 텐데. 벌거벗은 진실의 모습도 찍으면서, 안 그래?"

하는 팔짱을 끼고 준후를 한껏 비아냥댔다. 그는 오로지 작업에만 열중했을 뿐이었다. 그녀 때문에 많은 사람들에게 그의 성적 취향까지 의심받았던 사실을 생각한다면 그에게 이래선 안 되는 거였다. 누구 때문에, 동성애자, 어미닭, 수다쟁이란 말을 들었는데.

"하! 내가 언제 음음음을 했다고 그래? 나도 모르고, 네가 보지도 못한 사실을 만들어내진 마라. 그리고 약국 문 닫을 일 있냐? 남들이 보면 어쩌려고 그러는 건지, 생각이 그렇게도 없어서야, 원. 동네 약국이지만 넌 공인이나 마찬가지라고."

준후는 데스크 앞까지 와서는, 송 약사와 그녀를 번갈아 노려보며 그들의 부당한(?) 행위에 대해서 지적했지만 하는 자신이 한 짓의 심각성을 모르는 듯했다. 그렇게 만지고 싶었으면, 그렇게 만지고 싶었다면 얼마든지 응해줄 사람한테 부탁하면 될 것을. 왜 다른 남자에게 저런 변스러운 부탁을 하는 건지 알 수가 없다. 부탁만 잘하면 그는 더한 것도 해줄 수 있는데 말이다. 더한 것, 그런데 더한 것은 또 뭐야, 서준후! 하여간 그 또한 그녀와 별반 다를 게 없으니.

"아하, 네가 왜 그렇게 열 받아 하는지 이제야 알겠네. 고등학교 때 너한테 뼈만 있다고 해서 마음 상했구나? 에이, 그런 거 가지고 아직까지 꽁해 있어? 괜찮아. 너도 운동하면 이렇게 될 수 있어. 나도 좀 다녀볼까 생각중인데 같이 다니면 되지. 그리고 여자랑 그렇고 그런 문제를 일으키는 일명 신(新) 스캔들이라고 불리는 놈이 무슨 그것까지고 유난을 떨어? 그만 하고 아이스크림이나 먹자."

하는 몇 초 내에 그를 속좁은 남자로 만들어 버리고는, 수저통에서 빼온 밥숟가락을 나눠주며 그의 입을 막았다. 하긴, 먹을 거 앞에서 어떤 얘기를 해도 들리지 않는 사람에게 말만 해봤자 그의 입만 아플 뿐이다.

"우와! 준후 오빠는 들리는 소문과는 달리 성인군자 같은 말만 하네. 더욱이 우리 가게 신경도 참 많이 써주고. 이게 무슨 일이래?"

김 약사는 숟가락을 입으로 가져가며 불분명한 발음으로 감탄 아닌 감탄을 했다. 분명 아이스크림 가게에선 그를 위해 지원사격을 아끼지 않겠다고 약속한 김 약사였는데, 지금은 전혀 도움이 되지 않는 말만 하고 있었다.

"난 원래 그랬어, 김 약사. 하여튼 하, 너 조심하라고."

"알았다고. 다음엔 셔터 내리고 할게. 거참, 조선시대도 아니고."

벌써 열심히 아이스크림 통을 들고 퍼먹던 하는 대충 듣고는 고개를 끄덕거렸다.

"다음은 무슨 다음이야? 차라리 내, 나……!"

그는 하려던 말을 멈추고 숟가락을 움켜쥐었다. 아니야, 아직은 아니다. 이런 공개적인 장소에선 더더욱 안 될 말이다.

"차라리 뭐요? 준후 오빠가 어쩐다고요?"

"아니, 아이스크림 녹는다고. 얼른 먹자."

그는 아이스크림을 열심히 퍼올리며 김 약사의 말을 잘랐다. 아무래도 김 약사의 도움 없이 자력갱생의 길을 걷는·게 나을 것 같았다.

"아, 언제 먹어도 이 맛은 쇼킹 판타스틱하지 않니? 아이스크림처럼 날 황홀하게 하는 것도 없다니까. 내가 이 맛에 한 많은 세상을 사는 건지도 몰라."

하는 이가 시리지도 않은지 아이스크림을 볼이 미어져라 먹고는 자신의 감동을 표현하느라 바빴다. 더군다나 정체불명의 단어까지 곁들이는 그녀를 보자니 웃음이 보글보글 새어 나왔다. 뭐, 뭐가 보글보글? 지금의 상황은 웃음보다는 불쾌한 상황이래야 맞는 얘기라고, 서준후!

형들에게 약속했듯이 하에게 달라진 자신의 모습을 보이려고 왔건만, 스스럼없이 송 약사의 몸을 더듬는 그녀의 행동에 너무 놀라, 뭔가가 울컥 치밀어 올랐다. 사실, 그녀만 보면 항상 뭔가가 울컥 치미는 것 같기도 했다. '뻑다구 왕자'란 말에 어린 시절 얼마나 상처를 입었던가. 어릴 때야 말라서 그랬지, 지금은 사진가의 직업적인 눈으로 볼 때도 썩 괜찮은 몸이라고 생각했다.

하! 좋아, 네가 몰라서 그런 거라면 이젠 온몸으로 보여줄 테니 놀라지나 말라고.'

그 수많은 로맨스 책들을 읽고서도 파악이 안 되는지, 그저 조금 마음에 드는 남자라면 누구나 다 잘해주는 게 하의 크나큰 문제였다. 그 누구나 중에서 자신은 과연 몇 번째 순위에 자리잡고 있는지 궁금하기 그지없다. 물론, 그는 하가 누누이 강조하는 '우정 친구 서준후'였지만 그런 것보단 '사랑 애인 혹은 평생 남자 서준후'가 되고 싶은 것이 간절한 마음이었다.

그녀의 친구들에게 그를 소개할 적엔 항시 '남자도 여자처럼 같이 놀 수 있다는 걸 증명한 친구, 서준후'였다. 정말 열불 나는 일이다. '언젠가는 내 맘 알겠지'라며 흔히들 하는 낯 뜨거운 연출은 자제해 왔지만 아무래도 더 이상의 방법은 없는 듯 했다. 형들 말대로 너무나 오랫동안 하를 방치(?)했는지도 모른다. 이제 더 이상의 방치는 없다. 하가 항상 주장하는 그 어필을 해야 한다.

하, 넌 결국 나와 함께 백년해로해야 할 테니, 네 운명을 순순히 받아들이는 게 좋을 걸.

"하 언니, 좀 전만 해도 다른 얘길 했잖아? 그 책에 나온 느끼한 남자들만큼 언닐 황홀하게 하는 것도 없다면서. 그래서 오래오래 살아야 한다고 했잖아?"

숟가락으로 통의 바닥을 깨끗하게 긁어대고 있던 하에게 김 약사가 이의를 제기했다. 김 약사는 가끔 쓸데없는 부분에 비상한 기억력을 자랑했다. 아이스크림을 먹느라 황홀한(?) 표정을 짓던 하는 김 약사의 말에 숟가락을 통에 던져넣었다.

"김! 은근히 꼬장꼬장하네. 내가 오래 살려고 버둥대는 이유는 아주 많아. 물론 그런 남자들이 있어야 살 맛 나는 건 당연하지만, 먹는 것도 중요해. 진짜 중요하지. 뭐, 가끔은 우열을 가릴 수가 없기도 해. 그런데 아까 읽었던 책에서 나온 회장님 너무 멋지지 않니?

으흐흐흐!"

하는 생긴 것과 어울리지 않는 느끼한 웃음을 흘렸다. 그 쪼그만 책을 읽어 줄 때면 질리게 들었던, 꼭 남자주인공이 여자 주인공에게 느끼하게 다가설 때마다 웃던 그 웃음이었다. 하 자신이 볼 땐 그것이 엉큼하다는 나름대로의 표현인 듯한데, 전혀 아니었다. 그렇게 웃고는 자신도 민망한지 항상 안경을 손으로 만지작거리곤 했다.

근시에 난시까지 있는 눈이지만 그래도 특별히 세련됨을 추구한 안경이라며 강조하는 분홍 플라스틱 테는 정말 귀여웠다. 다행히도 문상 갈 적엔 검정색 테를 선택한다. 속옷처럼 가짓수를 자랑하는 하의 안경들. 이젠 매일 아침, 그가 잠에서 깨자마자 하는 즐거운 일상의 시작이 바로 '안경테 맞추기 놀이'다.

진정한 미인들은 검정머리라고 주장하며 끝까지 미용실에 안 가고 버티고 있는 하는, 꽤나 긴 새까만 머리를 매일 아침 한 번도 거르지 않고 열심히 땋아서 색깔 고무줄로 꼼꼼하게 조였다. 어차피 묶을 머리를 왜 그리 열심히 기르는지 물었더니, 책에 나오는 장면을 꼭 해볼 때까지는 절대로 자를 수 없단다. 그 장면이라 함은, 베개에 긴 머리카락을 쫙 펴는 베드신을 말한다. 하에게 읽어주던 책에서 남자주인공들의 단골 사랑행위 중의 하나였다. 대체 누구와! 절대 다른 놈하고는 그럴 수 없을 것이다. 당연히, 이 서준후랑만 가능한 얘기다. 그 생각을 하자 머리보다는 몸이 먼저 느꼈는지 심장이 다 떨렸다. 역시 과도한 상상은 몸에 해로운 법이다.

애써 심장 떨리는 장면을 머릿속에서 지우고자 숨을 깊이 들이마셨는데 난데없는 레몬향이 그의 코끝에 느껴졌다. 웬 레몬향이지? 아이스크림 종류엔 레몬맛도 없었는데 말이다. 그는 코를 킁킁거리며 하에게 물었다.

"이게 무슨 냄새지?"

"아, 너도 느끼는구나. 어때? 괜찮지?"

하는 옷 자랑이라도 하듯이 그의 앞에서 한바퀴 빙 돌아 보였다.

역시나 부실한 체력인지 빙글 돌고는 정신을 차리지 못해 결국 그가 어깨를 잡아 멈추게 했다. 하에게 가까이 다가가니, 레몬향이 코끝에 느껴졌다.

약국 청소를 열심히 한 모양이다. 어머니의 성화에 못 이겨 자개농을 열심히 닦을 때 쓰던 가구 왁스제 냄새였다. 하여튼 하는 은근히 살림의 선수다.

"약국에 있는 선반 윤냈냐? 부지런도 하다."

준후는 청소 고수의 입장으로 손으로 선반들을 쓸어보며 말했다.

"뭐, 뭐야? 넌 이 좋은 향기가 느껴지지도 않니?"

"느껴지지. 이건 가구 윤낼 때 쓰는 왁스 냄새잖아."

"너는 어떻게 애가 생각하는 게 그 모양이야? 그리고 우리 선반은 원래 물걸레질만 해도 윤이 나는 거야. 너희 집 안방 자개농이 아니라고."

하는 팔짝팔짝 뛰며 흥분을 감추지 못했다. 이젠 답답하다는 듯이 가슴까지 쳐댔다. 그런 그녀를 보며 웃던 김 약사가 한 마디 거들었다.

"아, 그거요? 준후 오빠도 진짜 웃긴다. 왁스 냄새 아닌데. 언니가 레몬 향수 뿌려서 그래요."

"참 상큼하지 않아요? 난 여자들한테서 레몬향 나는 거 좋던데요."

알미운 송 약사는 상큼한 냄새라고 칭찬하며 하에게 계속적으로 뿌려도 좋다고 했다. 결국 송 약사는 간 크게도 좁은 약국에서 하의 레몬 냄새를 맡겠다는 걸 당당하게 밝히고 있는 게 아닌가. 절대 그렇게 내버려 둘 수는 없다.

형들이 '무조건 칭찬과 예쁘다는 말만 해줘도 쉽지 않다'면서 최선을 다하라 했는데 벌써부터 이런 식으로 실점을 당했으니 큰일이었다. 최선을 다해서 잃었던 점수를 만회해야지.

"남들이 보면 네가 열심히 가구에 윤을 냈다고 생각할 거야. 넌 슈퍼에서 파는 가구왁스제도 안 봤냐? 왁스 종류 중에서 젤 많은 게 레몬향이야. 나도 왕년에 집에 있는 자개농 닦느라 죽는 줄 알았어. 그때 생각이 많이 난다."

그를 바라보던 세 명의 표정이 더욱 일그러졌다. 흠, 수습하려다가 도리어 일만 내는 게 아닐까.

"서 군! 우리가 읽었던 책이 기억 안 나는 거야? 여자 주인공들이 가장 많이 뿌리고 나오는 향이 레몬향이야. 이걸로 그 멋진 남자 주인공들에게 어필했다고. 어필 좀 해보려고 뿌렸더니 뭐가 어쩌고 어째? 진짜 열 받네. 송 약사도 정말 그렇게 생각해?"

어필. 서준후의 최종목표인데, 하 또한 그에게 어필하고 싶었는지도 모른다. 그럼 그의 취향을 말해야 되는 건가. 비누향이 더 좋다고 살짝 덧붙일 걸 그랬나. 흠, 하의 샴푸냄새도 좋긴 한데. 하가 쓰는 오일 냄새도 좋은 것 같기도 하고. 세탁기에 넣던 섬유 유연제 냄새도 좋은데. 대체 어떤 향이 좋다는 거야, 서준후! 그냥 다 좋다고 말해버릴까.

"남자마다 취향이 다르지 않을까요? 전 레몬향이 참 좋던데요. 현실에 찌든 남자나 왁스제 생각을 하지 않을까요?"

첫 인상이 좋지 않더니만 역시나 송 약사는 암적인 존재다. 어디 숨어 있다가 나타나서는 그의 사랑행로에 방해공작만 일삼고 있었다.

약국에 들어설 때의 결심은 사라지고 또다시 문제를 만들고 말았다. 다른 여자들은 가만히 있어도 서준후란 인간이 좋다고 난리인데, 이 아낙에겐 그의 매력이 도통 통하질 않는다. 자꾸만 꼬이는 이 상황을 어떻게 정리할지 난감하기만 했다.

"모든 남자는 대부분 현실적이야. 그리고 현실적인 남자가 최고야. 그래야 돈도 잘 벌어다 주고 집안일도 도와주지. 그것도 집안일을 해본 남자나 하는 얘기야. 그런 남자들이 레몬향을 느꼈을 때 '아, 이 여자는 정말 가정적인 여자구나. 남들이 신경 쓰지 않는 가구까지?'라고 하면서 그 여자의 세심한 면에 반하는 거야. '아, 향기가 죽이는군. 이 여잘 한번 꼬셔 볼까?'라고 생각하는 바람둥이 놈들보단 백 배 낫다고. 어쨌든 난 웬만한 향은 다 좋더라."

그가 생각해낸 말이지만 나름대로 호소력이 짙은 이야기였는지 모두들 고개를 끄덕이고 있었다. 은근슬쩍 그의 취향도 흘려주면서 말이다.

"그럴 수도 있겠네. 와, 준후 오빠 대단하다, 그런 생각도 다 하고. 보기와는 다르게 가정적인 여잘 좋아하나 보다."

그래, 김 약사! 그런 것이 바로 도움이라고 할 수 있다고. 계속해, 계속하라고.

"흠, 그럴 수도 있겠지. 하지만 난 가사 일에 열심히 매진하는 마누라 삘보단 유혹적인 삘이 느껴지는 여자가 되고 싶어. 가구에 윤내는 여자가 남자의 환상에 나올 법한 여잔 아니라고 보는데?"

"어떤 무뇌아가 가정적인 여잘 싫어한다는 거냐? 그런 놈은 작대기 팍 그어."

그는 숟가락을 두드리며 목소리를 높였다.

"기가 막혀. 너랑은 말을 말아야지. 하여튼 레몬향은 다른 만남을 기약해야겠다. 혹 누가 알아? 약 사러 오다가 나의 레몬향에 삘 받아서 파바박 눈이 맞을지? 운명처럼 말이야. 그래서 오렌지꽃이 날리는 멋진 성당에서 순백색의 웨딩드레스를 입고 그 사람과 손을 마주 잡고 결혼을 하는 거지. 그 남잔 내 눈을 그윽하게 바라보면서 사랑한다고 말하겠지? 우하하! 정말 죽이지 않니?"

맞다, 죽이는 얘기다. 정말 그를 수십 번 죽이는. 그녀의 불가능한, 오렌지꽃 성당 결혼 프로젝트는 무려 15년이나 된 골동품이었다. 그 오렌지꽃 남자는 이 서준후가 될 거라는 걸 모르는 하가 안타깝기만 했다. 모두들 하를 보며 제각각 안된 표정을 지었다.

"언니는 중증이야. 대체 언제나 저 놈의 오렌지꽃과 성당 얘길 안 들을 수 있는 거야?"

김 약사는 지겹다는 듯이 고개를 흔들며 아이스크림의 잔해를 치우기 시작했다.

"김! 너 죽는다. 이 언니의 멋진 상상에 꼭 초를 쳐야겠니? 네가 협조를 하지 않겠다면 다음주 주말에 나오라는 수가 있어."

비상한 기억력과 더불어 비굴한 모습도 선보이는 김 약사는 곧바로 태도를 달리했다.

"언니, 너무해! 알았다고. 언니가 결혼하면 꼭 그 오렌지꽃을 선풍기 바람으로 날려드릴 테니 어서 남자나 구하셔."

그 남자가 여기에 있다고 슬쩍 얘기를 해야지, 김 약사!

"아직도 그 꿈을 못 버렸냐? 네 운명의 상대가 아직 나타나지 않았다고 생각하는 것 같은데 네가 그 운명의 상대를 못 알아볼 수도 있지 않을까? 사람은 등잔 밑이 어둡다고 하니까."

그는 은근슬쩍 오늘 꼭 하려고 했던 말을 던졌다. 슬슬 작전을 개시해야 할 시간이기 때문이다.

"그래? 그러고 보니 네 말도 맞다. 그렇다면 내 주위에 누군가가 있다는 거지?"

"그렇지."

하는 손가락을 퉁기며 무척이나 고심하고 있었다. 이제야 하가 상황을 제대로 파악하는가 보다. 그래, 생각해 내라고. 그러더니 손바닥을 탁 치는 것이 아닌가.

드디어 그를 생각한 듯싶었다. 다른 사람들이 지켜보는 자리에서 얘기하면 약간 쑥스러운데. 벌써부터 얼굴이 달아오르는 것 같다. 역시 솔직한 것이 최고라는 형들의 말이 맞았다. 레몬향에선 실패했지만 등잔 얘기는 효과가 있었다.

"지금 생각해 보니까 그런 사람이 있는 것 같아."

아, 행복하다. 몇십 년의 노력이 드디어 빛을 발하는 순간. 여자에게 사랑받는 남자들의 마음이 바로 이런 건가. 앞으로도 지금처럼 잘할 테니, 지켜만 보라고.

"김 약사, 그 남자 알지? 꼭 저녁 7시만 되면 오는 그 남자. 짙은 색 코트를 입고 깃을 세워서 좀 추워 보이는 남자 말이야. 머리가 좀 헝클어진 사람. 오면 항상 파스만 사잖아. 종류별로 몽땅. 너무 측은해 보여서 내가 올 때마다 신제품도 주곤 했다고. 혹시 그 남자, 나 때문에 여기에 매일 온 건가?"

"아, 나도 알아. 꼭 그 시간만 되면 파스 사러 오잖아. 대체 어디가 그렇게 아픈지 몰라. 매일 파스를 몇 장씩 사간다니까. 그래도 생긴 건 멀쩡하잖아. 키도 크고 나름대로 분위기 있어 보이던데."

김 약사, 대체 누구 편이야!

"이제 생각해 보니 정말 그러네. 선배님 때문에 오는 거 아닐까요?"

그 남잔 누구란 말인가. 또 어디 숨어 있다 나타나서 그를 좌절하게 만드는 걸까. 이 바보, 하! 등잔 밑엔 이 서준후가 있다고. 아무래도 하와 결혼하면 약국 간판을 유부녀 약국으로 바꿔야 할 것 같았다. 한국엔 독특한 취향의 남자들이 예상 외로 많다.

"맞아, 서 군 말대로 잘 생각해 보니까 나 때문에 올 수도 있는 거야. 매일 똑같은 시간에 온다는 게 쉬운 일은 아니잖아. 연주를 좋아했던 나 회장님 기억하지? 나 회장님도 그랬다고. 어머나! 드디어 나도 반려자 만나서 광명을 누릴 수 있는 건가? 역시 등잔 밑이 어둡다니 맞는 말이야. 서 군, 네가 이토록 쓸모 있는 친구인지 몰랐다. 너 복 많이 받을 거야."

하는 가슴에 손까지 얹고는 영화에 나오는 여배우인 양 중얼거렸다. 그가 제정신인 것이 신기할 지경이다.

여기서 나 회장이란, 한때 준호 형의 연적이었던 나이토 씨를 말했다. 그는 한동안 형에게 바이러스라는 별명으로 불리며 온갖 경계의 대상이었다. 둘째 형수 연주는 다행히도 나 회장의 마수에서 빠져나왔지만 그 뒤, 나 회장이 하에게도 손길을 뻗쳐 그의 신경을 긁어놓았던 적이 여러 번 있었다.

　나 회장은 유흥업계의 선두인 에로스란 나이트클럽의 운영자였고 그것 말고도 많은 사업체의 회장이었다. 특히나 서씨 집안 남자들이 경기를 일으키는 그 단어, 회장, 그 회장이었던 것이다.

　로맨스 소설에는 온통 여자들의 마음을 흔들리게 하는 회장들이 등장했다. 없는 것도 없고, 못하는 것도 없는 놈들이다. 같은 남자 입장에서 볼 땐 심히 괴로운 놈들이다. 이런 책들 때문에 그녀를 포함한 많은 여자들이 그 책을 읽고 잘못된 선입견을 가지는 것이다. 사실 회장이란 직업이 멋진 직업만은 아닌데 말이다.

　또 그 나 회장은 업계에서 살아남기까지의 과정을 책으로 써서 많은 여자들로부터 인기를 얻었다. 어처구니없는 일이다. <클럽이 만들어지기까지 나는 외로웠다>라는, 절대 잊을 수 없는 제목의 책이다. 누가 제목을 보고 사업에 대한 성공수기라고 할 수 있겠는가. 그것도 로맨스 출판사에서 출판을 하다니. 출판사 사장이 자신의 동창이자 하의 친구인 누이였기에 가능한 일이었다. 덕분에 나 회장의 클럽은 그를 보러 오는 여자들로 인해 더욱 북적였고 누이는 코스닥의 '코'자도 모르는 위인이었지만 자신의 출판사를 코스닥에 상장해야 할지도 모른다며 좋아했다.

　나 회장이, 우리나라에 수만 개나 되는 약국 중에 왜, 하필, 꼭 하의 약국에서 의약품을 공급받기로 약속을 했는지 이해할 수가 없었다. 연주에게서 돈병(돈을 너무나 좋아하는 병)이 전염되었는지 하또한 매상에 엄청나게 집착했다. 그래서 나 회장의 제안을 열렬히 환호했고 약국 문 닫는 그날까지 열성을 다하겠다고 했다. 약국 문 닫을 때까지라는 건 죽을 때까지라는 얘기 아니겠는가. 그나마 나 회장이 고국인 일본에서의 사업 확장 때문에 서울에 없는 것이 천만다행인 일이다.

　나 회장의 마수가 사라졌다고 생각한 순간, 또 다른 놈이 등장하다니. 그래, 파스맨! 두고 보자. 너 또한 제거 순위 일 번이다. 일단 날파리들을 제거한 다음에 다시금 작전에 돌입해야 할 것 같았다.

"아주 소설을 써라, 써. 쪼그만 책 그 정도 읽었으면 이제 네가 하나 써도 될 거다. 그 정도 상상력이면 충분하지. 그런데 다른 것도 아니고 파스만 몽땅 사간다고? 그런 부실한 남자가 좋아? 네가 항상 강조하는 그 밤일은 제대로 못할 것 같은데?"

굉장히 치사한 행위인 줄은 알지만 어쩔 수 없다. 그녀와 비슷한 수준으로 전락을 하겠지만 그래도 다른 날파리들에게 하를 뺏길 수는 없는 것이다.

"말도 참 예쁘게 한다, 못해도 내가 대신 잘하면 되니까 괜찮아. 하여튼 난 기다릴 거야. 그가 내게 다가올 때까지 말이야. 어머, 한 시간만 있으면 그 남자가 올 시간이네? 이럴 때가 아니지. 예쁘게 보여야 하니까 거울도 보고 그래야겠다. 어떻게 멋지게 보이지? 맞다, 가운을 다른 색으로 입어 볼까?"

하는 콧노래를 흥얼거리며 비품실로 들어갔다. 그녀가 자주 말하는 그 만성 프린세스 질환에 걸린 게 아닐까.

준후는 땅이 꺼져라 한숨을 쉬었다.

"하 언니, 참 특이해요. 좀처럼 이해하기 힘들어서 괴로울 때도 있지만 최소한 지루하진 않아요. 히히히!"

"맞아요. 선배 때문에 하루가 즐겁죠."

송 약사는 비품실로 들어간 하를 눈으로 좇으면서 미소를 지었다. 일단 송 약사도 제거대상 순위에 넣어야겠다. 그는 말없이 송 약사를 눈으로 위협했다. 역시 기가 약한 놈인지 그의 눈빛에 움찔거렸다. 은근히 날파리들이 많군. 송 약사는 하에게 신뢰를 받고 있으니 시간이 필요할 것 같고, 먼저 파스맨부터 처리해야 했다. 지금 당장!

"난 이만 가야겠다. 야, 하! 나 이제 간다. 형이랑 약속이 있어."

"알겠어. 그리고 너 나와의 약속을 잊진 않았겠지?"

간다는 그의 말에 하가 비품실에서 헐레벌떡 나오며 말했다.

"당연히 안 잊었어."

"언니, 그날 어디가? 준후 오빠랑?"

"응. 갈 곳이 있지. 서 군이 좀 특별한 아르바이트를 해야 하거든. 그날 멋지게 하고 와야 한다. 알았지? 제대로 안 하면 그 뒤는 나도 몰라. 네 앞날이 편치 않다는 것만 알아둬라."

히는 하루에 한 번은 전화를 해서 그날의 약속을 상기시켰다. 그날은 신이 내린 기회였다. 두고두고 잊지 못할 날로 만들 작정이다. 그날 이후로의 그녀의 인생은 이 서준후와 함께하게 되어 있을 것이다.

"알았다니까. 그럼 간다. 그리고……. 송 약사, 잠시만 이쪽으로."

그는 손짓으로 송 약사를 불렀다. 그리고 하와 김 약사에겐 들리지 않는 숨죽인 목소리로 물었다. 묻기 민망한 질문이기에.

"저, 무슨 일 때문에……."

첫 만남에서부터 강한 모습을 보여줬기 때문일까, 그가 가까이 가자, 송 약사는 무척 불편해했다.

"다름이 아니라, 어느 헬스클럽에 다니는지 물어도 되는지……."

"네, 저기 사거리에서 보이는 왕몸 센터라고……."

그는 오늘도 약국에 가야만 했다. 집에 가는 길에 있는 유일한 약국엔 자신이 원하는 한방 파스를 종류별로 팔고 있었다. 더구나 신제품까지 얹어주는 마음씨 착한 약사 때문에 그곳을 더 선호했다.

몸을 움직일 때마다 근육들이 욱신대고 있었다. 선배가 운영하는 댄스학원에서 강사로 일하는 그는, 춤을 배우겠다는 아줌마들에게 둘러싸여 레슨 시간을 보내기가 일쑤였다. 그 아줌마들이 어찌나 자신의 몸을 꾹꾹 눌러대는지, 쑤시지 않는 곳이 없었다. 어서 이 일을 그만두든지 해야 하는데……. 선배의 간곡한 부탁에 이달 말까지는 약속을 한터라 꾹 참고 다녀야만 했다.

그가 약국 문을 열려는 순간 옆에서 시커먼 그림자가 불쑥 움직였다. 소리 없는 그 움직임에 놀라 몸이 절로 움찔거리자, 온몸에서 전기충격과도 같은 아픔이 느껴졌다.

"늦었군, 선생. 7시가 한참 지났는데 말이지."

"뭐, 뭐라고요?"

그는 자신이 잘못 들은 거라고 생각하고는 다시금 문 쪽으로 발걸음을 재촉했다. 하지만 두 발짝도 움직이지 못한 채, 다시 걸음을 멈춰야만 했다.

"알아들었을 텐데? 당신이 매일 오후 7시쯤 이 약국에 들른다는 걸 다 알고 있다고. 아닌 척할 필요 없어."

그 그림자는 목소리 또한 어둡고 암울했다.

"네, 거의 그런 셈인데……."

자신도 모르게 떨리는 목소리가 나왔다. 파스를 사서 당장 여길 떠나야겠다. 요즘 길거리에서 금품을 요구하는 나쁜 놈들이 많다던데 이곳도 우범지대인 모양이다.

"그 약국엔 들어가지 않는 게 좋겠소."

"왜, 왜요?"

그 말을 하면서 약국 쪽으로 한 걸음 옮겼다.

"거기에 그대로 서는 게 좋을 거요. 앞으로 험한 일에 휘말리고 싶지 않다면."

그리고는 그림자가 모습을 드러냈다. 190cm는 족히 될 듯한 키에 새까만 선글라스를 쓴 남자가 담배를 태우고 있었다. 분위기만으로도 엄청난 위협이 느껴지는 남자였다. 험한 일이라니, 그가 무슨 잘못이 있다고 그런 일을 당해야만 하는가.

"왜, 왜 안 된다는 거죠? 근처엔 약국이 없어서 이곳에 꼭 가야 합니다. 안 그럼 멀리까지 나가야 하거든요."

그림자는 피우던 담배를 땅에 팽개치더니 발로 짓이겼다. 그 담배를 다시 한 번 짓누르는 그 모습에 신경과 근육들이 온갖 비명을 질러대기 시작했다.

"왜 안 되냐고? 특별히 얘기해 주지. 여기 이 약국에 있는 안경 쓴 여자 약사 알지?"

"아, 네. 당연히 알죠."

그 얘기를 계속 듣고 있어야만 하는 처지가 비참했지만 어쩔 수가 없었다. 그렇지 않아도 아픈 몸으로는 버티기조차도 힘들었다. 그런데 왜 이 시간엔 이곳을 지나다니는 사람조차 없는 걸까. 행인이라도 나타나 준다면 얼마나 좋을까.

"그 여자가 좀 문제가 많은 여자야. 첫사랑한테 실연당해서 머리가 좀 이상해졌지. 그때부터 한 번 찍은 남자가 있으면 미친 듯이 쫓아다닌다고. 그래서 찍힌 남자의 인생은 참 힘들어진다고 할 수 있지. 상당히 심하게 괴롭힌다 이거야. 어느 정도냐면 내가 아는 한 남자가 있었는데 그 남자를 거의 20년 넘게 쫓아다녔지. 그 남자가 견디지 못해서 결국……. 그 다음은 말하지 않아도 알아듣겠지?"

그림자는 손가락으로 손목을 긋는 시늉을 했다. 사람이 쫓아다닌다고 자살을 할 수 있을까. 이런 신빙성 없는 얘기를 계속 듣고 있는 자신에게 짜증이 일었다.

"그, 그러니까 자살을 했다는 건가요? 그럼 그 여자가 스토커 뭐 그런 거라 말인가요? 그럴 리가 없어요. 얼마나 친절한데……. 그런데 그걸 당신이 어떻게 알죠? 그리고 그게 나랑 무슨 상관이 있다는 건가요?"

"내가 알아본 바에 의하면 최근 당신이 그 여자의 새로운 대상이 되었다고 하더군. 항상 약국에 오는 남자 손님을 목표로 하지. 지켜보다가 상대로 점찍으면 그때부터 온갖 약품을 그냥 주거든. 혹시 그 약사가 가끔 사지도 않는 신제품을 공짜로 주지 않았나?"

"그러고 보니…… 많이 받았죠. 네, 그랬죠. 그럼 설마 나를, 진짜 나를?"

설마, 그럴 리가. 그것들을 좋다고 받은 게 바로 그였다. 그는 온몸이 떨리면서 식은땀이 나기 시작했다.

"맞아. 확실해. 내 말을 믿으라고."

"아니에요. 그럴 리가 없어요. 그럴 리가 없어."

"그럼 내가 거짓말을 한다는 거야? 웃기는군. 아직도 잘 못 믿는 눈치니 내가 확실히 알게 해줄까?"

확실히 알게 해준다는 그 말이, 그를 확실히 두려움에 떨게 만들었다. 그런데 대체 이 남잔 누굴까. 누군데 이런 위협을 가하며 이런 얘기를 들려주는 걸까.

"그런데, 당신은 누구죠? 누군데 내게 이런 얘기를 해주는 거죠?"

"그냥 도와주려는 것뿐이야. 안심하라고. 친절한 사마리아인이라고 생각해. 단지 그 여자에게 진짜 짝을 찾아줘서 이 업보를 끝내고 싶을 뿐이야. 그래, 정의 실현이라고 할 수도 있겠지."

그림자는 좀 전의 무서운 분위기와는 달리, 비교적 유순하게 말을 이어갔다.

"아니, 그렇게 이상한 여자라면서 왜 짝을 찾아주려는 거예요? 차라리 경찰에 넘기지 그래요? 당신이 더 이상하군요. 대체 당신은 누굽니까?"

그림자는 한참 뜸을 들이다 대답했다.

"사실 내가, …그 첫사랑이거든."

9

서씨 일가의 세 며느리는 동네 근처의 한 카페에 모여 밀담을 나
누고 있었다. 눈치가 주부 9단보다 더한 서씨 남자들의 눈을 피하기
위해 각자 완벽한 알리바이를 만들고 이곳에 모인 것이다. 그들은
대화에 몰입한 나머지, 앞에 놓인 찻잔이 차갑게 식어가도 신경 쓰
지 않았다.

"…정말 그렇게 얘기했단 말이에요?"

내일 꼭 가져가야 할 아이들의 준비물을 깜빡했다며 둘러대고 나
온 나영은, 연주를 보면서 손뼉을 치고 있었다. 그녀는 기분이 좋거
나 흥분을 하면 손뼉을 치는, 풍기는 분위기와 사뭇 다른 버릇을 가
지고 있다. 맏며느리로서 모든 것을 갖추었다고 해도 지나침이 없는
그녀지만, 이런 묘한 점들이 1번 선수 서준휘 씨에겐 무척이나 매력
적으로 보였음에 틀림없었을 것이다. 그는 항상 아내의 예상치 못한
매력에 흠뻑 빠져 산다고 입버릇처럼 말하기 때문이다.

"네. 제가 스파이 하난 잘 둔 것 같죠?"

둘째 며느리인 연주는 보기와는 달리 대단한 지략가다. 그들의 입을 빌리자면, 서씨 집안 며느리들이 인정한 잔머리 굴림의 대가다. 하지만 이런 그녀의 잔머리도 통하지 않는 천적이 있었으니, 바로 2번 선수 서준호 씨다. 결국 그녀는 게임에서 자신의 패배를 순순히 시인함으로써 서준호란 남자와 동반인생을 선택할 수 있는 영광(?)을 안았다. 졌음에도 불구하고 상품이 있었으니 참 특이한 게임이다.

특히, 하와는 절친한 사이로 하와 같은 약국에서 일하다, 친구의 꾐에 넘어가 지금의 남자와 살고 있다. 더군다나 결혼 전, 불미스런 스킨십 사건으로 인해 기적적인 속도로 결혼을 해야만 했다. 그 일은 키스실신사건으로 불린다. 한 마디로 말해, 키스 한 번에 기절까지 해서 온 집안이 발칵 뒤집힌 사건이었다.

"연주 언니, 송 약사가 대단한 활약을 하는데요? 하지만 저야말로 막내 도련님이 한 방에 갈 만한 원대한 계획을 세워놓았지요. 하하하!"

오징어라 불리는 셋째 며느리 지영은 그 별명이 사랑을 만들어준 열쇠라고 믿고 있다. 주치의로 만난 3번 선수인 서준하 씨가 직접 붙여준 이름이기 때문이다. 헌데, 어떤 남자가 처음 본 여자에게 그런 이름을 붙여주겠는가. 또 그런 이름을 사랑의 열쇠라 믿는 그녀도 참으로 특이한 여인이다. 실은, 사오정 끼가 약간 있는 서준하 씨가 진찰실에서 '오지영'이란 이름을 '오징어'로 잘못 이해한 데서 나온 것이다. 이 커플들의 사오정식 대화를 지켜보는 이들은 답답해서 죽을 지경이지만 정작 당사자들은 문제가 되지 않는지 지금까지도 아주 잘 살고 있었다. 또한 지영은 결혼 전부터 준후의 스튜디오에서 어시스턴트로 일하고 있었다.

"대체 뭔데 그렇게 크게 웃는 거야? 빨리 말해봐."

궁금한 건 절대 못 참는 연주가 지영을 채근했다.

"그런데 정말 확실한 건가요?"

언제나 변함없이 고고한 나영이 '커플 만들기'에 열의를 다할 작정으로 적극적인 태도를 취하며 물어왔다.

"그럼요. 이것만 제대로 먹히면 도련님은 물론, 하 언니까지 확실하게 작업되는 거죠. 그러니까 도련님이랑 하 언니가 한 번도 하지 않은 게 있거든요."

지영은 그들에게로 몸을 숙이며 목소리에 은근함을 담뿍 담았다.

"한 번도? 그거 이상하게 들리네요?"

"도련님이 한 번도 할 수 없었고, 가질 수도 없었던 그것, 항상 하고자 원했지만 해보지 못했던 그것. 이 정도면 아시겠죠?"

지영은 실실 웃으면서 크게 숨을 들이마셨다. 그녀가 생각해도 빛나는 아이디어다.

"아, 답답하다. 그냥 말해 줘. 설마 그거?"

잔머리가 항상 좋은 방향으로만 발휘되는 것은 아닌가 보다. 연주는 뜨겁고 끈적끈적한 상상을 하느라 바빴다.

"그런 생각만 하다니, 연주 언니도 하 언니랑 똑같아요. 다른 게 아니라, 도련님은 한 번도 하 언니의 사진을 찍은 적이 없어요. 아니, 하 언니가 찍힌 적이 없는 건가? 신기하지 않아요? 별 시시콜콜한 일도 다 하는데, 더구나 이상한 연극까지 해주면서 한 번도 그런 적이 없다니."

"정말? 말도 안 돼. 카메라만 들이대면 되는 거 아냐? 그냥 버튼만 누르면 될 텐데. 하긴 뭐. 하가 사진 찍는 걸 워낙 싫어하긴 하지. 하지만 준후가 찍어주면 엄청 예쁘게 나올 텐데 왜 안 찍는 걸까? 그리고 준후는 왜 못 찍었대? 그냥 슬쩍 찍어도 되는 건데."

연주는 이해가 가지 않는다는 듯 고개를 갸우뚱거렸다.

"어머, 왜 하 아가씨가 그런 부탁을 안 했을까요? 정말 이상하네. 분명 막내 도련님은 서운했을 거예요."

"저도 이해가 안 가요. 하여튼 그 흔한 증명사진 하나도 도련님이 찍어준 게 없어요. 그리고 스튜디오 개업식 때 모든 걸 알아버렸어요."

"그게 뭔데?"

"스튜디오 개업 날짜가 하필 하 언니의 봉사활동이랑 겹쳐서 언니가 못 왔거든요. 그것 때문에 막내 도련님이 얼마나 화가 났는지, 그날 하루 종일 얼굴이 구겨져 있었다니까요. 그날 밤 제가 지갑을 놓고 와서 다시 스튜디오로 갔는데, 도련님이 술에 취해서 인사불성이 되어 있는 거예요. 완전히 불쌍한 강아지 꼴이었다니까요. 그때 확실하게 감 잡았죠. 도련님은 절 하 언니로 알았는지, 뭐라고 끝도 없이 중얼대고 소리까지 질렀어요."

지영은 안쓰러운 생각에 입에서 한숨이 흘러나왔다. 사오정 증상이 있는 사람들이 가끔은 그렇지 않은 사람들보다 더 신통할 때가 있다. 지영은 주위를 살피며 낮은 목소리로 말했다.

"그래서 제가 하 언닐 살짝 떠봤는데 얘길 안 하려고 해요. 비밀이라나 뭐라나? 다른 아저씨들한텐 증명사진 잘 찍어놓고, 도련님한텐 안 된다고 했다는 건 어떤 식으로든 의식하고 있단 얘기 아니겠어요? 틀림없어요. 내 직감으론 분명 뭔가가 있어요."

지영은 가늘게 뜬 눈을 이리저리 굴리며 식은 커피잔을 입에 가져갔다.

"우와! 역시 부창부수라고 네 남편이랑 같이 심리치료실 개업해야겠다."

연주의 말에 뿌듯한 생각이 들었는지 지영은 손가락으로 V자를 만들어 보였다.

"사진을 찍을 땐 그 대상을 연구하잖아요. 막내 도련님이 작업하는 거 보니 아주 예리하고 꼼꼼하게 관찰한다고 느꼈거든요. 그런 식으로 막내 도련님이 자신을 보는 게 싫어서가 아닐까요? 맞아, 그렇게 보는 게 싫은 거야. 그러니까 안 찍으려고 하겠지. 그게 아니라면, …에유, 모르겠네. 짠순이 아가씨가 사진 값 아끼려고 당연히 찍어달라고 했을 텐데, 다른 사람들한테 부탁하다니. 하 아가씨의 마음 한구석에선 이미 막내 도련님을 의식하고 있는 게 아닐까요?"

다들 나영의 말에 고개를 끄덕였다.

"언니들도 그렇게 생각하죠? 하하하! 그래서 제가 하 언니를 찍어보기로 결정했어요. 공모전에 내려고 하는데 도와달라고 하면서. 얼마나 안 된다고 하는지, 설득하느라 정말 힘들었어요. 감성과 이성에 호소했다니까요. 그런데 아주 찐한 사진이 될 거예요. 왜냐면, 크크크, 위엔 벗은 걸로 찍기로 했거든요."

지영은 자신의 만든 계획에 큰 감동을 받은 두 여자들을 보자 뿌듯함이 배로 느껴졌다.

"진짜? 하가 찍겠다고 했단 말이야? 말도 안 돼!"

연주는 너무 놀란 나머지 커피잔을 밀치고 말았다. 그녀는 흔적을 지우면서 주위를 둘러보았다. 행여 소란을 떨어 그들이 여기에 모여 있다는 걸 그 누군가에게 알리고 싶지 않기 때문이다.

"무슨 그런 말을? 연주 언니, 안 믿는 거예요? 예술을 엄청나게 강조했죠. 예술! 제가 얼마나 유혹을 했는데요. 그것도 뒷모습이니까 걱정 말라고 했어요. 진짜, 진짜 설득하느라 애먹었단 것만 아세요."

"그래서 어떻게 할 건데요? 정말 공모전 낼 거예요?"

나영은 하가 그 제안을 수락한 것에 대해서 믿어지지 않는다는 표정이었다.

"아니에요. 당연히 거짓말이죠. 헤헤헤! 그래서 그 사진을 찍어서 은근슬쩍 스튜디오에 흘리는 거죠. 그럼 전 당황한 척하면서 도련님한테 사진을 보여주고, 도련님은 확 열 받아서 하 언니한테 따지러 가겠죠? 여태까지 잘 참고 있었지만 도련님은 더 이상은 못 참을 거예요. 암, 틀림없지. 그럼 하 언니는 구석에 몰리게 될 테고, 도련님은 다그치고……. 그러다가 어떻게 될지는 모르겠지만, 일단은 불을 붙여봐야 하잖아요? 확실히 성공할 거예요."

지영은 그 상상을 하는지 한동안 멍한 채로 있었다.

"그게 언젠데?"

"일 주일 뒤, 드디어 시작이죠. 아, 떨려요. 그런데 어차피 찍을 거 열심히 하려고요. 최고로 아름답게 찍어줄 거예요. 도련님 가슴에 불을 확 지를 정도로 말이죠. 본능을 자극할 만한 멋진 장면을 찍어야죠. 아, 그런데 재밌어서 어떻게 참지? 히히히!"

"그런데 좀 찔리지 않아요?"

역시 걱정이 많은 나영이다.

"'끝이 좋으면 다 좋다' 몰라요? 언니의 그 깨끗한 양심은 결전의 그날까지 벽장 안에 고이 모셔 둬요. 알았죠?"

연주는 나영에게 결연한 표정으로 약속을 받아 두었다.

"네, 그럴게요. 그런데 이번엔 꼭 서씨 형제들 보단 우리가 먼저 성공했으면 좋겠어요. 그 남자들이 잘난 체 하는 꼴을 두고 볼 수가 없어서요. 요즘에 막내 도련님이 누군가로부터 코치를 받아가며 하 아가씨한테 엄청나게 잘하고 있나 봐요. 그런데 하 아가씨 말로는, 무슨 약을 잘못 먹었는지 너무 잘해줘서 무섭다고 하던걸요? 역시 그 사람들도 별 수 없는 거겠죠? 우리 잘해봐요."

나영은 입을 삐죽이며 불만을 표시했다.

"어라? 언니답지 않게 투지를 너무 불태우네?"

"벌써 양심을 벽장 안에 넣었나 봐요. 그렇죠?"

"저런 사람이 달라지면 더 무섭다니까."

지영의 말에 연주는 고개를 크게 끄덕였다.

여자들이 자신들만의 계획을 세우고 있을 때, 공교롭게도 남자들 또한 그들만의 시간을 가지고 있었다. 집 근처 사우나 회동이 그것이다.

"그래, 넌 김 약사를 매수한 효과가 있었어?"

서씨 집안의 기둥, 서준휘 씨는 맏형의 역에서 막내의 역까지를 다양하게 소화하는 재기발랄한 남자다. 참으로 다재다능(?)한 남자가 아닐 수 없다. 사회에서도, 학교에서도, 동네에서도, 그는 남녀노소 누구에게나 사랑받는 그런 유형이다. 하지만 그런 남자도 가끔은 불쾌한 감정을 일으킬 수 있는지, 어떤 여자에게만은 어필할 수 없었던 모양이다. 지금의 아내는 완벽한 모습 뒤에 숨겨진 그의 불완전함을 알아본 그 '가끔'의 주인공이다.

"그럭저럭. 이번엔 김 약사한테 연애소설 읽기를 파업하라고 했거든. 그럼 다시 준후한테 읽어달라고 하지 않을까 해서 말이야. 그런데 우리가 원하는 반응이 나오지 않아서 큰일이야."

서 병원의 최고 인기남, 3번 선수 서준하 씨. 그의 부드러운 미소 한 번이면 환자들의 아픔이 한결 나아진다는 신빙성이 떨어지는 얘기가 있지만, 아마도 사오정 끼가 있는 그의 지병을 무마하려는 나름대로의 계책이 아닐까 싶다. 그래도 환자의 설명은 잘 알아듣는지 여태 오진으로 인한 불미스런 일이 생긴 적은 없다 한다. 엄청나게 터프한 또 다른 사오정과의 만남은 참으로 다행이다. 어떤 여자가 자신의 이름을 해물류(오징어)로 불리는 걸 좋아하겠는가. 그러니 오지영 양과는 천생연분이다.

"우리가 가만히 있는 것도 좋은 방법일 수도 있어. 왜냐면 며느리들께서 뭔가를 꾸미고 있으신 모양이야. 요즘 연주가 부쩍 내 눈을 피하거든. 날 속이는 뭔가가 있는 것 같아. 아마도 준후 녀석과 관련된 일인 듯싶어."

역시 서준호 씨의 레이더를 피할 수는 없는 것이다. 부드러운 미소로 서 병원의 환자들의 사랑을 받는 서준하 씨와는 달리, 눈썹 한 쪽을 올리는 것만으로도 시끄러운 환자들을 손쉽게 제압하는 2번 선수 서준호 씨. 이렇게 표현하면 상당히 권위적이고 무서운 사람이라 생각되겠지만 아이들 앞에선 한없이 부드러운 남자로 변하고 만다.

그는 소아과 전문의로서도 유능하지만 아이들의 부모, 특히 엄마들에게 강한 영향력을 행사하고 있다. 물론 본인이 의도한 바는 절대 아니겠지만. 병원으로서는 서준호 씨의 늘어만 가는 환자 수에 상당한 기대를 갖고 있다고 한다. 하지만 여기엔 속사정이 있으니, 키스 한 번으로 여자를 기절시켰다는 소문에 환자들이 몰려들었다고 한다. 그 진위 여부는 알 수가 없지만.

또 하나의 인기 비결은, 나름대로 현모양처인 아내의 내조에서 기인한 것이다. 아내인 연주는 친구인 하를 매수해서 환자 5명당 한 명으로 계산하는 오진법 수수료를 적용해 환자들을 모집하는 마케팅 전략을 구사하고 있다. 여자들의 입소문은 참으로 대단한 것이다.

"정말? 하긴 준호, 네 별명이 게슈타포니까 모를 리가 없겠지. 그럼 우린 뭘 하지?"

준휘는 준호가 제일 싫어하는 별명을 들먹였다. 준휘는 준호를 놀리는 재미에 산다고 해도 과언이 아닌 남자다. 남녀노소 누구에게나 사랑 받는 남자가 하기엔 철없고 속 좁은 짓이 아닐 수 없다.

"우린 그 녀석에게 용기만 주면 된다고. 준후가 알아서 뭔가 열심히 준비하고 있으니 말이야. 그건 그렇고, 형수님은 아까 어딜 부리나케 가던데? 나한텐 아이스크림 가게에 간다던데 거기와 정반대 방향으로 가던 걸? 그것도 굉장히 다급해 보이더라고. 요즘 동네 아줌마들이 하는 이상한 모임일 수도 있어. 뭐, 애인을 만난다든지……."

준호는, 준휘가 고집하는 그 별명에 대한 복수로 큰형수를 미끼 삼아 약을 올렸다. 준휘는 아내 애기만 나오면 분별력이 떨어져 쉽게 흥분하기 때문이다.

"뭐? 그게 사실이야? 아니, 이 여자가! 준비물 어쩌고 그럴 땐 언제고! 아무래도 집에 들어가야겠다. 너희들은 천천히 와라. 나 먼저 간다."

준휘는 들고 있던 수건을 팽개치고 엄청난 물을 튀기며 탕을 부리나케 빠져나갔다.

"아이쿠, 이게 뭐야! 팩 하는데 물 다 튀었잖아."

"나름대로 수분팩 효과도 나겠네, 뭐."

"형, 그걸 말이라고 해? 그런데 일부러 그런 말 한 거지? 하여튼 큰형보다 준호 형이 놀리는 게 훨씬 고단수라니까."

준하는 흘러내리는 팩을 닦아내면서 말했다.

10

"자, 여기! 깨끗하게 다 벗겨냈다. 얼른 먹어."

"……!"

하는 평생 못 볼 것을 본 것처럼 준후의 하는 양을 지켜보았다. 재가 왜 저럴까. 그녀는 안경을 고쳐 쓰고는 팔짱을 꼈다. 물론, 못 먹을 걸 먹으라는 것도 아니다. 준후는 그녀의 최고 간식이자 여흥거리인 삶은 계란의 껍데기를 곱게 벗겨서 내밀었다. 다시 한 번 그의 얼굴을 걱정스럽게 응시하고 난 다음 그녀는 계란을 받아들어 입으로 가져갔다.

그녀는 준후를 노려보며 열심히 입을 놀렸다. 역시나 마음이 편치 않는지 속이 답답해 죽을 지경이다. 그러자 준후가 얼른 물컵을 집어들어 그녀의 입에 대주었다. 헉, 놀래라! 이런 황송한 서비스 정신을 과연 언제 발휘했나 싶다. 더더욱 의심이 깊어만 갈 수밖에 없다.

"며칠 굶지도 않았는데 왜 그래? 누가 안 빼앗아 먹는다니까. 그러다가 얹히기라도 하면 어쩌려고 그래? 천천히 먹어. 천천히!"

'너 때문에 속이 더 안 좋다, 서 군!'

준후는 이제 그녀의 등까지 두드리며 흡사 내시 스타일의 언변을 펼쳐 보였다. 정말 수상하고 이상해! 스크루지처럼 그간의 행동을 반성할 꿈이라도 꿨나 보다. 그래서 이렇게 잘해주는지 모른다.

"자, 하! 여기 이것도 먹어봐. 내가 종류별로 다 사왔어. 그냥 삶은 거, 맥반석에다 한 거, 오븐에 구운 거랑 이건 오리알인데 정말 맛있대."

여기가 무슨 삶은 계란 예쁜이 대회라도 되는 건지, 준후는 은박지를 펼치며 열심히 설명했다. 가끔 삶은 계란을 사주긴 했지만 그때는 이런 식의 과잉친절은 보이지 않았다. 삶은 달걀 꾸러미를 그녀의 손에 쥐어 주면서, '작작 좀 먹어라'라고 했는데 말이다. 사람이 이런 식으로까지 변하다니. 큰일이다.

"자, 여기. 소금. 이건 그냥 소금이 아니란다. 죽염인데 진짜 몸에 좋은 거야."

"……!"

서준후, 이 인간이 어디가 아픈 것이 틀림없다. 예전엔 소금을 외치면 실험실에 있는 염화나트륨에나 찍어 먹으라고 했는데. 이런 변한 모습이 무섭다. 아무래도 준후는 무뚝뚝한 게 나을 듯싶다. 낯설고 어색한 것은 제쳐두고라도, 어찌나 어울리지 않는지 눈뜨고 못 봐줄 정도다.

그녀는 요 며칠 딴 사람처럼 구는 준후 때문에 혼란스러웠다. 평소라면 상상도 할 수 없는 느끼함과 사뭇 다른 나지막한 목소리, 사려 깊은 매너에 황당하기까지 했다. 더욱이 매일 하던 잔소리는 사라진 지 오래였고, 가끔씩 한참 동안 그녀를 쳐다보다 눈이라도 마주치면 휙 고개를 돌리는 수상함까지. 모든 게 정상이 아니다.

스튜디오는 팽개쳐 버렸는지 틈만 나면 약국에 출근해서 모든 손님들을 일일이 상대했다. 고객의 성향을 파악해 도움을 주겠다는 헛소리까지 하면서 말이다. 하지만 손님들에겐 그녀와 준후의 관계에 대한 의심만 증폭시키는 악영향만 불러일으키고 있다. 특히 준후는 2,30 대의 남성 고객들이 들어오면 그녀를 조제실 구석으로 확 밀어넣었다. 그는 그녀가 가뭄에 콩 나듯 어렵게 추구하고 있는 미혼 남성들과의 친분에 확실히 마이너스인 셈이다.

김 약사와 송 약사도 별반 다를 것 없이 틈만 나면 조제실에서 쉬라고만 했다. 혹, 약국이 돈 되는 사업이라고 파악한 걸까. 그래서 김 약사와 송 약사와 짜고는 그녀를 몰아내려는 걸까.

이리저리 머리를 굴리며 가만히 생각해보았다. 확실히 예전과는 다르다. 준후가 왜 저러는 걸까. 사람이 안 하던 짓을 하면 죽을 때가 가까워서라는데……. 혹시, 그가 자살을? 그건 아닐 것이다. 삶에 집착이 아주 강하니까. 그렇다면 무엇이 멀쩡한 총각을 하루아침에 달라지게 만든 걸까.

그래, 가만 보자. 혹시 또 다른 여자에게서 테러 위협을 당하고 있는 걸까. 그래서 나한테 잘해줘서 미안함을 느끼게 한 다음, 또 부탁하려고 하는 걸까. 그럼 그렇지. 그렇다고 또 해줄 거라고 생각하나 본데, 어림도 없다. 최근의 사건으로 그녀의 명예가 땅에 떨어지는 엄청난 타격을 받았으니, 연극은 이제 그만이다. 하지만…… 그것도 아닌 것 같다. 그러기엔 준후의 주위가 요즘 너무 조용하다. 그런 거라면 전화통에 불이 날 텐데, 그저 일 전화뿐이다. 확실히 그 이유는 아닌 것이다. 다행인지 모를 안도감이 스쳐갔다.

그렇다면 만약 준후가 날 좋아……. 쳇! 그럴 린 없겠지.

그런 생각 접은 지도 아주 옛날 일이다. 그런데 그 생각이 왜 떠오른 건지. 기분만 왕창 나빠지게 말이다. 그런 착각은 하지도 말자. 그래 봤자 가슴만 아픈데. 그래도 만에 하나, 가능성 제로인 그 착각이 사실이라면 그 긴 세월에 사건 하나라도 일어났겠지. 아니면 넌지시 말이라도 던졌을지도 모른다고. 하지만 사건이라고 부를 그 어떤 불미스런 일도 여태 없는데, 뭐.

자신도 모르게 실망감이 들었다. 생각하면 생각할수록 괘씸했다.

갑자기 잘해줘서 뭘 어쩌자는 걸까. 이제 겨우 잘 살고 있는 여인네 가슴에 돌은 왜 던지는 걸까. 그 돌멩이 던지는 놈은 돌멩이 맞는 여자의 마음을 알 리가 없는 거다. 그러니 저러는 거겠지.

하여튼 남자들이 문제다. 바람남보다 더 싫은 건 별 뜻 없이 잘해주는 놈이다. 바람남은 '나, 너 유혹하고 싶어'라며 선전이라도 하지만 이런 경우엔 친절을 가장한 애매한 상황만 연출돼서 여자를 갈팡질팡하게 만든다. 몇십 년을 함께했으면 면역이 되고도 남았을 텐데, 그 잊으려고 노력하던 착각을 다시 반복하고 있다. 유성이 떨어지는 밤의 기도 이후론 그런 생각을 하지 않기로 결심했지만 가끔 드는 이런 망상까지는 막을 수가 없는 모양이었다.

이하, 너도 그 미스 쭉빵이들과 다를 게 없다니까. 잘난 체 하기는.

그녀 또한 준후가 아닌 멋진 남자를 만나, 새 인생을 시작하고 싶다. 이제는 제발! 그런데 준후가 먼저 인생의 반쪽을 만난다면 어떻게 해야 하는 걸까. 행복하게 잘 살라고 말해 줄 수 있을까. 영화에 나오는 쿨한 여자처럼 결혼해서도 지금처럼 지낼 수 있을까. 아니, 그럴 수 없겠지. 서준후, 그 인간을 절대 만날 수 없는 곳으로 이사 가고 말 것이다. 그녀와는 머리끝부터 발끝까지 다른, 세련된 여인네와 함께하는 그 꼴을 어떻게 보겠어. 그다지 생각하고 싶지 않은 그의 새 인생이다. 아무튼 그녀가 먼저 시작하는 게 정신건강에 훨씬 이로울 것 같다. 그 선이라는 것도 많이 봐야겠다. 멋진 남자 만나서 보란 듯이 잘 사는 거다. 그런데 자꾸만, 자꾸만 그러기가 힘들 것 같은 느낌이 들어서……. 그 생각에 씹고 있던 노른자가 모래알처럼 느껴졌다.

"나, 안 먹어. 너나 실컷 먹어."

하는 들고 있던 물컵을 데스크 위에 쾅 소리 나게 내려놓았다. 그녀는 의도한 것보다 더 퉁명스럽게 들린 자신의 목소리에 놀랐다. 그 어색함에 황급히 약국 문을 빠져나가면서 한 마디 덧붙였다.

"시장 조사 갔다 올게. 김, 송! 약국 잘 봐라."

"에잇, 대체 또 뭐가 문제란 거야? 좋아하는 거 다 해줬는데. 이렇게 친절하게 했는데, 안 그래? 내가 내 모습에 토할 것 같은데도 꾹 참고, 부드럽게 하고 있는데, 왜 몰라주는 거야! 그리고 약국에서 무슨 시장 조사가 필요해? 하여튼 웃기지도 않아."

준후는 머리털을 쥐어뜯으며 애꿎은 계란꾸러미를 못살게 굴었다.

잘해주라며, 그래서 잘해줬는데 오히려 하는 그를 더 이상하게만 여겼다. 한 번에 하나씩이라며 단계적으로 접근해야 한다던 형들의 조언은 효율성이 떨어졌다. 이런 효율성이 떨어지는 접근으로 어떻게 결혼에 성공한 건지 이해가 가지 않는다. 형수들의 고충을 이해할 만도 하다.

한쪽 구석에서 둘의 모습을 지켜보던 송 약사와 김 약사는 나름대로 이 커플들의 문제점을 분석하고 있던 차였다.

"평소와 얼마나 다르면 이렇게 잘해주는데 눈 하나 깜짝 하지 않을까요? 아무래도 작전을 바꾸는 것이……."

첫인상이 중요하다더니, 첫인상이 좋지 않았던 송 약사는 준후의 아픈 곳에 소독약을 들이붓는 얘길 하고 있다.

"언니가 더 이상하게 여기는 것 같지 않아요? 차라리 평소대로 하는 게 나을지도 모르겠어요. 오빠도 너무 어색해하고. 그런데 안 하던 거 하려니 낯 뜨겁긴 하겠어요? 히히히! 원한다면 확실하게 낯 뜨겁게 해보는 건 어때요? 여자들이 남자가 그렇게 강하게 나오면 그 남성적인 매력에 반하기도 하잖아요. 사랑한다고 하면서 변강쇠 스타일로 밀어붙이는 거예요. 저희들이 자리도 피해주고 셔터도 내려줄게요. 어때요? 후후후!"

김 약사마저 그를 괴롭혔다. 하지만 좋았다. 좀 어색하긴 했지만 하가 좋아하는 걸 해준다는 것, 하가 무엇을 원하는지 알고 있다는 것이 친밀하면서도 야릇한 느낌을 주었다. 야릇한? 그래, 야릇함. 색

다름.

 하를 향한 그의 감정은 어릴 때 가지고 놀던 물 풍선 같다. 조금씩, 조금씩 그 물이 새어나오면 다시금 채우고, 물총처럼 확 물을 뿜기도 하고. 오랫동안 가지고 놀면서도 다시 풍선 안에 물을 채워 놓곤 했다. 하에 대한 그의 마음은 항상 그렇게 채워질 것이다.

11

누가 뭐라 하든, 그들의 첫 데이트다. 하지만 시작부터 힘들었다. 온갖 사탕발림—주로 하의 식욕에 철저히 부응하는 소풍 도시락과 그의 스타일을 한 번에 구기는 애원 끝에, 결국은 하를 밖으로 끌어내올 수 있었다. 아마도 소풍 도시락보다는 그의 간절한 애원이 하에게 깊은 감동을 준 것이다. 멋진 이미지는 와르르 무너졌지만, 앞으로의 가능성을 볼 때 이 방법을 계속적으로 이용해야 할 것 같았다.

지금 그는 웃음을 참을 수가 없다. 새어나오는 웃음을 참기 위해 헛기침만 계속이다. 입술을 힘주어 깨물었지만 뱃속 깊이 올라오는 이 기쁨의 소용돌이를 멈추기가 힘들었다. 이러다가 하의 의심만 사는 건 아닐까. 평소의 그 과묵함은 어디에 버린 건지, 조만간 시도할 고백에 초 칠 생각 말고 신중을 기해라, 서준후!

넓게 펼쳐진 푸른 잔디밭, 그곳의 커다란 나무 아래 그와 하가 오붓하게 앉은 그림이라니, 최고의 사진이 될 것이다. 여건만 된다면 촬영 팀이라도 데려오는 건데, 아니 몰래 카메라 팀을 데리고 나와야 가능할 얘기겠지만. 하는 사진이라면 질색이고 카메라 렌즈만 봐도 경기를 일으킨다. 그것만 생각하면 가슴 한구석이 얼어붙는다. 그는 꽤나 인정받는 사진작가지만 하에게만은 아무 것도 아닌 것이다. 은근히 짜증스럽고 서글프다.

하의 평소(?) 소원이라던 잔치상 소풍을 위해 그가 얼마나 열을 올렸는지는 그녀를 제외한 모든 사람이 다 안다. 아무리 하를 이해하려 해도 그 점만은 이해할 수가 없다. 왜 그의 마음을 몰라주는 건지, 좀 알아서 짐작해 주면 안 되는 건지. 어쩌면 그녀 쪽에선 그의 평생 짝이 본인이라는 건 꿈에도 생각지도 않고 있는데, 그 혼자 섣부른 결론을 내는 건 아닌지. 그런 생각이 들자 마음 한구석에서 뭔가가 부러지는 소리가 들렸다.

새로운 곳에서 새로운 걸 시도하려는 그의 심장은 들떠서 정체불명의 춤을 춰대고 있는데, 담요 위에 엎드린 하는 책에 푹 빠져서는 그가 내밀고 있는 포크를 무시하고 있다. 포크가 부들부들 떨리고 있지만 하에게선 영 소식이 없다. 소설책보다 못한 본인의 위치에, 나머지 마음 한구석에서도 와장창 부러지는 소리가 들렸다. 그런 것이 하루 이틀 일도 아닌데, 마음 상할 필요는 없는 건데. 여태껏 잘 참아왔는데, 이것도 못 참겠는가. 그래, 앞만 보자, 앞만 보면 된다.

"요즘 그 사람 자주 오냐?"

"……."

"하, 내 말 안 들려?"

그는 하가 품고 있던 쿠션을 잡아뺐다.

"뭐, 뭐라고?"

"저녁마다 파스 사러 오는 남자 말이야."

책 속의 여주인공과 벌써 혼연일체가 된 하는, 어눌한 말투로 묻고는 잡아뺀 쿠션을 도로 가져갔다. 한 마디 곱지 않은 말이 튀어나오려 했지만, 그는 꾹 참고는 나름대로 온화한 미소를 만들며 부드럽게 말했다. 왜냐하면 그는 다시 태어난 미스터 로맨스이니까. 온화한 미소가 제대로 만들어져야 하는데, 자꾸만 얼굴 근육이 원하는 대로 움직여 주지 않았다. 자주 웃어라도 볼 걸.

"서 군, 갑자기 부담스런 얼굴은 왜 만들고 그래? 어디 아파?"

거참, 부담스럽다니! 그래, 너 때문에 온몸이 다 아파, 이하!

"안 아파, 타고난 건강 체질이 어디가 아프겠어? 하여튼 그 남자 요즘도 와?"

하는, 눈을 동그랗게 뜨고는 그의 얼굴을 찬찬히 들여다보았다. 그래도 그는 그 부담스런 표정을 풀지 않은 채 되물었다.

"아, 그 패스맨? 너한테 얘기한 그 날 이후론 안 온다니까. 잔뜩 기다리고 있었는데. 그 남자, 진짜 좋은 여자 놓친 거야. 복을 제 발로 찼다니까."

복이란 말에 그는 가슴을 쓸었다. 밑이 어두운 등잔 얘기로 예기치 않은 복병이 등장했지만 무사히 그의 수완을 발휘해서 하를 안전지대로 옮겨놓을 수 있었다. 좀 비열한 방법이긴 했지만 어쩔 수 없다. 그깟 패스나 잔뜩 필요한 부실한 남자보단 이 서준후가 훨씬 낫다. 아니, 비교 자체가 안 되는 얘기지.

"복, 복이라고?"

본인이 복덩이라고 스스럼없이 얘기하다니, 대단한 자신감이다.

"그럼, 당연하지. 남자들이 뭘 몰라서 그러는데……."

"하, 거기까지. 다 아는 사실이니까 그만 하고 어서 읽던 거 마저 읽어. 김 약사 빌려줘야 한다며?"

"아, 맞다. 그렇지."

하는 일장연설을 위해 들어올린 손을 다시금 책으로 가져갔다.

하루 정도는 쉬어줄 만한 이야기를 또 들어야 하는 공포에서 벗어난 그는 안도의 한숨을 내쉬었다. '남자들이 뭘 몰라서'로 시작하는 하의 허무맹랑한 이야기는, 뭔가를 모르기 때문에 본인 같은 진정한 여인네를 방치하는 남자들에게 일침을 가하는 이론이다. 대체 뭘 모른다는 걸까. 좀처럼 수긍할 수 없는, 설득력이 매우 부족한 애기다. 분명한 건, 남자들이 계속적으로 그 '무엇'을 몰라야 그에게 유리하다는 것이다. 그 외에 다른 남자가 하의 매력을 알기라도 한다면 지금보다 배로 힘들 것이다. 하지만 이 부분에선 그도 조금은 찔렸다. 그가 뭘 몰라서 하를 방치했다고는 생각하지 않는다. 그는 기회를 노리다가 여기까지 온 것이다. 너무 노렸는지, 때를 놓쳐서 지금도 이러고 있지만. 하가 기쁜 마음으로 그를 받아줄 그때, 그 큰 눈에 그를 온전히 담을 그때를 말이다.

"서 군, 지금 뭐 하는 거야?"

엎드려 있던 하가 몸을 발딱 일으키더니 소리를 질렀다. 기다리는 남자의 마음도 모르면서 화만 내다니.

"뭐하긴, 보면 몰라? 빵에서 건포도를 분리하는 정밀한 작업 중이잖아."

그는 여태 하던 포크질을 멈추며 하에게 보여주었다.

"그걸 왜 분리해? 다 함께 먹어야지."

"건포도로는 뱉어내기만 할 줄 아는 애가 무슨 소리야?"

하는, 건포도가 박힌 것은 여간해선 먹지 않는데, 어쩔 수 없이 먹어야 할 땐 그것들을 죄다 뽑아냈다. 결국 그 뽑아낸 건포도는 그의 차지다. 그는 과일 포도보단 건포도를 훨씬 좋아한다. 이런 점만 봐도 그들은 천생연분이다. 이런 음식궁합을 보여주는 커플들도 참으로 드문 경우니까. 덧붙이자면 속궁합만 중요한 것이 아니다. 물론 그들은 거기서도 드물게, 드물게……

"더더욱 친구를 위한다면 분리하지 말아야지. 진정한 친구란 친구가 싫어해도 옳은 길로 인도해야 하는 거야."

처음에는 함께 먹어보라고도 해보고, 몰래 살짝 넣어주기도 했지만 하는 어떻게 알고는 도중에 뱉어버렸다. 아무거나, 뭐든지 흡수할 수 있다고 주장하는 사람치고는 편협한 행동이었다. 그런 하의 습관을 최대한 존중해서 이 힘든 작업을 하고 있는데 시비를 걸다니 하여튼 하는 삶 자체가 적반하장이다.

"그럼 그대로 주면 네가 다 먹을 거야?"

"그건 아니지. 네가 대신 먹을 거잖아. 하하하! 그런데 이런 거 보면 너도 가끔은 옛 기억이 돌아오나 보다. 착한 일을 다 하고 말이야."

청개구리 같은 하의 반항심리가 고개를 들기 시작했다. 단둘이 있을 때만 나오는 저 반항심리 때문에 그의 속은 항시 뒤집힌다. 이제 화딱지가 나는 건 시간문제다.

하는 자신의 비리를 공개해도 될 상황에서만 그를 괴롭히고 못살게 굴었다. 하지만 오늘만큼은 절대 성공하지 못할 것이다. 007 세트들과 M이 구원의 손길을 뻗칠 수 없는 집이 아닌 외부에 있기 때문이다. 정말이지 여러 모로 완벽한 데이트다.

"착한 일? 그래, 알아서 생각해라. 항상 하던 일인데 무슨 착한 일이라고 그래?"

그는 심드렁하게 대꾸하며 하 앞에 접시를 내려놓았다. 그런데 하는 그의 신성한 작품을 모독하는 행위를 서슴없이 저지르고 있었다. 빵을 포크로 이리저리 쑤시며 건포도 색출에 온 힘을 쏟았다.

"하, 내가 확실하게 작업했는데 무슨 짓이야?"

"넌 네 능력을 과신하고 있어. 예전에, 생선에 가시 없다고 내게 단단히 약속해놓고 어떤 일이 벌어졌는지 생각해 봐. 네 말만 무조건 믿고 먹었다가 결국 어떻게 되었지? 내가 눈물을 흘리며 이비인후과 간 일을 벌써 잊은 거야?"

"물, 물론 안 잊었지."

과연 그 일을 잊을 수 있을까. 그 식은땀 나는 과거를 떠올릴 때마다 여지없이 온몸의 피가 싹 빠지는 느낌을 받곤 했다. 그 끔찍한 사건 이후로, 그는 철저한 색출에 목숨을 걸었다. 사실 목숨을 걸 만한 일이긴 했다. 하필 그 생선 가시가 그의 인생에 치명타가 될 줄은 정말 몰랐다.

생선이라면 오직 생선초밥 외엔 거들떠보지 않는 하를 꾀어서 조기구이의 살점을 떼어 주었는데 하필이면 거기에 생선 가시가 들어 있던 것이다. 어릴 때 크게 놀란 이후론 절대 먹지 않는 하에게 다양한 맛을 보여주기 위한 시도였지만 그 시도로 일 주일 동안 그녀의 얼굴을 볼 수 없었다.

아픈 건 잠시뿐이라 했는데 그 기간 동안 하는 그를 냉대했다. 사과의 기회조차 주지 않는 하가 어찌나 얄밉던지 목조르기를 백만 번 해도 시원찮을 기분이었다. '생선 가시보다 배신감이 더 아파'란 말을 남기며 사라졌던 하의 뒷모습이 가슴 한구석에 아직도 콕 박혀 있었다. 생선 가시 하나에 그의 인생에 큰 위기가 왔던 것이다. 사람이 살면서 실수도 할 수 있는 일인데. 마음 넓고 이해심 깊은 애가 속 좁게 굴던 그 사건은 여전히 서글프면서도 이해가 가지 않는 대목이긴 했다.

그렇게 생각에 잠겨 있는데 하가 그의 앞으로 갑작스레 다가왔다. 그러더니 두 손으로 스웨터 안에 입은 셔츠 칼라를 꽉 움켜쥐었다. 예기치 않은 위험스런 행동에 놀란 그는 움직일 수가 없었다.

오늘의 계획에선 결코 나오지 않을 신체적 접근이었다. 너무도 환영하는 바이지만 이렇게 진도를 나가도 되는 걸까. 심장이 또다시 너울춤을 추었다. 물론 은근한 기대감도 뒤따랐다. 그냥 하고 싶은 대로 내버려두는 것만이 그가 할 수 있는 유일한 의무가 아닐까. 하지만 그때, 행복한 고민을 한순간에 날려 버리는 하의 비장한 목소리가 들려왔다.

"평생 잊지 마. 꼭 기억하라고."

그의 등골을 서늘하게 만드는 말이었다. 그러더니 움켜쥐었던 옷자락과 함께 그를 힘껏 밀었다. 평소 상대했던 것과는 확연히 차이가 나는 힘이어서 그런지 그는 담요 밖으로 내동댕이쳐졌다. 다람쥐나 할만한 구르기로 밀려난 그는 울컥한 마음에 한소리 하려고 마음먹었다. 하지만 그런 그에겐 눈길도 주지 않고 볼이 터져라 빵을 밀어 넣는 하를 보며 허탈감에 빠졌다. 단지 가시 하나였을 뿐인데, 그는 지금 이렇게 잔디밭에 발라당 넘어져 있는 것이다. 지금 이 순간, 단 하나의 소원이 있다면 세상 모든 생선의 뼈를 없애는 것이다. 왜 뼈 없는 생선은 없는 걸까.

준후는 구멍이 숭숭 난 마음을 끌어안고 담요의 끝자락에 엉덩이 한쪽을 붙였다. 스웨터 여기저기에 붙은 잔디를 떼어 내면서 비참한 심정에 사로잡혔지만 매번 그렇듯이 자신을 위로하는 수밖에 없었다. 한 여자를 마음에 두고 있는 남자들이 모두 이런 일을 당하는 건 아닐 거라 위로하면서 더욱더 세심하게 잔디들을 제거해갔다.

하는 그의 뜻대로 움직여 준 적이 없다. 그 긴 세월을 뒤엎을 만한 대사건을 만들기 위해 큰 걸음 하였건만 정작 그는 또다시 내쳐지고 만 것이다. 바라보는 것도, 기다리는 것도 이렇게 힘들고 아픈데, 하는…….

여전히 빵에 눈이 먼 매정한 여인을 노려보며 욱신거리는 가슴 한쪽을 꾹 눌렀다. 그런데 이 풀들은 떼어내도 달라붙기만 했다. 떼어도, 떼어도 끝이 없다. 잘 보이려고, 멋지게 보이려고 하가 준 생일 선물인 스웨터까지 입고 나왔는데, 차라리 하가 제일 싫어하는 비닐하우스 점퍼나 입고 나올 걸 그랬다. 더 이상 떨어지지 않는 풀 때문에 기운 낭비할 필요 없다는 생각에 스웨터를 확 벗어버렸다. 벗은 스웨터를 김밥 말듯이 동그랗게 말고 또 말았다.

옷자락 스치는 소리가 들리더니 하가 옆으로 오는 게 느껴졌다. 그는 동그랗게 말린 스웨터를 거칠게 펴며 털기 시작했다.

"서 군!"

하가 그를 불렀다. 지금 심정으론 몇 번을 불러도 답하기 싫었지만, 그는 그렇게 하기엔 매우 너그러운 남자라 입을 열었다.

"왜?"

"힘 자랑할 땐 언제고, 조금 밀었다고 구르긴 굴러?"

조금 민 정도가 그 정도면, 힘 줘서 밀면 저쪽에 있는 가족들 담요까지 추한 모습을 연출하며 굴러갔을 것이다. 생각만 해도 속이 쓰리다.

"말로 하면 될 것을, 왜 힘을 써? 그리고 내가 다칠 수도 있는데 쳐다보지도 않고 빵만 먹어? 너한텐 나보다 빵이 더 중요해?"

내뱉은 말이니 주워 담을 수도 없지만, 참으로 유치한 비교다. 아는 사람이 옆에 없어서 다행이다. 인간 서준후가 저런 말을 다 하다니. 모든 게 하 때문이다. 하 때문에 이런 말도 안 되는 짓을 하고, 당하고 있다.

"에이, 왜 그러셔, 서 군! 너답지 않은 얘길 하고. 당연히 빵이 중요하긴 하지. 그렇지만 그 중요한 빵을 준 사람은 너잖아."

대체 무슨 얘긴지, 그래서 그가 더 중요하다는 건지, 아님 빵이 더 중요하다는 건지 알 수가 없다. 결론 한 번 어렵게 낸다. 하는 입가에 빵 부스러기를 붙이고는 씨익 웃었다. 저것이 사과의 몸짓 언어라는 건데. 이번만큼은 무시하고 싶다. 그는 절대 이런 일로 토라지거나 울적해지는 소심한 남잔 아니었지만, 지금은 그 감정에 충실하고 싶었다.

"기분 나쁘게 밀지 말라고. 그리고 나만 봐."

뒷말은 왜 나왔을까. 다시 주워 담을 수도 없다. 오늘, 서준후란 인간 별 짓을 다 한다.

"뭐, 너만 보라고?"

하의 입에서 빵이 툭 떨어져 담요 밖으로 굴러갔다.

"아니, 그러니까 내 말은, 빵만 보지 말고 이럴 땐 나도 보라고. 내가 다칠 수도 있잖아. 그럼 너 집에도 못 간다."

아주 웃긴다, 서준후!

"알겠어. 하여튼 속도 지지리도 좁아요."

하는 얼렁뚱땅 넘어가려는 그를 이상한 듯이 바라보고는 제자리로 돌아갔다. 그도 다시금 담요의 중앙으로 기어갔다.

"그런데 뭘 찍으려고 날 여기까지 데리고 온 거야? 이 무거운 몸을 끌고 온다는 게 얼마나 힘든 일인 줄 알아?”

“힘든 게 뭐가 있었어? 오는 내내 뒷좌석에 누워서 잔 게 누군데. 운전사 심심치 않게 공연도 안 하고. 그나저나 너도 게을러서 큰일이다.”

“날도 좋은데 내 구질구질한 성격 나열해서 분위기 망칠래? 그런데 여기까지 왜 나온 거야?”

“그냥, 이것저것 찍으려고.”

단순히 놀러가자고 하면 의심만 살 것 같아 풍경사진이 필요하다면서, 혼자 가기엔 좀 심심할 것 같다고 넌지시 말했다. 그랬더니 스튜디오 식구들과 함께 가라는 거였다. 거참, 눈치가 저렇게 없어서야 천하의 둔치가 따로 없다. 스튜디오 식구들이 바빠서 갈 사람이 없다며, 맛난 것 몽땅 사줄 테니 같이 가자고 애원과 앙탈을 했더니만 역시나 새벽같이 준비하겠다며 흔쾌히 동의했다. 그래도 그의 부탁을 가능하면 들어주니 그것이 심심한 위로가 됐다. 그 ‘가능하면’에 뭔가가 따라야 하는 건 기정사실이고.

하가 그를 좋아하는 건 같지만 사랑한다는 보장은 없다. 다른 사람들이 원하면 그렇게 해줄 애다. 하지만 그는 하의 인생에서 다른 사람과는 다른, 특별한 위치를 원했다. 그는 확신을 원했다. 결정적인 증거를 원했다. 이하는 서준후를 사랑한다는 그런 증거. 서준후만 사랑한다는 증거. 그런 증거만 보이면 바로 고백할 것이다. ‘우리 함께하자’고. 그런데 그 증거를 어떻게 찾을 수 있을까. 찾는데 보이지 않으면 어떻게 하나.

전문가라고 자처하며, 개인적인 노하우를 전수해 주겠다면서, 이상한 것만 잔뜩 안겨준 형들의 도움은 뿌리쳤다. 이건 내 문제니, 내 방식대로 풀어나갈 일이라고 말했다. 그래서 생각해 낸 것이 일단 익숙한 곳을 벗어나자는 거였다. 낯선 공간, 그들이 함께 있지 않았던 공간에서라면 그에게 모든 걸 의지하고 그에게만 관심을 집중해 주지 않을까란 기대를 해서였다. 그건 기대가 아니라 그만의 상상

혹은 망상이었던 것이다.

그 '증거 찾기'에 도움도 안 되고, 호응도 낮은 그의 파트너는 또 다시 독서 삼매경이었다. 천천히, 도망가지 못하게, 피할 수도 없게, 그의 사랑에 숨 막히게 만들자는 목표가 무참히도 깨지고 있었다.

"어, 장난 아니다. 아, 난 언제나 이런 얘기 들어볼 수나 있을까?"

그런 얘기 얼마든지 해줄 수 있는 그를 놔두고 시간 낭비만 하는 하가 안타깝기만 했다. 마음만 먹음 더한 소리도 할 수 있는 사람이 여기 있는데.

"또 그런 거겠지."

하는 연신 감탄사를 만들어내며 무릎을 치기 시작했다. 저러다가 또 멍투성이가 될 것이다. 정해진 순서다. 남자주인공이 느끼한 대사를 말했거나 그들이 하나가 되는 장면이 펼쳐지든가. 그 둘 중 하나다.

"아니야, 이번 건 틀려. 여기에 나오는 남자주인공이 여자주인공한테 뭐라고 했는 줄 알아?"

"뻔하지, 당신과 사랑을 나누고 싶다고 말했겠지."

"으이구, 서준후! 넌 그렇게 읽었는데도 그 모양이야? 남자가 이렇게 얘기했어. '각오 단단히 하라고, 오늘밤 재우지 않을 테니까.' 아, 너무 좋아. 밤새도록 불태우겠다는 얘기잖아. 우와, 좋겠다. 그런데 여자주인공이 막 도망간다. 이상한 여자라니까. 그깟 각오, 하지 않아도 난 더 잘할 수 있는데."

진작 말을 할 것이지, 그런 기회, 말만 하면 얼마든지 만들어 줄 수 있다. 이렇게 밖에서 고생할 필요도 없을 텐데.

그가 로맨스 소설을 자주 읽어주지만 그래도 주인공들의 사랑나누기 편은 거부했다. 주인공들의 사생활 보호를 위해서라고 말은 했지만 그건 핑계였다. 특히나 그런 것들에 집착하는 하를 마주할 자신이 없기 때문이다. 하는 그것들을 즐기는 수준이 아니라 파헤쳐 보는 수준이다. 그러다 그 자신이 파헤쳐 질지도 모르는 일이고.

"그게 뭐가 좋아? 나쁜 놈이네. 사랑하는 여잔데 잠은 재워야지."

그는 민망함에 짧게 응수했다. 오늘 대사는 좀 찐한 대사인 듯했다. 그도 하를…… 잠을 재우지 말아야 하는 걸까. 그래도 되는 걸까. 그럼 하룻밤에 대체 몇 번을……. 상상은 금물. 여기에서 끝내야만 했다. 혼자 잠드는 외로운 밤과 대바늘 세트, 태양도 식힐 만한 찬물만이 그의 유일한 친구인 형편인데.

"서 군, 친구니까 특별히 해주는 말인데, 이런 거 중요해. 아무리 강조해도 지나치지 않는다니까. 나중에 영 시원찮아서 마누라한테 소박이나 맞지 말고 열심히 알아둬."

하는 딱하다는 표정으로 그의 어깨에 손을 올렸다.

"너, 너나 잘해라."

그의 성적 능력에 실망한 하에게 내쫓김을 당하거나 아님 시달림을 받게 되지 않을까. 이젠 남의 일이 아니다. 오늘부터 그의 식단은 정력 보양식이 될 것이다.

"…우와, 이 남자주인공 기술이 대단하네. 이야!"

"넌 책을 보는 거냐 아니면 소리를 지르는 거냐?"

귀를 막아보려 했지만 그것도 잘 되지 않았다. 거침없이 나가는 머릿속의 진도 때문에 꽉 잠긴 목소리가 나왔지만 미래의 밤 새우기 파트너는 영 모르는 듯했다. 그의 상상은 이제 무한대다. 하와 그가 출연하는 빨간 비디오가 눈앞에 펼쳐졌다.

"웬 시비야? 나 이런 거 몰랐던 것도 아니잖아. 감수성이 너무 예민해서 그런 거지. 여주인공이랑 혼연일체가 되니까 그런 거라고. 그런데 사진은 안 찍고 뭐 하시는 건가, 사진사 양반? 나한테 신경 끄시고 얼른 작업이나 하시지?"

"누가 너무나 책을 잘 읽어서 찍을 수가 없다. 감수성? 그런 장면에서 소리 지르는 게 감수성과 무슨 상관이야? 그런 건 처음 들어봤다."

"그래? 그럼 많이 들으셔."

"넌 부끄럽지도 않아?"

그는 부끄러웠다. 하처럼 남 일 보듯이 할 수 없기 때문이다. 어떻게 남 일인가, 모두 그의 일, 아니 그들의 일인데. 하가 이런 얘기를 할 때마다 항상 고민이 앞섰다. 물론 하가 깊은 감동(?)을 받은 그런 장면들을 몽땅 모아두긴 했지만 걱정이 앞섰다. 이렇게만 하면 하에게 진정한 남자로 대우받을 수 있는 걸까, 보기에도 좀 힘든 이런 것들을 반드시 해야만 하는 걸까. 그냥 사랑하는 것만으로는 안 되는 걸까.

갖가지 고민에 빠지게 만드는 그런 야시시한 장면들 때문에 오늘 밤도 힘들 것이다. 하지만 중요한 건 한 가지. 파트너 하나 만족시키지 못하는 바보 같은 남자가 되고 싶진 않았다. 하 말대로 끊임없는 기술개발과 각고의 노력만이 살 길이다.

"야, 뭐가 부끄러워? 자연스러운 거지. 남자 주제에 너 아주 웃긴다. 미래의 내 남자 씨는 내 이런 점을 다 이해해 줄 거야."

그래, 물론 이해는 해, 한다고. 하지만 부담이 되는 것도 사실인 걸 어쩌냐.

"이 남자, 키스 장난 아니다. 이렇게 키스하는 남자랑 백년해로 할 거야."

"……!"

그는 안 보는 척하면서 슬쩍 책의 제목을 기억해 두었다. <심장, 새까맣게 타다>란 굵은 글씨가 보였다. 남자주인공의 심장도 그와 비슷했나 보다. 여주인공이 그의 가슴을 아프게 해서 속이 시커멓게 변한 게 틀림없다. 서점에 들러 또 다시 수집해야 할 책이다. 작가들은 글에 대한 도의적 책임을 져야 한다. 제발 독자들에게 더 이상의 환상을 주지 말라고 부탁하고 싶다.

"서 군, 여기 좀 봐. 사랑 나누기가 끝난 후에 나오는 여주인공 대사가 압권이야."

"뭔데?"

그는 대수롭지 않게 물었다.

"'대체 이 남자 어떻게 참은 거야?' 이렇게 얘기했어. 하하하! 정말 이 여자 부럽다."

그도 참지 않으리라 결심했다. 절대 참지 않겠다. 그런데 참지 않으면 어떡할 건데? 하지만 지금은 참아야 했다. 별 수 없으니까.

"하, 그렇게 밝힘 남자들 다 도망간다."

"왜 이러셔? 그런 이중적인 잣대를 들이대지 마. 좋아하면 표현하는 거야."

하의 얼굴이 한순간 어두워졌다. 혹시 예전에 그 콩나물 선배를 생각하는 건 아닐까. 아니겠지, 그다지 좋아하지 않았다고 했다. 그래, 그럴 거야.

"남자가 다가올 때까지 수줍어하면서 기다리진 않을 거야. 그 남자를 이렇게 많이, 엄청나게 사랑해서 함께하는 건데, 기다려? 말도 안 돼. 난 내가 적극적으로 다가갈 거야. 확 덮쳐버리는 거지. 그 동안 눈여겨 봐두었던 여러 방법으로 말이야. 으흐흐, 생각만으로도 좋아."

하에게 덮침을 당하는 행복에 겨운 그의 모습이 떠올랐다. 지금 상상의 날개를 펴는 건 하가 아니라 그다. 안 돼, 더 이상은 힘들단 말이다. 하지만 궁금하기도 했다.

"어, 어떻게 할 건데?"

그래, 들어나 보자. 못할 것도 없었다. 만약을 위해서 대비해야 하니까.

"뭘 자세히 알려고 해? 하여튼 내가 아주 자알 내 남자 씨를 덮칠 거라는 거지."

덮친다. 하가, 그를. '덮치다'란 동사 자체는 별 느낌이 없는데 주어와 목적어가 제자리에 들어가니, 의미심장한 문장이 되었다. 심장이 벌러덩 뛰었다. 물론 예전의 그 비디오 제목만은 못하지만 말이다. 아무래도 오늘, 그의 심장, 진짜로 무리하고 있다.

“그래, 잘 덮쳐라. 책이 사람을 망친다. 로맨스 책에 그렇게 열을 올려? 다른 책 읽을 땐 조용하면서 말이야. 이유가 뭐냐? 재미?”

“재미? 재미만으로 이렇게 열정적으로 읽을 수 있다고 생각하는 거야? 난 사명감을 느껴.”

불과 몇 분전까지만 해도 느끼한 웃음을 흘리며 게슴츠레한 눈을 하던 하다. 강한 어조로 사명감이란 단어를 말하며 읽던 책을 그의 손에 꼭 쥐어 주었다.

“무슨 사명감?”

“언젠가 찾아올 사랑을 위해 준비하는 나만의 의무야.”

“그게 대체 몇 년이야? 사랑은 하지도 않고 준비만 하는 게 사명 감이야?”

또 다시 원점이다. 벌써 오래 전에 와서 기다리고 있다니까, 바로 네 옆에!

“그런데 네가 왜 열 내고 그래? 남들에겐 없는 준비과정도 내 사 랑의 일부야. 이렇게 많은 사랑을 읽고 나면 나타나기만 해도 그게 내 사랑인지 알아볼 수 있지 않을까? 그게 내 사랑에 대한 준비고, 마음가짐이고, 그를 기다리는 내 방식이야. 우습게 들릴 수도 있지만 난 그래. 그리고 내 사랑에게 항상 최선을 다할 거야. 하루가 다르 게, 오늘보다 내일, 내일보다 모레 더 사랑할 거야. 내 심장에 꼭 담 고 놓치지도 않을 거고.”

“그렇게 자신할 수 있냐? 만약…….”

“그는 내 운명이야. 비록 그 때문에 서로가 많이 기다린다 해도 괜찮아. 다시 알아보게 될 거니까. 난 아직 사랑을 안 해봐서 잘 모 르니까 잘 알기 위해서 공부하는 거야. 이렇게.”

마치 사랑고백을 듣기라도 한 것처럼 그의 얼굴이 화끈거렸다. 기 다린다고 했다. 알아볼 때까지. 그럼 그는 알아볼 때까지 노력하면 되는 것이다.

한편으론 하의 이런 모습이 너무나 낯설고 두려웠다. 진짜 운명의 상대를 앞에 두고 잘못된 다른 상대에게 고백할 하를 떠올리자 입맛이 썼다. 하지만 하가 이제껏 알아보지 못한 진짜 운명의 상대는 서준후란 인간, 딱 한 명뿐이다. 다시 알아볼 그 사랑이 될 것이다. 어릴 적 하를 처음 만나던 그 순간부터 그의 운명이었으니까.

그가 그의 운명에 대해서 골몰해 있을 무렵, 멍한 시선에서 깬 하는 담요 한구석에서 나뒹굴고 있는 책을 펼쳐 들었다. 그가 애지중지하는 책이었다. 행여 그의 마음을 들킬까 두려워 얼른 뺏어 들었지만 손에 잡힌 건 하의 모자뿐이었다. 책은 그녀와 함께 저 멀리 담요 끝자락으로 달아나 있었다.

"서 군이 책을 다 읽네?"

라며 책의 앞표지를 들여다보고는 책장을 사르륵 넘기기 시작했다.

"그럼 책도 안 읽는 사람 있어?"

그가 다가갈 때마다 하는 책은 주지 않고 이리저리 피하기만 했다.

"아니, 야한 잡지도 아닌데, 왜 안 보여주려고 하는 거야? 내가 읽는 건 다 보면서 말이야. 여기다가 표시까지 해뒀네?"

하는 접어놓은 페이지를 펼치더니 눈으로 훑기 시작했다.

"이리 가져와."

그가 하에게 소리를 질렀지만 하는 저만큼 달아나 그를 향해 책을 흔들었다. 그는 힘든 몸싸움을 포기하고는 담요에 털썩 앉았다. 그래, 차라리 내 마음이나 좀 알아봐라. 내 마음은 항상 그랬으니까.

"너에게 아낌없이 주는 나무이고 싶었다. 봄에는 싱그러움을, 여름에는 시원한 그늘을, 가을에는 탐스러운 열매를, 겨울에는 넉넉한 땔감을 건네주고 싶었다. 새벽이면 이슬 모아 촉촉한 아침을, 아침이면 산새를 모아 고운 노래를, 낮에는 잎을 흔들어 향기로운 바람을, 밤이면 편안히 잠들 수 있는 정적을 준비해 두고 싶었다. 하지만 아낌없이 주는 마음마저 너는 몰랐다. 나무는 어디에고 서 있지만, 나무

는 아무 말도 없지만, 너만을 위한 나무가 있다는 사실마저 너는 몰
랐다……."
　하의 목소리가 서늘하게 부는 바람에 실려 그의 귓가에서 살랑거
렸다. 청량하고 맑았다. 그 글이 그의 마음이란 걸 몰라서, 그래서
더 곱게 들리는 걸까.

　하가 도시락을 게눈 감추듯이 없애자마자 준후는 할 일이 있다며
그녀를 공터로 끌고 나왔다. 연인의 손짓처럼 부드러운 바람을 맞으
며 낮잠을 즐기려던 계획이 실패로 돌아가려나 보다. 그녀는 담요를
향해 아쉬운 눈빛을 던져봤지만 준후는 공터 쪽으로 고개를 돌렸다.
그녀의 간절한 소망을 외면한 것이다. 준후가, 그녀의 절실한 눈빛을
한두 번 외면한 것도 아닌지라, 이번에도 별 기대는 하지 않았다.
그래도 그렇지, 한 번쯤 해주면 얼마나 좋을까. 배가 아늑하게 불러
와 낮잠을 잘 때, 최고의 기쁨을 느끼는 그녀이기에, 더욱더 아쉬움
을 금치 못했다. 잠, 잠, 잠. 그 달콤한 세계로의 여행은 다음 기회
로 미뤄야겠다.
　"자전거? 갑자기 그건 왜?"
　"갑자기라니, 예전부터 한 번 타보자고 했는데?"
　"그랬나? 하여튼 커다란 바퀴 두 개로만 굴러가는, 혼자 중심도
못 잡고 픽 쓰러지는 위태로운 걸, 지금 여기서 타겠다는 거야?"
　그녀는 비딱하게 서서는 발을 까딱거렸다.
　"응. 지금, 여기서."
　홍! 난 안 탈 거다. 너나 타라, 서 군.
　"진짜?"
　강력하게 얘기하고 싶었지만 미심쩍은 물음만 입에서 나왔다.
　"그래, 이번 기회에 한 번 배우자는 거지. 남들은 레포츠다 뭐다
하는데, 네가 아무리 숨쉬기 운동만 고수한다는 독수리지만, 그래도
야외에 나왔으니 뭔가는 하고 가야지 않겠어?"

남들이 레포츠를 하는 것과 그들이 자전거를 타는 것이 무슨 상관이랴. 갑자기 남들 흉내는 왜 내자는 걸까. 남들이 하는 거 따라하는 게 제일 촌스럽다고 말한 사람이 누구인지 잊었나 보다. 참으로 편리한 기억만 갖고 사는 녀석이다.

자전거. 그녀는, **빠른** 속도로 움직이는 모든 것을 싫어한다. 특히나 그 움직이는 것들을 직접 운전해야 하는 상황 또한 당연히 피하고 싶다. 사정이 이러니, 그녀에게는 남들 다 있는 운전면허도 없다. 남들이 운전해 주는 차에 몸을 싣는 것이 몸 편하고 마음 편한 일이다.

더구나 어릴 적, 그녀는 자전거를 타다 맨홀 뚜껑 아래로 떨어져 심하게 다친 적이 있다. 그 이전에는 자전거를 타며 동네를 즐겁게 배회하긴 했지만 그 사고 이후 자전거에 탄 적도, 만진 적도 없다. 그때부터 자전거 따위는 타지 않을 거란 생각을 막연하게 갖고 있던 것 같다.

하지만 준후는 사고에 대해선 잘 모른다. 그 당시, 그는 2주일이나 되는 긴 시간 동안 청소년 캠프에 참가했었고, 다시 집으로 돌아왔을 땐 그녀의 상처들은 흔적만 남은 상태였다. 워낙 다치는 일이 많았던지라, 그는 그 상처들을 대수롭지 않게 여겼다. 놀림감이 될 것이 뻔했기에 그녀도 일부러 말하지는 않았다. 그 당시 서준후란 인간은 그녀 인생의 거대한 장애물로 혜성처럼 떠오르던 시기였기 때문에 그런 기회를 애써 제공하고 싶지 않았다.

물론, 예전 일을 언급해서 타지 않겠다고 우길 수도 있겠지만 그렇지 않아도 약점투성이인 인생에 또 하나의 약점을 더하고 싶지 않았다. 만약 지금 이 순간에 과거의 사고가 두려워 탈 수 없다고 말한다면 그때보다 더한 놀림감이 될 게 자명한 일이다. 그러니 모른 척하며, 저 위험스러워 보이는 좌석에 몸을 실을 수밖에 없다. 진정 원하는 바는 그것이 아니지만.

"이번 기회뿐만 아니라 다음 기회에도 그다지 배우고 싶진 않아.

그런데……!”

 인상을 쓰며 말하던 그녀는 준후의 얼굴을 보자 하던 말을 멈추었다. 평소와는 전혀 다른, 눈이 오면 좋아서 어쩔 줄 모르는 준도처럼, 잔뜩 기대감 어린 표정으로 그녀를 내려다봤다.

 평소답지 않게 들뜬 모습으로 자동차 트렁크에 뻔질나게 오간 걸로 보아, 자전거라도 실어온 모양이다. 오, 마이 갓! 이렇게 되면 딱히 거절할 수도 없다. 왜냐하면, 그녀는 서준후에게 약했기 때문이다. 항상! 대체 왜 그런지는 알 수 없다. 하여튼 저 녀석이 원하면 싫어도, 하고 싶지 않아도 뭔가를 하게 되는 것이다.

 “그런데?”

 준후가 뒷말을 조심스레 물어왔다. 그녀는 ‘싫다’라는 말을, ‘안 돼라는 말을 하고 싶은데, 그 단어들이 입 밖으로 나와 주질 않았다. 그녀의 망설임이 길어질수록 그의 표정은 어두워지기 시작했다. 저 슬픈 듯한 눈매는 뭐란 말인가. 자전거 한 번 태우려고 이 먼 곳까지 음식들을 가져와서 그녀에게 선보인 건가. 설마 그런 건가. 거절해야 한다, 꼭 그렇게 해야 한다. 다시 그 높다랗고 조그만 좌석에서 불안한 몸을 이리저리 흔들고 싶지 않았다. 그것도 서준후 앞에서. 하지만 오늘도 스르륵 꾐에 넘어갈 것 같은 예정된 불안감이 온몸에 스며든다.

 “그런데, 오늘은 배울 수도 있을 것 같아. 후후후.”

 자전거에 대한 두려움을 숨기기 위해 어색한 웃음을 덧붙였다. 그때는 많이 어렸으니 지금은 다를 수도 있겠지. 그래, 흉내만 내자.

 “하, 잘 생각했다. 사실 내가 꼭 너랑 자전거를 타고 싶었거든. 자전거 가져올 테니, 여기서 기다려.”

 붙잡을 새도 없이 준후는 바람처럼 사라졌다.

 ‘내가 꼭 너랑’. 다른 사람도 아니고, ‘꼭’ 그녀란다. 몹시도 타고 싶었나 보다. 입이 귀를 향해 달려가는 길쭉한 모양이 만들어지면서 듣기에도 이상한 웃음이 튀어나왔다. 으흐흐! 그녀의 계획에서 낮잠

은 이미 사라진지 오래다. 간절함과 아쉬움은 기대감으로 바뀌기 시
작했다.

또다시 원치 않는 일에 발을 넣다니. 저 녀석에게 휘둘리는 자신
이 싫다. 밉다. 그런 자신이 싫어서 어서 빨리 준후에게 애인이나
생겼으면 좋겠다는 뜬금없는 생각까지 한다. 하지만 어디까지나 생
각만이다. 이 '하지만'이란 단어가 나오게끔 만드는 알 수 없는 미련
이 마음에 안 든다. 무슨 미련이 남아서 서준후의 핑크빛 앞길을 방
해한단 말인가.

그 마음이 미워서 그녀는 여러 가지 노력도 해봤다. 그러나 촬영
때문에 긴 시간 준후를 보지 못하면 묘한 증상이 나타나는 것이다.
'서준후 금단증상'이라는 말하기도 부끄러운 일련의 바보 같은 행동
들이 그것이다.

자꾸만 뭔가를 잊은 듯한 느낌이 들고, 한 자리에 서 있지 못하고
계속 움직이거나, 예전에 읽던 책들을 죄다 꺼내다가 준후가 비웃은
대목만 골라 읽고, 그들이 항시 붙어 있던 무너진 담벼락을 자주 기
웃거리게 된다. 알다가도 모를 행동들을 서슴없이 저지르다가도, 스
튜디오로 다시 돌아온 준후의 얼굴을 보게 되면 그런 증상들이 말끔
히 사라지는 것이다. 무지하게 보고 싶었단 생각이 드는 건 아니지
만 그렇다고 이만큼도 보고 싶지 않은 것 아니었다. 보고 싶다고 하
기엔 좀 미묘한 수위라고나 할까. 그냥 아쉽다는 거. 먹고 싶었는데
먹지 못하고, 읽고 싶었는데 읽지 못하는 그런 아쉬움보다 조금 더
아쉬운 느낌이라고나 할까.

결국 그녀가 내린 결론은 그들이 함께해온 세월이 너무 길다는
거다. 역시 그놈의 정 때문이다. 너무나 오랫동안 함께 있어와서 파
트너십이 생긴 것이다. 그 질긴 정을 하루빨리 정리해야 하는데 그
것이 쉽지만은 않다. 그렇게 정들기 전에 미리 정리 좀 했으면 얼마
나 좋았을까. 하지만 정리를 할 기회조차 주지 않는다. 그나마 마음
잡고 잘 살고 있는 그녀에게 요즘 계속적으로 딴 마음 들게 하는

준후의 허무맹랑한 짓거리를 볼 때마다 화가 치밀어 오른다. 왜 행복한 그들의 관계에 위험요소를 들이대는 걸까.

혹시 중년의 위기에 접어들면 나타난다는 그런 문제가 아닐까. 그녀의 미혼모 연기가 확실하게 먹혀들어서 미스 쪽빵이들 사이에서 소문이 나긴 했다. 그 때문에 요즘 스튜디오에 놀러오는 배우와 모델들이 준후를 놀리느라 정신이 없다고 한다. 준후가 자신의 사그라진 인기에 안타까워하며, 그녀에게도 잃어버린 매력을 써먹어 보려는 수작인 모양인데, 어림도 없다. 이런 남자들, 그녀가 즐겨 읽는 책 속에 한가득, 매번 출연한다.

하지만 괘씸한 생각이 들다가도 순식간에 준후에 대한 연민의 감정이 슬며시 고개를 들었다(매번 그래서 문제긴 하지만). 잔디밭에서의 일만 봐도 이상하지 않은가. 담요 한구석에 쪼그려 앉아 한숨만 쉬며 애꿎은 풀만 잔뜩 뽑아대던 녀석이지 않은가. 그녀의 리얼한 연기 덕에 하루아침에 비련의 주인공이 된 것이다. 평소 얼마나 많은 여인네들에게 애정을 받던 스타인데, 그 사랑을 받지 못하니 당연히 불안한 것이다. 너무나 일찍 찾아온 남자의 위기에 준후 자신도 자신을 잃어버리고 서슴없이 이상한 짓을 하는 것이다.

그녀는 서준후의 우정친구가 아닌가. 이렇게 힘든 시기에 준후에게 도움의 손길을 내어줄 사람은 그녀뿐이다. 그녀가 바로 그의 사마리아인이 되어야 한다. 그녀는 참으로 희생적인 면이 돋보이는 운명을 가지고 있다.

그녀가 사마리아인이 될 굳은 결심을 하고 있을 그때, 준후는 자전거를 끌고 그녀 곁으로 다가왔다. 두 개의 자전거를 끌고 오며 연신 그녀에게 손을 흔들어대는 준후를 보니, 그녀 마음 한구석에서 뜨거운 것이 밀려들었다. 애잔함과 안쓰러움.

저렇게 멀쩡하게 잘생긴 앤데, 마음은 몹시도 가난한 것이다. 마음이 공허해서 여인네들의 인기에 연연해하는 건지도 모른다. 그녀가 이민을 간다고 했을 때도 얼마나 슬퍼했는지, 본인은 아니라고 주장했지만 이미 눈치 챈 사실이다. 두발자전거가 대순가, 수영도 배워주고, 그보다 더한 운전도 배워줄 수 있다.

"하, 너 표정이 왜 그래? 누가 죽었어?"

그녀는 최선을 다하리라 마음먹었다. 울컥 밀려들었던 생각을 지워내며 코를 훌쩍였다.

"아, 아니. 아무도 안 죽었어. 자전거를 탈 생각하니까 온몸이 다 떨려서 그렇지. 기대감이 아주 하늘을 찌른다. 어서 타자."

그녀는 손뼉을 치며 준후가 가져온 자전거들을 이리저리 둘러보았다.

"하, 너 왜 그러냐? 어디 아프냐?"

"아프긴, 신나서 그렇지."

준후는 가까이 다가오더니 뚫어져라 그녀의 얼굴을 쳐다봤다. 준후의 시선은 그녀의 눈동자에서 턱으로 미끄러져 내려왔다. 그리고 그가 항상 궁금해 하는 턱 밑의 흉터를 또 째려보고 있었다. 그 흉터에 골몰하는 준후를 보며 그녀는 안심했다. '사마리아인 되기' 계획을 아직 눈치 챈 것 같진 않았다.

"대체 그 흉터는 어디서 생긴 건데 얘길 안 해주는 거야? 유학 갔을 때 생긴 거 맞지?"

"그, 그냥 다친 거라니까. 맞아, 그때 다친 거야. 뭘 그렇게 항상 캐묻는 거야?"

절대로 진실을 말할 수 없다. 그녀가 죽는 한이 있어도. 죽을 때까지 함께 갈 그녀의 흉터였다. 이게 보통 상처인가, 범죄자가 될지도 모르는 짓을 하면서까지 얻은 피나는 노력(?)의 결과였다.

"너, 으슥한 밤에 남자 훔쳐보다가 걸려서 헐레벌떡 도망치다 다친 거지?"

그녀의 심장이 쿵 소리를 냈다. 설마 준후가 눈치 챈 건 아닐까. 아니, 절대 그럴 리는 없다. 준도의 집에 묻어 있을 그녀의 혈액을 채취해 국립과학수사연구소에 넘기지 않는 한 말이다. 만약 준후가 그 사실을 알면 그녀는 죽은 목숨이다. 아니, 평생 그의 놀림과 멸시를 한몸에 받고 살아야 할 것이다.

"야, 너 죽을래? 내가 어떻게 그래? 그냥 창문에서 떨어졌다니까. 내가 부실해서 잘 다치잖아."

창문에서 떨어진 건 맞다. 하지만 왜 창문에서 떨어져야 했는지는 말할 수 없다. 준후의 눈이 가늘어지며 그 흉터를 계속해서 노려봤다. 그 마음 아픈 흉터를 그의 시선에서 자유롭게 해주기 위해 그녀는 두 손을 활짝 펴서 얼굴의 아랫부분을 가려버렸다.

"하여튼 항상 그 모양인지. 얼마나 조심성이 없으면 창문에서 떨어지길 하는지. 조심 좀 하라고. 그리고 네가 숨기니까 더 궁금해서 그렇잖아."

"난 숨긴 적 없어. 네가 내 말을 안 믿으니까 그렇지."

역시나 믿을 수 없다는 표정을 지으며 준후는 자전거를 그녀 앞까지 밀어 세웠다.

"믿을 수 없게 만든 게 누군데? 믿을 테니까 이제 자전거나 타자."

그녀는 그 말에 가슴을 쓸며 안도했다. 그래도 달밤의 만행이 아니었다면 저 조각 같은 입술의 느낌도 알 수 없었겠지. 이제 그런 기회는 희박하다. 그때 잠만 들지만 않았어도 하고 싶었던 거 죄다 해볼 수 있었는데. 아깝고, 안타깝다. 다음엔 절대 자지 않고 끝까지 깨어서…….

"네가 먼저 타는 걸 보여줘. 내가 따라서 할게."

그녀는 자전거를 탄다는 공포 속으로 스며드는 야한 생각을 한쪽으로 치웠다.

"좋아. 그럼 잘 봐라."

준후는 두 손으로 핸들을 잡고서는 긴 두 다리로 힘차게 페달을 밟았다.

그녀는 움직이는 물체를 보는 것도 싫고 운동도 싫어한다. 움직이는 걸 자꾸 보고 있으면 멀미가 난다. 하지만 준후는 그런 것들을 다 잘한다. 부럽다. 그녀에겐 남들에겐 다 존재하는 그 운동신경이라는 게 아예 없다. 온몸의 운동신경이 제대로 기능을 수행할 수 없는 신체를 가지고 태어난 것이다. 항상 머리 따로 몸 따로인 몸을 가지고 여태껏 버틴 것이 대단하고 신기한 인생이다.

준후의 발과 함께 움직이는 바퀴를 계속 쳐다보자, 커다란 동그라미 두 개가 어지럽게 굴러갔다. 머리가 핑핑 돌 지경이다. 역시나 사마리아인이 되기는 쉽지 않다. 저 조그만 좌석 같지도 않은 곳에 타서 균형을 잡을 생각을 하자 속이 울렁거렸다. 멀미할지도 모를 일이다. 이럴 줄 알았음 약이라도 가져오는 건데. '고밀에'란 약을 붙이면 울렁거리는 속도 가라앉을 텐데. 다음번엔 약상자를 꼭 가지고 오리라 마음먹었다.

이제 준후는 일직선으로 달리는 게 지겨워졌는지 그녀 주위를 빙빙 돌기 시작했다. '하지 말라'는 말이 목까지 차올랐지만 준후의 표정을 보자 그 말이 도로 목구멍으로 숨었다. 준후는 너무나 해맑고 행복한 표정으로 그녀 앞에 자전거를 들이댔다.

"나 멋지지 않나?"

그녀의 짐작이 맞다. 몇 분전까지만 해도 우울하던 녀석의 얼굴엔 화색이 만연했다. 준후에게는 그를 우러러보는 여인네들의 시선이 필요했던 것이다. 그녀의 눈으로 그걸 확인하자 더욱더 애틋한 마음이 들었다. 평소라면 절대 하지 않을 말도 과감하게 해주기로 했다.

"응, 진짜 멋지다. 너처럼 자전거를 잘 타는 남자는 처음 본 거 같아."

그녀가 한 말에 자신도 웃겨 죽을 지경이었지만 다시 한 번 그녀 주위를 빙 돌며 씨익 웃는 준후를 보며 참은 만큼의 가치가 있다고 생각했다. 이왕 해주는 거 아주 확실하게, 질릴 정도로 해줘야겠다. 그래야 한동안 그녀도 편하지 않을까.

"정말?"

재차 확인하고 싶은 거다. 그 마음을 모를 그녀가 아니다.

"당연하지. 넌 영화도 안 봤어? 자전거 타고 가는 멋진 남자들한테 반해서 쫓아가는 여자들도 있잖아. 네가 워낙 외모가 되니까 그런 거지."

그런 영화가 있었나. 거짓말도 술술 나온다. 더부룩함과 느끼함에 딱인 '가스할머니'란 소화기관용 약이 필요한 것도 같다. 이런 거 보면 그녀도 참으로 위장의 건강을 타고난 팔자다.

"말은 고맙지만 그래도 넌 이걸 타야 된다고. 그렇게 말하면 내가 타지 않아도 된다고 할 줄 알았지?"

잘해줘도 문제인 녀석이다. 기껏해야 저런 미운 소리나 하고. 저 녀석은 친구의 넓은 마음을 헤아릴 줄도 모른다. 타준다, 타줘. 왕치사, 서준후!

"당연히 탈 거라니까. 이리 줘봐."

그녀는 준후에게서 자전거의 핸들을 받아서 두 손으로 쥐었다. 보조바퀴 단 네발자전거와 두발자전거의 운전법은 그다지 차이가 없으리라 생각했다.

"일단 핸들을 잡고 바로 올라타서 움직여. 안 그럼 중심이 흔들려서 쓰러지니까. 그리고…….''

준후는 자전거를 그녀 옆에 끌어다 놔주며 말했다. 심장 소리가 귀까지 크게 들리고 손이 자꾸 떨리기 시작했다. 겁을 잔뜩 먹었으니 그의 마지막 말이 제대로 들리지 않았다.

"알았어. 그런데 네가 두 손으로 잡아줘야 해. 중심 잡기가 잘 안 되거든. 알았지?"

그녀는 의심스런 눈길로 준후와 자전거를 번갈아 바라보며 말했다. 타고나기를 독수리 과의 뼈를 가진 사람이니 두려움이 드는 건 당연했다.

"알았어. 안 놓을게. 내가 잡고 있을 테니, 어서 타기나 하라니까."

"어떤 일이 있어도 놓으면 안 돼. 내가 천천히 갈 테니까 넌 계속 잡고 있어야 해. 내가 놓아도 된다고 할 때까지 놓지 마. 약속해?"

그녀는 준후의 눈을 똑바로 바라보며 간절한 마음을 전했다. 생선 가시 때처럼 또 배신하지 말라는 마음을 가득 담아서.

"응, 약속한다니까. 그러니 얼른 타라. 다칠 일은 없을 거야. 여긴 차들이 없잖아."

준후는 그녀를 안심시키기에 바빴다. 그녀는 그 무서운 자전거에 올라타기 전 다시 한 번 그에게 다짐을 받아두었다. 바보처럼 보여도 상관없다. 그 정도로 자전거 타기는 생선 가시만큼이나 무섭고 두려운 일이니까.

"너도 알다시피 난 겁 많은 애니까 제발 네 맘대로 하지 마."

그녀는 준후에게 지겹게 다짐을 받아두며 자전거에 올라탔다. 페달을 밟고 올라타자 핸들을 쥔 손이 떨렸다. 일단 균형은 잡았는데 발이 움직여지지 않았다.

"하, 뭐 해? 발을 굴러야지. 내가 잡고 있으니까 걱정 말고 움직여."

"응."

온갖 벌레와 쥐, 뱀들을 친구라며 부르는 그녀가 겨우 바퀴 두 개를 무서워해야 하다니 어이없는 일이다. 뒤에서 잡고 있으니 걱정할 필요 없을 것이다. 숨을 크게 들이쉬고는 천천히 움직이기 시작했다.

"어, 움직인다. 엄마나!"

바퀴 두 개가 도르르 굴러갔다. 무섭기도 하고 재미있는 것 같기도 하고 하여간 묘했다. 처음 타는 것도 아닌데, 바퀴가 움직일 때마다 앞으로 조금씩 나아가는 게 신기했다.

"재밌어?"

"응, 이거 은근히 재밌다."

"당연하지. 이제 조금만 있으면 언제 그랬냐는 듯이 나 없이도 달릴 걸?"

‘나 없이도’란 말에 핸들이 흔들리자 중심을 잡지 못하고 한쪽으로 쏠리기 시작했다. 그러자 뒤에 있던 준후가 다시금 자전거의 중심을 잡았다.

“너 그러기만 해봐. 손 놓으면 넌 나랑 끝인 거야.”

“알았어. 나한테 신경 쓰지 말고 중심 잡는 데에 집중하라고.”

“인간 보조바퀴가 신경이 쓰이는 걸 어떡해? 넌 모르겠지만 난 무섭다고. 지금 최대한 노력하는 중이야.”

“좋아, 다시 움직여봐. 조금씩 빨리 달려봐. 알았지?”

“알았어. 그런데 내가 빨리 달리면 너도 뛰어야 할 텐데?”

“지금도 뛰고 있다, 이 바보야.”

아니나 다를까, 운동화와 바닥이 마주쳐서 나는 경쾌한 소리가 들렸다. 그 소리가 그녀에게는 마음을 안정시켜 주는 음악처럼 들렸다.

“좋아, 그럼 좀 달려볼게.”

그녀는 슬슬 더 힘을 내보기로 했다. 준후가 뒤에서 따라올 수 있을 정도로. 어차피 계속 중심을 잡아주겠지 생각하고는, 달리기 시작했다. 공기 속을 움직이는 느낌이랄까.

그녀는 한참 동안 자전거 위에서 자유부인 역할에 열중하고 있었다. 그런데 뒤쪽에 있을 준후의 무게가 갑작스레 느껴지지 않았다. 처음 타보는 자전거에 마음을 뺏긴 나머지 그 무게를 깜빡하고 만 것이다. 인간 보조바퀴의 존재가 중요하다고 그렇게도 강조했건만 그 녀석은 혼자 잘 타보라면서 어딘가로 숨은 게 분명했다. 훨훨 날던 기분은 급속도로 추락하기 시작했고 불안감은 최고조에 이르렀다.

그녀의 두 눈은 준후를 찾느라 바삐 움직였다. 몇 분전까지만 해도 그녀 뒤에 찰싹 붙어 있었는데 이젠 보이지가 않았다. 불안감과 배신감이 뒤섞여 혼란스러운 그때, 인간 보조바퀴의 출장으로 결국 그녀는 나뭇가지에 걸려 자전거와 함께 땅에 볼썽사나운 모습으로 나뒹굴고 말았다.

으, 악!

세상에 홀로 던져진 느낌을 충분히 느끼고 나서야 그녀는 몸을 일으켰다. 아프다. 콧물도 좀 나오는 것 같고, 아니 눈물인가. 뭔들 어떠랴. 몸에서 나오는 분비물인데. 그래도 생선 가시가 목에 걸려 숨이 막힐 때보단 나았다. 아니, 그때보다 더 아픈 것 같기도 한 것 같기도 하고.

'이 안에 가시는 절대로 없어. 꼭 약속할게.' 그렇게 말했었다. 그리고 생선 가시가 그녀의 목에 덜컥 걸렸다. '절대 안 놓을게. 꼭 약속할게.' 그렇게 말하고는 그 녀석이 사라졌다. 그리고 그녀는 땅위에 떨어졌고.

몸을 움직이자 그녀의 입에서 신음이 흘러나왔다. 안간힘을 써서 자전거를 들어 올려 나무 옆에 세워놓았다. 그리고는 다시 땅바닥에 털썩 주저앉았다.

"하, 어디에 있었어? 한참 찾았잖아."

갑자기 불쑥 나타난 준후는 그녀에게로 가까이 오며 투덜거렸다.

"……."

"너 혼자 신나게 탄 거야?"

신나게? 서준후는 신나게 한 번 맞아봐야 했다.

"……."

"하, 너 얼굴이 왜 그래? 옷은 이게 또 뭐고? 넘어진 거야?"

준후는 그녀를 훑어보며 다급하게 물었지만 말하고 싶지 않았다. 하지만 참아야한다. 엄밀히 말하면 그녀의 실수니까. 우울해 보이는 친구 위로하다가 다친 건 어쩔 수 없는 일이니까. 하지만 준후는 그녀의 믿음을 또 내쳤다. 그렇게도 모르는 걸까. 넘어진 게 중요한 게 아니라 함께 있지 않았던 게 문제라는 걸.

"좀 넘어졌을 뿐이야. 별거 아니니까 일어나게 비켜봐."

그녀는 옷을 터는 준후의 손을 쳐내며 힘겹게 일어섰다.

"별거 아니긴, 네 꼴이 지금 얼마나 험한데? 어디 부러지거나 피

나는 곳은 없어? 어디 좀 보자."

온갖 부산을 떨며 그녀의 몸을 여기저기 쑤셔대는 준후를 있는 힘껏 밀어버렸다. 이럴 줄 알았으면 잔디밭에서 확실히 밀어버릴 걸 그랬다. 자전거 따위는 생각나지 않을 정도로 세게 말이다.

"하, 왜 그래? 끝까지 안 잡아줬다고 화내는 거야?"

아직도 상황 파악 못하고 상처만 찾으려고 하는 준후가 미웠다. 정작 아픈 곳은 무릎이나 팔이 아닌 마음인데. 그 마음이 땅에 떨어진 건데, 옷만 뒤적여서 뭐하려고.

"넌 내가 지금 화내는 걸로 보여?"

그녀는 손에 든 모자를 구기며 준후를 향해 몸을 돌렸다.

"그럼, 화내는 게 아니면 뭐야?"

"그, 그건……!"

하고 싶은 말을 하면서 살아도 모자란 세상이지만 꺼내서 득이 되는 얘기가 아닐 바에야, 할 필요가 없다. 그리고도 이런 얘기만 하려면 그녀는 심각한 말더듬이가 된다. 그렇게나 오래되고 가까운 사인데도 그녀의 감정을, 특히나 그에 대한 감정을 설명하는 게 언제나 힘에 부쳤다.

"그게 뭔데? 왜 또 말을 더듬는데? 대체 하고 싶은 말이 뭐야?"

준후는, 그녀가 몹시도 재수 없어하는 얼굴 표정을 만들며 다음 말을 재촉했다. 어차피 언젠가는 이런 일이 또 일어날 것이다. 생선 사건도 있었고, 이제 자전거 사건까지 일어났는데 그보다 더한 것도 있을 수 있다. 언제나 그녀 혼자만 마음 아파할 순 없는 일이다.

"왜 항상 내 말을 안 듣는 거야? 내 말은 사람 말 같지도 않아?"

"내가 네 말을 안 듣다니? 무슨 말? 알아듣게 설명해 봐."

"알아듣게? 지금 내가 왜 이러는지 모른단 말이야? 좋아, 그렇게 머리가 나쁘시다니, 내가 확실하게 알려주지. 다칠 줄 뻔히 알면서 왜 타란 거야?"

흠, 이건 아닌데, 이렇게 말하려고 한 게 아니었는데. 그럴 수도 있다고 어느 정도는 짐작한 건데.

"네가 불안해 하니까 다치는 거야. 해보지 않고는 아무 것도 모르는 거고. 내가 잡아주지 않았어도 너 혼자서 신나게 돌아다녔잖아. 결국 여기 이곳까지 자전거로 왔고."

"처음엔 끝까지 잡아주겠다며? 내가 놓지 말라고 할 때까지 잡아주겠다며?"

목소리가 점점 커져만 갔다. 아픈 만큼 목소리가 커지는 것 같다. 그녀 또한 그 말이 옳다는 것도 알았다. 하지만 옳고 그름에 관해서 신경 쓰고 싶지도 않았다. 지금은 아픈 마음이 중요하니까.

"내가 그렇게 말은 했지. 그런데 끝까지 잡아주면 너 자전거 못 타. 대체 언제까지 잡아줘야 하는데? 뭐든 그렇게 우길래?"

준후는 머리카락을 거칠게 쓸어올리며 그녀 쪽으로 다가왔다.

"못 타도 좋아. 나한텐 자전거를 혼자서 타든 말든, 그런 게 중요하지 않아. 내가 말하고 싶은 건, 그건……. 신뢰의 문제라는 거야. 넌 항상 너만 믿으라면서 결국은 믿을 수 없게 만들잖아. 그래서 내가 이 모양 이 꼴이고."

한참 동안 손으로 마구 구기던 모자를 준후를 향해 내던졌다. 원래 이렇지는 않은데 마음이 아프니까 제정신이 아니다. 준후는 그녀에게서 최악의 면들만 끄집어낸다. 남에게 폭력을 행사하고, 논리에 맞지 않게 우겨대기까지 하고.

"좀 다치면 어때? 너야말로 약사잖아. 약 바르면 다 낫는데 뭐가 문제야? 네가 언제부터 그런 상처 따위를 무서워했다고? 멍들고 찢어지고, 피 나도 울지도 않는 애가 왜 그래? 끝까지 잡진 않았지만 내가 이렇게 여기 있잖아. 그게 중요한 거 아냐? 내 평계 대지마. 똑똑한 애가 왜 그렇게 어리석게 굴어? 평생 그러고 살 거야? 뭐가 그렇게 두려워?"

'다치기도 싫고, 아프기도 싫어.'

'평생'이란 말에 심장이 거세게 뛰어올랐다 내려앉았다. 생선 가시가 있을 때마다, 자전거를 탈 때마다, 두렵고 아플지도 모를 일을 시작할 때마다 그가 평생 잡아줄 수는 없는 일이다. 물론 그녀도 그 점을 잘 안다. 언젠가 나타날, 준후가 평생 잡아줄 누군가를 만나기 전까지만 가능한 애기라는 것도. 그러면서도 준후가 평생 그럴 수 없다는 말을 한다는 게, 그녀보다 먼저 그들의 관계를 한정짓는다는 게 너무 싫었다. 지독히도. 항상 준후보다는 먼저 그들의 관계에 대한 미련을 접겠다고 마음먹은 그녀다. 하지만 아직도 미련은커녕 마음 밖으로 꺼내놓지도 못하고 있는 것이다. 저 인간은 저렇게 항상 준비가 되어 있는데 말이다.

'그 평생이 언제쯤 깨질지 모르지만 그냥 그대로, 그렇게 있어주면 안 되는 거야. 그게 그렇게 네겐 안 되는 문제인 거냐고. 다른 사람은 몰라도 너한텐 내가 좀 특별한 의미가 되면 안 될까. 우린 특별한 친구잖아. 그러니까 아주 잠시 동안만이라도 잡아줘야지. 그런 거 약속해 줄 수 있잖아.'

준후가 바닥에 뒹굴고 있는 모자를 뒤집어 먼지를 털고는 그녀의 머리에 씌워주려고 했다. 땅에 떨어진 모자한테는 친절을 베풀면서, 배워야 한다는 이유로 사람은 땅에 떨어져도 된다니. 그까짓 힘도 안 드는 인간 보조바퀴는 하기 싫어하면서, 땅에 묻은 더러운 먼지는 실컷 만져도 좋다는 건가.

"그게 그렇게 무서웠으면 나한테 말하면 되잖아. 온갖 징그러운 벌레, 동물들도 눈 하나 깜짝 안 하면서 겨우 그런 게 무서워?"

"그래, 두려워. 무서운 것도 많고, 겁도 많고, 두발자전거도 못 타. 생선 가시 무서워서 생선 구이도 못 먹어. 그런데 네가 믿으라며, 약속한다며, 절대 손 안 놓는다며! 왜 약속을 번번이 어겨? 정작, 정작, 내가 널 믿어서……."

말을 잇지 못한 그녀는 두 발로 자전거를 확 차버렸다. 어차피 준후는 이해하지 못 할 것이다. 평생 이해 못 할 것이다. 그러니 그녀는 이렇게 계속 우기기만 하면 되는 거고. 그들은 평생 이렇게 지내면 되는 거다.

"……!"

준후는 놀랍다는 표정을 짓더니, 그녀의 하는 양을 유심히 바라보았다. 이렇게까지 나올 줄 몰랐다는 얼굴이다.

"그딴 거 안 배워, 안 배운다고!"

"그럼 왜 탄 거야?"

"네가 요즘 하도 이상한 짓거리를 많이 하니까. 요즘 계속 우울해 보이는 너, 기분 좋게 해주려고 탔어. 내가 덜덜 떨면서까지 타고 싶은 줄 알아? 우리가 하루 이틀 된 사이도 아닌데, 적어도 내가 어떤 기분으로 그런 말을 했는지 알 수 있잖아."

"……."

그래, 서 군. 넌 할 말이 없을 거야. 입이 열 개, 백 개라도 넌 할 말이 없어.

"소심해서 그래, 소심한 걸 어떡하라고. 숨이 막혀서 죽을 뻔한 느낌 가져봤어? 아님 온몸의 피가 바짝 마르는 듯한 느낌을 가져봤냐고. 사고 난 거 애써 잊으며 자전거 위에 올라간 날 이해할 수 있어?"

"사고, 사고는 또 뭐야?"

"다쳤어. 두발자전거 타다가 다쳤다고. 어쨌든 넌 이해할 수 없으니까 그런 얘기하는 거야. 번번이 속으면서도 부탁하는 내가 바보 병신인 거지."

"오랫동안 함께했으니까 서로의 마음을 알 수 있다고 생각하는 거야? 그깟 시간은 절대 도움이 안 되는 거 몰라? 네가 표현하지 않으면 모르는 거야. 난, 내게 보이는 만큼만 널 볼 수 있어. 그건 너도 마찬가지라고, 안 그래? 너도 네게 보이는 만큼만 날 볼 테니까. 네가 내 마음을 어떻게 알겠어? 지금 내 심정 알 수 있을 거 같아?"

준후는 바락바락 소리 지르는 그녀에게 얼굴을 들이대며 이죽거렸다.

"……!"

도리어 화를 내는 준후를 이해할 수 없다. 준후는 마주보던 얼굴을 획 뒤로 젖히며 자전거가 있는 곳으로 걸어갔다. 넘어진 자전거를 한쪽에 세우더니, 다시금 그녀를 노려봤다.

"잘 지낸 우리가 이렇게 소릴 높여가면서 싸워야 할 정도로 큰 이유야? 솔직하게 말해 봐. 네게 그게 어떤 의미인지. 네 나이에 어울리지 않게 그런 이상한 것들을 두려워하고 과민하게 받아들이는 이유를 말해 보라고. 내가 볼 수 없으니까 네가 보게 해줘. 그래야 이해를 할 거 아냐?"

"그건 나이와는 상관없는 문제야. 개인적인 문제, 신뢰의 문제라고. 믿는다는 거, 약속한다는 거, 그런 걸 네가 어떻게 알겠어? 그 많은 여자들과 구질구질한 연애사건이 있어도 난 널 믿었어. 그래서 그런 연극도 해줬던 거야. 네 말만 듣고, 그 여자들의 진심엔 전혀 귀 기울이지 않고 말이야. 왜냐고? 넌 소중한 내 친구고, 난 우정을 지키기 위해서 그 연극들을 다 한 거라고. 그런데 이제 보니, 내가 잘못했다는 생각이 들어. 그 여자들 말도 들어봤어야 했는데 말이야."

그녀도 안다. 지금 그 말이 준후에게 얼마나 큰 상처가 될 수 있는 것을. 하지만 그녀가 아팠던 만큼 준후도 아프게 하고 싶다. 왜 그럴까. 아프게 하지 말아야 하는데 자꾸만 더 아프게 하고 싶다.

준후가 천천히 다가왔다.

"생선 가시가, 자전거 타기가 네게 신뢰를 뜻하는지, 내가 어떻게 알았겠어? 그저 겁이 많은 거라고만 생각한 날 보라고."

준후는 두 팔을 흔들며 소리를 질렀다. 그녀가 성내야 할 상황인데, 섬뜩한 모습으로 다가오는 준후를 보고 한 걸음 뒤로 물러섰다.

"저, 적어도 나한텐 약속이란 건 그걸 꼭 지켜야 한다는 걸 의미해."

“이미 지나간 건 어쩔 수 없으니까 결과를 생각해 보자. 네 말대로 하자면 난 약속을 지키지 못한 거네. 그럼 어떻게 되는 건데? 결국 난 너의 신뢰를 잃어가면서까지 생선을 먹였고, 자전거도 태웠어. 한 번은 병원에 가고 이번엔 다쳤지.”

준후는 그녀의 어깨를 꽉 쥐며 다그쳤다.

“그, 그랬지.”

그녀는 무슨 말을 해야 할지 몰라 준후의 말에 떨떠름하게 동의했다.

“그래도 넌 생선을 먹었고, 자전거를 탈 수 있게 되었어. 결국 할 수 없다고 생각했던 걸 해냈어. 난 신뢰를 잃어버렸지만 넌 네 인생에서 놀라운 일을 했다고.”

놀라운 일. 뭐든지 단정적인 결론만 내리는 편협한 그녀에겐 무척 놀라운 일일 수도 있다. 결코 살면서 두발자전거를 다시 타거나, 생선을 먹을 것 같진 않았으니까.

“만약 우리의 친구로서의 긴 우정을 깨면서까지 또다시 내가 네게 뭔가를 부탁하면 어떻게 할 거야? 그게 내 인생, 네 인생에서 엄청나게 중요한 거라면. 난 네 신뢰를 잃지 않기 위해서 그런 부탁을 하면 안 되는 건가?”

“…응, 당연한 거야.”

대체 그들의 인생에서 우정을 깨면서까지 부탁할 게 뭐가 있는지 궁금했지만 그녀의 최우선 순위를 포기할 생각은 없었다. 그런데 준후의 얼굴이 흐려졌다.

“인생에서 가장 중요한 것을 얻지 못하고 놓쳐버려도?”

“그래, 놓쳐버려도.”

그 말을 마치기가 무섭게 준후의 눈빛도 흐려졌다. 마치 그녀가 큰 상처를 준 것처럼 충격 받은 모습이다. 하지만 그런 눈빛과 얼굴 표정은 그의 것이 아니라 그녀의 몫이어야만 한다.

그들 사이로 한동안 짙은 침묵이 내려앉았다. 바람도 불었다. 어느 누구도 움직일 생각을 하지 않고 서로를 마주보고만 있었다. 계속해서 멍하게 서 있기만 하는 준후를 뒤로 하고 발걸음을 옮겼다. 상처받고 가슴 아픈 건 그녀여야만 한다는 원칙에 충실하기 위해서. 그러면서 말도 안 되는 논리로 준후를 못살게 군 사실을 슬쩍 덮어둔 자신의 뻔뻔함에도 질려버리고 말았다. 하지만 미안하단 말을 하는 건 죽도록 싫었다. 우선은 그 자리를 피해보겠단 마음으로 그녀는 원수 같은 자전거를 들고 그 자리를 빠져나왔다.

미안했다. 왜 그렇게 준후를 몰아붙였을까. 분하기도 했다. 그녀는 준후를 진심으로 믿었다. 그래서, 그래서 그게 뭐가 중요하다고! 서준후, 그 인간한테는 뭐든지 우스운 것이다. 철없는 짓이라니, 철없으면 안 되나. 본인은 철없는 짓 많이도 하면서, 누구는 그럼 안 되나. 다른 사람한텐 몰라도 좀 기대면 안 되는 거냐고.

그녀는 분한 마음에 자전거를 보며 발을 동동 구르다가 자전거에 올라탔다. 앙심을 품었더니만 용기가 생겼다. 비참함과 자괴감과 미안함에 흠뻑 빠져, 혼자서 그 먼 길을 원수 같은 자전거를 타고 내려왔다. 어떻게 배운 운전법인데, 못 탈 것도 없다. 그 무거운 걸 끌고만 내려오기엔 아까운 일이다. 미안하다고 말하고 기다렸다 함께 올 걸 그랬나 싶기도 했지만, 자존심상 도저히 준후와 함께 올 수 없다. 신뢰감에 금이 간 녀석과는 한 차에 탈 수 없다.

그녀는 한참을 타고 달려온 쇠뭉치를 흘끗 내려다봤다. 어차피 다친 거 또 다치면 어쩌겠는가. 나중에 준후에게 몽땅 책임지우면 될 일인데. 가장 큰 밴드로 군데군데 다닥다닥 붙여서 보는 사람들마다 다 알려 주는 거다. 서준후, 그 인간 때문에 이렇게 다쳤다고. 이왕이면 캐릭터 밴드로, 확실히 튀게 붙여서 앓는 소리도 해야지.

갑자기 대책 없이 웃음이 나왔다. 친구라고 위해준다고 할 때는 어쩌고, 준후를 매몰차게 대했다. 마치, 그녀가 준후의 애인이라도 되는 듯이, 특별한 사람이라도 되는 듯이 화를 낸 일을 생각하니 얼굴이 확확 달아올랐다.

특별하긴 했다. 적어도 그녀한테는. 여자 군단을 몰고 다닌 준후가 그걸 모를 일 있겠는가. 그녀가 얼마나 우습다고 생각할까. 그래서 아까 그런 말을 했는지도 몰랐다. 혹시 그들의 관계를 다시 생각해 보자는 게 아닐까. 드디어 누군가를 찾기 위해서, 더 이상의 친밀함을 밀어내기 위해서, 준후가 그렇게 말한 건지도 모른다. 이런 소풍도, 자전거도 그에겐 별 의미 없는 일일 텐데, 혼자서 의미 두면서 그 녀석을 몰아대고. 대체 왜 그런 거니, 이하. 어른인 척, 멋진 여자인 척 사람들에겐 굴면서 왜 그한테만은 그런 거니.

뭔가를 배우기가 쉽지 않다는 걸 모르는 그녀도 아니다. 하지만 준후에겐 그런 투정도 부리고 싶었고 막무가내여도 그녀를 이해해 달라고 하고 싶었다. 정의할 수 없는 이런 감정, 이런 게 문제다. 이렇게 준후를 많이 생각하고, 많이 신뢰하는데, 그 녀석한테는 그녀가 그렇지 못하다는 게 억울하고 분했다. 잡아달라고 하면 끝까지 잡아줘야 하는데 그러지 않았다는 게 서운했다.

사실은 그녀가 원한다면 준후가 달이라도 따줄 수 있으면 좋겠다. 그런 생각을 하다니, 드디어 제정신이 아닌 게 확실하다. 준후는 절대 그렇게 해줄 인간이 아니다. 알면서 왜 그래. 왜 그러냐고? 그녀라면 그렇게 해줄 수 있을 테니까. 해줄 수 있어서, 그래서 말도 안 되는 이 욕심을 부린 것이다.

이하, 요 며칠 그 녀석이 달라지니 그새 딴 마음이 더 생긴 거니. 미쳤구나. 예전처럼 또 그러고 싶니. 제발 그러지 말라고. 서준후, 그러니까 하던 대로 해라 이 녀석아. 왜 달라져서, 왜 변해서, 왜 딴 마음 먹게 만들어서, 날 더 실망시키는 거야. 착각하게 만들어놓고, 특별하다고 느껴지게 만들어놓고 왜 그런 거냐고.

그렇게 별별 생각을 다하며 주차장까지 내려온 그녀는 주차장 앞에 털썩 주저앉았다. 집에 돌아갈 생각을 하니 막막했다. 여기서 그 녀석을 기다린다는 건 절대 안 될 말이다. 여태 마음속에 품고 있던 말을 한꺼번에 다 해버릴지도 모른다. 혹시나 그녀를 찾지 않을까 하는 생각이 들었지만 준후는 지금까지도 데리러 오지 않았다. 그래, 혼자 실컷 오라지.

한숨을 내쉬고는 주머니를 뒤져보니 돈이 꽤나 있었다. 그녀는 근처에 서 있는 택시에 몸을 실었다. 옆에 있던 자전거를 팽개쳐 버릴까 했지만, 택시 트렁크에 구겨 넣었다. 이렇게 하면 그 녀석에게 덜 미안하겠지 생각하면서.

"하, 그만 마셔. 너 왜 그래? 배 안 불러?"

"……."

"노래방에서 노랜 안 부르고 왜 술만 먹어?"

"……."

연주는 자전거를 옆에 끼고 폭탄 맞은 행색으로 돌아온 하를 보고 무척이나 놀란 듯 보였다. 그녀가 아무 말 없이 구급약품을 이것저것 꺼내놓으니, 연주가 와서 약도 바르고, 밴드도 붙여줬다. 그녀는 꼭 그림 그려진 밴드로 하라고 연주를 종용했다.

그녀는 치료가 마무리되자마자 다시 자전거를 옆에 끼고 노래방으로 향했다. 거기까지 연주는 졸졸 따라와 그녀의 맞은편에 앉아 계속해서 말을 걸었지만 하는 대답하지 않았다. 노래방 구석에서 술을 홀짝이며 실연당한 여자 흉내를 내고 있는 자신이 썩 마음에 들지 않았지만 이렇게라도 해야 가슴이 덜 아플 것 같기 때문이다.

"이하, 내 말 안 들려? 그새 술 취한 거야?"

연주는 그녀의 어깨를 흔들며 큰 소리로 물었다. 흔들리는 어깨 때문에 머리까지 흔들리자 그녀는 눈살을 찌푸리며 대꾸했다.

"안 취했어. 좀 내버려둬. 오늘은, 오늘은 그냥 마시고 싶어서 그래."

연주는 눈을 가늘게 뜨며 믿을 수 없다는 표정이었다.

"오늘 준후랑 맛난 거 먹으러 간다면서? 그런데 준후는 어디에

남자친구를 빌려드립니다　233

버리고 와서 혼자 청승이야?"

그 말이 그녀의 상처난 가슴에 소독약을 들이붓는 듯한 효과를 가져왔다.

"내가 언제 그런 웃긴 애랑 같이 다녔다고 그래? 청승은 무슨! 고독의 한때를 즐기며 술을 마시고 있는 거라고."

"하, 너 싸웠구나, 그렇지? 둘이 잘 놀다가 또 왜 그런 거야?"

오늘 서준후가 무슨 짓을 한 줄 알고나 하는 말일까. 연주, 넌 몰라. 그 애가 얼마나 은근히 마음 아프게 하는 줄 말이야. 그녀의 편은 어디에도 없다.

"우리가 오랜 친구라는 건 사실이지만 항상 붙어 있진 않았다고. 그러니 가능하면 나랑 서 군을 한 세트로 생각하지 말아 줘."

여전히 분위기 파악 못한 연주는 그녀를 놀리기 시작했다.

"에이, 또 그러네? 둘이 무지 친하면서. 널 부러워하는 여자들이 얼마나 많은 줄 알아? 계속 서 군한테 구박만 하다가 그 애가 가버리면 어쩌려고 그래? 있을 때 잘해라, 이하."

"부러워? 부러워하는 애들한테 가져가라고 해. 사귀는 것도 아닌데, 뭘 잘해? 갈 테면 가버리라고 해. 내가 아쉬울 줄 알고? 그리고, 김연주, 너! 너도 남편한테 가버리라고. 그 잘난 서씨네 남자들한테 가라고."

그녀는 들고 있던 술잔을 세게 내려놓으며 친구에게 화를 냈다. 그러고 있는 사이, 누이가 문을 부서져라 열고 들어왔다.

"기가 막혀서 말이 안 나온다, 이하!"

"그럼 말하지 마."

그녀는 짧게 내뱉고는 다시금 술잔을 들었다.

"준후가 수목원 뒤지고 실종신고까지 내면서 걱정하고 있는 판에, 넌 여기서 술판을 벌여? 너 생각이 있는 애야, 없는 애야?"

병 주고 약 주는 인간 같으니라고. 실종신고라니, 버젓이 여기서 술 마시고 있는 그녀를 놔두고는 그런 헛짓을 하고 있다니. 그 무거

운 자전거까지 끌고 와서 택시에 싣고 온 마당에, 아직도 혼자 소풍
이라 이거지. 그것도 그녀를 실종시켜 가면서까지.

그녀는 잔에 술을 들이부었다. 흘러넘칠 때까지 가득. 흘러넘쳐서
비워버릴 수 있을 때까지 계속.

"실종? 그래, 제발 실종되고 싶어. 그 지겨운 놈, 서준후! 그놈 인
생에서 내가 없어져야지. 그런데 없어지면, 없어지면 난……."

그 인생에서 없어진다고 하니, 왜 그렇게 미련이 남는 건지, 또
가슴은 왜 아픈 건지. 대체 그 인생에서 이하, 넌 뭐야? 네 인생에
서 그 녀석은 또 뭐야?

"이하 정신 차려. 실연이라도 당한 여자처럼 술주정이야?"

"실연? 실연은 무슨 실연. 내가 서 군이랑 사귀지도 않았는데, 그
런 말이 가당키나 해? 우린 시작도 안 했어. 시작한 적도 없고, 시
작하지도 않을 거라고. 그런데 그놈은 시작할 것처럼 굴고 또 갑자
기 끝내 버려. 사람 마음 붕 뜨게 해놓고, 아닌 척하고. 그런데 더
웃긴 건 내가 항상 속는다는 거야. 내가 바보야. 그러니까 철없어서,
생선 가시도 무서워하고, 자전거도 못 타지. …나름대로 나, 괜찮은
여잔데, 왜 그 녀석만 옆에 있으면 이러는 건지 알 수가 없네."

술병에 손을 뻗기 위해 테이블 가까이 가던 그녀는 주위의 침묵
에 어리둥절했다. 말리던 연주의 손도 보이지 않고, 누이의 목소리도
들리지 않았다.

대체 어딜 간 거야. 친구들까지 날 버리다니. 슬펐다. 그래, 오늘
만 슬프자. 오늘만 슬픈 거야. 그녀는 굼뜬 동작으로 리모컨의 숫자
를 눌렀다. 들장미 소녀 캔디의 반주 부분이 신나게 흘러나왔다. 말
이 신나지, 침울해지면서 눈물만 나오려고 했다. 울면 안 돼.

"외로워도 슬퍼도 나는 안 울어. 참고 또 참지 울긴 왜 울어. …
울면 바보다"

울 때 확실히 울어야겠단 생각이 들었다. 슬프다는 노랜 죄다 불
러보기로 결심했다. 평소 알고 있던 노래들을 찾아 노래책을 뒤적였

다. 화면에 찍히는 숫자들이 늘어나는 만큼 마음은 더 무거워져만
갔다.

> 나 그대 사랑하면 안 돼요
> 여린 마음 한쪽 구석에
> 그대 들어올 틈 있었네요
> 그대 나를 그런 눈으로 바라보지도 마세요
> 날 아껴주는 것 같은 마음에
> 조금 행복해 지잖아요. 그래서 더욱 아프죠
> 그대와 하나가 될 수 없다는 생각에
> 날 사랑하진 않겠죠
> 나도 마찬가지죠
> 스쳐지나갈 사람 중에 하나일 뿐이죠
> 왜 이렇게 그대 생각으로 잠 못 드나요
> 내 마음에 들어오지 마세요
> 날 사랑하게 만들지 마요

하는 그 노래에 흠뻑 빠져 한동안 멍하니 앉아 있었다. 화면 위의
가사가 그녀의 아픈 마음을 이야기하고 있었다. 실연당하면 사랑 노
래가 모두 자신의 노래 같아진다더니, 그 말이 맞는 모양이다. 온몸
이 젖은 솜마냥 무겁고 피곤하기만 했다. 이젠 자신의 한심한 모양
새가 싫어 몸을 추스르며 일어나려고 했는데 다시 자리에 털썩 주저
앉고 말았다. 몸이 말을 듣지 않았다.
　한참을 그러고 있는데, 그녀의 눈앞엔 어디서 많이 보던 신발 한
켤레가 보였다. 불과 몇 시간 전까지만 해도 본 신발 같아, 손으로
더듬더듬 만져보았다.
　"어, 진짜네. 이거, 어떤 나쁜 놈 신발인데."
　"너, 넌……!"

“엇, 신발이 말도 한다.”

“말도 할 줄 아는 신발이 나쁜 놈 서준후 거다, 알았어?”

서준후다. 이 모든 일의 원흉인 그 녀석의 두 다리가 보였다. 여전히 몸은 의지대로 움직여주지 않았지만 차디찬 물에 손을 댄 것처럼 정신이 바짝 들었다. 그 나쁜 놈한테, 그 나쁜 놈 때문에 이렇게 된 자신의 모습을 보이고 싶지 않았다. 가능하면. 아니, 절대로.

“자전거 때문에 온 거라면 걱정 말아. 약국 안에 있으니 내일 가져가.”

“…….”

준후는 그녀의 퉁명한 목소리에 기분이 나빠졌는지 말도 없이 숨만 몰아쉬고 있었다. 짜증나게 한참을 지나도 그 녀석은 계속 한 자리에 서 있었다.

“분위기 잡게 가줄래? 오랜만에 노래 좀 부르고 싶거든. 그러니 넌 일찍 가서 자라.”

방금 전까지만 해도 집에 가려던 그녀였지만 함께 갈 수는 없는 노릇이다. 그녀는 마이크를 집으러 가기 위해 벌떡 일어났지만 몸이 고무줄처럼 출렁거렸다. 그런 그녀를 준후가 잡아주고는 소파에 앉혔다. 소파에 앉자마자 준후의 팔을 떼어냈다.

“거참, 이젠 별 게 다 날 우습게 보네. 하찮은 리놀륨 바닥까지 덤비고 말이야.”

자신의 행동에 민망해지자 별 시답잖은 농담까지 다 나온다.

“집에 가자.”

집에 가자고, 어떻게 그런 말을 할 수 있니. 이렇게 아픈 내가 보이지도 않아? 넌 아무 일 없다는 듯이 와서 집에 가자는 거야?

“가고 싶으면 너나 가. 잘 놀고 있는 사람한테 무슨 상관이야? 오늘 인간 보조바퀴 하느라 무리하셨으니 얼른 가서 푹 쉬세요, 서준후 씨.”

그녀의 앞에 전봇대 같이 서 있는 준후는 전혀 움직일 기색을 보이지 않았다. 결국 그녀가 있는 힘을 다해 그를 밀어버렸다. 하지만 밀려지기는커녕 오히려 그녀가 준후의 품안으로 쏙 들어가 버렸다. 이러지 말라고, 서 군. 그녀는 다시 밀어버리려고 했지만 이 놈의 벽이 움직여주질 않았다. 한동안 버둥거리다가 전혀 풀어줄 기색이 보이지 않자 몇 초간 가만히 있어봤다. 그래도 풀어주지 않았다. 좋아, 아직 힘이 남아 있을 때 밀어주지.

"하, 그만해. 밀지 마."

"……!"

준후는 몹시 견디기 힘든 것처럼 말했다. 아픈 건 나야, 나라고. 그 목소리에 하는 미동도 할 수 없었다. 얼음땡 놀이의 얼음처럼. 그녀는 얼음이 돼버렸다.

"다신, 안 그래. 가시가 들어 있는 생선도, 보조바퀴도 없는 자전거도, 네가 하지 말라는 건 하지 않을 거야. 그러니까 밀지 마. 약속한다니까. 어떤 일이 있어도 네가 하라는 대로만 할 거야. 내 맘대로 하지 않을게. 그렇게 할 테니 제발 밀지 마."

그 말이 얼음땡 놀이의 땡처럼 그녀의 마음을 풀어지게 했다. 이제 그녀는 흐르는 물이 되었다. 그녀는 준후를 올려다보며 코를 훌쩍였다. 우습게도 웃고만 싶어졌다. 버림받은 느낌을 들게 만든 장본인이 밉다고 울던 게 언젠데, 지금은 그저 웃음이 나오는 건지, 어처구니없는 일이지만, 자세하게 파헤쳐 보고 싶은 생각도 없다. 왜냐하면 지금 이 순간이 더없이 행복하니까. 서준후가 이하에게 네가 하라는 대로 하겠다고 말하니까. 그들의 관계가 어떤 색깔이든 지금만 같다면, 흔들릴지도 모를 그들의 관계를 애써 규명하고 싶진 않았다. 준후는 그녀를 얼음도 되게 하고 땡도 되게 했다. 행복하기도 하지만 그래서 더 두렵다.

달빛의 가로등 서비스를 받으며 하는 자전거 뒷좌석에 앉아 있었다. 이번엔 인간 보조바퀴가 운전자가 되었기에. 영화에 나오는 여주

인공들의 단골 시승 자세로 말이다. 여기서 한 가지 자세만 더 하면
완벽한 여주인공 탄생인데, 안타깝다. 차마 준후의 등판에 얼굴을 대
는 부끄러운 짓을 어떻게 하겠는가. 계속해서 그 너른 등판을 보며
침만 꿀꺽 삼키기 수 차례. 이젠 침샘도 마른 듯했다.
 "차라리 진작 이럴 걸 그랬다. 그냥 뒤에 태우면 되는 건데."
 "그러게. 다음엔 이렇게 타자."
 "그래."
 참 사이좋은 그들이다. 이렇게 죽이 잘 맞는데 가끔씩 왜 그러는
걸까. 좋은 것만 생각하자. 좋은 것만.
 그런데 다시금 너른 등판이 유혹적으로 보이기 시작했다. 그냥 한
번 확 대볼까. 뭐, 술 취했다고 하면 되는 거지. 술기운 때문에 제정
신이 아니라고. 아까도 휘청댔으니까 그렇게 말해도 되는 거야. 정말
그래 볼까. 이하, 설마 하려는 건 아니겠지. 설마 할 수도 있지, 뭐.
이런 기회 아니면 언제 해보겠어? 준후의 기분도 좋아 보이니 은근
슬쩍 넘어갈 수 있지 않을까.
 그 생각에 슬그머니 유혹적으로 보이는 등판에 얼굴을 가져갔다.
아직 아무 말이 없다. 흠, 그럼 좀 더 압력을 가해볼까. 슬쩍 더 대
어 보았다. 환상적인 온기가 그녀의 볼에 스윽 하고 달려왔다. 그
순간의 느낌이 얼마나 좋은지, 조심해서 해보겠단 마음은 달아나고
말았다.
 결국 얼굴을 등판에 들이밀고 준후의 옷자락에 문지르기 시작했
다. 위에서 아래로, 오른쪽에서 왼쪽으로, 그리고 대각선 방향으로도.
숨을 들이마시자 알싸한 향이 밀려들어왔다. 무슨 향일까. 어째 냄새
까지도 좋아서 이렇게 싱숭생숭하게 만드는 걸까.
 다른 여자들도 이래서 남정네의 등판에 안기는 거구나. 아, 정말
좋다. 뒷판도 이렇게 좋은데, 가슴판에 안기면 얼마나 더 좋을까. 이
렇게 조금만 있어야지. 영원히는 아니니까, 아주 조금만은 이대로 괜
찮을 거야. 조금만. 왜 조금만 할 수 있는 걸까. 좀 많이는 안 되는

걸까.

갑작스레 드는 서글픈 생각에 그녀는 또다시 훌쩍였다.

"하, 너 어디에 콧물 닦아? 내가 모를 줄 알아? 얼른 내 등에서 얼굴 안 뗄래?"

"훌쩍이기만 했지, 콧물 안 나왔어. 그리고 나오면 또 어때? 빨면 되잖아. 뭐가 더럽다고 그래? 혼자 깨끗한 척하고 있네. 계속 뭐라고 하면 나 확 내려버린다."

그녀는 토라진 목소리로 말했다.

"내리기만 해봐. 그땐……."

또 시작이다. 그들은 멋지고 진지할 순 없는 건가. 괘씸한 생각에 일부러 더 많이 훌쩍이면서 준후의 등에 얼굴을 비벼댔다. 하지만 내릴 순 없다. 그리고 얼굴을 뗄 수도 없다. 포근한 등, 그녀가 그토록 원하던 너른 등판을 껴안은 건 아니었지만 그래도 행복했다. 불행히도 준후의 바지춤만 잡고 있긴 했지만.

"그땐 뭐?"

"먹을 거라곤 생선만 나오는 나라에, 탈 거라곤 두발자전거만 있는 곳에 보내버릴 테니까."

준후는 즐거운 목소리로 그녀의 속을 뒤집어놓는 소리를 골라했다.

"뭐, 너 죽을래? 그런 나라가 어디 있어?"

"하여튼 있을 수도 있지. 그리고 네가 여기서 나 죽인다고 난리치면 우리 둘 모두 떨어지는 거야. 아주 위태로운 곳을 지나고 있거든. 아래 한 번 내려다볼래? 할 수 있음 해봐라."

그 말에 피식 웃음이 터졌다. 그녀의 웃음에 준후도 따라 웃었다.

노래방에서 불렀던 노래의 마지막 구절이 생각났다.

'내 마음에 들어오지 마세요, 날 사랑하게 만들지 마요.'

서준후, 어떻게 하니, 넌 이미 내 마음에 들어온 것 같은데, 그럼 날 사랑하게는 만들지 마. 만약 내가 한 걸음 다가가서, 네가 한 걸

음 내게로 오면 참을 수 있지만, 한 걸음이라도 뒤로 가면 마음이
많이 아파 죽을 거야. 자전거에서 떨어지는 것보다, 생선 가시를 먹
었을 때보다 더. 그러니 지금처럼, 딱 이만큼만 있어줘. 더 잘해서,
더 멋진 모습으로 변해서 날 놀라게 하지도 말고 아프게도 하지 마.
나도 딴 마음 들지 않게 잘할 거니까.

12

자전거 사건 이후로, 하는 궁지에 몰린 느낌을 떨칠 수가 없었다. 사실 궁지라고 할만한 실제적인 것도 없었지만 하여튼 느낌은 그랬다. 그 일 이후로 준후는 인생 컨셉을 느끼함으로 잡은 건지, 시종일관 느끼하게 친절을 과용하며 그녀의 인생을 사사건건 간섭하기 시작했다.

특히나 준후가 약국으로 들어오기만 하면, 김 약사와 송 약사는 이상야릇한 눈빛을 던지며 이유라고 하기엔 너무나 빈약한 핑계를 대면서 사라지기가 일쑤였다. 그렇게 계속 없어지기만 하면 월급에서 도망간 시간만큼 깎겠단 그녀의 주장에 그들은 잠시 주춤거리기도 했지만 또다시 약품창고로 숨어버렸다. '사귀는 사이'라 음침한 곳을 선호한다면서 말이다. 그녀 몰래 그들이 커플선언을 했는지는 그날 처음 알았다. 계약커플이 책 속에만 있는 건 아닌가 보다.

또한 준후는 좋아하는 책 속의 사랑 나누기 장면을 서슴없이 읽어주며 마치 그렇게 해주겠다는 듯이 그녀의 나이트 라이프(?) 취향을 꼬치꼬치 캐물었다. 솔직히 그녀 혼자 얘기하는 것과 상대방이 묻는 것엔 커다란 차이가 있어서인지, 그런 취향 조사 때마다 제대로 답은 못하고 번번이 얼굴만 붉히다가 화만 내고 말았다. 뭐, 말하면 그렇게 해줄 것도 아니면서 말이다.

물론 이것이 전부는 아니다. 이전엔 스튜디오에 출몰하는 멋진 남자 연예인들을 구경하러 갈 때마다 준후에게 잡혀오곤 했지만 지금은 아예 전화까지 해서 그들이 언제 올지 알려주기까지 한다. 그 소식을 듣고 스튜디오로 달려가면(걸으면 4분, 뛰면 2분) 기다렸다는 듯이 그 멋진 남자들이 그녀에게 사인을 해준다. 황홀한 기분에 취해 그들의 빛나는 얼굴에 온통 신경을 쏟았기에, 정작 사인이 어떤지에 대해서는 새까맣게 잊고 말았다.

헌데, 어느 날 그 사인들을 유심히 들여다보고 그녀는 깜짝 놀랐다. 아무리 흘려 쓴다고 쓴 거지만 거기엔 그녀의 이름 대신, '형수님께'란 모양의 글자들이 흐물흐물하게 춤을 추고 있었기 때문이다. 형수님이라니, 누구의 형수님이란 말인가, 설마 준후를 말하는 걸까. 아니면 그녀가 자신의 이름인 하를 잘못 본 건 아닐까, 아니면 하와 약사님을 한꺼번에 붙여쓰다 보니, 이상하게 쓴 건 아닐까.

사태가 이쯤 되니, 의심을 하지 않을 수가 없다. 도무지 알 수 없는 상황이다. 준후는 그녀에게 뭘 바라는 걸까. 또 한 편의 연극, 아니면 한 무더기의 여자들, 그것도 아니라면 혹시 그녀를…….

절대 그건 아닐 것이다. 만약 그랬다면 뭔가 언질이라도 줘야 하는 것 아닌가. 공주병 환자라고 하기엔 자신을 너무 잘 아는 그녀이기에 그건 일단 제외시켰다. 이런 말도 안 되는 고민을 하는 시간이 아까워(그 시간에 돈이나 왕창 벌고 싶기에), 이런 의심을 하게 만드는 준후가 정말 미웠다. 하지만 준후의 느끼한 친절을 남몰래 즐기고 있는 처지라 대놓고 물어볼 수는 없는 것이다.

이렇게 착각의 늪에서 허우적거리는 하에게, 연주가 용한 점집이 있다며 명함을 건네주었다. 그 점집이 연분을 잘 맞추기로 소문난 집이라 했다. 바로 이거다. 어쩌면 그녀는 서준후의 마력(?)에서 벗어나 새로운 남자와 백년해로하는 운명일지도 모른다. 자신의 미래를 점쟁이에게 의지한다는 것이 말도 안 되는 일인 줄은 알았지만 그만큼 그녀는 하루에도 수십 번 감정의 수렁에 빠지기 때문에 지푸라기 하나라도 잡는 심정으로 가보기로 했다. 이번 기회에 훌훌 털고 더 이상의 미련 없이 살고 싶기 때문이다.

결국 그녀는 준후에 대한 마음을 접지 못한 나약한 의지를 가진, 짝사랑에 애타하는 여인네임을 순순히 인정할 수밖에 없었다.

"그러니까 색시가 자기 짝을 언제 만날지 알고 싶다고? 내가 그걸 어찌 알아?"

말도 안 돼. 진짜 처녀보살이 맞는 걸까. 여기가 그렇게 유명하다던 점집 맞긴 한 걸까. 혹시 그녀가 잘못 찾아온 건 아닐까. 이성적인 관점으로 보자면, 믿음도 가지 않지만 요새 워낙 심란하게 구는 어떤 녀석의 행동을 참다못한 나머지, 그녀도 새로운 이성의 만남, 연애의 가능성을 타진해 보기 위해 연주가 추천한 이 방법을 택할 수밖에 없었다.

"하지만 할머니가 정말 유명하다고, 그러니까 이 바닥에선 할머니가 최고라고 하던데요."

그녀는 처녀보살이라고 하기엔 그다지 믿기지 않는 할머니의 날카로운 노안을 보며 얼버무렸다.

"물론 내가 최고긴 하지. 좋아, 그럼 생년월일 한 번 말해봐."

그녀가 생년월일과 태어난 시간을 말하자 할머니는 뭔가를 중얼거리기 시작했다. 그녀의 초조한 모습을 흘끗 쳐다보더니 한마디 덧붙였다.

"날 째려보고 있음 나올 점도 안 나와. 그러니 맘 편하게 가지고 기다려봐."

처녀보살 할머니는 뭔가를 열심히 중얼거리더니 손에 쥐고 있던 쌀알을 탁자 위에 획 뿌렸다. 너무나 많은 힘을 주었는지 쌀알들이 바닥에 이리저리 튀었다. 상당히 부실한 동작이었지만 워낙 나이가 많은 노인이니 그럴 만도 하단 생각이 들었다. 삼분의 일 가량만 남은 쌀들을 손가락으로 헤집더니 탁자를 탕 치는 거였다.

"흠, 오래 전부터 임자가 있었구먼. …있었다니까. 암, 지금도 색시 주위를 빙빙 돌고 있어. 생긴 것도 아주 잘생겼구먼. 역시나 따라다니는 여자들도 많아. 하지만 걱정 말라고. 그것들 다 소용없는 쭉정이들이니까. 색시의 짝은 그 쭉정이들한테 관심이 요만큼도 없어. 하여간 등잔 밑이 어두웠구먼. 옆에 놔두고 헤맨 격이야. 여기까지 온 것이 아깝구먼."

와, 정말 용하다. 하지만 과연 그 여자들이 쭉정이일까. 그렇게 훌륭한 쭉정이들도 드문데. 어머나, 지금 그 남자를 준후라고 생각하는 거야? 여기까지 와서도 서준후 타령이라니. 정신 좀 차려라, 이하!

"예? 뭐라고요? 할머니, 전 남자 없는데 무슨 말씀이세요?"

"왜 이렇게 말이 많아? 내가 있다고 하면 있는 거야. 어디 보자. 오라, 그 녀석이 나이가 같구먼. 흠, 또 예술 쪽에서 일하는 것 같은데. 이놈이 확실해."

나이가 같고, 예술가고, 여자가 많으면, 그건 그 인간뿐인데. 아니지, 그건 아닐 거다.

"할머니, 그럼 그놈 말고요. 혹시 앞으로 나올 딴 놈, 딴 남자는 없어요? 잘 한 번 봐주세요."

할머니는 여전히 쌀알을 헤치며 알 수 없는 말들을 중얼거렸다.

"딴 놈은 없다니까. 이놈이 앞으로도 계속 그놈이 될 게야. 내 말 들어. 괜히 딴 놈 찾지 말고 연분 있는 놈한테나 신경 쓰라고. 천생 연분인데 왜 딴 놈을 찾아?"

그녀의 사정에는 아랑곳하지 않고 할머니는 계속 없다고 박박 우겼다. 아무리 용하다는 점쟁이도 틀릴 때가 있는 법이다. 가끔은 그런 일도 있을 것이다. 딴 곳 또한 알아봐야겠다. 이러다 점집 순례라도 하는 게 아닐까.

"혹시, 그놈 하는 짓이 영 맘에 안 들어?"

딴 곳에 갈 생각하는 그녀에게 할머니는 대뜸 묻기만 했다.

"아니요. 그런 게 아니라, …그 앤 친구인 걸요? 그리고 그 애가 맞을지도 모르겠지만 그 앤 저 안 좋아해요. 할머니 말대로 그 애가 그놈 맞으면 제가 이 나이까지 이러고 있겠어요? 여기도 안 왔죠."

처음 본 사람에게 그녀의 사정을 얘기한다는 것이 꺼림칙했지만 다시 볼 사람도 아니니 괜찮을 듯싶었다. 그녀가 한숨을 크게 내쉬자 탁자 위의 쌀알들이 춤을 췄다.

"원래 사내놈들이 자기 짝 찾는 데에는 늦거든. 지금이라도 그놈이 정신 차렸을 수 있으니 색시가 잘 살펴보라고. …어허, 내 말 안 믿는 거야? 내가 얼마나 유명한지 모르는가 보구먼."

할머니는 기분 상했다는 듯이 인상을 팍 썼다. 어른에 대한 예의라면 끔찍하게 지켜야만 하는 가정에서 자라온 그녀이기에 얼른 할머니를 위로했다.

"아니요, 저도 소문 듣고 온 걸요? 할머니 말은 믿는데, 그 애가 영…….."

"내가 말하지만, 이런 연분은 드물어. 아주 드물지. 일단 시집만 가. 아주 사랑받고 살 팔자야. 원래 무뚝뚝하면서도 툴툴대는 총각들이 진국이야. 그저 느끼하게 여자 비위만 맞춰주는 비리비리한 총각들하곤 다르다고."

"그런데, 할머니는 그 앨 잘 아는 것처럼 말씀하시네요. 정말 다 보이시나 봐요? 어쩜 그렇게 다 아세요?"

할머니는 헛기침을 하며 탁자를 두드렸다.

"뭐, 이 장사를 하루 이틀 하는 것도 아닌데, 당연한 걸 가지고 말이야. 얼른 복채나 내고 사라져. 빨리 나가보라고. 피곤해 죽겠네."

할머니는 피곤하다면서 그녀를 내몰기 시작했다. 돈은 앞으로 잘 벌 건지, 자식은 몇이나 낳을 건지 등등. 궁금한 게 많았는데 제대로 물어보지도 못하고 나가야 할 것 같다. 신경질 내는 할머니를 피해 그녀는 서둘러 돈을 꺼내 내려놓고 부리나케 점집을 달려나갔다. 정말 이색적인 경험이다. 흠, '이렇게 잘 맞으니 다들 점을 보러가는구나'란 생각이 머리에 잠깐 스쳐지나갔다.

그 무렵 점집 할머니는 수화기를 들어 어딘가로 전화를 걸었다.
"연주니? 그래, 잘 끝났지. 내가 누구니? 그래도 연극과 출신 아니니? …그런데 네 친구 순진하게 생겨서는 은근히 의심이 많더라. 하여튼 확실하게 애기했으니 너 성공하면 알지? 너희 남편 소아과 VIP고객 해주는 거, 잊지 말아라. 하하하!"

하는 점집을 방문한 이후로 자신의 운명을 바꿔보려 나날이 노력했지만 별 소득이 없었다. 말하자면 이런 식이다.
"연주야, 나도 새로운 운명을 만나고 싶어. 그러니까 남자 좀 소개시켜 줘라."
정말 큰 마음 먹고, 사교계 등장을 결정했지만 친구의 대답은 매몰차기만 했다.
"뭐, 남자? 팔자 좋은 소리하고 있네. 요즘 남자 품귀현상인 거 몰라? 괜찮은 남자들 눈 씻고 찾아봐도 찾아볼 수가 없어. 점집 아줌마가 네 운명은 주위에 있는 남자라고 했다며? 힘든 길로 가지 말고 운명을 받아들여. 그리고 요즘 남자들 얼마나 예민하고 눈 높은 줄 모르는 거야? 네가 좀 특이하니? 멀쩡한 남자들은 널 알면 알수록 도망가고 싶어질 걸? 너처럼 특이한 여잘 짝으로 생각하는 그 남자한테 가라고. 왜 그 남자가 싫은 건데? 대체 그 남자가 누군데 애길 안 해주는 거야?"
그런 식으로 결론이 나면 슬그머니 남자 애긴 물 건너가게 되었다. 남자들이 도망간다니, 그게 친구에게 할 말인가. 예전엔 소개시켜준다고 난리였는데, 이래도 되는 거니, 김연주! 그렇게 눈물을 머금고는 또 다른 친구인 누이에게 도움을 청했다.

"누이야, 나, 남자 좀 소개시켜 줘라."

"어쭈, 웃기고 있네. 너 소개시켜 줄 남자 있으면 내가 가지지, 너 왜 주나? 앞에서 웃기지 말고 얼른 약국이나 지켜. 그리고 솔직히 말해서 너 소개시켜 줬다가 무슨 소리 들으라고? 하여튼 안 돼. 나 지금 로맨스 소설 투고작들 검토하는 거 안 보여? 이상한 소리 말고 얼른 집에나 가라. 그리고 그 운명의 남자하고나 잘해봐. 아주 딱이라며? 한 팀장, 이 약사가 이제 그만 간다는데? 우리 거 이번 신간이나 몽땅 챙겨주라고."

그래도 연주는 얼굴이라도 쳐다보던데, 누이는 거들떠보지 않으며 원고에만 매달려 있었다. 휴, 남자 하나 때문에 이런 식으로 우정이 흔들리다니. 무정한 것들! 좋아, 그렇다면 확실한 방법이 있다.

"엄마, 나야. …그냥 해봤어. 잘 있나 해서. …지금이 몇 시냐고? 뭐, 그건 그렇고 나 시집가고 싶어. 그러니까 나도 선 보여줘라. 언니들도 봤잖아. 그러니까…… 나도 이제 외로워. …그럼, 당연하지. …예전에 좋아했던 그놈은 안 된다니까 그러네. 하여튼 그놈은 안 돼. 하나만 해줘라. 응? 나 시집보내고 싶다며?"

결국 엄마와의 통화도 별반 다를 바 없었다. '지금이 몇 신줄 알고 전화한 거냐, 무슨 자다가 말도 안 되는 헛소리냐, 돈이 얼만데 그깟 남자 얘기 때문에 비싼 국제 전화냐, 비싼 밥 먹고 이상한 짓 하지 말고 약이나 팔아'라는 내용으로 마무리되었다. 빨리 보내버리고 싶다고 말한 사람이 누군데 말이다.

이렇게 속이 타는 상황에서도 준후는 시도 때도 없이 약국에 들러서 식용유로 목욕한 눈길을 던지며 별별 먹을 것들을 다 챙겨왔다. 물론 미심쩍은 뇌물이란 생각에 제대로 맛을 음미하기도 힘들었다. 왜냐고 물어봤지만 그저 웃기만 하는 싱거운 녀석이다. 과연 준후가 그녀의 천생연분일까. 그럴 리가. 몇십 년도 더 된 우정을 흔들리게 하는 그런 착각은 사절이었다. 더 이상은!

13

"야, 오징어! 예술이고 뭐고 추워서 죽겠다. 그냥 옷 입으면 안
될까? 닭살 36줄 돋았어."

하는 연신 손으로 팔을 문질러댔다. 그때 귀신에라도 홀렸던 건지,
덜커덕 약속을 하고 말았다. 진짜 바보다. 무슨 팔자에도 없는 사진
모델에, 그것도 누드 모델이란 말인가. 누드라고 하기엔 좀 적은 부
위의 누드이긴 했지만. 그래도 벗긴 벗었으니 누드라고 해야겠지.

아마도 치기 어린 마음이 컸으리라. 그래서 이런 무모한 일을 하
고 있는 거다. 솔직히 말하자면, 준후 앞에서 온갖 포즈를 취하며
서 있는 여자들이 좀 부러웠다. 아니, 생각보다 많이 부러웠나 보다.
카메라 앞에서 훤히 등 전부를 내보이며 서 있으니 말이다.

"안 돼. 지금 어떻게 찍을 건지 궁리중이야. 참아, 예술이 그냥 되
는 줄 알아? 그리고 36? 언니 팔뚝이 그렇게 굵은 줄 몰랐다."

지영은 예술가의 진지한 분위기를 담고 있었다. 최고의 아트를 만
들겠다며 큰소리 치고 있는 상황이기 때문이다. 자세도 자못 심각했

다. 그녀의 볼품없는 등짝이 사진으로 찍혀 나올 수 있을까. 그게
과연 예술이란 이름으로 멋지게 포장이 될까.

"그리고 언니, 등에 표정이 살지 않아. 내가 얘기했지? 예술은 감
성이야, 감성! 언니가 그렇게 강조하는 삘, 그 삘이란 말이야. 바로
그 삘이 예술을 완성시킨다고. 그런데 추워서 잔뜩 오그린 등짝에
무슨 감성이 스며 있겠어? 모델이 좋아야 사진이 사는 거 언니도
알잖아. 좀 잘해봐."

지영은 '삘'이란 단어에 있는 힘껏 힘을 주며 말했다. 그녀는 결코
'삘'이란 섬세한 단어를 저토록 우악스럽게 발음한 적이 없었다. 얼
굴에 온갖 주름들을 다 만들어내며 렌즈를 들여다보는 지영은 이제
그녀 주위를 빙그르르 돌며 광도를 체크했다.

"내가 이런 에로 포즈는 한 번도 취한 적이 없어서 그렇지, 뭐.
하물며 목욕탕에서도 해보지 않은 걸. 어색하기만 한데, 무슨 삘이
생각나겠어? 거기다가 춥기까지 하고."

하는 땋은 머리채를 신경질적으로 잡아당겼다. 자신의 삘 없는 몸
을 내려다보니 한숨만 나왔다. 아무리 여자끼리라 하지만 어색하기
만 한 걸 어쩌랴. 그런데 준후가 찍은 그 여자들은 어떤 생각을 가
지고 그런 멋진 자세를 연출했을까. 그리고 준후는 그 여자들을 보
고 무슨 생각을 했을까. 무슨 생각은, 생각! 생각은커녕 황홀해 했겠
지. 뻔한 걸 생각하고 참 시간도 많네. 속없는 등판 누드 모델 같으
니라고.

"언니, 그 턱받인지 앞치만지 좀 치울 수 없어? 어차피 목욕탕도
함께 간 사이에, 앞판 좀 본다고 별 일 있겠어? 그렇게 수줍어서 나
중에 남자는 어떻게 덮치려고?"

지영은 두 눈을 도르르 굴리며 한숨을 내쉬었다.

"지킬 건 지켜야지. 아무리 우리 둘 뿐이지만 여긴 목욕탕이 아니
잖아. 그리고 이거랑 덮치는 게 무슨 상관이야?"

하는 가슴을 가리기 위한 천조각을 더욱더 여미며 퉁명스럽게 말

했다.

"에휴, 알았어. 그럼 무슨 얘기를 해야 언니가 관능의 여신이 될까? 좋아, 그렇다면 언니가 즐겨 읽는 책에서의 장면들을 떠올려 봐. 그들의 사랑이 시작되는 바로 그 부분 말이야."

"그런 부분이 굉장히 많은데, 어떤 장면을 말하는 거야?"

그런 거라면 자신은 있다. 아니, 자신을 넘어서 매일 하는 생각인데, 그것쯤이야 어려울 것도 없다. 이제는 그런 장면도 너무 많이 봤는지 식상하기까지 한 상황이니.

"그럼 내가 말해 볼게. 일단 남자가 여자에게 다가가는 거지. 그의 눈은 그녀에게 고정이 되어서 흔들리지 않는 거야. 벌써부터 숨이 막히는 것 같지 않아?"

지영은 그녀 자신이 숨 막혀 죽을 것 같은 표정으로 말을 이었다.

"그래서? 남자가 여자한테 샌드위치 놀이라도 해줬나 보지? 산소 호흡기나 갖다줘라."

"방해하지 말고 조용히 해봐. 언니가 그 여자가 되었다고 상상해 보라니까. 그 남잔 언니를 엄청나게 원하고 있다고. 그런데 닭살 몇 줄 돋았는지 세고 있을 거야, 삘 안 나게? 다시 돌아와서, 이제 그가 언니의 어깨에 손을 얹고 언니의 입술에 손가락을 대는 거야. 어때? 느껴져? 춥기는커녕 더워 환장할 것 같지?"

"하하하! 그쪽 부부는 그렇게 하나 보네? 난방비 걱정할 필욘 없겠다."

지영의 행위 예술에 하는 웃음이 터져 나왔다.

"아이 참, 언니! 나 도와주는 거 맞아? 하긴, 그런 열기를 경험하지도 못한, 밤이 외로운 처자에게 무슨 말이 필요하겠어? 내가 참아야지. 이 오지영 선생님이 언니를 그 가상의 세계로 인도해 주지."

"그런데 갑자기 관능이 왜 나와? 원래 내 슬픈 등판을 찍고 싶단 거 아니었어? 무슨 삼류 에로 포스터 찍어? 슬픈 거 한다며, 슬픈 거!"

"내 예술사진을 그런 식으로 보는 거야? 에로? 언니 몸으론 당연히 무리지. 보리죽이나 먹은 몸매로 그런 걸 찍다니. 에로를 아주 우습게 보는데?"

그녀의 항의에도 불구하고 지영은 계속해서 여러 자세를 요구했다. 물론 관능미가 넘치는 자세였지만 어느새 그녀의 자세는 국민체조 동작이 되어가고 있었다.

"언니, 가슴 펴고 옆으로 기대보라고. 그렇지. 바지를 좀 더 내려봐. 설마 촌스럽게 허리선 높은 아줌마 빤스라도 입고 온 거야? 내의 입는 여자니 알만하지."

지영은 하의 속옷 취향을 폄하하여 틈만 나면 잔소리다.

"이거 내의 아니야. 메리야스라고. 그리고 당연히 입어야지. 내가 브래지어는 안 해도 메리야스는 꼭 입어. 안 입으면 배가 아파서 안 돼. 화장실 가서 손 안 씻고 나온 그런 격이라니까. 하여튼 그런 불편한 느낌은 질색이니 입어야 한다고. 솔직히 내가 뭘 입었는지 남들이 어떻게 알겠어?"

그녀는 소파 위에 걸쳐 있는 자신의 메리야스를 찾아내서 지영에게 흔들어 보였다. 그녀의 메리야스를 싫어하는 사람들이 여럿 있지만 그녀의 메리야스 사랑은 언제까지나 계속 될 것이다.

"으이구, 말도 안 돼. 교복 속에나 입는 메리야스라니. 남자가 여자랑 사랑을 나누려는 결정적 순간이 왔는데, 옷을 벗겨보니 거기에 딱 메리야스가 있어봐라. 그것도 레이스나 좀 달리면 낫지. 아저씨 런닝구 같은 메리야스면서. 확 깨지. 남자가 할 맘이 생기겠어? 웃다가 끝날 걸? 그러니까 아직도 여태 혼자인 거야. 남자들이 메리야스 입은 여자를 좋아할 것 같아?"

"걱정 마라. 나도 그 결정적 순간을 위해 따로 세워둔 계획이 있으니까. 그리고 좋아하는 사람도 있어. 준후조차도 속옷은 꼭 입어야 한다고 강조했다니까. 남자라고 해서 메리야스 안 입은 여자만 좋아하는 건 아니야."

"어머? 막내 도련님이랑 속옷 얘기까지 한단 말이야?"

지영은 카메라에서 손을 떼고 그녀가 있는 곳까지 한달음에 달려왔다. 지영은 지금의 예술 사진보다 준후에게 더한 관심을 쏟고 있는 모양이다.

"그럼. 우리가 못할 얘기가 어디 있겠어? 헌데, 그 '음음음' 얘긴 안 해주더라. 물어봐도 말해 주지도 않고. 이해하긴 해. 그 애가 은근히 수줍어하잖아."

"그래, 속옷까지 말이지. 혹시 몇 장 사주기라도 했나 보지?"

"당연하지. 이것도 사준 거야. 내가 그 점 하난 높이 산다니까. 더군다나 내가 레이스라면 아주 질색하잖아. 하루 종일 가려워서 박박 긁다가 끝나니까. 그런데 요즘엔 거의 레이스가 일색인데도 레이스 없는 순면 100%로 잘 찾아온다니까. 속옷도 은근히 비싼데 말이야. 돈 굳었다니까."

지영은 꽤나 못마땅한 시선을 던졌다.

"언니도 속옷 사줘봤어?"

"딱 한 번. 생일 때 나도 남자 메리야스 사줬는데 입는 꼴을 못 봤다. 대체 땀을 어떻게 흡수한다는 건지. 우리 아버진 꼭 깔끔하게 입으셨는데 말이야. 요즘 남자들은 잘 안 입나봐."

"하하하! 언니, 요즘 젊은 남자들은 잘 안 입어. 나이가 좀 들어야 입지. 그리고 멋진 남잔 그 딴 거 안 입는다고."

요즘 젊은 남자라고 해봤자, 지영이 보는 남자야 준하 오빠 외엔 없을 텐데 어떻게 안다는 걸까.

"멋진 남자, 투라이 선전도 안 봤어? 비 오는데 런닝만 입고 집 앞에 서 있잖아."

"알았다고. 언니의 그 런닝, 아니 메리야스 사랑은 내가 이해할 테니까 이거나 잘 찍어보자. 그런데 언니!"

다시금 관능미 넘치는 자세를 펼치기 위해 몸을 버르적대던 그녀를 지영이 나지막하게 불렀다.

“언니는 진짜로 좋아한 남자 없었어? 그 콩나물 선배 말고. 왜 같
이 손도 잡아보고 싶고, 가슴에 안겨보고 싶고 그런 거 있잖아.”

“글쎄?”

그녀는 머리를 긁어대며 지나간 옛 남자들을 떠올려봤다. 옛 남자
리스트가 턱없이 짧아서인지, 그다지 떠올릴 만한 남자들도 없다. 갑
작스레 이상한 질문을 하는 지영을 어떻게 생각해야 할지도 몰랐다.

“막내 도련님은 어때? 그렇게 오래 알았으면 한 번쯤 그런 생각
도 해볼 수 있잖아.”

그런 생각, 당연히 해봤다. 하면 안 될 생각이지만. 그렇다고 어떻
게 말하겠는가. 진실은 약간 숨겨져야 아름다운 법이다.

“흠, 그런 것보단, 영화 보다가 그런 장면 나오면 준후는 어떻게
할까 궁금해. 다른 여자들한텐 어떤 식으로 해줄까 궁금하기도 하고.
얼마나 잘해주면 여자들이 그렇게 열렬하게 쫓아다니는 건지도 궁금
하고.”

그녀는 바지단추를 만지작거리며 어깨를 으쓱했다.

“원래 빈 수레가 요란한 법 아니겠어? 당해보지 않으면 어떻게
알겠어? 그러니 언니가 한 번…….”

지영은 씨익 웃으며 그녀를 부추겼다.

“어, 무슨 소리야? 내가 어떻게 그래? 준후가 여자들한테 어떻게
할까 그런 게 궁금하다는 거지. 하지만 금방 딴 생각해. 그런 생각
하면 기분 나쁘잖아. 날 좀 무시한단 생각이 드니까.”

“왜 그런 생각이 드는데? 왜?”

지영은 이제 그녀의 코앞까지 와서는 재차 물었다.

“쓸데없는 자존심 때문에 그러지, 뭐. 나한텐 그런 생각이 조금이
라도 안 드는 건지, 그러기는커녕 잔소리만 하고. 여자로 본 적도
없을 테지만 말이야. 또 그 여자들이랑 엄청 비교되는 것 같고. 특
히나 여자 떼어내는 연극이라도 하는 날이면, 연기에선 상당히 만족
스런 느낌이 드는데 기분은 진짜 더럽거든. 그 문제의 여자들이 내

가 봐도 진짜 괜찮을 경우엔 더 나빠. 나쁜 놈! 그런 걸 왜 나한테 시킬까? 단지 난 연극 놀이하는 친구밖에 안 되는 걸까? 그런데도 이러고 있는 거 보면 나도 습관이 되어버렸나 봐.”

그녀도 모르게 나오는 독백 같은 고백에 지영은 또다시 꼬리를 무는 질문을 했다.

“무슨 습관?”

“계속 반복돼서 이젠 뭐가 뭔지 모르고 하는 습관 말이야. 나도 내가 어디에 와 있는지 모르겠고, 뭘 기대하는지도 모르겠고, 그냥 다 모르겠어. …추우니까 얼른 찍고 가자.”

그녀는 마음 속 불만들을 띄엄띄엄 털어놓은 것에 대해서 후회하기 시작했다. 하여튼 어울리지 않는 걸 하니, 몸도 마음도 불편하기만 하다.

“그럼 도련님은 어때? 막내 도련님이 언니한테 끈적끈적한 눈길을 보내거나, 아니면 언니의 몸 어느 부분에 손을 대거나…….”

오늘의 예술가께서는 작품에는 관심이 없고 그녀와 준후의 에로(?)적인 관계에 지대한 관심을 내비쳤다.

“소설을 써라, 써. 필요 이상으로 그런 적은 없어. …지금 생각해 보니까 한 번도 그런 적이 없네. 꼭 필요한 경우가 아니면 절대 그렇질 않지. 맞다, 고등학교 때 담에서 기어나오다가 그 애한테 엎어졌는데 바로 잔디밭으로 날 밀어버리는 거야. 또 가끔 내가 다리가 좀 쑤시다고 안마라도 해달라면 살펴보기는커녕 물리치료나 받으라고 해. 진짜 나쁜 놈이지? 그게 뭐가 힘들다고 말이야. 그저 몇 분만 주무르면 되는데. 생각하니까 기분이 확 나빠지네. 그러면서 그 여자들이랑은 안마가 뭐야, 더한 것도 해줬을 거 아냐?”

그녀는 처음과는 달리 씩씩거리며 들고 있던 메리야스를 구겼다.

“그랬구나. 막내 도련님이 은근히 뭘 모르네. 그나저나 언니, 확열 받지? 지금도 추워?”

“아니, 안 추운 것 같아.”

그녀는 정말 춥지 않았다. 생각 외로, 준후가 쓸모(?)가 있다.

"그런데, 나 진짜 궁금한 거 있거든. 언니, 말해 줄 거지?"

오늘따라 질문이 엄청 많은 지영이다. 빨리 지영의 궁금증을 해결해주고, 모델 일도 끝내야겠다.

"너 사진 안 찍을래? 좋아, 그걸 끝으로 빨리 찍는 거야, 알았지?"

"응, 알았어. 언니는 왜 막내 도련님한텐 사진 찍어달라고 안 해? 증명사진 같은 것도 그렇고, 다른 사진도 그렇고. 언니, 돈 낭비하는 거 싫어하면서 왜 그런 거야? 더구나 막내 도련님은 가족들이랑 친구들한텐 돈 안 받잖아."

여태 아무도 묻지 않았던, 아무도 눈치 채지 못했던 얘기다. 그런데 누군가 알고 있다니, 기분이 묘하다.

"그냥. 어쩌다 보니 좀 그렇게 된 거지, 뭐."

구두쇠처럼 변명도 궁색했다. 의자 위에 걸쳐져 있던 옷을 입고는 소파에 앉았지만 지영은 그녀의 대답이 불충분하다는 듯이 재차 물었다.

"그냥? 어쩌다 보니? 예전부터 정말 궁금했는데, 얘기해 줘라, 응? 하 언니!"

하는 입술을 잘근잘근 깨물며 고민했다. 지영은 예술 사진은 안중에도 없다는 듯이, 소파로 올라와 그녀 옆에 찰싹 붙어 앉았다. 그녀가 부담스런 표정을 지으며 옆쪽으로 옮겨 앉자 엉덩이를 그녀 쪽으로 완전히 밀어붙였다.

"예술가 씨, 사진은 안 찍으시나?"

"에이, 예술이란 건 말이지, 작품의 소재에 대한 사연을 들어봐야 진실에 가까워지거든. 그래야 작품이 살아. 그러니까 얘기해 줘라? 언니도 내가 얼마나 끈질긴 줄 알지?"

지영은 소파 밑에 있던 봉지를 그녀에게 보여주며 또 한 번 씨익 웃었다. 아무래도 작정을 하고 뭔가를 준비해 온 것이 아닐까란 생각이 머릿속을 잠깐 스쳤지만 그다지 신경 쓰이지도 않았다. 궁금하면 대충 말해 주면 되지, 뭐.

봉지를 두 손으로 잡자 따뜻한 기운이 온몸에 퍼졌다. 최고의 간식인 삶은 계란이다. 그것도 금방 삶아온 듯한. 마음이 약해졌다. 약한 마음, 네가 싫구나. 하지만 계란 앞에선 잠깐 약해져도 괜찮다. 곧 뱃속에 자리잡은 계란들이 행복감을 불러올 테니 말이다.

“불편해서 그렇지. 가끔 준후가 날 뚫어지게 쳐다볼 때가 있거든. 그럴 때면 목이 졸린 듯한 느낌이 들어. 참 견디기가 힘들거든. 그런데 카메라를 들이댄다고 생각해 봐. 나름대로 잘 찍어준다고 하면서 얼마나 집중해서 보겠어? 생각만 해도 숨이 막히고 소화도 안될 것 같아. 또 날 찍는다는 것 그 자체도 기분이 나빠. 그 여자들이랑 비교도 되는 것 같고. 그리고 또 나한테 그건…….”

그녀는 말을 멈췄다. 그 다음 얘기는 어느 누구에게도 하고 싶지 않았다. 그녀를 유심히 보고 있던 지영은 다른 질문을 했다.

“그런데 언니와 도련님 둘 중에서 누가 더 먼저 결혼할 것 같아?”

“당연히 준후가 먼저 가야지. 그래야 내가 갈 수 있지.”

삶은 계란들의 온기 어린 위로를 받으며 그녀는 확신에 찬 어조로 말했다. 왜냐하면 여태껏 그녀가 몇십 년 동안 생각해왔던 예정설이었기 때문이다.

“왜? 언니가 먼저 가면 안 돼?”

“응, 그건 안 돼. 네가 이해를 잘 못하는 것 같으니까 내가 얘기하나 해줄게. 옛날에 왕자랑 자신이 그 왕자의 공주라고 착각한 안공주가 있었어.”

그녀는 진지하게 말문을 열었다. 약간 복잡한 이야기일 수 있기에, 천천히 말하는 것도 잊지 않았다.

“안공주? 그게 뭐야? 또 지어냈지?”

지영의 의심에 찬 질문을 무시하고는 그녀는 다시 말을 이었다.

"하여튼 그런 게 있어. 안공주는 자기가 왕자의 그 공주인 줄 알았는데 알고 보니 아닌 거야. 그래서 재빨리 계획을 수정했지. 벌써 시간을 많이 낭비해 버렸거든. 더구나 그 왕자가 공주를 만나야만, 안공주가 자신의 기사를 만날 수 있는 운명이었던 거야. 그래서 안공주는 부단히 노력을 했지."

"그래서? 왕자가 공주를 만났어?"

"아니, 불행히도 못 만났어. 왕자한테 공주가 워낙 많아서 말이지. 그런데 안공주의 기사가 먼저 나타난 거야. 왕자가 공주를 만나지 못했기 때문에 안공주는 기사와 잘 될 수 없었어."

"무시해 버리고 그냥 안공주가 기사를 만나면 안 돼?"

"그래서 안공주도 그렇게 했지. 그렇지만 운명을 무시하고 기사와 잘해보려니까 신이 벌을 내린 거야. 그 기사를 또 다른 공주에게 줘 버린 거지."

"진짜 안됐다. 그래서 어떻게 됐어?"

지영은 그 얘기에 흠뻑 빠진 듯 했다. 그녀가 듣기에도 꽤나 설득력 있기도 했다. 지어내기의 여왕, 이하.

"아직도 그대로지."

"그러면 그냥 안공주랑 왕자랑 엮어 주면 안 돼? 어차피 시간도 너무 많이 낭비했잖아."

물론 안공주는 뭐든 낭비를 싫어하는 체질이니 당연했지만, 왕자가 그렇지 않음을 지영은 모르는 것이다.

"안공주는 그럴 수 있는데 왕자는 그렇지 않거든. 그래서 안공주는 예전에 그 생각을 지워버렸어. 자, 끝! 이제 다시 예술하자."

하는 다시 웃옷을 획 벗어버렸다.

14

차에 타자마자 거울을 들여다보기 시작한 하는 얼굴을 만지고 또 만졌다. 저러다 화장이 지워질 게 뻔한데도 연신 손을 얼굴에서 떼지 못했다. 더군다나 오늘처럼 중요한 날에 말이다. 그 또한 잔뜩 힘을 주긴 했다. 하가 그토록 집착하는 양복발이라도 세워서 홀딱 반하게 만들어야 했다. 오늘만큼은 반드시 성공하리라.

위태했던 자전거 사건을 뒤로, 순풍에 돛단 듯 그의 계획들은 별 탈 없이 진행되었다. 그의 애정 어린(하는 느끼한 행위라고 주장하는) 여러 행동을 하가 자연스럽게 받아들이고 있었다. 좀더 부드러워진 그를 느끼는 것 같았고 좋아하는 것 같기도 했다.

부끄럽던 일들도 이젠 당연해졌다. 형들 말대로, 애정 표현은 하면 할수록 느는 모양이다. 여전히 주위 사람들은 그건 애정 표현도 아니라며 더욱더 강도를 높이라고 요구했지만 뭐든 조금씩 천천히 정도를 걷는 게 좋다고 여겼다.

그래도 예상치 못했던 사건이 없었던 건 아니다. 점집 사건 이후로, 다른 남자를 찾겠다는 하의 터무니없는 시도가 바로 그것인데, 별 무리 없이 조직원(?)들의 솔선수범 덕에 그 시도는 물거품이 되고 말았다. 자고로 꼼꼼한 계획을 가진 남자야말로 모든 일에 성공할 수 있는 것이다.

솔직히 자전거 사건 때는 두려웠다. 예상치 못한 상황에, 하가 그에게서 달아날지도 모른다는 생각이 덜컥 들기도 했다. 그깟 자전거에서 떨어진 일이 그를 최악의 인간으로 규정지을 정도의 극악무도한 짓이라곤 생각지 못했다. 더구나 하를 향한 그의 진실된 노력을 꺾은 신뢰의 문제도. 그의 사랑과 신뢰 중에 신뢰를 택하겠다니, 울 일이었다. 절망했다. 소풍도, 자전거도 다 부질없어 보였다. 그나마 정신을 차렸을 땐 이미 하는 사라지고 없었다. 우습게도 그 원수같은 자전거를 들고서.

부리나케 친구들에게 전화를 해보니, 하가 자전거를 끌고 결국은 집에 왔단다. 그리고 그들로부터 하가 왜 그의 가슴에 못을 박고 떠났는지를 알게 되었다. 가까이에서 그녀를 잘 알아왔다고 자신했지만 그게 아닌 모양이다. 그런 것 하나도 모르다니. 그저 옆에 있으니 모든 걸 안다고 막연히 생각한 것이다. 그리고 또 막연히 하 또한 자신의 감정과 비슷하다고 짐작했던 것이다. 사실, 하는 전혀 그를 인생의 반려자로는 여겨본 적도 없는데 말이다. 그저 옆에 있으면 되는 줄 알았다. 그저 지켜주기만 하면 되는 줄 알았다. 그게 사랑이고, 믿음이고, 신뢰라고 생각했다. 그런데 아닌가 보다.

그래도 하는 그를 믿었었다. 그래서 그렇게 그를 원망했던 것이다. 하는 그 말고 어떤 누구에게도 그 신뢰의 잣대를 들이대진 않았다. 그만큼 그는 중요한, 하의 인생에서 신뢰받고 있는 사람이다. 그런 그가 믿음을 저버릴 일을 하다니. 하지만 하는 그 자전거를 끝까지 끌고 집으로 갔다. 하의 마음을 아프게 했지만 그를 마음속에서 내치지 못했던 것이다.

요즘 들어 하의 눈을 자주 들여다보게 된다. 그 눈에 보이는 자신의 모습이 꽤나 마음에 들기 때문이다. 오래 전부터 보였던 모습이 겠지만, 지금은 새로웠다. 하의 눈동자에서 자신을 볼 수 있다는 것이, 하가 그를 믿고 있다는 느낌을 주기 때문에, 더욱더 좋았다.

그렇게 하의 눈에 담긴 자신을 들여다볼 때마다 그녀는 눈을 크게 뜨며 그만 째려보라며 속 터지는 얘길 하기도 했지만 요샌 익숙해서인지 함께 들여다본다. 하도 그의 눈을 보며 그런 생각을 하는 게 아닐까 했다. 하지만 그게 눈싸움인 줄 아는 하는, 감동의 물결이 밀려와 눈을 피하는 그를 보고는 눈싸움에서 졌다며 계란이나 한 판 사오라며 그를 밖으로 내몰았다. 휴, 한숨이 다 나온다.

"어이, 서 기사님! 운전에 집중해서 그러는 거야, 아니면 내 멋진 모습을 보고 충격 받아서 그런 거야? 왜 한 마디도 안 해? 아, 내 아름다움에 압도되었구나? 에이, 항상 보면서 뭘 감탄하는 거야. 쑥스럽게. 히히히!"

그의 사고 안으로 하의 목소리가 요란하게 파고들었다. 하는 샐쭉한 표정을 잠시 짓더니 이내 키득거렸다. 그리고는 백미러를 보며 치즈를 외쳤다. 또 저 짓을 하다니.

하의 표현을 빌자면 화장은 꽃단장이란다. 화장을 하면 모든 여자는 꽃이 된다나? 하여튼 꽃단장만 하면 그놈의 치즈 연발이다. 그가 아는 여자 중에 화장을 하고 치즈를 외치는 여잔 하뿐이다.

하긴 치즈를 외칠 만도 하다. 하의 꽃단장 날은 국경일과 맞먹을 정도로 1년에 손으로 꼽을 수 있을 정도다. 아니, 국경일보다 더 적은지도 모른다. 차라리 세수를 많이 해서 빛나는 얼굴로 사람을 대하는 것이 진짜 화장이라고 주장하는 애니까.

그 다음 말이 더 가관이다. '네가 못 봐서 그런다, 화장하고 그냥 자는 애들도 많다, 지우면 정말 몰라본다, 오히려 여자들은 안 한 모습이 더 예쁘다, 너도 화장발에 속지 마라, 하지만 가끔 하면 여자다운 느낌이 들어서 좋다'까지. 혼자서도 잘도 떠든다. 너무나 세뇌를 받아선지 그는 화장 안 한 여자들이 더 좋다.

그것도 모자라 꽃단장을 하는 날엔 꼭 그에게 보여주고 뭘 발랐
는지 시시콜콜 설명까지 줄줄 해댔다. 그래서 하가 어떤 화장품을,
무슨 색으로 발랐는지도 외울 지경이다. 뭐, 외우려고 한 건 절대
아니다. 그녀에 관한 거라면 무엇이든지 각인되는 것이 문제라면 문
제지.

하의 화장품 목록은 스무 살부터 시작해 지금까지 단 한 번도 바
뀌지 않았다. 어떻게 똑같은 화장품만 고집할 수 있을까. 하지만 지
금은 안심이 되기도 한다. 뭐든 저렇게 오래도록 함께할 테니, 그도
오래도록 그녀 곁에 있을 수 있지 않을까 하는 생각이 들기 때문이
다.

그는 타고나기를 뻣뻣한 인간이다. 그 대상이 여자, 더욱이 하일
경우라면 많이 힘들다. 특히 오늘처럼 색다르게 예뻐 보일 땐 말이
다. 하에게 어떤 말을 해야 할지 모르겠다. 아름답다고, 예쁘다고.
그렇게 하면 된다는데 그 말이 밖으로 나오질 않는다.

그는 안다. 다만 깊이 숨겨진 말이라, 찾아 꺼내기가 어려울 뿐이
다. 어떻게 하면 꺼내기가 쉬울까. 그의 형들이 하는 걸 보면 쉽고
자연스러운 것 같은데, 그는 왜 이렇게 힘이 드는 걸까. 그는 수줍
고, 부끄럽고, 쑥스러웠다. 하지만 그 안의 문만 찾아 열면 봇물 터
지듯 밖으로 나오리라.

그는 기다린다. 하가 그 문을 찾아 열어주기를.

"그래서 내가 오늘 무슨 재료를 이용해서 이 아름다움을 완성했
냐면 말이지……."

"그만, 거기까지. 나도 다 안다니까. 10년 동안 항상 똑같은 걸,
뭐. 그런데 설마 그 내용물들이 10년 된 건 아니겠지? 만약 그럼
네 얼굴 아마 썩을 걸?"

그는 하의 말을 단호하게 잘랐다.

"서 군! 넌 무슨 말을 그렇게 해? 난 유효기간을 엄청 중요시 여
긴다고. 하여튼 잘 들어. 말 끊지 말고. 오늘 내가 바른 파운데이션

은……!"

"그래, 메이크업베이스는 011 pearl light고, 파운데이션은 301호 화사한 베이지고, 파우더는 1호 illusion이라는 금빛 펄이고, 블러셔는 7번 소프트 핑크고, 립스틱은 아니, 립글로스는 s7호고 됐지?"

그는 그의 곁에 바짝 얼굴을 대고 중얼거리는 하를 다시금 좌석에 밀어넣고는 한숨을 쉬었다. 하는 안전벨트를 최대한 늘려서 동선을 확보하더니만 다시 올라왔다.

"너, 대단하다. 어떻게 알았어? 우와! 장하다, 대한의 아들, 그 이름은 서준후!"

그는, 하의 말을 듣고는 투덜거렸다. 화장품 이름 외우고 장한 아들 표창까지 받다니. 하지만 그만이 할 수 있는, 다른 남자는 절대 못할 일이니, 조금은 자랑스럽기도 한 것 같다.

"뭐가 대단해? 네가 얼마나 지겹게 말했으면 내가 다 외우겠어? 화장 안 하는 게 나은 건 알지? 하려면 좀 배워서 제대로 하라고. 아름다움은 개뿔! 할 말이 없다."

아, 이게 아닌데. 수십 년 동안의 습관은 바꾸기가 힘든 것이다. 물론 그에게는 하가 어떤 모습이든지 다 예뻐 보이기만 한다. 이렇게 더 예쁜 모습을 행여 딴 남자가 보기라도 할까봐 아예 그런 기회를 막기 위한 나름대로의 방법이 이제는 천성처럼 굳어져 버린 것이다.

"서 군, 너무 놀라서 충격 먹었구나. 그러니 할 말이 없지. …어라? 설마 나의 이런 멋진 모습을 보고도 놀랍지 않다는 거야? 다들 나보고 엄청 놀라던데. 그런데 오늘은 이 검정 원피스를 보고도 장례식 의상이라고 잔소리 안 해? 슈퍼 아줌마랑 과일가게 아저씨도 나한테 선 보러 가냐고 물어 봤다니까. 정말 선이라도 봐야 하나? 진짜 아깝잖아. 이렇게 괜찮기도 힘든데 말이야. 그렇지? 그리고 또……."

하는 오늘 자신의 모습에 상당한 자신감을 가졌나 보다. 하지만 옆에 앉은 그는 아무 말 없이 슬쩍 쳐다보고 담배만 씹어댔다. 정말 인정머리 없는 놈이라고 해도 좋았다. 가끔 하가 저럴 때마다 그를 버리고 딴 남자에게로 갈 것 같은 막연한 생각 때문에 심란한 게 사실이다.

계속 혼자만 떠들던 하는 담배만 질겅거리며 운전에만 몰입하는 준후를 노려봤다. 안전운전도 좋지만 오늘은 그녀를 바라보며 황홀한 표정을 지으며 교통신호도 어기면 참 좋을 텐데.
"선? 웃기고 있네. 그 나이에? 나가봐라. 어디서 대머리에, 배 나온 늙은이들만 나올 테니까. 식은땀 흘리면서 연신 물만 마셔대는 그런 아저씨들만 나올 거다. 사람들이 단장한 널 보고 놀라는 게 뭐 좋아? 얼마나 평소에 촌스럽게 하고 다녔으면 이렇게 옷 한 벌 쫙 빼 입었다고 그런 수선이겠어? 제발 부탁이니 잘 차리고 다녀. 나처럼 태평양 같은 맘을 가진 남자나 널 예, 아니 이해하는 거라고."
하의 주먹에 힘이 잔뜩 들어갔다.
어쩐지 그럼 그렇지. 한동안 엄청나게 비행기 비즈니스 석으로 태워 주더니만 그 변덕도 끝났나 보다. 이 녀석 봐라. 너무한 거 아닌가. 뭐, 태평양이라고? 태평양이 언제 저렇게 쪼그라들었나. 화만 내봤자 그녀만 손해다. 참아야지. 그래, 참자. 참자, 참자? 참아? 참을까? 참지 말까? 이걸 확 그냥……!
"그런데 흠, 잘 보니까 괜, 괜찮다."
다른 사람은 몰라도 준후만큼은 그렇게 말해 줘야 한다. 아니, 그렇게 말해 줘야 그녀가 진짜 행복할 것 같다. 그런데 다시 생각해 보니, 그런 대답이 나온 것도 알 만하다. 준후에게 매달리던 여자들을 떠올리니 한숨이 몽글몽글 솟기 시작했다. 그래, 물론 그 여자들보단 훨씬 밑도는 성적이지만 그래도 대단한 발전인데.
준후는 원래 솔직한 성격이라 거짓말을 못하긴 한다. 그런 점을 깜빡하고 자신의 기분을 강요한 그녀 잘못이리라. 왜 매번 기대하는 걸까. 적응될 정도의 오랜 기간인데도. 대체 그 애가 뭐라고 말해주길 바라는 걸까. 제발 마음을 비우자니까. 하지만 그래도 오늘은 참고 싶지 않았다. 꼭 괜찮다는 말을 듣고 싶었다.

"뭐, 괜찮다? 야, 네가 내 친구 맞아? 오늘은 내 자존심 세우는 날이라고. 오늘만큼은 거짓말 한 번 해도 안 죽어. 내가 봐도 멋지기만 하네. 너 참, 맘에 안 든다. 하긴 내가 바랄 걸 바라야지."

그녀는 계속 투덜거리며 준후의 운전에 방해될 만한 짓을 골라가면서 했다.

그런 말을 듣고도 태연하게 있어야 하는데 속이 좁은 그녀인지라 겨우 괜찮다는 말에 마음이 상해버렸다. 슈퍼 아줌마나, 과일가게 아저씨에게 말고, 준후에게서 그런 말을 듣고 싶었기 때문이다. '예쁘다'란 형용사가 그렇게 말하기 힘든 단어인가. 빈말이라도 그렇게 못 해주나.

준후에 대한 원망을 한참 하다가도, 결국은 그녀 자신을 원망했다. 하루 이틀도 아니면서 왜 그렇게 기대를 하는 걸까. 어떤 말이 들려올 줄 뻔히 알면서도 왜 혹시나 하고 기다리는 걸까. 그렇게도 포기할 수 없는 일인가. 제발 포기해라, 포기 좀 하라고.

"야, 이 길로 가면 너무 많이 돌잖아. 저쪽으로 가야지."

"그럼 밀린다고. 차 막히면 멀미해서 토할 것 같다며? 그러니까 이쪽으로 가야 해."

별 필요 없는 것들만 기억하고. 정작 그녀에게 절실한 말 한 마디는 안 해주면서.

"좀 토하면 어때? 자연스러운 증세라고. 내가 네 차에 토할까봐 그러는 거지? 역시 그럼 그렇지."

그녀는 비아냥거리며 안전벨트의 줄을 또 최대치로 늘리고 창밖으로 고개를 돌렸다.

"야, 하! 그깟 시트 갈면 되는 거야. 날 그렇게 나쁜 인간으로만 보는 거야? 시트보단 사람이 더 중요하지."

시트보단 사람. 그래, 시트보단 사람이 중요하지. 그녀는 준후의 인생에서 더 중요하고 싶어져서 안달이 난 사람처럼 굴고 있다. 알다가도 모를 일이다. 이러지 않기로 몇 번을 다짐해도 소용이 없다. 그녀도 결국 그 매달리는 쭉빵이들과 다를 바 없는 것이다. 대놓고 매달리지 못해서 그렇지. 쭉빵이들이 부럽다. 그래도 원없이 매달려 볼 게 아닌가. 아, 아, 아! 미용실에서 비싸게 돈 주고 한 머리를 망칠 수도 없고, 머리를 쥐어뜯고 싶은 심정이다.

"그래, 시트보단 사람이 중요하지."

그녀는 심드렁하게 대꾸했다.

"난 네가 토하는 것도 싫고, 아픈 것도 싫어. 그러니까 이 길로 가는 거야. 그리고 왜 또 토라지는 거야?"

"내가 언제 토라졌다고 그래? 또 생사람 잡네. 운전에나 집중하셔, 서 기사님!"

그녀의 기분을 한없이 나쁘게 해놓고선 마지막엔 꽤나 위해주는 척하는 준후를 보니 속이 뒤틀렸다. 그녀는 팔짱을 끼고는 더 이상 할 말이 없다는 듯이 오디오의 볼륨을 높였다.

그들 사이로 한 남자의 애잔한 목소리가 스며들 무렵 준후가 입을 열었다.

"너 혹시 내가⋯⋯."

"아니야, 그런 거 아니라니까. 계속 운전이나 해."

"⋯⋯."

준후는 담배를 꽉 물었다. 20년보다 더 긴 시간이다. 하지만 오늘은 낯설었다. 하의 달라진 모습 때문은 아니다. 하의 얘기가 너무나 낯설게 들렸다.

'오늘만큼은 거짓말 한 번 해도 안 죽어.'

하가 그에게서 듣고 싶은 말은 고작 거짓말로 위장한 칭찬이란다. 그는 진실을 얘기할 줄 모른다고 하는 말이다. 무엇이 잘못된 걸까.

"됐어. 너한테 기대하는 내가 바보지. 그건 그렇고. 너 오늘 연기 잘해야 한다. 네가 내 연기를 한 번도 보진 못했겠지만 결과를 보자면 너도 인정해야겠지? 그 여자들이 떨어져 나갈 정도니 대단한 거지. 그러니까 너도 오늘 확실하게, 완벽하게 해야 한다. 알았지? 내가 대강 스토리를 짜봤는데, 그럴 필요도 없이 우리 얘기하면 문제없을 거야. '옆집에 살다가 친해져서 결국 이렇게 되었다' 뭐, 그런 스토리지. 하지만 좀 걱정이 되는 것도 사실이야. 나야 문제없지만 네가 평소에 나한테 하던 식이나, 쭉빵이들한테 하는 식으로 하면 완전히 거짓부렁 되는 거거든. 너도 그건 알지?"

하는 막힘없이 긴 문장을 토해내며 그를 아래위로 훑어보는 것을 잊지 않았다. 미덥지 못하다는 뜻이 분명했다.

"……."

"모른다 이거야? 너도 네가 얼마나 힘든 스타일인 줄 알지? 너는 모든 여자가 소망하는 그런 환상적인 남자로 오늘 거듭나야 한다고. 이번 일로 우리의 우정이 시험대에 오르는 거지. 연기력이 형편없을 경우, 알지? 그 날로 우린 그만 만나는 거야. 완전히 도장 찍고 팍!"

그는 하의 얘기가 단 한 마디도 들어오지 않았다. 대체 뭐라고 열심히 떠드는 건지 알 수도 없고 알고 싶지도 않았다. 이제 드러내야 할 때다. 너무나 꼭꼭 숨겨서 잘 찾아낼 수도 없었던 그런 얘기들을. 반드시 찾아내서 보여주리라. 그리고 믿게 하리라.

"어머, 차 세워봐. 여기야, 여기"

하는 서둘러서 벨트를 풀고 내리려다가 그의 손을 덥석 잡았다. 이런 식으로 빨리는 아니었는데. 갑작스레 그의 숨이 멈췄다. 좋긴 한데, 매번 이런 식이라면 그의 심장이 상당히 무리하게 된다. 이런 건 나중에 잘 얘기해야 하려나 보다. 물론 잡아주는 건 계속되어야 하지만.

"자식, 손 한 번 잡았다고 놀라기는. 다른 여자들이랑 별별 짓을 다하면서 말이야. 잘할 거지? 그래도 네가 최고일 거야. 내 친구들

은 의심하지만 난 가짜 아니라고 했어. 그냥 그렇게 말해지더라? 남
자친구 노릇 해달라 말 안 해도 항상 해줄 거지?"

하가 그의 눈을 들여다봤다. 하의 눈에 자신의 모습이 보인다. 그
는 하의 손을 마주 잡아 깍지를 꼈다. 그렇게 영원히 그는 하에게
속해 있을 것이다.

"…그래."

예전부터 해줬던 거야. 그리고 계속, 언제나 해줄 거야. 그걸 너만
몰랐지, 이하.

본격적인 연기 시작.

항상 뿌듯했지만 오늘은 더 뿌듯하다. 수려한 외모, 빛나는 옷발.
잘 정돈된 머리와 단단해 보이는 장신의 남자. 아이에서 어른으로
자란 준후가 한눈에 들어왔다. 친구들과 인사하는 준후를 보니 만족
감이 보글보글 솟아올랐다. 대체 언제부터 이런 느낌이 든 걸까. 약
을 몇십 개 파는 것보다, 환자들의 건강한 모습을 보는 것보다 더
기분이 좋았다. 이런 느낌이 계속 들어봤자 좋을 리 없는 건 분명한
데 말이다.

'정신 차려라, 이하! 서 군은 네 애인이 아니야. 그저 빌려온 남자
친구라고.'

그녀는 깊게 숨을 들이쉬었다. 이건 가짜, 확실한 가짜라고. 그런
데 기분이 참 묘하다. 이게 그 사, 사랑이라고 해도 되는 걸까. 이게
그런 느낌일까. 그럴 리 없겠지. 다만 사랑이랑은 비슷한 종류의 다
른 감정이겠지. 그래, 정(情), 항상 말하던 그 정이라는 게 특별한
순간에, 특별하게 느껴져서 그런 걸 거야. 당연히 사랑은 아니지. 기
도 이후로 새로운 운명이 주어졌으니까. 이 묘한 감정은 사랑은 아
닐 거야. 그러니 아주 잠깐, 아주 잠깐 동안은 이런 기분을 갖는 것
도 괜찮을 거야. 언젠가는, 다른 누구와는 해볼 수 없는 일이니까.

인생에서 가족만큼이나 오랫동안, 커다란 자리를 차지한 준후가,

그녀를 보면서 조금이라도 그 비슷한 감정을 가지길 바랐다. 지금의 그녀처럼. 그런데…… 정말 그런 것처럼 보였다. 과연 저런 눈빛으로 준후가 그녀를 바라본 적이 있던가. 그녀가 마치 너무 사랑스럽다는 듯이, 친구들과 얘기를 하다가도 계속 그녀를 보며 눈웃음을 지었다. 그녀가 할 수 있는 일이라고 그저 바보처럼 마주 웃어주는 것 외엔 달리 없었다. 애인에게 푸욱 빠져버린 행복한 연인마냥.

준후 주위에 몰려 있는 그녀의 친구들도 그녀와 같은 생각인지, 다들 옆에 있는 애인들은 제쳐두고 그녀의 빌려온 애인에게 퐁 빠져 있다. 행복해지던 기분이 갑자기 곤두박질쳤다. 모든 여자에게 이렇게 매력을 철철 뿌리니, 그 쭉빵이들이 푹 빠진 것도 당연했다.

서준후, 이 인간은 그녀보다 더한 연기력을 가지고 있다. 속이고 있는 사람이나, 속고 있는 사람이나 모두 푹 빠져들게 하는 연기 말이다. 그래, 제대로 한 번 해보자. 평생 오늘을 빛나게 남겨 두는 거다.

"하, 정말 오랜만이다. 잘 있었지? 이젠 사장님이라면서? 역시 넌 대단하다니까."

"아니, 그런데 이 분은 누구야? 설마 애인은 아닐 테고?"

친구들은 준후를 보고는 놀라워하면서 이것저것 물어보기 시작했다.

아니, 이런 남자는 내 애인 하면 안 된다는 건가. 웃음이 새어나왔다. 이런 것이 가진 자의 만족인 건지도 모른다. 비록 대리만족이긴 하지만.

"어머, 애 웃는 거 보니까 맞나본데?"

"네. 안녕하세요? 전 하 애인 서준후라고 합니다. 처음 뵙겠습니다."

그녀가 나서려 하자, 준후가 그녀의 허리를 감아 옆으로 끌어당겼다.

헉, 이럴 수가. 예상치 못한 준후의 개인기다. 과연 준후가 자진해서 그녀의 몸에 손을 댄 적이 있던가. 어떻게 해야 할지 모르겠다. 몸에서 준후의 팔을 떼어내야 하는지, 아님 더 가까이 가져가야 하는지.

준후의 팔이 감겨 있는 허리에 수십만 마리의 나비들이 펄럭이는 것 같다. 허리뿐만이 아니다. 호흡 곤란은 물론이고, 심장이 널뛰기를 시작했다. 나비들이 온몸으로 날아다니는 듯 했다. 아, 그녀를 괴롭히는 나비효과. 로맨스 소설의 주인공도 아닌데 이런 불필요한 효과가 몸의 이곳저곳에서 벌어지다니.

개인용 난로 효과를 내고 있는 준후의 몸에서 떨어지기 위해 나름대로 애써봤지만 그녀의 몸은 손가락 하나도 움직일 수 없는 상태였다. 터치 혐오증 환자의 놀라운 변화를 받아들이기엔 그녀의 뇌가 과부하 상태였기 때문이다.

평소에 좀 슬쩍슬쩍 해줄 것이지, 이렇게 갑자기 과감하게 다가오면 어쩌란 말인가.

문자 그대로 어찌할 바를 몰랐다. 물론 달밤의 만행으로 과감한 시도도 해봤지만 그건 어디까지나 의식이 없는 상태에서 그녀의 일방적인 추행(?)인지라 이것과는 천지 차이다. 파트너와의 스킨십에 있어서 의식과 무의식의 차이가 얼마나 중요한지를 뼈저리게 느꼈다. 솔직히 말한다면 의식 상태에서의 스킨십이 더 훌륭하다고 살짝 덧붙이련다.

처음부터 이런 고난도 액션을 취하다니, 아무래도 무리한 행위 예술을 시도하려나 보다. 서커스 남매가 아무 때나 튀어나오는 건 아닌데, 이건 불편했다. 아주 많이! 흠, 목이 졸리는 느낌인 것도 같다.

그녀는 못마땅하다는 메시지를 전달하려고 약간의 틈을 만들어 준후에게 벗어나려고 했지만 시도한 순간 곧바로 제지당하고 말았다. 다시 한 번 최소한의 공간을 확보하기 위해 몸을 한쪽으로 기울여 봤지만 준후도 그녀가 움직인 쪽으로 몸을 기울였다. 그러고는 허리에 두른 팔에 힘을 가했다. 움직이면 가만 두지 않겠다는 것처럼.

갑자기 준후가 무서워졌다. 지금의 모습을 은근히 상상해 왔던 그녀지만 이런 식은 아니었다. 그녀가 더 이상 움직이지 않으리라는 걸 느꼈는지, 준후는 더 이상 자석 흉내를 내진 않았다.

준후는 그녀에게 친구들 모르게 위협을 가하면서, 자신감 넘치는 목소리로 친구들을 사로잡았다. 항상 듣던 불퉁한 목소리가 아니었다. 그녀가 아마추어인 준후를 정말 우습게 본 것이다. 프로 뺨치는 수준의 연기자인데.

"어머, 너무 멋지다. 진짜 하 애인 맞아요? 거짓말이죠? 만약 아니면 기회는 있나요?"

애인이라고 하는데 안 믿다니. 뭐, 기회가 어쩌고 어째? 친구들은 의미심장한 눈빛을 던지며 물었다. 물론 농담이지만 마음에 들지 않았다. 왜, 이중에 그 공주님이라도 있을까봐 걱정이라도 되는 거니. 그럼 더 땡잡은 거야, 안 그래? 그러니 흥분하지 말고 마음 편히 가지라고, 이하!

"얘가 하 화나게 무슨 말이야? 이럴 줄 알았어. 이렇게 멋진 남자 만나려고 그 동안 뜸을 들였구나, 안 그래?"

그녀는 옆에 철썩 붙어 있는 준후 때문에 답답하고 더운 것 같아서 다시 한 번 벗어나기 한 판을 시도했지만 준후의 몸에 다시 철썩 달라붙고 말았다. 자석보다 더한 놈이다. 몸이 닿은 부분에 열기가 느껴졌다. 열이 있나? 난 열이 없는데, 아니 준후가 열이 있나? 약이나 먹여서 열을 떨어뜨려야겠다. 맞다, 해열제가 가방에 있지.

"하! 왜 그래? 어디 불편한 거야?"

친구들은 그녀의 어색한 모습을 눈치챘는지 의아하게 여기며 물었다. 그럴 만도 했다. 아무 때나 그녀의 뻣뻣한 허리에 남자의 팔이 둘러져 있는 게 아니니까. 달력에 표시를 하고 두고두고 기억할 날이다. 사진이라도 찍어서 앨범에 끼워놔야 하는 거 아닐까. 그렇지 않고서는 준후 본인도 이런 위험한 짓을 했다고는 믿지 않을 것이다.

"아, 아닙니다. 하가 어제 무리를 해서 그런지 걷기가 힘든가 봅니다. 어디 앉을 데라도……."

준후는 그녀 허리를 두른 팔에 더 힘을 주며 끌어당기고는 두리번대기 시작했다. 친구들은 그 모습에 부럽다고 난리를 쳤고 그녀는 조금이라도 떨어져 있기 위해, 발견한 의자를 향해 필사적으로 뛰었다. 지구상에 그 의자 하나만 달랑 남아 있기라도 한 것처럼.

"아니, 무슨 무리? 흠, 수상해."

친구들은 짓궂게 눈을 빛내기 시작했고 그녀는 서서히 감당할 수 없는 사태로 치닫는 걸 막기 위해 안간힘을 썼지만, 상대역의 연기가 그녀의 노력을 헛되게 만들었다. 무리라니, 약국에서 계속 서 있는 게 무리라면 몰라도.

"그런 건 절대 아닙니다. 하가 너무 오래 서 있다 보니 다리가 자주 붓거든요. 제가 마사지를 해줘도 효과가 없나 봐요."

뭐라고? 기가 막혀서. 돈 주고 물리치료나 받으라고 할 땐 언제고, 마사지? 상상도 할 수 없는 일이다. 꿈속에서나 해줬나 보지? 이젠 거짓말까지 하면서 친구들을 홀딱 빠지게 했다. 그런데 그녀의 상상은 또 걷잡을 수 없이 뻗어나갔다. 준후가 그녀의 다리를 주무르고 있는 그림이 그려졌다. 엄마나! 얼굴에 열기가 가득했다. 그녀의 체온은 시시각각 변하기 시작했다.

평소와 비슷한 정도로만 연기해 줄 것이지, 무슨 연기가 이런지, 상대와 호흡을 맞춰야 조화로운 연기인지도 모르나 보다. 남자친구 제대로 빌린 거 맞나? 준후가 실수나 왕창 할까 몹시 불안했다. 의자에 앉았지만 여전히 준후의 팔은 그녀의 허리에 둘러져 있었다. 그녀는 고개를 숙이고 준후에게 속삭였다. 그녀가 생각해도 지금의 모습은 너무 어색했다. 오버 연기다.

"서 군! 너, 빨리 팔 안 치워? 숨을 쉴 수가 없잖아. 그리고 웬 과도한 개인기? 이런 식이면 너 진짜 죽는다."

말이 끝남과 동시에 준후도 그녀의 귀에 속삭였다. 친구들의 관심은 온통 그들에게 쏠려 있었다. 친구들은 그들이 애정 어린 말들을 주고받는 거라 생각한 모양이다. 애정은 무슨 얼어 죽을 놈의 애정. 그녀가 자신의 발등을 찍은 거나 다름없다. 친구들에게 말은 못하고 죽을 맛이었다. 괜히 자존심 챙긴다고 했다가 이 무슨 생고생이란 말인가. 아, 집에 갈 시간이 멀게만 느껴졌다.

"완벽하게, 확실하게, 판타스틱하게 하라며? 모든 여자들이 소망하는 남자. 그렇게 해줄 테니 넌 그저 가만히 있어."

완벽, 확실, 판타스틱? 서준후의 사전엔 완벽하고 확실하고 판타스틱한 남자들이 이런 식으로 정의가 되나 보다. 그리고 얜 왜 이렇게 열이 많아? 해열제, 그래, 해열제를 찾아야 해.

"너, 덥게 자꾸 귀에 바람 불래? 난 소망하지 않으니까 그만해. 어느 정도 연기력 인정받았으니까 적당히 해라. 그런데 열 있니?"

그녀는 그렇게 말하고 준후의 이마에 손을 댔지만 그가 빠른 동작으로 그녀의 손을 잡아 자기 손으로 감싸버렸다. 정말 뜨거웠다.

친구들은 황홀한 눈빛을 보냈다. 애들아, 이건 너희들이 생각하는 그런 상황이 아니란다. 하지만 준후는 잡은 손을 풀어달라는 그녀의 메시지를 무시하고, 들은 체도 하지 않고 친구들과 떠들었다. 준후가 이 정도로 사교성이 좋은 녀석인지는 꿈에도 몰랐다.

그런데 팔에 뭐가 스멀스멀 기어가는 느낌이 들었다. 잘 보니 준후가 그녀의 팔을 쓰다듬고 있었다. 닭살이 72줄은 돋은 것 같다. 온몸의 신경들이 팔 쪽에만 잔뜩 붙어 있는 듯 했다. 나비들이 또다시 몰려오기 시작했다. 속이 끓어오른다. 눈치를 챘는지 준후가 다시 귀에 온풍을 보내며 속삭였다.

"참아. 전방으로 약 20m 지점에 어떤 남녀 커플이 우릴 뚫어지게 보고 있어. 진짜 판타스틱한 거 한 번 보여줄까? 어때?"

그녀는 그 지점으로 시선을 돌렸다. 오! 콩나물 선배, 바로 그 선배다. 그녀도 모르게 멍하니 그들을 바라보았다. 그들이 나타나 준 것이 너무나 고마웠다. 하지만 그녀의 신경은 온통 준후에게 쏠려 있어서 선배를 보고도 놀랍지 않았다.

"봤어? 그래, 그놈이었군. 좋아. 판타스틱한 걸 보여주지."

"뭘?"

그녀는 자동인형처럼 대답하고는 준후를 마주보았다. 갑자기 준후의 얼굴이 가까이 다가왔다. 설마, 설마, 설마? 그녀는 사나운 눈짓을 해보였다. 준후의 입술이 밑으로 내려가다, 그에게 죽음을 선포한 그녀의 눈을 보았는지 다시 위로 올라왔다. 그러더니 이마에 입을 맞추는 것이 아닌가. 얼굴에서 가장 딱딱한 부분인데도 그 이마 부분이 갑작스레 물컹해지는 것 같았다. 그녀의 몸은 이제 연체동물로 변신했다. 나비들이 이제 이마에 모인 듯했다. 온몸이 떨렸다. 아! 이렇게 짜릿할 수가 있나. 그녀는 갑자기 머릿속에서 수많은 팝콘이 터지는 느낌을 받았다.

그렇게 몇 광주리의 팝콘들이 터지고 나서야 정신을 차렸고, 그제야 부럽다 못해 가슴을 치며 안타까워하는 친구들과 의미심장하게 웃고 있는 준후가 눈에 들어왔다. 어떤 말도 나오지 않았다. 이러다가 그녀가 먼저 연기라고 선언하고는 도망가 버릴 지경이다. 해괴망측한 짓을 해대는 준후를 보며 쥐구멍에라도 숨고 싶은 심정이다. 먼지가 되어 사라지고 싶다. 아니, 테이블 위에 올려져 있는 화려한 장식이 달린 양념통 속이라도 상관없다. 화가 나서 그런 건지, 당황해서인지 알 수는 없지만 확실히 머릿속에서 팝콘이 많이 터진 모양이다.

눈앞에 있는 원흉에게 한소리 하려고 입을 열자, 이젠 그녀의 입술 위에 손가락을 갖다대는 것이 아닌가. 이런 건 둘만 있을 때 은밀하게 해도 시원찮을 행위인데, 뻥 뚫린, 남들 다 보는 곳에서 하고 있다니, 더 이상 용서할 수가 없다. 이런 과도한 오버 연기는 이제 그만이다.

"서 군, 정말 죽어 볼래? 내가 그런 건 하지 말랬지? 오늘 왜 이래? 보자보자 하니까 너, 너……."

할 말은 하지도 못하고 입술만 달싹거리고 있는 그녀다.

"쇼킹 판타스틱이 오늘 주제라고. 그러니 흥분하지 마."

느물거리는 준후의 웃음에 속이 바짝 타들어갔다.

"네가 정말 내 손에 죽어봐야겠구나."

"어떻게 죽일 건데? 색다르게 죽여준다면 내가 생각 좀 해보지. 후후후! 네가 말문이 막힐 때도 다 있군. 입만 뻥긋대는 게 얼마나 귀여운지 모르겠다. 앞으로 자주자주 남들 앞에서 시도해 봐야겠는 걸."

그렇게 말하며 준후가 그녀의 이마를 손으로 쓰다듬었다. 빠져나온 머리카락들은 귀 뒤로 넘겨주고는 손가락으로 볼을 쿡 찔렀다. 점입가경이다.

"……."

그들 사이에서 금기되었던 온갖 언어와 행태들을 벌이고 있는 준후가 제정신이 아닌 듯 보였다. 지킬 박사와 하이드도 미안하다면서 고국으로 돌아갈 정도로 평소와는 너무나 다른 모습이다. 연기하다가 감정이입 제대로 돼서 저렇게 된 건 아닐까. 그녀도 가끔은 그럴 때가 있으니까. 감정에 충실하다 보면 현실과 연기를 구분하지 못하는 단계가 되기도 하니까. 아니, 준후는 아픈 것이다. 어디가 아픈 것임에 틀림없다.

그녀가 입술을 깨물며 화를 삭이자 준후의 얼굴엔 더더욱 미소가 가득했다. 잘생겼다. 그래, 참 잘생겼다. 그 생각만 하자. 하지만 그래도 이 정도로 날뛰면 안 되는 거다. 계속 이러면 과도한 심장의 무리로 그녀만 병이 생길 것이다. 그녀는 상대역과 함께하는 연기엔 영 소질이 없는 듯했다. 파트너 있는 연기는 이제 사절이다. 빌려준다고 해도 안 빌릴 것이다.

"아, 이하 양! 화내고 욕하면 안 돼. 지금 우리를 주목하고 있는 수많은 눈들이 얼마나 감탄에 젖어 있는데? 극도로 솟구친 화 때문이 아니라 내 사랑에 감동받아 말문이 막힌 걸로 되어 있는 시나리

오라고. 각본에 충실해 주세요, 배우 양.”

따뜻하고 메마른 손으로 다시 그녀의 볼 한쪽을 만지는 것을 마지막으로, 준후는 확실한 팬 층을 확보한 것 같았다. 그녀의 뒤에서 들리는 한숨소리가 여럿이니 말이다. 보지 않아도 손이 지나간 볼은 발그레함을 과시하고 있을 게 뻔했다. 견뎌라. 견뎌내라, 심장아.

“에잇, 너 때문에 미치겠다. 다시 말하지만…….”

“쉿! 물론 네가 나 때문에 미치는 게 너무 좋지만 지금은 시기가 좋지 못하다니까. 우리 둘만 있을 때만 미쳐주라고. 확실하게. 지금은 다섯 발짝 뒤에 그들이 와 있으니까. 화는 잠시 뒤에 내시죠. 공주님!”

그녀가 제일 싫어하는 단어인 공주님. 지금 마법이라도 걸어보겠다는 건가.

준후가 아무리 그녀를 공주라 불러도 그녀는 안공주다. 공주란 호칭에 찬물을 뒤집어 쓴 듯, 취해 있던 기분이 급속도로 달아났다. 그래, 그녀는 공주가 아니라 안공주다. 준후가 정신을 차리지 못할 정도의 마법을 건다 해도, 결국 마법이란 건 풀리기 마련이다. 아무래도 준후가 그동안 그녀에게 품었던 억한 심정을 이번 기회에 풀어버리려고 작정한 듯싶다. 하지만 어쩌겠는가. 확실하게 목에 힘주고 가야 하는 이 마당에, 붕어마냥 입만 계속 벌리고 있을 수밖에.

“오랜만이다, 하! 잘 있었니?”

“참, 오랜만이에요. 우진 선배.”

콩나물 선배는 다정하게 말하며 그녀를 보고 웃었다.

여전히 콩나물처럼 길쭉한 매무새에, 무던한 얼굴이다. 아니, 한때 좋아했던 그 파릇파릇하고 싱싱한 콩나물은 어디 간 걸까. 우진 선배의 얼굴을 마주하자, 그녀의 감정은 빛바랜 사진을 들추었을 때처럼 아련한 기억처럼 느껴졌다. 과거의 즐거웠던 한때를 추억하며 사진 한 장을 손가락으로 더듬는 그런 느낌.

“이하, 애인이 이렇게 바짝 붙어 있는데도 다른 남자만 정신없이 보다니. 그러다가 애인 열 받아서 가는 수가 있어. 알아?"

그녀의 허리를 더욱더 세게 부여잡는 오버 연기자의 불쾌한 대사를 듣고 하는 몸을 곧추세웠다. 벨트를 감는 용도뿐이었던 허리가 오늘만큼은 돋보이는 날이다. 준후의 팔걸이로 애용될 줄은 몰랐으니까. 질투에 눈이 먼 연인의 역할을 성공적으로 해내고 있는 준후를 보자 쓴웃음이 나왔다. 가짜인 데도 진짜처럼 헷갈려서 허우적대는 자신 때문에 전적으로 이 상황을 즐길 수 없었다. 또 그녀는 불편하면서도 그 불편함이 마음에 드는 모순적인 애정의 세계를 경험하는 중이었다.

잠시 과거의 회상에 잠기는 꼴도 못 보는 준후는 마음에 들지 않는다는 뜻을 명확히 하는 눈썹 한쪽 올리기를 선보였다. 번번이 모델들이랑 그렇고 그런 분위기를 만들며 스캔들을 뿌려대는 인간이 말이다. 흥, 기가 막혀서.

슬쩍 눈을 한 번 흘겨주고는 준후의 말을 무시하며 우진 선배의 손을 잡아 흔들었다. 드라마 속 여주인공들이나 할 법한 세련된 행동이었다. 그 생각에 저도 모르게 환한 미소가 입가에 올랐다.

"하는 점점 더 예뻐지는구나."

그 말이 끝나자마자 누군가의 코웃음치는 소리가 들린 것도 같지만, 예쁘다는 말을 당연하게 받아들일 정도의 그녀는 아닌지라 입이 귀를 향해 달려가기 시작했다. 듣기 좋은 말만 하는 선배인지라 신뢰도는 좀 떨어졌지만, 어떤 이는 결코 해주지도 않는 말이라 벙실거릴 수밖에 없었다.

"선배, 저 원래 예뻤는데. 이제야 알다니 아쉽지만 어쩔 수 없는 거 아시죠? 하하하!"

"안녕, 하? 잘 있었니?"

선배 옆에 서있던 미영이 아는 체를 했다. 그녀는 여전히 예뻤다. 선배가 미영에게 홀딱 빠질 만도 했다. 저렇게 예쁜 애가 좋다고 매달리는데, 어느 남자가 흔들리지 않겠는가. 더군다나 그녀가 콩나물

과 진한 사이도 아니었는데 말이지. 어렴풋이 든 생각이었지만 그녀
는 미영이만큼 선배에 대한 욕심이 없었는지도 모른다. 약간 씁쓸한
일이었다는 기억만 남아 있을 뿐. 그땐 꽤나 심각했던 것 같았는데.

"응, 미영아, 너도 좋아 보인다. 혹시 좋은 일이라도 있는 거야?"

자신감을 되찾은 그녀였다. 오버 연기를 펼쳐서 그렇지, 나름대로
상대역도 있으니 말이다. 대체 빌려온 상대역은 뭐하고 있는 건지.
그는 선배와 미영을 열심히 관찰하고 있었다. 저 녀석, 또 직업병
나오네.

"실은 나, 내년에 결혼해. 선배랑."

갑자기 주위의 온도가 급속도로 떨어지기라도 한 듯 써늘해졌다.
친구는 미안한지 뒷말을 흐렸다. 사실 그녀는 그 말을 듣고도 아무
렇지 않았다. 오히려 그 말로 선배와 그녀의 옛 이야기의 끝을 드디
어 마무리하게 되었으니 말이다. 지금은 그저 잘된 일이란 생각뿐이
다.

정말 희미한 기억이 되었나 보다. 빌려온 상대역까지 필요할 정도
로 자존심을 세워야 했는데. 그 콩나물이 꼭 운명이라고 생각했는데,
선배는 그 기사가 아니었나 보다. 왜 이제야 그런 생각이 드는지 알
수가 없었다. 그녀란 인간은 매번 한 발 늦는 게 문제다. 그럼 진짜
그녀의 운명은 어디에서 방황하고 있는 걸까. 또 다른 기사를 기다
려야 한단 말인가.

"우와, 축하한다. 잘 살아야지? 청첩장 꼭 보내. 알았지?"

그녀의 말에 미영의 얼굴이 살아났다. 확실히 선배는 그 기사가
아니었나 보다. 그녀는 친구의 손을 꼭 잡았다. 미영은 더 활짝 웃
어 보였다.

"정말 고맙다, 하! 꼭 우리 결혼식에 와서 자리를 빛내 줬음 좋겠
다."

"축하해 줘서 너무 고마워. 그런데 옆에 있는 분은 소개 안 시켜
줄 거니?"

이런, 스멀거리는 느낌도, 허리에 느껴지던 강력 벨트도 사라진 지 오래다. 아니, 이 녀석이 이럴 때 연기를 해야지. 뭘 판타스틱하게 한다는 거야? 이렇게 호흡 안 맞는 상대역도 있나.

"아, 이쪽은……."

준후가 그녀의 말을 가로챘다. 성격도 급하기도 하지.

"안녕하세요? 서준후라고 합니다. 저희도 곧 결혼합니다. 이번 겨울에 할 예정이지만요."

겨울과 결혼이란 단어가 그녀의 머릿속에서 춤을 추기 시작했다. 준후의 발언을 어떻게 정리해서 말해야 할지 몰랐다. 너무나 앞서 나가는 파트너가 미워 죽을 지경이다.

아니, 얘가 오늘 왜 이럴까. 오늘 빌린 거 당장 취소해야 할까 싶었는데, 확실히 취소해야겠다. 아니면 빨리 서비스라도 받아야 할 것 같았다. 무슨 말도 안 되는 얘기를 하는 건지, 잠시 작전타임을 외치고 슬쩍 빠져나가 흠씬 때려주고 싶었다.

언제, 누구랑, 겨울에? 하, 기가 막혀! 그래, 내가 널 죽여주마. 확실하게, 색다르게!

그래도 수습은 해야지 싶어서 몇 마디를 꺼냈다.

"그러니까 준후 말은……."

그녀가 말을 끝내기도 전에 또 준후가 나섰다. 아무도 모르는 곳에 가서 이 인간을 버리고 싶었다. 아니, 묻어버릴까.

"하 말은 제가 너무 서두르고 있다는 건데, 전 그렇게 생각하지 않거든요. 저희가 자그마치 22년 7개월이나 된 사이라서 오히려 너무 늦은 게 아닐까 생각하고 있답니다. 워낙 하가 고집이 세서 허락을 안 해줬지만 간신히 승낙을 받아냈죠. 혹시 오리발이라도 내밀까 봐 이렇게 말하는 겁니다. 휴우!"

아! 이게 말로만 듣던 완벽 연기란 거구나. 그의 한숨 섞인 마지막 문장과 드라마틱한 표정, 그녀를 향한 상처받은 눈빛까지, 거기 있던 모든 사람들을 퐁당 빠지게 만들고도 모자라, 그녀 또한 착각의 늪에서 허우적거리게 만들었다. 더구나 은밀한 손등 쓰다듬기로 그녀의 상상은 돌이킬 수 없는 강을 건널 것만 같았다. 그 강을 건너서는 안 되는데, 그 강을 자꾸만 건너고 싶어졌다. 이제는 그 강이 넘실거리며 손짓까지 했다.

뭔가 말을 해야 하는데, 할 수가 없다. 계속해서 딴 생각만 든다. 이런 게 소설 속 여주인공들이 느낀다는 그 황홀감일까. 알면서도 빠져든다는 그 위험한 세계인 걸까. 현실 속 그녀가 소설 속 그녀로 깜짝 변신을 하고플 정도의 마술을 선보이는 준후가 대단하기까지 했다.

이러니 그 수많은 여자들이 서준후 없인 못 산다며 매달릴 수밖에. 돌이킬 수 없는 강을 건넌 여자들은 어땠을까. 건넌 만큼의 가치가 있었을까. 일단 건너기라도 해봤으니 얼마나 좋았을까. 미쳤구나, 이하!

그들과 다르다며 갖은 잘난 체를 다 했으면서, 겨우 가짜 연기 하나에 이럴 순 없다. 하지만 그들과 별반 다를 바 없는, 서준후 앞에선 여전히 여자이고 싶은 거짓말쟁이 여자다. 그 어린 시절의 그녀에서 조금도 달라지지 않은 바보 같은 여자다. 결국, 몇십 년 동안 달라진 게 하나도 없다. 벗어난 줄 알았지만 여전히 그 그늘 아래서 맴돌고만 있는 자신을 마주한 기분이란 참담했다.

준후는, 한동안 멍해 있는 그녀를 다시금 자신 쪽으로 끌어당기며 입이 찢어져라 웃고 있었다. 그 모습을 보자, 쓰디쓴 웃음이 흘러나왔다. 하지만 친구들 눈엔, 애정 표현에 낯설어하는 수줍은 겨울 신부를 연상케 했는지 더 활짝 웃으라며 핀잔을 주었다. 친구들은 낭만적이라고, 부럽다고, 늦게 얘기했다고, 서운하다며 그녀에게 분풀이를 해댔다.

'애들아, 사실이 아니라니까. 이건 말이지, 사실……'

많은 사람들에게 축하를 받고 결혼식 신부보다 더한 주목을 받은 날이었다. 자존심을 위한 날이, 자존심을 망가뜨린 날이 되어버렸다.

어지러웠다. 그녀가 어떤 마음으로 웃고 있는지도 모른 채, 준후의 팔은 여전히 허리에 둘러져 그녀의 숨통을 죄고 있었다. 준후야말로 지금의 직업을 포기하고 연기의 세계로 가야 했다. 칸느도, 베를린도, 아카데미도 준후의 연기에 박수를 퍼부을 것이다.

결국 부케는 겨울 신부가 된다는 그녀에게 돌아왔다.

그 후로 계속되는 친구들의 농담과 놀림에 그녀는 얼굴이 붉어지기 일쑤였고, 또한 준후는 에로(?)에 가까운 연기를 펼치면서 그녀의 성질을 긁어댔다. 더 이상 그녀의 신경이 견뎌내지 못할 무렵, 친구들의 야유를 뒤로하고는, 그들은 피로연을 빠져나올 수 있었다.

"하! 한 마디도 하지 마. 네가 뭐라고 말할지 나도 다 알아. 엄청나게 노력한 날 봐서라도, 우선은 내 말부터 들어."

"……."

차 안에 들어서기 전까지 그들은 단 한 마디도 나누지 않았다. 의자에 앉기가 무섭게 준후에게 선수를 빼앗겼다. 그녀는 입술을 깨물며 다음 말을 기다렸다.

"평생 확실하게 자존심 세우고 싶다며? 오늘 넌 그렇게 한 거야. 네 친구들 모습 봤어? 봤으면 너도 동의할 거야. 내가 얼마나 멋지게 내 임무를 완수했는지. 그리고 그 콩나물한테도 확실하게 어필했다고 보는데?"

무릎에 올려진 파리한 부케만큼이나 그녀의 마음도 시든 상태였다. 그렇다고 준후의 말도 안 되는 촌극을 그냥 지나칠 순 없었다.

"그런데 거짓말은 왜 해?"

"난 진심으로……."

"누가 그렇게까지 하래? 적당히 하면 되잖아. 날도 더운데, 시종일관 나한테 왜 바짝 붙어 있던 거야? 땀띠 나면 네가 책임질 거야? 그리고 허리는 왜 그렇게 잡아? 평소에 조금이라도 닿을라치면 진저리를 치던 애가, 오늘은 아주 들러붙더라. 그 결, 결혼은 무슨

결혼? 나중에 동창회에서 애들 얼굴 어떻게 보라고 그런 거짓말까지
해? 잘 나가다 왜 그런 말도 안 되는 얘길 하는 거야?”

그녀는 준후의 말이 구구절절 옳다고 생각했다. 그래, 자존심 확
실하게 세워줬지. 하지만 이건 아니다. 준후가 거짓말을 해서 기분이
나쁜 건지, 그 거짓말이 거짓말이기 때문에 기분이 나쁜 건지, 대체
뭐가 뭔지 모르겠다.

“그거 거짓말 아니야.”

“……!”

준후가 짧게 내뱉었다. 그러고는 담배를 꺼내 물고 차 안의 모든
창을 열었다. 주머니를 뒤적뒤적 하더니 찾는 게 없었는지, 애꿎은
운전대를 꽉 움켜쥐었다.

“네가 그렇게까지 하라고 하진 않았지만 그래야 할 것 같았어. 날
이 더웠다고? 하나도 덥지 않았어. 네가 더웠다면 그건 나 때문이겠
지. 내가 그렇게 들러붙어 있었으니까. 땀띠? 너도 알다시피, 땀띠
날 정도는 아니었는데 말이야. 허리는 왜 잡았냐고? 그게 네가 항상
읽는 책의 남자주인공들의 단골 포즌 걸 몰랐다는 거야? 결혼? 그
래, 우린 결혼할 거야. 거짓말 아니니까 동창회 가서 애들 얼굴 실
컷 봐라. 이 정도면 아주 잘 나갔다고 생각하는데?”

준후는 그녀가 했던 말 전부에 토를 달며 비아냥댔다. 결혼이란
말을 입에 담는 남자치고는 참 로맨틱하구나.

“난 한 번도 우리가 결혼할 거라곤 생각 안 해봤는데, 서 군? 요
즘 결혼은 남자 혼자 알아서 하나 봐?”

그녀에게서 고운 말이 나올 리 없는 건 당연했다.

“너도 이쯤 되면 알아서 짐작해야지. 그렇게 둔해서 어디에 쓸래?
어떤 남자가 진심이 아닌데 여잘 위해서 그런 연극을 해주겠어? 넌
내가 몸 따로, 마음 따로인 남잔 줄 알아? 그렇게까지 능력 있게 봐
줘서 고맙지만 그 정돈 아니다.”

“진심 담긴 스킨십을 남발했으니, 결혼해도 된다는 거야? 너나 실

컷 해라."

"왜 못해? 하면 되는 거야. 진짜 겨울에 하면 돼. 넌 잘 모르겠지만, 아니 한 번도 생각해 본 적 없겠지만, 난 우리가 그렇게 될 거라고 계속 생각해 왔어. 너랑 내가 그냥 만났다고 생각해? 우리가 좀 오래된 사이냐고? 남녀가 만나서 그 정도로 질리지 않고 이렇게 잘 지내왔다는 건 앞으로도 그럴 수 있단 얘기야. 우리의 미래는 그런 식으로 결론이 날 운명이라고."

이제 보니, 준후는 진짜 소설가였다. 어쩜 저렇게 그녀가 놀랄 만한 줄거리를 가진 거짓말을 술술 풀어낼까. 임상실험의 결과라도 되는 듯이 그들의 관계를 판정하고 결혼을 들먹이는 준후를 보니 여태껏 참아왔던 원망이 한꺼번에 터질 것 같았다.

"우와, 서준후 씨! 정말 웃기세요. 누가 너랑 결혼한다는 거야? 설마 내가? 너처럼 지조 없는 왕 바람둥이랑? 하! 나도 보는 눈이 있고 생각할 머리가 달려 있어. 알아? 오늘은 네가 너무 애써준 거 아니까 내가 여기서 참을게. 그만 하자."

그녀는 화를 꾹 참으며, 숨을 골랐다. 그들의 관계가 겉으로는 우정을 뽐내지만 사실은 애매모호한 색깔의 관계라 하더라도, 결혼이란 단어로 섣불리 위험에 빠뜨릴 성질의 것은 아니었다. 아니, 그녀가 그렇게 하게 놔두지 않을 테니까.

"소문이 항상 옳은 건 아니야. 소문이란 과장되기 쉬운 거라고. 결혼이 낯선 거야? 낯설 테지. 너 빼곤 우리가 그렇게 될 줄 다 알고 있다고. 너만 모르는 거야. 여태 너만 몰랐다고. 항상 보고 싶은 것만 보는 너 때문에 말이야."

"……."

그녀가 뭘 몰랐다는 건가. 보이는 것만 보는 것도 죄란 말인가. 오랜 동안 느끼지 못한 피로가 한꺼번에 몰려온 것 같았다.

"우린 아주 잘 살 거야. 여태 우리가 해온 것처럼."

"우리가 지낸 기간만큼 말이지? 앞으로 22년 7개월만큼?"

그녀는 날카롭게 되물었다.

"그렇지. 이제야 이햬 좀 하는군."

가져온 부케로 그의 입을 틀어막고 싶었다. 그래, 어디까지 가나 보자.

"그래도 겨우 우린 오십하고도 세 살인데? 그 다음엔 어떻게 하려고? 그때 되면 갈라져?"

"산수 잘하는 네가 그런 것도 계산 못하냐? 우리가 함께한 건 53년이 되는 거야. 거기에 또 잘 지내온 53년을 더해봐. 그럼 우린 106살이고. 결국 우린 죽을 때까지 잘 지낼 거라는 거지. 어느 누구보다."

그는 인생을 물건값 계산하듯이 얘기했다. 지겨웠다. 그의 말도 안 되는 얘기도 지겨웠고, 그런 얘기를 계속 듣고 있는 자신도 지겨웠다.

"그만 끝내지 그래? 듣기 싫어 죽겠어. 그만해. 제발 네 말짱한 모습으로 돌아와."

"듣기 싫어도 들어. 넌 이게 우습다고 생각해? 이보다 더 말짱한 적이 없어. 아주 맑은 정신이라니까. 다시 한 번 말하지만 오늘 본 내 모습은 연기가 아니라 내 마음이 담겨 있는 진심이야. 그동안 내가 표현하지 못했지만 사실, 너도 내 마음 알거야. 하여튼 우릴 봐. 서로에게 질리지 않고 너무나 잘해왔잖아? 이러기가 쉬운 줄 아는 건 아니겠지?

준후는 보험회사의 영업사원처럼 신나게 떠들었다. 그녀는 욕지기가 치밀었다.

서준후, 너한텐 내가 기껏 종합보험에 불과했다는 거야? 언제, 어떻게 될지 모르지만 안전하고 확실한 보상이 되는 보험처럼?

항상 이런 식이다. 생선 가시가 목에 걸려서 마음이 아픈지, 목이 아픈지 잘 몰랐을 때도, 자전거에서 떨어져서 준후를 계속 믿어야 할지 말아야 할지 고민할 때도. 준후가 결론을 내고, 그 결론에 이

끌려서 그녀가 따라가고. 좋으니까, 그저 좋아서 어찌 되든 간에 서로가 함께 있으면 좋으니까, 그거면 충분하다고 생각했으니까. 이젠 아니다. 이런 식으로 또 준후의 인생에 끼워지는 건 싫었다.

"여태껏 나한텐 질리지 않으니까, 그래서 같이 잘 살 수 있을 거라 생각하는 거야? 안 질리니까? 단 한 번도 떼어내고 싶지 않았으니까?"

"그러니까 내 말은 그게……."

"내 말 아직 끝나지 않았어. 이젠 네가 들을 차례라고."

"……."

"그런데 살아봤는데 질리면 어떻게 하려고? 다시 떨어지면 되나? 그럼 그땐 누구한테 떼어내 달라고 할 건데? 아, 이젠 그럴 필요 없겠네. 이번엔 강력한 법이 있으니까. 법원에 가서 도장만 찍으면 간단히 끝이지. 안 그래? …넌 항상 그런 식이야. 그깟 남에게 보이는 애정 표현 한 번으로 우리가 결혼할 수 있다고, 또 내가 믿을 거라고 생각하는 거야? 허리에 팔 한 번 둘러서 내가 거기에 홀딱 빠지면, 네가 결혼하자고 하면 그냥 한다고 그럴 줄 알았어? 내가 너한텐 그렇게 쉬운 애야?"

자신도 모르게 부케에 매달려 있는 꽃잎을 쥐어뜯었다. 바락바락 따지는 그녀의 목소리가 축축하게 젖어드는 것 같아, 마음을 다잡았다. 더 사납게 매달렸다.

"내 말은……!"

"네 말을 어떻게 믿어? 왜 병 주고 약 주는 거야? 왜 날 항상 혼란스럽게 하냐고?"

잘 지켜내던 담이 우르르 무너져 내렸다. 어쩌면 벌써 무너져 내린 담을 애써 지키고 있었는지도 몰랐다.

별이 떨어진 이후로는 다시 그런 생각을 하지 않겠다고 결심했다. 지금까지 그런대로 잘 지내왔다. 물론 위험한 적이 한두 번도 아니었지만. 아직 그녀의 기사도 찾지 못했는데, 그러니까 또 다시 착각하라는 거야? 운명대로라면 이번엔 진짜 공주님이 나타날 차롄데, 그럼 어떻게 해야 하는데? 착각한 거 다시 무르고 그녀와 헤어져서 공주님에게 갈 거야? 그렇게는 못한다, 못해. 더 이상 예전으로 돌아갈 수 없어. 이미 자신도 모르게 그 강을 건너버리고 만 거다. 우정이든 사랑이든 이미 그녀는 예전의 그녀가 아니다.

"네가 끝낼 수 없다면 내가 끝내겠어."

"그런 게 아니라……."

"차 세워. 세우라고!"

그녀는 잇새로 짧게 내뱉었다. 더 이상 변명 같은 말을 들어 줄 수 없다. 아니, 들리지 않았다.

"하! 내 식대로 말해서 그런 건데, 다시 말하면 말이야, 난 너를……."

"네 식대로든, 내 식대로든, 다시는 말하지 마. 듣지도 않을 거지만."

그녀는 서둘러 벨트를 풀고 가방을 집었다.

"들어야 한다니까. 너도 알다시피 내가 말주변이 없잖아. 그러니까 내 얘기는 널 아주, 아주 많이……."

"설마 날 사랑이라도 한다는 거야? 하하, 정말 웃겨. 그럼 내가 널 믿고 결혼이라도 할 것 같아? 웃기지 마, 서준후! 옛날이라면 모르지. 바보 같은 옛날의 나라면 말이야. 고마워하면서 좋아하겠지. 이젠 아니야. 이젠 아니라고! 내가 네 장단에 놀아날 거라고는 생각하지 마. 놀이는 이제 끝이야. 난 그만하고 싶으니까, 하고 싶으면 너 혼자 계속해."

준후는 달아오른 얼굴로 그녀의 팔을 붙들었지만 그녀가 더 빨랐다. 그녀는 문을 열고 재빨리 뛰어내렸다. 그리고는 있는 힘껏 문을 닫았다.

15

"너, 진짜 바보구나! 그렇게 말하면 어떤 여자가 너랑 결혼한다고
하겠어?"

"맞는 말이야. 더군다나 사랑만 외치고 다니는 로맨스 소설 열혈
팬한테. 아주 잘한다. 로맨틱하게 하는 사랑 고백, 인터넷에서 엄청
나게 찾아줬잖아? 그건 어디에서 삶아 먹고 그런 멋대가리 없는 대
사를 한 거야? 성질도 급하지."

"아무리 생각해도 올해 가긴 글렀다. 걸린 판돈이 얼만데! 이런
식으로 하면 정말 곤란해, 준후야."

준휘, 준호, 준하는 막내의 실패한 청혼 프로젝트에 위로 공연차
술과 안주거리를 들고 스튜디오로 몰려왔다. 아니나 다를까, 그들의
동생은 온갖 청승을 떨면서 혼자 어두컴컴한 구석에서 자아발견에
열중하고 있었다. 이런 짠한 동생을 놔두고 하는 어디에서 무얼 하
고 있는 걸까.

"나중에, 그러니까 분위기가 좀 괜찮을 때 멋지게 말하려고 했지.

우리가 보통 말하는 애인 사이는 아니잖아. 그래서 진지해지려고 하니까 나도 모르게 이상해서, 그러다 보니 정리가 안 돼서 어쩔 수 없었다고. 그리고 예전에 혹했던 그 콩나물이 나타나서 하의 손을 덥석 잡는데 내가 화가 안 나게 생겼어? 결국 맘만 앞서서 결혼부터 하겠다고 덜컥 말해서 그런 거지만, 뭐. 그런데 하가 화부터 내고 먼저 내렸다니까. 얼마나 힘이 세던지, 차문이 부서지는 줄 알았어. 문이 멀쩡한 게 신기한 일이라고."

준후는 들고 있던 맥주병을 거칠게 내려놓았다. 그래도 실연당한 남자라고, 몰골이 말이 아니었다. 평소의 깔끔하던 모습은 찾아볼 수 없는 까칠한 얼굴, 부스스 일어난 머리카락, 퀭한 눈, 쪼글쪼글 주름이 간 닳아빠진 셔츠에 맨발. 구질구질한 모습이 역력했다.

"절약할 게 따로 있지. 사랑한다고 말하면 되잖아. 그 쉬운 말을 못해서 또 타이밍을 놓친 거야?"

준하는 동생의 실패가 무척이나 안타까웠다. 결정적인 순간에 꼭 초를 치는 동생인데, 속이 얼마나 쓰릴까. 소풍 때도 꽤나 애를 태웠는데 말이다.

"이제 확실한 용어를 사용해서 얘기해 줘라. 도전해! 이런 식으로 포기할 거야?"

준호는 들고 있던 오징어 다리를 준후에게 던졌다.

"내가 언제 포기한대? 나도 말하고 싶다고. 말할 틈을 안 준다니까. 전화도 안 받고, 약국에 며칠째 출근도 안 하고 있어. 저 멀리서 날 보면 피해. 방법이 없다고. 눈에 보이기만 하면 잡아서 묶어놓고라도 얘기할 거야."

"뭐? 묶는다고? 하, 하를?"

심각한 상황에도 준휘의 버릇은 여전했다. 입을 다물지 못해 씹고 있던 오징어 다리가 툭 떨어졌다.

"큰형! 형 또 이상한 거 생각했지? 준후 말은 그런 게 아니잖아. 그런 건 그만 좀 봐라."

"준하야, 내가 말하려고 한 건 그런 게 아니라니까. 너야말로 항상 날 그런 것과 연관지으려는 거야? 결혼까지 한 마당에, 그런 걸 내가 왜 보겠어? 이제 뭐든 할 수 있는데. 너 한 번 죽어 볼래?"

준휘와 준하는 만나기만 하면 벌이던 신경전을 시작하려 했다. 그러자 준호가 그들 사이에 술병을 들이밀며 말렸다.

"하여튼 말을 하긴 할 건데……. 내가 그런 말을 하면 하가 어떻게 나올지도 모르겠고. 만약 힘들게 고백했는데 아니라고 하면 그땐 어떻게 해? 어떻게 하냐고?"

"……!"

술병이 들린 손을 힘없이 내리고는 탁자에 얼굴을 기댄 준후를 측은하게 바라보느라 다들 할 말을 잊고는 한숨을 쉬었다.

"나만 하한테 이런 마음 품고 있단 생각도 들어. 그러니까 결혼하자고 했더니 그렇게 펄펄 뛰지. 조금이라도, 그러니까 나랑, 나랑 결혼하고 싶으면 그렇게 얘기했겠어? 그리고 나처럼 뻣뻣한 남자가 평생 못 볼 애정 표현까지 했는데, 왜 모르냐고, 왜!"

준후는 오징어다리를 비틀며 땅이 꺼져라 한숨을 쉬었다. 그 모습에 세 남자는 동생이 더 안쓰럽고 불쌍해 보여 또 한숨을 내쉬었다.

"어떤 여자가 '당신은 평생 안 질릴 것 같으니까 나랑 결혼해 주세요'라고 말하는 남자랑 결혼하겠어? 설마 그 남자가 맘에 들었다고 해도 자존심이 걸린 문제 아니겠어? 특히나 그 애는 사랑해야 결혼한다고 생각하는 거야. 왜 몰라? 사랑, 사랑이라고. 일단 그 문장을 말한 다음에 하에 대한 네 감정을 말해."

준호의 말이 끝나기도 전에 준휘는 병을 집어들더니 목소리 조율을 하기 시작했다.

"사랑, 사랑, 누가 말했나! 아, 아!"

준휘는 흘러간 옛 노래의 한 소절을 불렀다. 몇 소절 더 이어 부르기 전에 형제들은 준휘에게 병뚜껑과 오징어다리를 던졌다.

"그게 무슨 말이야, 형? 당연히 사랑하니까 결혼하자는 거지. 그럼 사랑하지도 않는 여자한테 결혼한다고 하겠어?”

“이렇게 뭘 몰라서야……. 그러니 몇십 년을 낭비했지. 아무리 말해도 지나치지 않고 질리지 않는 말이 바로 사랑이야. 노래 중에서 왜 사랑 노래가 젤 많겠나? 넌 만날 하한테 그 쪼그만 책을 읽어줬으면서도 아직 파악하지 못한 거야? 책 속에 나오는 연인들이 함께할 운명이면서 왜 그렇게 어긋났겠어? 딱 한 가지야. 사랑 고백을 하지 않고 둘이 신경전 벌이다가 그런 거지. 둘 중에 누군가가 말할 때까지 계속 어긋나잖아. 너희들의 경우엔, 우리의 둔한 곰 하가 그런 상태가 익숙해져서 그럴 수도 있을 테고, 어쩌면 네가 하의 맘을 몰랐을 수도 있지. 하지만 하가 그렇게 화를 내고 펄펄 뛴 것으로 보아 아직 희망은 있지 않을까 하는데? 정말 너한테 맘이 없다면 그냥 웃고 끝낼 일 아니겠어?”

역시나 로맨스 소설 마니아를 자처하는 준호의 연설이 끝나자 세 형제들은 감탄의 시선을 던졌다. 준호는 그 시선에 감사의 뜻으로 술병을 들어올렸다.

“그럼 그냥 눈 딱 감고 한 마디만 하면 되는 거야?”

“그래, 한 번 말하면 틈만 나면 그 말을 할 수 있을 걸? 처음이 다 힘든 법이지. 그 담부턴 너도 그 사랑만 외쳐대는 남자들과 똑같이 될 수 있다고.”

조바심 내는 준후에게 준호는 단호하게 덧붙였다.

하는 호흡 곤란이 올 때까지 쭉 한증막에서 자신을 고문하고 있었다.

우울하거나 스트레스를 받으면, 꼭 사우나엘 가곤 한다. 나름대로의 스트레스 해소법인 셈이다. 그렇게 한증막에서 열 고문(?)을 하고, 냉탕에서 극기수련을 하면 울적한 기분이 가셨다. 하지만 오늘은 사우나도 별 도움이 되지 못했다. 상황이 상황인 만큼 더한 고문을 즐겨야 할 듯싶다.

동네 아줌마들의 열렬한 사랑을 받고 있는 그다지 뜨겁지 않은 옥돌 사우나엔 그녀와 중년 부인만이 자리를 지키고 있었다. 그녀는 한쪽 구석에 털썩 주저앉아, 들어오기 전에 사온 삶은 계란을 꾸역꾸역 입에 밀어넣었다.

그녀는 삶은 계란을 무척 좋아한다. 그렇지만 흰자는 좋아하지 않는다. 흰자는 정말 맛이 없기 때문이다. 그런데 준후는 흰자만 먹는다. 그 녀석은 신기하게도 맛도 없고 물컹거리는 흰자를 좋아한다. 어릴 적 소풍이라도 가면 꼭 삶은 계란 흰자는 준후의 몫이었다. 물론 지금도 여전했다. 그런데 오늘은 흰자까지 다 먹었다. 일부러 소금도 없이 한꺼번에 입에 넣어버렸다. 소화불량이나 여타의 어떤 것도 신경 쓰지 않았다.

결국, 목이 메어 호흡곤란이 올 무렵, 함께 있던 아주머니가 마시고 있던 얼음물 통을 그녀의 손에 쥐어주었다. 아주머니는 그녀의 등을 두드려주며, 얼음물을 마시라고 재촉했다. 그녀는 그제야 숨을 돌릴 수 있었다.

"정말 감사합니다."

"아니, 조심해서 먹어야지. 삶은 계란이 얼마나 목이 메는 건지 몰랐어? 대체 얼마나 배가 고파서 그런 거야? 꼭 무슨 일 낼 사람처럼 먹어대더니만. 쯧쯧쯧!"

"예, 제가 배가 고파서……."

아주머니가 혀를 찼다. 그녀 자신도 혀를 찰 노릇이었다. 잊으려고, 벗어나려고 해도, 과거의 일상들이 그녀를 놔주지 않았다. 얼마만큼의 시간이 지나야 잊을 수 있을지, 혹 생각이 나도 희미한 기억처럼 느껴질 수 있을지 알 수 없었다.

서준후, 그 망할 인간 때문에 이게 무슨 짓이람.

생각이 나면 생각하자. 그래, 애써 피할 필요는 없는 거야. 열심히 살면 다 잊을 거다. 그리고 멋진 남자 만나서 보란 듯이 결혼하고 잘 살아야 한다.

실연당한 여자들이나 하는 짓을 하고 있다니. 아니, 난 실연당한 게 아니야. 단지 그놈의 질긴 인연이 끝날 때가 되어서 끝낸 것뿐이라고. 어차피 그들은 언젠가는 서로의 누군가에게 속할 일이니 미리 준비하는 것도 나쁘지 않았다. 아니, 필수적인 일이었다.

그녀는 아주머니에게 고맙단 인사를 마저 하고, 계란 바구니를 한 번 노려보고는 밖으로 나왔다.

조그만 목욕의자에 앉아 뿌연 거울을 손으로 닦아내기 시작했다. 거울엔 불쌍한 여자 하나가 자신을 마주 보고 있었다. 열기로 데워진 불그레한 얼굴, 달걀 부스러기들이 어지러이 붙어 있는 입가. 이하, 정신 차려. 제발 구질구질하게 이러지 말자.

그녀는 들고 있던 이태리 타올을 집어던졌다. 아무리 아무렇지 않은 척하려 해도 화가 났다. 준후의 입에서 흘러나왔던 말들이 그녀의 마음에 깊숙이 박혀 잊혀지지가 않았다.

여태 안 질리니까 결혼해도 안 질릴 것 같다고? 무슨 장난감 품평회라도 하나? 그 정도 오래 함께했으면 좀더 그럴싸한 결론이 나올 수도 있는데, 어떻게 그런 이유로 그녀에게 결혼을 하자는 건지. 그래도 그녀의 우수성은 안 건지, 결혼씩이나 하자고 했지만 겨우 그런 이유로 그 결혼을 진지하게 받아들일 순 없었다. 왜냐하면 그녀는 그를 사랑하니까.

준후가 한 마디 할 때마다, 목소리를 내고 싶어 지지 않고 달려든 그녀였고, 어떡하든 그를 닮아가려고 기를 쓰고 노력한 그녀였다. 그렇게 해서라도 둘 사이에 그들이 함께 있다는 걸 온전히 느끼고 싶었다. 마치 한 개의 벙어리장갑을 두 사람이 나눠 끼는 것처럼, 따뜻하지는 않겠지만 그렇게 하고 싶었다. 그래야 더 따뜻하다고 우기면서.

하지만 그녀만이 이렇게 느낀다고 해서 될 일은 아니었다. 사랑은 혼자가 아니라 둘이서 하는 것이다. 그녀가 다가서기도 싫었다. 이번

만큼은 그랬다. 솔직히 다시 한 번 마음 아픈 건 싫었다. 지금은 마음이 아파도 이겨낼 자신이 없었다. 특히나 자신을 사랑하지 않는 남자와는.

그녀는 물컹해진 비누를 손으로 꽉 쥐었다.

멋진 남자랑 결혼을 하든지, 연애를 하든지 해서 준후 앞에 번쩍하고 나타나야겠다. 후회하게 만들어 주고 싶었다. 그녀가 얼마나 괜찮은 여잔지 땅을 치고 후회하도록 말이다. 두고 보자. 그놈의 안 질리는 여자 구해서 평생 재미없게 살아라. 말미잘, 독버섯 같은 놈. 아니 비소, 수은, 카드뮴! 이런 욕 말고 더 심한 걸 찾아야지.

사람 모양으로 생긴 비누를 그라 생각하면서 한참을 칫솔로 못살게 굴고 나자, 울컥해진 속이 잦아들기 시작했다. 아무리 봐도, 자신이 하는 짓이 삼류 신파가 따로 없었다.

"아이구, 아가씨! 뭐하는 거야? 아까운 비누를 가지고? 이제 보니, 아까 그 아가씨네."

"아, 안녕하세요? 비누가 거품이 잘 안 나서……."

사우나에서 도움을 준 그 아주머니였다.

"아가씨, 뭔 일 있는 거야? 나와서도 그러네. 힘 좀 쓰고 싶은 모양인데, 그러지 말고 내 등이나 미는 게 어때? 보니까 혼자 온 것 같은데."

그녀가 목욕탕에 오면 어김없이 아주머니들이 그녀에게 등을 밀어 달라고 했다. 아마, 나이든 분들에게는 확실히 어필한 모양이다.

힘을 써보는 것도 꽤 괜찮을 것 같았다. 그녀는 비장한 각오로 이태리타월을 집어 들었다. 그리고 손바닥을 네모난 타월 안에 쑥 집어넣고 탁탁 손바닥을 마주쳤다. 그래, 때만도 못한 놈. 확실히 밀어서 오늘 끝내버리자.

결국 그녀는 세 명이나 되는 아주머니들의 등을 연달아 밀어 주고서야 탕에서 나올 수 있었다. 걷기가 힘들 정도로 다리가 후들거렸다. 너무 열정을 다해 밀었나 보다. 겨우 옷을 갈아입고는 가방을 질질 끌며 나갈 준비를 했다.

"아가씨! 보기엔 정말 말랐는데, 어쩜 그렇게 힘이 센 거야? 아주 시원하게 밀더라고. 안 그래?"

"맞아. 간만에 때 좀 민 것 같았다니까. 더군다나 얼마나 예의가 바르던지. 요즘 젊은 사람 치고 어른을 공경할 줄 안다니까. 우리 동네에 이렇게 참한 아가씨가 있었네?"

그 아주머니들이었다. 오늘의 고객(?)이었던 그들. 물론 등을 밀어드리기도 했지만 그녀에 대해 칭찬을 아끼지 않았다.

그래, 맞다. 그녀는 진짜 괜찮은 여자였다. 서준후, 그 나쁜 놈만 모르지. 그런데 왜 자꾸 그 생각나는 건지, 왜 자꾸 모든 걸 그와 엮는 건지, 그녀 자신이 더 원망스러웠다.

"아, 예! 감사합니다. 등 밀어드리기 전에 먹은 계란이 한몫 단단히 했죠."

"헌데 아가씨, 올해 나이가 몇이우? 너무 참해서 우리 조카 좀 소개시켜 주고 싶어서 그래."

"그래, 잘 생각했어. 소개시켜 줘야지. 요즘 이런 아가씨가 드물잖아."

등 한 번 밀고 참한 여자가 되다니. 이러다가 올 때마다 아주머니들의 등을 밀어야 하지 않을까 하는 불안에 휩싸였다.

그때 한 아주머니의 목소리가 들려왔다.

"아니, 이 약사님 아니세요? 저희 목욕탕 다니세요?"

평소 약국에 자주 오는 목욕탕 사장님의 목소리였다. 동네에서 또 다른 사업장을 방문할 땐 항상 조심해야 했다. 언제, 어디서나 멋진 모습을 보여야 하는 것이 타(他) 사업장 방문의 룰이었다.

"어머, 김 사장 잘 아나봐? 이 아가씨가 약사야? 직업도 괜찮고 아주 딱이야. 딱!"

"뭐가 딱이란 말씀이세요?"

“응, 이 아가씨가 아주 맘에 들어서 우리 조카랑 한 번 만나게 하려고 말이야.”

“선이요? 아유, 안 돼요. 이렇게 괜찮은 아가씨가 혼자겠어요? 그 아가씬 이미 임자 있는 걸요. 그렇죠, 이 약사?”

그녀도 금시초문인 얘기였다. 그래서 이 동네 남자들이 그녀를 이렇게 방치했는지도 모를 일이었다. 근거 없는 소문으로 그녀의 청춘사업이 불황이었는지도 몰랐다.

“네? 제가요?”

“그래요. 항상 그 같이 다니던 키 크고 잘생긴 총각. 맞아, 서 원장님 막내아들 말이야. 그 총각이 애인 아니야?”

겨우 진정 좀 시켜놓은 속이 다시금 뒤집히는 것만 같았다. 참한 이미지와 비즈니스를 위해서 나오는 욕을 꾹 참았다. 그녀는 전보다 더 환하게 웃으며 말을 이었다.

“아니에요, 김 사장님. 무슨 애인은. 잘못 들으신 거예요.”

그녀는 소문을 부정했다. 그러자 김 사장은 고개를 갸우뚱거렸다.

“일전에 내가 그 총각한테 물어보니, 이 약사랑 그런 사이가 맞다던데? 나 말고도 여러 사람 들었다고.”

서 군, 이 인간을 어찌 해야 한다는 말인가. 만나주지도 않으니까 이제 같이 죽자 이건가. 그런다고 그 변명을 들어줄 그녀가 아니었다.

“사실, 전 생각도 별로 없는데 어릴 때부터 계속 쫓아다니더라고요. 아무리 말을 해도 듣질 않네요. 언제쯤 포기할는지 모르겠어요.”

사실은 사실이었다. 보는 사람의 시각에 따라서 약간 다를 수 있는 사실.

아주머니들은, 역시나 괜찮은 여자들은 남자들이 들러붙는다며 몹시 안타까워했다. 또, 등 밀어준 수고비라며, 목욕탕에서 파는 삶은 계란을 몽땅 사주기까지 했다.

16

가족 모두의 지원에도 불구하고 그다지 상황이 나아지지 않는 그들 생각에, 옅은 한숨이 새어나왔다. 지영은 그 저주(?)받은 커플의 불길한 기류를 눈치채고는, 아직은 사진을 내놓을 시기가 아니라고 판단했다. 그래서 아무도 없을 시간을 틈타서, 필름과 사진을 챙기러 스튜디오에 왔다.

한참을 증거물 은닉 작업에 열중해 있는데 종소리가 들렸다. 지금은 아무도 올 사람이 없는 시간이었다. 모두들 화보 촬영장으로 간 상태고 그곳에서 퇴근을 할 예정이었다. 지영이 여기에 있는 걸 아는 사람은 그녀의 남편뿐이었다.

지영은 서둘러 문 앞으로 뛰어나갔다.

"아니, 형수님! 이 시간에 여기서 뭐하는 겁니까?"

이런, 이 시각엔 분명 화보 촬영장에 있어야 할 사람이었다. 굉장히 피곤했는지 그 말을 마치기도 전에 그는 옆에 있는 소파에 몸을 던졌다. 하긴 요즘 부쩍 늙어 보이고, 안쓰러워 보였다.

“어, 잔업이 남아서요. 준하 씨도 병원에 있고 그래서 일 좀 하다 가려고……. 그런데 오늘 화보 촬영하기로 되어 있지 않나요?”

이 떨리는 목소리가 그녀의 것이 맞나 싶었다. 소심하기는, 대범하게 아무렇지 않은 척해야지. 아무래도 들고 있던 거라도 가지고 얼른 나가야 할 것 같았다.

“배우 하나가 스케줄 펑크 내서 다들 해산했어요. 형이 없으니 집에도 가기 싫은 걸 테죠. 그런데 무슨 잔업하고 있는데요? 제가 도와드릴게요.”

“…….”

도움이 필요치 않다고 거절하기엔 상황이 좋질 않았다. 그럴싸한 대답을 생각해 내기도 전에, 준후는 성큼 다가와 지영이 들고 있던 증거물을 흘끗댔다. 지영은 위협적으로 다가온 그에게서 한 발 물러서서 그것들을 등 뒤로 숨겼다. 불길한 예감이 들었다.

“사진 현상한 거 분류하고 있었나 보네요. 저도 한 번 봐요.”

“별거 아니에요. 예술 한다고, 객기 한 번 부려본 거라서 말이죠. 우습기도 하고. 하여튼 없애려고요. 도련님이 볼만한 건 아니죠.”

지영은 계면쩍게 웃으며 한 발 뒤로 물러섰다. 하지만 준후는 등 뒤로 다가와 그것들을 보려고 몸을 이리저리 움직였다. 그녀는 더욱 더 신변의 위협을 느끼면서 옆에 있던 서랍장에 기대어 섰다.

“제가 한 번 볼게요. 얼마나 잘했는지도 보고, 앞으로 어떻게 해야 할 지도 같이 찾아보고. 부끄러워하지 말고 보여주세요.”

준후는 계속해서 지영에게서 사진들을 빼앗으려고 했다. 그녀는 이리저리 피했지만 구석으로 몰리기 시작했다. 결국 준후는 큰 키와 잽싼 몸놀림으로 증거물을 손에 넣고야 말았다. 필사적으로 다시 빼앗으려고 움직여 봤지만 쉽지 않았다. 오늘만큼은 진짜 오징어처럼 다리 수가 많았으면 좋겠다는 어처구니없는 생각이 들기까지 했다.

“흠, 어디 보자. 형수님이 이런 종류도 관심이 있었구나. 가족사진만 하고 싶다는 줄 알았는데. 괜찮네요. 이거 필름 좀 보여주세요.”

준후는 사진들을 들여다보며 말했다. 더욱 자세히 보려는 듯 옆에 있는 스탠드의 스위치를 올렸다. 이제 들키는 건 시간 문제였다. 심장이 거세게 뛰기 시작했다. 이 커플들을 위해 자신이 마련한 계획이 갑작스레 매력을 잃고 자신의 무덤을 파는 일처럼 느껴졌다.

"물론, 저는 가족사진을 중점적으로 할 거예요. 이건 잠시 외도죠, 하하! 괜찮다니, 말도 안 돼요. 민망하니까 이리 주세요, 도련님!"

지영은 다시 한 번 애원했지만 준후는 들은 체도 하지 않았다. 다만 알아보지 못하길 바랄 뿐이었다. 하늘에 맡기는 수밖에 없었다. 가능하기야 하다면 남편 뒤로도 숨고 싶었다.

"특이하군요. 그런데 이 모델은 누굽니까? 좀 마르긴 했지만 뒷모습이⋯⋯."

다가올 앞날에 대한 생각을 하니 지영은 눈앞이 캄캄해졌다. 눈을 감고 주기도문이나 사도신경을 외워보려 했지만, 십계명 하나도 제대로 생각나지 않았다. 지영은 감았던 눈을 살짝 뜨고는 그를 지켜보았다. 아직까지 잘 모르는 듯 했다. 그저 고개만 갸우뚱거리고 있었다. 잘 넘어가야 하는데 말이다. 그는 계속해서 사진들을 뒤적였다.

"형수님, 이 여자, 혹시 제가 아는 여잡니까?"

물론 알긴 알겠지만 벌거벗은 등판은 모르지 않을까. 그 커플이 건전한 사이란 걸 아는데 어떻게 벌거벗은 하 언니의 등을 알아보는 걸까. 막내 도련님은 업계의 소문난 베테랑이니 쉽게 알아볼 수도 있을 거야. 일단 버틸 때까지 버텨보자.

"뭐, 모델들이 워낙 거기서 거기니까 한 번쯤은 봤을 테죠, 뭐. 하하하!"

일년 내내, 어떤 경우에는 24시간 내내 본 적도 있을 테지만.

"우리 스튜디오에 온 적 있습니까?"

그럼요. 뻔질나게 오는 사람이죠.

지영의 안색은 점점 더 스튜디오를 둘러싼 콘크리트 색으로 변하기 시작했다.

"가만 보자. 이거 어디서 많이 보던……."

"원래 비슷한 사람들 많잖아요? 설마 이게, 그러니까……."

준후의 눈썹 한쪽이 올라갔다. 그러더니 양쪽 눈썹이 찌그러지기 시작했다. 무언가 마음에 들지 않았을 때 나오는 저 눈썹들의 움직임. 지영은 식은땀을 흘리며 비굴하게 웃어 보였다. 자신도 모르게 신음까지 새어나왔다.

한동안 말없이 사진을 들여다보던 준후가 마침내 입을 열었다.

"설마 이 여자가, 그러니까, 우리가 아는 그 여자가 맞겠지요, 형수님?"

"맞긴 맞는데, 그것이……."

사진이 찢어질 정도로 손목에 힘이 들어간 것과는 달리, 그 목소리는 무척이나 매끄러웠다. 착 가라앉은 낮은 목소리가 성큼 다가온 그녀의 불운을 예고하는 듯했다.

"제가 모를 거라 생각한 겁니까?"

"물론 알……."

지영은 조그만 소리로 중얼거리며 준후를 올려다봤다. 사진을 쥔 그의 두 손이 흔들렸다. 하려던 말이 목구멍에서 막혀버렸다.

"알잖아요. 제가 얼마나, 얼마나 하를……. 그렇게나 오랜 시간 동안, 언제나 시기를 놓치고 바보처럼 굴었어요. 어리석은 제가 그게 뭘 의미하는지 몰랐던 거죠. 어렴풋이 알아서, 알게 되어서 이렇게 노력하는데, 노력은 하는데……. 그런데 이 사진을 보니, 너무 화가 나요. 제가 많이 잘못한 거 아는데, 저만 잘못한 것도 아닌 것 같네요. 우린 수많은 시간을 함께했는데도 여전히 서로를 몰라요. 알고 싶어도 물어보질 못하고 그저 마음속에만 묻어둬요. 그저 눈치만 보는 거죠. 마주 보질 못하고 항상 빗겨서 보는 거예요."

"……."

준후의 표정이 슬프게 늘어졌다. 그들을 도와주려고, 그래서 이런 일을 꾸몄단 말을 꺼내는 것이 무의미해 보였다.

"이렇게 늘어진 모습을 아무나 할 수도 없고, 머리를 이렇게 목 바로 밑에서 질끈 묶을 수도 없어요. 고개도 왼쪽으로 돌리고 있네요. 하는, 하는 목을 항상 왼쪽으로 약간 기울이고 있거든요. 본인이 똑바로 고개를 들고 있는 줄 알지만요."

점점 더 그의 목소리가 심하게 떨렸다. 좀 전의 차분한 모습과는 달리 지금은 격한 표정이 되어 갔다.

"모든 게 그 애라고 외치고 있어요. 왜 숨기려고 했어요? 언제 찍은 겁니까? 이렇게까지 찍은 걸로 보아, 자발적 의지였겠죠? 누가 먼저 하자고 한 겁니까? 형수님이 부탁하니까 순순히 모델이 되어 주었나요?"

답을 듣기 위한 질문은 아니었다. 쉬지 않고 쏘아대는 통에 하나하나 물음에 답을 할 수도 없었다.

"하 언니는 싫다고 했지만 제가 우겼어요. 찍어보고 싶다고요."

지영의 말은 점점 더 잦아들어 속삭이는 것처럼 들렸다. 이런 결과를 원한 것은 아니었는데, 잘 되기를 바라며 한 일이었는데. 어떤 말로 미안하다고 해야 할지 알 수가 없었다. 뭐라고 위로를 해야 할지도 몰랐고.

"형수님은 모를 겁니다. 그 흔한 증명사진도 찍어달라고 한 적 없는 애란 말입니다. 그런데 그 훤한 대낮에 형수님한테 이, 이런 모습으로 자신을 보여주고도 모자라, 찍게 해줬다는 걸 믿을 수가 없군요."

준후는 씩씩거리며 머리칼을 쥐어뜯다가 이젠 스튜디오 안을 빙빙 돌기 시작했다.

"어떻게 이럴 수가 있죠? 그 애의 인생에서 대체 뭐냐고요? 난 뭐냐고요!"

"……"

참았던 숨을 내쉬는지, 준후의 어깨가 격하게 흔들렸다.

"결국 전 아무 것도 아닌 거죠. 그저 좋은 친구, 어릴 적 소꿉친구에게 불과한 거죠. 그러지 않고서야 이럴 수가 있겠어요? 절 좋아한 것도 아니었나 봐요. 그런데 전 그 앨 사랑하는데 어쩌죠? 사랑은 아니더라도 조금은 좋아할 거라고 생각했는데 완전히 넘겨짚었어요. 저 혼자 북 치고, 장구 치고. 여태 함께했다고 생각했는데, 뭐든 혼자 다 했군요."

고개를 들어 지영을 마주하는 준후의 눈엔 물기가 흥건했다.

"막내 도련님, 그건 아니에요. 그렇게 생각하지 마세요. 사실은……."

"미, 미안합니다, 형수님. 제가 흥분했군요. 전, 더 이상 미룰 수 없는 일을 하러 가겠습니다. 미안해하지 않으셔도 돼요. 오히려 제가 해야 할 일을 알았으니까요."

지영은, 결국 그들이 풀어야 할 숙제를 누군가가 대신할 순 없는 거라는 걸 깨달았다. 그저 일이 잘 풀려, 그들의 사랑을 확인해 주는 중요한 기회가 되길 바랐다.

17

"…… 해야죠."

"…….."

"언니! 언니, 내 말 듣고 있어요?"

"어, 뭐라고 했어? 미안, 딴 생각하느라 못 들었네."

김 약사는 두 손을 허리에 올려놓은 채, 그녀를 향해 의심의 눈초리를 보내고 있었다. 하는 그 시선을 피하며 들고 있던 처방전들을 만지작거렸다. 마치 그 일에 열중했던 것처럼. 처방전의 네 모서리가 딱 맞아 있었지만 그래도 종이들을 계속 펄럭거리며 정리에 몰두했다. 더더욱 그 작업에 매진하고 있다는 걸 보여주기 위해 날카로운 눈빛을 빛내면서까지 말이다.

하지만 그녀의 연기가 어색했는지 김 약사는 코웃음을 날리며 그녀를 노려봤다.

"그러게 좀 기회를 주라고요. 왜 그렇게 말을 안 듣는 건지. 에휴, 남 타는 속도 모르고 종이만 만지작거리고 있으니, 우리 불쌍한 누구는 어쩐대, 쯧쯧쯧."

"……."

김 약사가 무슨 말을 하는지 그녀 또한 잘 알고 있었지만 내심 모르는 척 처방전 정리하는 일에 집착했다. 이러다 파일 정리의 여왕으로 이름을 날리게 생겼다.

기회는 평생 줬건만 제대로 잡지 못한 사람이 나쁜 거지.

하지만 며칠째, 김 약사와 송 약사 모두 그녀를 원망하며 평소라면 들춰보지 않는 로맨스에 열을 올렸다. 남자 마음 몰라주고 아프게 하는 여주인공들의 시리즈만 골라서 말이다.

그녀는 그런 여주인공들과는 차원이 다른 사람이었고, 사실 그들이 준후와 그녀의 관계를 잘 모르기에 자신을 그런 식으로 매도하는 것이라고 이해하기로 했다. 그녀야말로 억울한 여주인공이었다. 실연당한 여자라고 할 수 있었다.

"오늘은 언니가 일찍 퇴근하는 날이라고요. 송 약사 오면 바로 퇴근 해야죠. 그런데 창고 문단속 안 할 거예요?"

"문단속?"

부산한 손놀림을 멈추고는 멍하게 되물었다.

"네, 창고 뒤쪽에 있는 문이요. 언니가 가기 전에 꼭 말하라고 했으면서 기억 안 나요? 여태 열린지도 모르고 있다가 이제야 알았다면서요. 그럼 뭐해요? 우리의 피 같은 약품들이 멀리 떠난 지가 언젠데."

"그래, 그랬지. 지금이라도 단속을 잘하면 돼. 말해 줘서 고마워, 김."

하긴 마음 단속도 제대로 못하는 그녀가 문단속이라고 제대로 할 리가 있나. 단속 치고 가장 힘들고 어려운 게 마음 단속이다. 마음먹으면 이미 늦은 시기가 되어 버리니 말이다. 이미 늦은 마음 단속은 내버려두더라도 더 이상의 약품 손실은 막아야 했다.

여전히 기운이 없는 몸을 이끌고 그나마 할 수 있는 단속을 하기 위해 비품실로 들어갔다.

"어서 와요. 준후 오빠! 정말 오랜만이네요. 요즘 못 봐서 보고 싶었는데, 그죠, 언니? 어디 갔지? 방금 전까지만 해도 옆에 있었는데."

준후는 반갑게 인사하는 김 약사에게 눈길도 주지 않고는 곧장 그 앞으로 다가갔다.

"하, 어디 있어, 어디 있냐고?"

그는 소리를 버럭 질렀다. 그 모습에 놀란 김 약사는 입만 벙긋거리며 손가락으로 비품실로 가는 쪽문을 가리켰다. 그쪽으로 발걸음을 옮기자마자 하가 나타났다. 그를 발견한 하는 온몸을 굳히며 그를 쏘아봤다.

약국으로 오는 내내, 억울하고 분함을 참을 수가 없었다. 일단 하를 보면 조용히 묻고 그 이유를 듣겠다고 결심했지만 약국 앞에 이르자, 그런 마음은 온데간데없이 사라졌다. 그리고 하의 얼굴을 마주하니, 이성은 저만치 달아나고 격한 감정만이 그 자리를 차지했다.

"혼자 노니까 심심해서 온 거야? 너랑 이제 안 논다고 했을 텐데. 영업에 방해되니, 얼른 가시지."

깊게 숨을 들이마시며 차분해지려고 노력했지만 하의 말을 듣는 순간 간신히 눌렀던 흥분이 치밀기 시작했다.

"하, 너 정말……."

"왜! 무슨 말이 하고 싶어서 그렇게 득달같이 달려 온 거야? 따질 거리가 더 생각나기라도 한 거야?"

"……."

하는 지금까지 본 적 없는 냉정한 모습으로 그를 대했다. 차라리 화를 내라고, 화를. 이런 모습이 그를 더 아프게 했다. 그렇게 헤어져서, 일 주일이 지났는데도 전화 한 통 없었다. 더 이상 기다릴 수 없다고 생각한 그 순간, 하는 그의 의지를 송두리째 빼앗는 일을 한 것이다. 지난 세월 내내, 그를 무던히도 괴롭혔던, 그의 소원을 사진 한 장으로 날려버렸으니까.

하는, 그가 사진에 매혹되기 시작한 그때부터 지금까지 단 한 번도 그에게 부탁한 적이 없었다. 그가 카메라를 만지작거리고 있을 땐 그 근처에 오지도 않았다. 예술가인 그에게 상업(?)용 사진은 부탁하지 않겠다는 터무니없는 얘기에, 원래 사진발이 안 받아서 찍어줘도 소용없다며, 갖가지 이유를 대며 거절했다. 카메라를 들이댈 때마다 거부하는 하를 보며 가슴 한구석이 쓰렸다. 그렇게 어려운 일도 아닌데, 그저 단순히 그 앞에 서기만 하면 되는 일인데.

하의 사진을 찍는 건 단순한 작업이 아니었다. 그건 그의 마음 안에 담는 것과 마찬가지였다. 하지만 하는 그걸 몰랐다. 그 쉬운 걸, 그렇게 쉽게도 그 마음 안에 담기는 걸 원하지 않았다. 허락하지 않았다. 그가 가지고 있는 하의 사진은 그가 아닌 누군가가 찍은 사진뿐이었다. 그 누군가도 찍은 사진을 그는 찍지 못했다.

하에겐 우선순위가 아닌 일인지 몰라도 그에겐 달랐다. 그의 인생에서 절대적으로 가장 중요한, 가장 높은 위치를 차지하고 있는 건 바로 하였다. 하지만 하의 인생에서 한참이나 밀려나 있는 그 자신을 깨닫게 되면 정말이지 울고 싶어졌다. 벌써 마음은 울고 있은 지가 한참이나 되었지만.

"할 말이 없나 보군. 설마 예전처럼 아무렇지 않게 놀자고 온 건 아니겠지? 너 혼자 놀든지 아님 딴 사람이랑 놀아."

눈물이 흘러 흠뻑 젖은 마음을 더 슬프게 하는, 차가운 말이 그의 귓가를 파고들었다.

왜 그렇게 내 마음을 아프게 하니, 예전엔 그러지 않았잖아. 무슨 얘기든 들어주고 이해해 줬잖아.

"다 나가. 빨리! 오늘 영업 여기서 끝이야."

그들의 모습을 주시하는 송 약사와 김 약사를 향해 소리쳤다. 그가 어떻게 보일지는 알고 싶지 않았다. 아니, 신경도 쓰이지 않았다.

그저 눈앞에 있는 하와 그만이 존재했다.

그녀와 그를 번갈아 보며 어쩔 줄 몰라하며 주춤거리는 김 약사를 송 약사가 데리고 약국 밖으로 빠져나갔다.

"너나 나가, 서준후! 어디 와서 행패야? 영업 방해하지 말고 나가라고. 하루 매상이 얼만데 지금 남의 영업을 방해하는 거야?"

하는 피곤해 보이는 얼굴을 하고는 안경을 벗어서 쌓여 있는 종이 파일 위에 올려놓았다. 그리고는 관자놀이 부근을 손가락으로 누르기 시작했다. 하에겐 이 서준후가 겨우 두통거리에 불과했다.

"아니, 절대 안 나가. 그깟 매상이 우리보다 중요해?"

"우리? 그건 아니지. 넌 빼라고. 당연히 너보단 내가 중요하지. 그리고 너보단 매상도 중요하지. 그만하자. 피곤해."

"그렇게 야멸치게 말하지 마."

"그럼 어떻게 말해야 하는데? 너랑 말장난 할 시간 없어."

"네가 언젠 나랑 놀았어? 그건 아니라고. 같이 논 줄 알았는데 알고 보니 나 혼자 놀았던 거야. 안 그래? 또 아니라고 그럴 거냐?"

"대체 무슨 얘길 하는 거야?"

"그럼 이 사진은 뭐냐? 설명해 보라고."

그는 사진을 하에게 내밀었지만 그녀는 흘끗 보기만 했다. 그 사진을 받아들지도 않았다. 사진들은 그의 찢겨진 마음 조각처럼 이리저리 날리면서 하 앞에 떨어졌다.

"왜 설명해야 되는데? 난 이런 거 찍음 안 되는 거야? 아, 그렇지. 네 기준으로 보자면 난 굉장히 촌스러우니까 이런 걸 찍기엔 상당히 모자라지."

눈앞의 여자는 언제나 그의 곁에 있었던 하가 아니었다. 그가 알고 있는 하는, 저런 말을 할 줄도 모르고 하지도 않았다.

"내가 말하는 건 그런 뜻이 아니잖아. 뻔히 알면서 내 맘 아프게 일부러 그런 거야? 아직도 몰라? 모르겠냐고? 사진, 사진 말이야!"

"내가 언제 네 맘을 아프게 했는데? 난 네 맘 아프게 한 적 없어."

"아직도 모른 척하는 거냐? 사진 안 보여?"

땅에 떨어진 사진을 주워들며 하 앞에 들이밀었다. 하지만 하는 슬쩍 쳐다보기만 할뿐 다시 고개를 돌렸다. 이제는 그에게서 멀리 떨어져 조제실로 향하며 입을 열었다.

"아, 이거? 네가 본 그대로야. 한 번 찍어봤어. 이렇게 찍는 거, 요즘 유행이라며? 새삼스럽게 왜 그러는지 모르겠다. 너 말고 다른 사람한테 사진 찍은 게 그렇게 네 맘을 아프게 한 거라고? 그런 얘긴 처음 듣는다. 하긴 마음이 아픈 걸 경험해 봤어야 알지, 안 그래? 이런 건 맘이 아프다고 하는 게 아니야. 알아?"

하는 신랄하게 쏘아붙였다.

"아픈 사람이 아프다고 하는데 왜 아니라는 거야? 하여튼 난 네 얘길 듣고 싶어. 왜 그랬는지."

"항상 그래왔잖아. 이제 와서 그게 왜 문제가 된다는 거야? 내가 너한테 부탁한 적 있었니, 아니면 네가 제발 찍게 해달라고 부탁한 적이 있니? 사실 넌 장난으로 카메라만 들이댔잖아."

무심한 척하려는 듯 했지만 하의 얼굴은 점점 더 붉어지기 시작했다.

"좋아, 한 가지만 묻자. 왜 나한텐 부탁하지 않았어? 네가 말하는 우정친구 서준후, 왜 그 인간에겐 단 한 번도 부탁하지 않았냐고."

그는 터져 오르는 분을 애써 삭이며 낮은 목소리로 되물었다.

"……."

그는 초조하게 답을 기다렸지만 하에게선 어떤 말도 들려오지 않았다. 여전히 관자놀이만 꾹꾹 누르고 있었다.

"난 기다렸어. 언젠가는 네가 나한테 부탁할 거라고 생각했어. 뭐, 가까운 사이에 부탁한다는 것이 좀 그럴 수도 있다고. 더군다나 네가 사진 찍는 걸 좋아하는 애도 아니니까. 하지만 넌 단 한 번도 내게 부탁을 한 적이 없지. 난 기다렸어. 또 기다리고, 또 기다렸어.

그냥 내가 몰래 찍을 수도 있었는데 기다렸어. 왠지 그래야 할 것
같아서. 그게 널 여기에 담는 방법이니까. 왜 그랬어?”

　그는 가슴을 가리키며 물었다. 하지만 하는 그를 향해 돌아섰다.

“시끄럽게 하지 말고 그냥 돌아가. 다 지난 얘기잖아.”

“내가 만지작거리고 놀았던 그 부실한 카메라 앞에 선 적도 없잖
아. 우리가 아주 어릴 때조차도.”

　반드시 듣고야 말겠다. 어떤 일이 있어도 들어야만 했다.

“…그냥 돌아가.”

　하는 힘없이 중얼거렸다. 하지만 그는 하를 돌려 세웠다. 그 앞에
서 등을 돌리는 하가 너무나 미웠다. 마음을 닫는 것처럼 보이는 하
가 미웠다.

“왜 그랬어? 처음이자 마지막으로 물을 테니 말해 줘. 우리가 함
께한 시간을 생각해서라도 말해 주라고.”

“너 힘들까봐 그랬어. 일도 많잖아. 그리고 워낙 본판 자체가 영
아니라서 찍으려면 머리 엄청 아프다며?”

“그건 자존심 상해서 한 말이었어. 네가 한 번도 부탁하지 않아서,
그래서 마음이 아파서 그렇게 말한 거야.”

“상관없어. 하여튼 그래서 부탁하지 않았으니까. 이제 답했으니까
얼른 가.”

　하의 시선은 그를 피해 약국 안을 배회하고 있었다. 이리저리 움
직이는 하의 시선을 잡기 위해 그는 하의 팔을 힘껏 움켜쥐었다.

“거짓말. 솔직해 보라고. 내 눈을 똑바로 보면서 얘기해 보라고.”

“……”

　하는 고개를 숙였다. 그리고 그를 밀어내기 시작했다. 하지만 하
의 손을 잡은 그는 풀어주지 않았다. 풀어주지 않을 것이다. 답을
들어도 풀어줄 수 없을 것만 같았다.

“하, 어서 말해.”

“그만해. 왜 알고 싶어? 전혀 궁금해 하지 않았잖아.”

"아니, 궁금했지만 물어 보지 않았던 거야. 그것만 말해 주면 네
가 원하는 대로 가줄게. 정말이야. 그러니 꼭 얘기해 줘."

"…난 네 카메라 안에 갇히기 싫어."

하는 한참을 뜸을 들이다, 작게 중얼거렸다. 제대로 들은 건지 싶
었다.

"뭐라고?"

하의 얼굴을 들어올렸다. 떨리는 눈동자가 그를 응시했다.

"알아들었잖아."

"내 카메라?"

"그래, 네 카메라 안에 갇히기 싫다고. 네가 그걸 들이대면 나도
그 여자들이랑 똑같이 될 거니까. 그래서 찍히기 싫었어. 그저 스쳐
지나가는 여자들처럼 나도 네 사진 속의 인물이 되고 싶지 않았어."

"무슨 소릴 하는 거야? 그 여자들이라니?"

그의 손에 붙들린 팔을 내려다보며 말하는 하의 목소리가 떨렸다.
하의 말이 외국어라도 되는 것처럼 단어만 되묻고 있었다.

"정말 몰라서 물어? 알면서 모른 척하는 건 아니야? 그 예쁜 여
자들. 내가 떼어내느라고 연극한 그 여자들 말이야."

하의 눈에 눈물이 차올랐다. 울어야 할 사람은 그인데 하가 왜 우
는 걸까.

"내가 뭘 모르는 척한다는 거야? 그리고 너 왜 울어?"

"나 안 울어. 내가 언제 울었다고 그래?"

"……."

울지 않는다는 사람의 얼굴에 눈물이 흘렀다. 그 눈물을 손으로
훔쳐내더니, 이젠 소맷부리로 눈가를 쓱쓱 닦기 시작했다.

"좋아, 좋다고. 얘기하면 되는 거지? 그러니까……. 우리가 만난
지 5년이 됐을 땐, 부끄러웠어. 네가 빤히 쳐다볼 것 같으니까. 그렇
게 되면 널 더 좋아하게 될지도 모르니까. 우리가 만난 지 10년이
됐을 땐, 난 하느님께 맹세했어. 너한테 예쁜 공주님을 구해줄 거라

고. 네 카메라는 공주님만 찍을 수 있거든. …우리가 만난 지 15년이 됐을 땐 그 여자들처럼 되기 싫었어. 내가 떼어낸 여자들 말이야. 그 여자들 모두 네가 찍었던 여자들이었잖아. 그리고 우리가 만난 지 이십 년이 훌쩍 넘었을 땐, 그땐…….”

“그땐 뭐!”

그는 하를 다그쳤다.

“넌 대뜸 결혼하자고 했어. 여태껏 지겹지 않으니까, 그러니까 결혼하자고. 하여튼 그래서, 그래서 그랬어.”

“…….”

하가 사진에 그런 의미를 부여했는지는 몰랐다. 만약 알았더라면, 만약 그랬더라면 끌고 와서라도 가둬버렸을 것이다. 그들은 항상 함께 있었는데 왜 항상 딴 생각만 했던 걸까.

“이제야 알았어? 자, 이제 됐지? 얘기하면 원하는 대로 해준다고 했지? 그만 가. 네 말대로 오늘은 여기서 영업 끝이야.”

그에게서 빠져나간 하는 훌쩍거리며 돌아섰다.

그는 하를 잘 안다고, 하를 완전히 이해한다고, 하를 사랑한다고 생각했었다. 그래, 그렇게 생각, 생각만 했던 것이다. 그게 최고고, 최선이라고. 누구의 기준으로 그 생각이 최고이며 최선이란 말인가.

그와 하 사이에선 그 자신만 존재했다. 무엇 때문에 하에 대해서 잘 안다고 생각했을까. 오랫동안 함께해서, 아니면 습관과 성격을 잘 알아서? 아니다, 결코 아니었다. 그에 대한 하의 감정, 생각, 느낌 그런 것들은 무시했다. 아니, 그저 하를 생각하는 자신만이 중요하다고 생각했다.

그는 하와 함께했던 시간을 그래프라고 생각했다. 범위도 무한대인, 앞으로도 계속될 그래프. 그런데 그의 그래프는 방향이 잘못된 거였다. 그 긴 시간 동안 잘못된 그래프를 그리고 있었다. 이젠 제대로 그려야했다. 혼자가 아니라 하와 함께.

"하! 학교 다닐 때 그래프 잘 그렸지?"

부서진 마음을 추스르기도 힘이 드는 판에, 무슨 저런 말도 안 되는 질문을 하는 건지, 저 녀석은 끝까지 나쁜 놈이었다. 비참하기도 한데 화까지 났다.

"무슨 소릴 하는 거야? 영업 끝이라는 말 안 들었어? 얼른 가버려. 우린 여기서 끝이야."

그녀는 더욱 퉁명한 목소리로 말했다. 우린 여기서 끝이라고 말하니 참았던 슬픔이 밀려오는 것 같았다. 괜찮다. 시간이 지나면 아주 괜찮아질 일이었다. 이 세상에 실연당한 여자가 그녀 혼자만은 아니었다.

삶은 계란이나 마음껏 먹어야겠다는 생각이 들었다. 사우나에 가서 아주머니들 등도 밀어주고.

"너, 그래프 잘 그리잖아. 수학에 관련된 거라면 못하는 게 없잖아."

준후는 아까부터 그래프 타령이었다. 이제 진짜 끝이었다. 그놈의 공주, 기사, 운명 그런 것 따윈 내다 버릴 것이다. 그녀는 타고난 낙천가였다. 그러니 잘할 것이다. 가끔 마음이 아프겠지만 보지 않으면 마음도 아프지 않을 것이다. 그렇게 잊으면 될 것이다.

그래, 다 물어봐라. 오늘로 내 인생에서 마지막이니 특별히 오늘만 봐줄게. 거참, 마음도 이렇게 넓은데 남자복은 지지리도 없지.

"당연하지. 내가 누구야? 난 모눈종이 없어도 정확하게 그릴 수 있어. 내가 칠판에 수학선생님 대신 그린 거 몰라? 하긴 나에 대해서 제대로 아는 게 뭐가 있겠어?"

그녀는 훌쩍이면서 대답했다. 그런데 왜 이렇게 눈물이 나오는 걸까. 소매로 닦아도 소용이 없었다. 몸에서 물이 새는 것도 아닌데, 계속 눈물만 흘렀다. 더구나 딸꾹질까지 했다.

"나도 잘 그리고 싶은데, 어떻게 하면 잘 그릴까?"

갈수록 태산이었다. 눈물이 앞을 가려 정신이 없는 상황에서 이상

한 질문을 해대는 준후가 미웠다. 빨리 가기나 할 것이지, 웬 그래
프 타령인지. 하물며 그들을 방해하는 손님도 하나 없었다.

"좋아, 알려주면 가는 거지?"

그녀는 준후를 내려다보는 위치에 있었다. 어느새 준후가 그녀를
들어올려 프런트 위에 올려놓은 모양이다.

그래, 진짜 여자는 마지막에 더 멋있어야 하는 거야. 끝까지 멋진
모습으로 남자. 그래야, 그래야 조금이라도 준후의 기억 속에 오래
남겠지. 멋진 여자로만 남는 것이 그녀가 원하는 일은 아니지만 말
이다.

"그래, 갈 거야. 갈게. 그러니 얘기해."

뭐, 뭐라고! 나쁜 놈! 이렇게 만들어놓고 그냥 간다는 거야? 괜찮
아. 참을 수 있어. 내일도 해가 뜰 거고 여기에서 일할 테지. 사진
한 번 찍어달라고 하지 않은 걸 후회하면서 말이야. 이럴 줄 알았으
면 공짜로 증명사진, 여권사진, 가족사진 몽땅 찍어놓는 건데 후회막
급이었다.

"좋아, 머리도 좋은 애가 그런 걸 몰라? 일단 식을 잘 풀고 난
다음에, 모눈종이에 그리면 되잖아. 아니면 나처럼 잘 그리는 사람한
테 그려달라고 하면 되지. 은근히 뭘 모르네."

준후는 은근히 모르는 게 한두 개가 아니었다. 아니, 대놓고 모르
는 게 천지지. 그녀는 딸꾹질과 콧물과 눈물이 어우러져 말이 어눌
하게 나왔다.

"그런 방법이 있었군. 난 모눈종이는 싫거든. 네가 그려줘."

준후는 이제 실실 웃고 있었다. 그녀는 유종의 미를 거두려고 가
까스로 노력하는데 준후는 징그럽도록 환하게 웃고 있었다. 끝까지
사람 비참하게 만드는 녀석이었다.

"너 안 가? 이젠 실실 웃어? 아주 미쳤구나. 그래, 끝까지 나쁜
놈 할 거라 이거지? 그래, 내가 나가면 된다고."

그녀는 프런트에서 내려서려고 했지만 그가 막아섰다. 그는 오늘

따라 퍽 힘자랑을 해댔다.

"사랑해."

준후는 그녀의 손을 자신의 손으로 감싸더니 그렇게 말했다.

"뭐?"

딸꾹질이 멈췄다.

"너도 알아들었잖아. 아주 오랜 전부터 그랬어. 너만 모른 거야. 하긴 뭐, 네가 아는 게 있나?"

준후는 한숨을 쉬며 그녀의 손가락을 만지작거렸다. 평소 같으면 느끼하다며 떼어낼 그녀였지만 때가 때인지라 그것만 멍하게 바라보고 있었다.

날, 사랑한다고?

"진짜? 진짜야?"

믿을 수가 없었다. 사진 찍어달라고 부탁하지 않았다고 화를 내고, 그래프를 그려달다더니, 이젠 사랑한다 했다.

그녀는 머리카락을 확 잡아당겼다. 두피가 심하게 아픈 걸 보니 꿈은 아니었다.

"이런 상황에서 거짓말하겠나?"

이런 의심병이 생긴 것도 다 그의 책임이었다. 오죽하면 이런 중요한 순간에도 의심이 가시지 않아서 온몸을 다 꼬집고 있겠는가.

"확실해? 혹시 뭐 딴 얘기하려다 할 말 없어서 그런 건 아니지?"

"로맨틱해보려고 해도 파트너가 따라줘야 하든지 말든지 하지."

준후는 가슴을 치며 화를 냈다.

"서 군! 그런 얘길 왜 이제 해? 빨리빨리 얘기했어야지. 대체 언제부터야?"

그녀는 준후의 셔츠 깃을 잡아채서는 앞뒤로 흔들었다. 준후는 그런 그녀의 손을 떼어내서 다시금 그 손을 만지작거렸다.

"알아서 뭐하게?"

"믿을 수가 있어야지. 딱 한 번만 더 말해 봐. 그럼 믿을게."

22년이 넘는 시간이 걸렸는데 고작 한 번 말해 주고 끝낼 순 없었다.

"안 해. 그리고 못해."

말하는 것과는 달리, 준후는 그녀를 꼭 끌어안았다. 더 이상 양심의 가책을 느끼며 이 품안에 안기지 않아도 된다. 언제든지 안기면 된다. 안길 때까지 기다릴 것 없이, 이제 그녀가 안으면 된다.

"기가 막혀. 나 사랑하는 거 맞아?"

닭살 커플들이 하는 양을 보고 질색하던 그녀였건만 지금은 자연스럽게 그보다 더한 짓을 하고 있었다. 사랑 때문에. 사랑한다니까, 사랑하니까 그럴 수 있었다.

"내가 말해 주면 뭐 해줄 건데?"

사랑한다더니 성격은 여전했다. 꼭 저렇게 비열하게 군다니까.

"그 그래프 몽땅 그려줄게. 그러니 한 번만 더 말해 보라고."

"겨우? 대신 죽을 때까지 그려야 한다. 알았어? 크게 인심 썼다. 대신 나도 죽을 때까지 읽어줄게."

죽을 때까지. 혼자가 아니라 함께 죽을 때까지. 그들은 뭐든 함께 하겠지.

"미안해, 서 군."

그녀는 더 준후에게 안겨들며, 그의 냄새를 깊게 들이마시며 중얼거렸다. 미안하단 말은 크게 말해도 되는데 여전히 작게 속삭였다.

"뭘?"

"네 마음 아프게 한 거. 하지만 나도 많이 아팠어."

"그러게 누가 그렇게 둔하래?"

준후는 그녀의 목을 장난스레 조르더니, 머리카락을 헝클어뜨렸다.

"둔한 거 아니야. 사실은 처음부터 알고 있었던 것 같아. 내 마음을 숨기고 우정이라고 포장하긴 했지만 말이야. 내 인생에서 네 자리가 조금씩 커질 때마다 겁이 나면서도 그 자리를 더 늘리려고도 한 거 같아. 너에 대한 어떠한 것도 분명하게 결정하지 못하고 그저 키우기만 했어. 왜냐하면 내 마음 아프기 싫어서. 우정이라고 하기엔 이미 너무 멀리 왔거든."

그녀의 목소리가 떨리자 그녀를 안은 준후의 팔에 힘이 들어갔다.

"내가 미리 말했더라면 네가 알았을지도 몰라. 그래도 이렇게 알았잖아. 오히려 바보처럼 시간만 낭비한 내가 더 미안해."

"네가 내 마음에 들어온 건 네 잘못이 아닌데도, 널 원망했어. 사실 내가 허락한 건데 말이야."

누군가를 인생에서 받아들이는 건 쉬워도 인정하는 건 참 어려운 일이었다.

"다행히 들어가 있긴 했네. 그런데 넌 나 사랑하냐?"

폭 안겨 있던 그녀는 얼굴을 번쩍 들며 그를 향해 눈을 흘겼다.

"당연하지. 사랑하니까 이렇게 안겨 있는 거지. 사랑하지도 않는데 이러고 있겠어?"

"나야말로 믿을 수가 없어서 말이지. 네 맘에 들어 있다고 하니 어디 한 번 보자."

그녀를 안고 있던 팔을 풀더니 준후는 그녀의 가운을 더듬기 시작했다. 화들짝 놀란 그녀는 준후를 밀어내며 가운자락을 꽉 붙들었다.

"야, 서 군! 너 미쳤어?"

"그래, 미쳤다. 너한테 미쳐서 그런다. 참을 만큼 참았어. 몇십 년을 금욕을 해왔는데, 이젠 못 참아. 그리고 어차피 넌 내 건데, 왜 안 되냐?"

준후는 태연하게 대꾸했다.

"너, 너!"

"하, 넌 그 많은 책 다 읽어서 어디에 써먹냐? 주인공들이 서로의 사랑을 확인한 다음에 스킨십 하는 거 몰라? 알아서 좀 따라와 줄 것이지. 모른 척하고 좀 와주면 어디가 덧나?"

그녀는 단 한 번도 후회하지 않은 일을 후회하기 시작했다. 그에게 너무 많은 책을 읽었구나. 본인이 로맨스의 주인공이라도 된다는 건가.

"벌건 대낮에 그게 무슨 말이야? 얼른 떨어져. 내 거? 그렇게 말하면 나도 할 말 있지. 그럼 네 것도 보자."

"좋아, 보려면 보라고."

준후는 그 말에 두 팔을 벌리며 다가오라는 손짓을 했다. 그러더니 셔츠의 단추를 풀기 시작했다.

"겨우 거기? 이왕이면 좀더 중요한 데 보여줘. 그깟 가슴팍이 여자의 가슴만큼이나 중요해? 다른 남자 가슴도 수두룩하게 본 이 마당에."

그녀는 팔짱을 끼며 가소로운 표정을 지었다. 그러자 준후가 발끈하며 다가왔다.

"하, 너 그러기냐? 다른 남자 가슴 수십 개보다 내 거 하나가 더 중요한 거야."

"몇십 년을 기다려온 난데, 겨우 그거? 좀더 아래쪽은 안 되겠어? 쓴 김에 후하게 쓰지."

그렇게 그녀도 한 걸음 다가서자 준후가 두 걸음 물러섰다. 그녀의 야릇한 시선에 놀랐는지 주춤거리는 기색이 역력했다. 자신도 모르게 솟구치는 기대감에 온몸의 피가 솟구쳤다.

"하, 하! 가까이 오지 마. 거기서 그만 멈추라고. 정신 차려! 사랑하는 낭군님에게 왜 나쁜 짓을 하려는 거야?"

준후는 이제 조제실 구석으로 뒷걸음질치기 시작했다.

"에이, 왜 이러셔? 이게 나쁜 짓이라니? 사랑의 완성이지. 이제야말로 드디어 확인할 기회가 왔는데, 내가 누구야? 진정한 프로로 성큼 다가서기 위한 일생일대의 기회를 놓칠 순 없지. 으흐흐!"

그녀는 조제실 앞 유리 칸막이에 기대서서 안경을 다시 썼다. 물론 다시 쓰기 전에 가운에 꼼꼼하게 닦는 것도 잊지 않았다.

"하, 이래선 안 돼. 우리가 결혼을 하면 그때, 그때 하자. 응?"

평소에는 절대 찾아볼 수 없는 준후의 귀여운(?) 모습에 더더욱 용기가 생긴 그녀였다.

"어머, 무슨 소리야? 내가 사랑한다고 했지, 언제 결혼한다고 했나? 사랑과 결혼은 별개라고. 혼자 진도 너무나 빼는데? 역시 너도 책을 너무나 많이 봤다니까."

"하, 그게 무슨 말이야? 사랑하면 결혼해야지. 사랑은 나랑 하고 딴 놈이랑 결혼하려고? 그래만 봐. 사랑도 나랑, 결혼도 나랑이야. 알겠어?"

벌어진 셔츠 자락을 집어넣으려고 애쓰던 준후가 버럭 소리를 질렀다.

"그러니까 보여줘. 보여주면 책임져 줄게. 결혼도 해준다니까."

그녀는 준후에게 확 달려들었다. 물론 덮치지는 않았다. 아니, 덮칠 수가 없었다. 지레 겁먹은 준후가 조제실 선반에 부딪혔기 때문이다.

결국 서준후는 덮쳐지긴 했다. 그녀가 아닌 약품들한테.

이들이 엄청난 닭살놀이를 하고 있는 동안 엉겁결에 쫓겨난 김 약사와 송 약사는 셔터를 내리고 손님들에게 미안함을 전했다. 그러면서 여러 가지 파스 샘플을 주는 마케팅 전략을 잊지 않았다.

에필로그

결혼식 그 후

"결혼식 진짜 힘드네. 그렇지? 또 하라면 못할 것 같아."

하는 서씨 형제가 다 누워도 남을 만한 침대에 힘차게 몸을 던졌다. 탄력성을 자랑하는 매트리스가 그녀를 위로 퉁겨올렸다 다시 받쳐주었다. 그녀는 누운 채로 바닥에 세워져 있던 가방 옆으로 신발을 한 짝씩 떨어뜨렸다. 그리고는 바스락거리는 면 이불에 얼굴을 비벼댔다. 감촉 좋은 면 이불의 향기 또한 좋았지만 역시 누구의 등판 냄새완 비교가 안 된다는 생각에 피식 웃음이 새어나왔다.

으흐흐! 결혼 참 잘도 했다니까.

"또? 아주 웃긴다. 나나 되니까 널 데려가지, 누가 너랑 결혼식을 힘들게 하겠냐? 그냥 줘도 안 가진다. 아주 꿈도 야무지셔. 달링!"

준후도 그녀의 옆에 벌러덩 드러누웠다. 그 무게로 침대가 출렁거렸다. 그녀는 발딱 일어나 준후의 가슴에 손가락을 콕콕 눌러댔다.

"그놈의 달링 좀 안 할 수 없어? 네가 하면 영 아니라고 했지?"

"흥, 난 내 갈 길을 가련다. 네가 아무리 말해도 소용없어."

그러면서 옆으로 몸을 돌렸다. 벌써부터 내외라도 하겠다는 건가.

"넌 할리퀸의 남자가 아니라고. 그리고 내가 어디가 어때서? 네가 몰라서 그러는데, 내가 목욕탕만 가면 아줌마들이 얼마나 좋아하는 줄 알아? 남자 소개시켜 준다고 목욕탕 입구까지 줄 선다고. 모르면 가만히 있어."

그녀는 침 튀기는 열변을 토했다.

그 '달링' 소리에 미칠 것 같았지만 준후는 끝까지 그 '달링'을 고수하려는지 부를 때마다 그 단어였다. 남들 듣기 민망할 정도로 불렀다. 오죽하면 식장에서 그녀의 이름이 '달링'인줄 알았다는 사람들도 있었다.

"책 읽어줄 때마다 네가 한 말을 기억 못 하냐? 그렇게 말해 주는 남자가 좋다며? 아니, 왜 딴 소리야? 그리고 목욕탕 아줌마들이 그럴 리가 없지. 암, 절대 없지. 혹시 너 아줌마들 등이라도 밀어준 거 아니야?"

지독한 놈. 어떻게 저렇게도 잘 아는지 그냥 넘어가질 않네. 하지만 그렇다고 사실을 말할 순 없지 않은가. 흥! 그렇다고 내가 사실대로 말할 줄 알아? 여탕에 들어와서 확인할 수도 없을 텐데. 그냥 끝까지 우겨야지.

"아니야. 하여튼 아줌마들은 날 좋아해. 너도 오늘 몸소 체험했잖아. 어른들이 나보고 참하다고 한 얘기 들었지? 너야말로 나 같은 마누라 얻은 걸 감사히 여겨. 누가 너 같은 왕 바람둥이랑 결혼해 주겠어? 역시 난 맘이 넓어서 탈이라니까. 그러니 여기까지 왔지."

"아주 소설을 써라, 써. 어째 결혼하고도 그 병은 여전하냐?"

준후는 그녀 쪽으로 다시 몸을 돌리며 한심하다는 듯 혀를 찼다.

"너야말로 웃기지 마. 내가 언제 소설을 썼어? 난 언제나 사실만 말한다고. 그리고 결혼한 지 며칠이나 되었다고 날 무시하는 거야?

하루도 안 됐어. 그런데 하루도 안 된 새 신부한테 바가지를 긁어? 나, 이 결혼 다시 생각해 봐야 하는 거 아니야?”

그녀는 침대 밖으로 벗어나 전화기를 집어들었다.

에잇, 집에 전화라도 해서 죽는 시늉이라도 해야지. 초반부터 확실히 기선 제압하라고 했으니 이 정도는 해야지.

“하, 어떻게 그런 말을 할 수가 있어? 신성한 결혼을 무르다니, 행여라도 그런 생각은 하지도 말라고. 너, 인간성 훌륭하고 나한텐 아주 넘치는 여잔 거 다 알아. 그러니까 어서 그 수화기 내려놓고 이쪽으로 오라고. 마이 달링!”

준후는 헐레벌떡 뛰어와서는 수화기를 뺏어들고는 그녀의 손을 잡아끌었다.

‘마이 달링’이란 단어에, 아까 먹은 조개구이들이 뱃속에서 일렬로 서는 듯한 느낌이었다. 임신도 아닌데 속이 울렁거려 가슴을 쓸어내렸다. 저 호칭은 종이책에서 읽는 것과 귀로 직접 듣는 것과는 상당한 차이가 있는지라, 앞으로는 책에서만 그 단어를 마주하고 싶었다.

뻣뻣하기 이를 데 없는 인간이 저런 변신을 하다니. 결혼이 좋긴 좋은 모양이구나. 당연하지, 아주 특별한 여자랑 했으니 당연히 환골탈태해야지.

“그냥 평소대로 해라. 어울리지도 않는다는데 왜 자꾸 그 단어를 쓰는 거야? 책에 나온 멋진 푸른 눈 남자들이 꼬부랑말로 달링을 해야 멋지지. 너처럼 뻣뻣한 한국 남자가 말하면 말짱 황이야. 진짜 뭘 알고나 그런 말을 하시지. 하던 대로 해.”

“하, 그래도 나나 되니까 그런 책도 읽어주고 그런 선물도 하는 거야. 알아?”

준후는 잔뜩 어깨에 힘을 주면서 목소리를 높였다.

참, 그건 그랬다. 결혼 선물이라고 해서 무진장 기대했더니, 카세트테이프 20개를 포장해서 주는 거였다. 혹시나 준호 오빠가 연주에게 줬다던 빛나는 돌덩어리라도 되는 줄 알고 잔뜩 기대를 하고 풀었는데, 테이프라니. 하지만 테이프에 녹음된 내용을 듣고는 아주 흡족했다. 그녀가 가장 좋아하는 로맨스 소설만 추려서 준후가 직접 녹음해 준 것이다. 물론 그 무뚝뚝하고 뻣뻣한 목소리로 말이다.

풋, 그래도 참 행복한 신부 아닌가. 신부의 취향을 정확히 아는 신랑은 사랑받을 자격이 있다니까. 그래, 오늘밤! 내가 널 뜨겁게 사랑해 주마, 서 군!

"하여튼 내가 일 때문에 출장이라도 가거든, 떠나간 지아비를 생각하면서 다소곳이 앉아서 듣고 있어."

"이게 뭐 불경이야? 아님 기도문이야? 기가 막혀서."

"하늘같은 남편, 서준후 씨의 목소린데, 당연히 불경이나 기도문이나 똑같지. 신부수업 했다더니 대체 뭐 한 거냐? 남편 알기를 우습게 알고."

하늘같은 남편 서준후 씨는 잡았던 손을 획 놓으며 침대 구석으로 기어갔다. 거참, 이젠 아이들처럼 유치한 짓을 시시때때로 했다.

"어쭈구리, 남편? 그것도 하늘같은 남편? 하하하! 너도 네가 내 남편인 건 아는 거야? 킥킥킥! 정말 웃긴다. 내 남편 서준후, 내 신랑 서준후. 그런데 너무 이상해."

아직도 남편이란 말이 어찌나 어색한지 사진 촬영 때도 남편이란 단어에 딴 생각만 해댔다.

준후가 어느새 남편이 되다니. 그 생각에 얼굴이 빨개졌다. 준후의 이름 옆에 그녀의 이름이 써 있는 청첩장을 볼 때도 그랬다. 묘한 기분. 그들은 드디어 한 세트가 된 것이다. 죽을 때까지 하나. 하나. 참 특별한 단어네. 숫자 1. 그래서 2등보다 1등이 좋은 건가. 에잇, 대체 무슨 생각을 하는 거야, 이하!

"넌 아닌 줄 아냐? 너도 웃겨. 내 아내, 이하. 내 신부 이하. 풋, 신부수업 한다고 어디론가 사라질 땐 언제고, 그런 걸 어색해 하고 그러냐? 흠, 흠!"

본인도 어색했는지 준후가 헛기침을 했다.

어색했지만 좋았다. 이젠 좋아하지 않는 척할 필요도 없고, 준후를 향한 마음을 들키지 않으려고 할 필요도 없고, 이미 내어준 마음 다시 돌려받으려고 할 필요도 없고, 향하는 마음 애써 돌릴 필요도 없고. 그냥 되는 대로, 하고픈 대로 하면 되니까.

그녀의 마음은 이제 훨훨 날 수 있었다. 한 곳에 묶어둔 감정, 이제야말로 확 풀어줄 수 있었다. 항상 주위에 주섬주섬 흘린 그녀의 마음들을 이제야 한데 모아서 줄 수 있다. 사랑받는 것도 좋지만 사랑하는 게 더 행복한 일인 듯싶었다.

사랑할게. 사랑하고 또 사랑할게. 이런 기회를 준 고마운 널 사랑할게.

"삶 자체가 신부수업인 나한테 그런 게 뭐가 필요 있어? 너야말로 땡 잡은 거지."

그녀는 머리카락을 잡아당기며 잘난 척하며 말했다.

"말도 안 돼. 신부 이하인 이하면서."

"내 이름 가지고 그런 식으로 장난치지 말랬지. 정말 맘에 안 들어. 우리 부모님은 내 이름을 왜 이렇게 지어주신 거야? 학교 다닐 때 이하동문하고 ―이상, ―이하란 얘기만 나옴 신경 쓰여 죽는 줄 알았잖아."

"그러니까 누가 딴 생각하고 자래? 너 기억나지? 운동장 조회할 때 시상식 하는데 이하동문이란 단어가 나오니까 너 부르는 줄 알고 엄청나게 큰 소리로 대답하고 뛰어나갔잖아. 어떻게 서서도 조냐?"

"너 분위기 안 나게 꼭 오늘 같은 중요한 날 그런 시답잖은 과거 지사를 들먹여야겠어?"

"알았어. 알았다고."

"난 딸 낳으면 이름 진짜 예쁜 걸로 지어줄 거야. 두고 보라고."

"아들 낳아도 예쁘게 지어야지. 차라리 너랑 한 세트처럼 보이게 '이상'이와 '미만'이 어떠냐?"

"오, 안 돼! 그런 생각은 버리라고. 그런 아픔은 엄마만으로도 충분해. 자식들에게 그런 고통을 줄 순 없다고."

"그런데 우리가 딸인지 아들인지……."

준후의 말을 듣고는 퍼뜩 든 생각이 있었다. 바로 오늘은 그들의 첫날밤. 아, 이런 중요한 날 이런 시간낭비를 하고 있다니. 만리장성을 쌓아도 시원찮을 판에 말이다.

"그런데 서 군, 잘할 수 있겠어?"

그녀는 준후에게 회의적인 시선을 던졌다.

"뭘?"

"에이, 다 알면서. 오늘은 바야흐로 우리들의 첫날밤이잖아. 하하하! 죽을 때까지 추억을 곱씹으며 살 거야."

그녀는 기대감에 온몸을 부들부들 떨며 몸서리를 쳤다.

30년간 얼마나 궁금할 지경이었는지. 드디어 모든 걸 확인해 볼 순간이 온 것이다. 이 날을 위해 얼마나 때를 빼고 광을 냈던가. 바야흐로 그녀의 우윳빛 피부 도전기의 결과물을 드러낼 시간이었다.

"넌 부끄럽지도 않냐? 새색시가 그런 말을 하고 말이야."

그는 불쾌한 표정으로 일어나 앉았다. 그러더니 또 다시 뒤돌아 앉았다.

설마 오늘밤 내내 토라지기만 하다 끝나는 건 아닌지 모르겠다. 오늘만큼은 속 좁은 여자로 비춰지기는 싫었지만 짚고 넘어가야 할 문제였다. 얼마나 중요한 문제란 말인가. 연주 말에 의하면 강조, 또 강조해도 지나치지 않는다고 했다. 수많은 로맨스 소설에서도 그토록 중요시하던 속궁합인데 말이다.

"서준후! 너야말로 그런 성차별적인 발언을 하다니, 아주 웃긴다. 그 수많은 여자들과 버라이어티한 삐리리를 추구한 사람이 누군데? 속이 좁다고 생각하지 않니? 이제 여자들도 자신의 정당한 권리를 찾아야 할 때라고."

"아니 그게 무슨 여자의 권리야? 그런 소린 처음 들어본다."

"처음? 그럼 지금부터 귀가 닳도록 많이 들음 되겠네. 음, 네가 아직 페미니즘이란 걸 모르는 모양인데, 여자들도 뭐랄까? 에로틱하면서 뷰리풀한 시간을 가질 권리가 있다고.”

“하! 어디다가 페미니즘을 붙이냐? 뭘 알고 말해라. 정말 창피하다. 남세스럽게 에로가 어쩐다고?”

준후는 계속해서 혀를 차며 발을 동동 굴렀다. 그러더니 침대에서 일어나 맞은편 윙체어에 쪼그려 앉았다. 아니, 저는 남자도 아닌가. 그런데 얘가 평소하고 다른 짓을 하네.

“하여튼 난 오늘은 그냥 못 넘어가. 30평생 내가 어, 얼마나 궁금했는지 알아? 오늘에야말로 수수께끼가 풀릴 시간이 왔다고. 그리고 너, 사랑한다고 할 때는 언제고 지금 와서 딴 소리야? 남자들은 사랑하면 다들 불끈불끈 욕망이 샘솟는데, 넌 뭐야? 설마 너, 날 지금까지의 네 따라지들과 비교하는 건 아니겠지?”

“따라지? 아니야, 당연히 아니지. 어떻게 그런 여자들이랑 널 비교하겠냐? 당연히 네가 최고지. 내가 오죽하면……. 알았어. 나도 열심히 준비했다고.”

‘따라지’란 말만 하면 준후는 벌벌 떨기까지 했다. 그녀가 그 예쁜 쭉빵이들 때문에 얼마나 마음 고생했는가. 비교당할까 몸매관리에 총력을 다한 그녀였다.

그녀의 서글픔을 알아챈 준후는 그때부터 그녀가 이 세상에서 가장 예쁜 여자란 말을 아끼지 않았다. 솔직히 평범한 그녀였지만 그런 얘기를 자꾸 듣고 있다보니, 어느 순간엔 예쁜 것 같기도 하단 생각이 아주, 아주 조금 들기도 했다. ‘안공주’가 드디어 공주가 되었나 보다.

“뭐, 처음엔 뭐가 뭔지 다 모른다더라. 하지만 난 네 능력을 믿어. 뽀뽀만 해도 여자가 기절할 정도의 기술을 가진 형의 동생이 바로 너잖아. 넌 더 대단할 거라고 믿어.”

그녀의 남편은 아무 말 없이 숨만 씩씩대고 있었다. 너무 부담스럽게 했나 보다.

"뭐, 뭐 그렇지. 원래도 그러니까. 음, 뭐랄까 우리 집 남자들이 좀 다 그래. 하하하!"

뭔가 미덥지 못한 떨떠름한 표정으로 웃는 그녀의 신랑이었다.

"오빠들이 뭐라고 했는지 알아? 네가 영 시원찮으면 다음날 아침에 밥도 차려 주지 말고 비행기 타고 그냥 오래. 다년간의 경험이 있으면서 왜 자신감 없는 모습이야? 더욱이 난 한 번도 해보지 않았는데도 이렇게 의욕적이잖아. 그리고 너도 읽어봐서 알겠지만 소설에서 남자들이 판타스틱하게 여자들을 황홀한 세계로 인도해 준다고. 별이 쏟아진다고 나오잖아. 별까지 아니더라도 음, 별똥별? 그 정도까진 봐줄게. 어서 시작해 봐."

준후는 여전히 답이 없었다.

"이보세요, 신랑님! 남편님! 왜 그래? 말 좀 해봐. 설마 쑥스러워하는 건 아니겠지? 아, 참! 맞다, 옷을 벗어야지. 잠시 기다려봐. 내가 진짜 죽이는 거 입고 왔거든. 이거 살 때 반응 장난 아니었다니까. 007들이 세계평화에만 힘 쓴 건 아니었나봐. 이런 걸 고를 줄은 몰랐다니까. 자, 준비하시고. 짜잔!"

"하, 잠깐만! 아직 벗지 말라고. 그러니까 처음엔 말이야. 음, 내가 널 벗겨줘야 하는 거지. 넌 가만히 누워 있음 돼. 알았지?"

준후는 말까지 더듬으며 팔을 이리저리 휘두르기 시작했다. 그리고는 그녀의 가운자락을 붙들었다. 그리고 침대에서 내려와 파자마의 끈을 풀려는 그녀 앞에 바짝 다가왔다. 그러더니 다시금 파자마의 끈을 원상태로 되돌리기 위해 이마에 주름까지 그어가며 심혈을 기울이고 있었다. 그녀는 다시금 끈을 리본 모양으로 만들었다.

그렇게도 풀고 싶었으면 진작 말할 것이지.

"나도 다 알아. 혹시 너 지금 이게 날 흥분시키는 거라고 생각하는 건 아닐 테지? 난 준비 퍼펙트하게 완료됐으니까 시작해 봐. 너도 약속했잖아."

"그러니까, 그러니까 일단 내가 옷부터 벗고 올게. 그러니 조금만 기다려.”

준후는 허둥대며 슬리퍼를 벗었다. 슬리퍼들이 반대방향으로 달아나며 포물선을 그리고 떨어졌다.

당황할 리가 없을 텐데, 대체 왜 그럴까. 어느 정도 경험도 있을 텐데, 뭔가 어설퍼 보이는 건 왜일까.

“여기서 벗어야지. 어디 가는데? 차라리 내가 벗겨줄게. 어때, 괜찮지?”

준후는 탁자 위에 있던 여행책자를 부채처럼 펄럭이기 시작했다. 준후의 얼굴이 번들대기 시작했다. 깊은 숨을 들이마시며 계속해서 부채질을 했다.

“아, 맞다. 그래, 그랬지.”

준후는 단추를 열심히 만지작대긴 했지만 그것들 중 단 한 개도 풀리진 않았다. 그녀가 상상해 오던 능숙하고 열정적인 남정네의 모습은 어디 가고 식은땀 비슷한 걸 흘리는 촌스러운 남자가 눈앞에 서 있었다.

“서준후! 별로 낭만적이진 않다. 그리고 너 표정이 왜 그래? 화장실 가고 싶어? 변비 걸린 사람처럼 왜 그래? 아니, 이게 뭐야? 진짜 식은땀이잖아? 너 여기 앉아봐.”

준후는 상당히 불편한 표정으로 양반다리를 하고 앉았다. 그녀는 냉장고에서 차가운 생수병을 꺼내 준후의 손에 쥐어주었다. 뚜껑을 열고 물 한 모금 마신 준후가 침을 꿀꺽 삼키며 그녀를 바라봤다.

“그러기 전에 너한테 사실대로 말하고 싶은 게 있어. 그러니까, 그러니까……”

역시 그런 거였다. 그토록 오래 기다리다 이제야 함께하게 되었으니, 떨리는 건 당연했다. 그건 그녀도 마찬가지니까. 하지만 그녀는 그를 믿기에 오히려 더 기대가 되었다.

“아! 너 걱정이 돼서 그렇구나? 걱정 마. 누군 걱정 안 되겠니? 사실 나도 많이 고민했어. 어떻게 하면 우리가 정말 멋진 시간을 보낼 수 있을까 고민을 많이 했지. 하지만 내가 누구야? 서준후 씨의 마나님, 이하 양 아니겠어? 그래서 내가 준비했어. 네가 오늘 너무 긴장해서 제대로 실력발휘 못할 것 같더라. 잠깐만 기다려봐."

그녀는 가방 안에서 상자와 두꺼운 양장본 책을 꺼내 침대에 늘어놨다. 그걸 본 준후의 얼굴이 더욱 새빨개지더니 입이 커다랗게 벌어졌다.

"서준후! 넌 진짜 마누라 잘 얻은 거야. 혹시나 해서 이것들 다 가져왔어. 약국 하는 마누라나 이런 거 챙길 수 있는 거야."

"너, 너……."

그녀는 입만 벙긋대고 있는 준후에게 차근차근 설명을 시작했다.

"아저씨들이 얼마나 많이 찾는 건 줄 알아? 특히 요거. 아저씨들한테 물어봤는데 이게 최고래. 그렇다고 비우거라 같은 건 아닌데, 하여튼 굉장하다는데? 아님 물약 종류도 있어. 음, 그리고 이건 누가 특별히 선물해준 건데, 이 책은 삽화가 아주 끝내준대. 여기서 우리 취향대로 고르면 된다는데? 물론 내 취향은 당연히 네 취향과 일치하지. 후후, 네가 원하는 게 내가 원하는 거야."

그래도 준후는 많이 안정이 되었는지 이젠 식은땀도 흘리지 않았고 얼굴도 번들대지 않았다.

"하! 너 죽을래? 나한테 지금 정력제를 먹으라는 거야? 날 뭘로 보고? 그리고 책은 무슨 책? 그런 건 상상력이 더 중요한 법이야. 무슨 책은 개뿔, 비행기서부터 열심히 챙기던 그 보따리가 바로 그거였어? 미치겠다."

"이게 뭐 내 생각해서 그런 건 줄 알아? 너 생각해서 그런 거지."

한 마디도 못 하고 허둥대던 게 몇 분전이었는데 이제 준후는 큰소리까지 내면서 펄펄 뛰기까지 했다. 확실하게 안정은 된 것이다. 그렇다면 이제 다시…….

"좋긴, 뭘 좋아? 하여튼 그런 문제가 아니야. 그러니까 난, 난 아니라고."

준후가, 펼쳐놓은 책들과 약들을 정리하고 있는 그녀에게 뭐라고 중얼거렸다.

"뭘 아니야? 아까부터 뭐가 아닌데?"

그녀가 준후를 쳐다보자, 그가 침을 꿀꺽 삼켰다.

"에잇, 모르겠다. 그러니까 넌 내가 아주 잘한다고 아니, 내가 해봤다고 생각하는 것 같은데, 그런데 사실은 한 번도, 한 번도 해본 적이 없어."

"⋯⋯."

그녀는 준후가 한 말을 다시금 머리 속에 재생하고 있었다. 한 번도, 한 번도 해본 적이 없다 했다.

"됐냐? 이제 됐어?"

준후는 베개로 침대를 내리쳤다. 그 동작을 찬찬히 살피던 그녀는 이제야 모든 걸 이해할 수 있었다.

뭐, 이게 무슨 말이야? 잘한다고, 끝내주게 해주겠다고 할 땐 언제고, 지금 와서 딴소리라니.

"네가 할리퀸을 너무 많이 봐서 그런 거 같은데, 그건 여자가 처녀라고 할 때 남자가 좋아하면서 더더욱 열정적으로 되는 거라고. 지금 우리에게 그런 할리퀸을 적용하는 네 맘 알 것 같아. 너 혹시 실력발휘 안 될까봐 일부러 그런 거 아니야? 괜찮아, 항상 좋을 순 없는 거라잖아. 내가 이해할게. 내가 네 몫까지 잘하면 되니까."

그녀는 준후의 팔을 두들기며 이해하려고 애썼다.

그래, 얼마나 잘하려고 하면 저렇게 심리적 압박감을 느껴 이런 말을 하는 걸까. 그래, 편안히 만들어 줘야지. 이런 문제가 강요해서 될 일은 아닌 문제니까. 정 안 되면 그녀가 덮치면 되는 거 아닌가. <u>으흐흐!</u>

"아니라니까. 정말 안 해봤어, 아니 못해봤다니까. 네가 아는 바와 다르겠지만 하여튼 그래. 물론 여자처럼 증명할 방법은 없지만, 맹세해."

준후는 그 말을 하며 또 침을 꿀꺽 삼켰다.

"말도 안 돼. 그럼 그 뭐야, 그 여자들은 나한테 거짓말 한 거야? 너랑 환상적인 밤을 보낸 것처럼 얘기하던데? 그거 다 거짓말이라는 거야?"

그녀는 옛 생각을 떠올리며 그 따라지들의 대화를 곱씹으려 했지만 기억이 잘 나진 않았다.

"네가 이상하게 해석해서 그런 거야. 그 여자들은 나랑 어떤 음음음도 하지 않았다니까. 그럴 틈을 내가 안 줬지. 당연히 난 너뿐이니까."

하지만 그녀에겐 준후의 말이 제대로 들려오지 않았다. 속이 없다고 해도, 철이 없다고 해도 할 말은 없었지만 여태껏 대단한 실력(?)을 지닌 남자로 준후가 이미지를 구축해온 터라 실망이 이만저만이 아니었다. 준후는 항상 그 분야에 있어서 대단한 위치를 차지하고 있다고 스스로도 말해 왔기 때문이다.

첫날밤에 이혼한 커플이 많다던데, 이런 종류가 아닐까. 뭐, 그렇다고 그녀의 남편이 이혼 사유가 될만한 그런 일을 한 건 아니었지만 그래도 그녀를 속인 건 너무한 일이었다. 더구나 스스로 변스러운 처자라고 말할 정도로 열심히 그 분야를 탐구해 온 외길 인생의 그녀에게. 솔직하게 말했으면 될 일을 왜 여태까지 속인 걸까.

그녀는 실망감에 침대 구석에 쓰러져버렸다. 그리고는 몸으로 이불을 돌돌 말아 침대 끝 쪽으로 움직였다.

아, 판타스틱한 세계, 별들이 우수수 떨어진다는 그 세계가 멀어진 것이다.

"하? 달링? 속여서 미안해."

준후는 계란말이 모양을 하고는 드러누운 하를 부드럽게 불렀다.

달력 날짜에 가위표만 그어대며 그날을 향해 심기일전을 외치고 있는 하에게 사실을 말할 수 없었다. 형들에게 무수한 훈련(?)을 받은 그였지만, 역시나 결전의 시간이 오자 평소와는 다르게 식은땀까지 났던 것이다.

"나 속아서 결혼한 거 맞지? 내가 속았어. 속았다니까. 네가 진짜 잘할 거라고 믿었는데……."

"알아, 하지만 내가 뭐든 잘하잖아? 그러니까……."

"얼마나 기대한 줄 알아? 소설에 나오는 남자처럼 훌륭할 거라고 생각했는데, 너 잘한다고 그랬잖아? 너 며칠 전에 그렇게 말했잖아. 문제없다고, 그날만 오면 다 죽는다고 얘기한 게 누군데? 그럼 그것도 거짓말이야?"

그는 안간힘을 쓰며 열심히 달랬다.

"그건 거짓말 아냐. 그래, 잘할 거라니까? 네가 너무나 기대를 해서 실망을 시킬 수가 있어야지. 그래서 그렇게 얘기한 거야. 누구보다도 잘할 수 있다고."

누구보다라니, 어차피 하는 평생 이 서준후 씨 빼곤 함께할 수 도 없는데, 뭐.

"정말, 이런 식으론 곤란해. 서준후! 차라리 솔직히 얘기할 것이지. 이게 뭐야? 언제까지 속이려고 그런 거야? 왜 속였어? 경험의 유무가 중요한 게 아니라, 날 속인 게 문제라는 거지. 그깟 것 안 해봤다고 너 소박맞힐 줄 안 거야?"

그는 계란말이 하를 품에 안으며 그녀의 목덜미에 얼굴을 묻었다.

"아니, 널 너무 좋아하다 보니까 뭐든 잘하고 싶은 걸 어쩌냐? 원래 사랑은 그런 거야. 뭐든지 잘해주고, 잘하고 싶은 거."

그 말에 하가 해죽 웃었다. 거참, 저렇게 웃어도 더 예쁘기만 하니, 그도 형들과 다를 게 없었다.

"그런데 한 번도 안 해봤음 어떻게 하는 줄도 모를 거 아니야?"

"그건 나도 알지. 그러니까 마음은 변강쇠데, 결과는 좀 자신이 없다. 걱정하지 마. 나도 다 형들한테 잘 배워왔으니까. 그리고 온갖 시청각 자료를 섭렵했으니까. 그리고 막말로 내가 널 배신하고 그 여자들이랑 잤음 좋았겠냐?"

그의 말이 일리는 있었는지 하의 구겨졌던 이마 주름이 약간 펴졌다.

어휴, 사실대로 말할 걸, 이 좋은 날에 무슨 일이람. 아니, 무슨 애가 이렇게 상상력이 과도해서 힘들게 만드는지. 하여튼 그 쪼그만 책을 읽는 여자들의 남편들은 얼마나 힘들까. 보이는 적보다 보이지 않는 적이 더 무섭다고 그 소설 속 회장님들이 여전히 문제였다. 결혼하면 전혀 문제 안 되는 줄 알았는데.

"아니, 그건 싫어. 다행이다. 날 기다리느라 그랬다니 기쁜 마음으로 내가 널 사랑해 줄게. 그래도 처음부터 솔직히 말해야지. 그럼 이 약은 어떻게 할래? 좀 먹어 볼래? 한 번도 안 해봤는데 힘이나 쓰겠어?"

아, 아! 이론만 앞선 하에게 무슨 말이 필요하랴. 어서 빨리 실전으로 보여줘야 했다.

"하! 넌 날 뭘로 보는 거냐? 내가 그런 고개 숙인 남자인줄 아는 거야? 나만 믿어. 넌 오늘밤 확실히 별을 보게 될 테니까."

그는 지나친 자신감을 내보이며 말했다. 그리고는 약들을 등 뒤로 집어던졌다. 바야흐로 진정한 남자의 멋진 모습을 보여줘야 할 때였다. 오늘밤이 다 가기 전에.

"정말? 네가 영 자신이 없어도 괜찮아. 내가 널 덮치면 되잖아."

아, 역시 오늘도 빠지지 않는 하의 덮침 이론. 그건 나중에 하게 해야겠다. 오늘은 그의 마음이 더 급하니까, 그건 뒤로 미뤄야지.

"아, 그것도 물론 좋아. 하지만 오늘은 이 신랑 서준후 씨의 덮침 날이니까 네가 좀 참아라. 절대 말리지 않을 테니까 나중에 수없이 덮쳐도 돼."

"수없이? 아, 좋아."

수없이 덮치라는 말에 또 히죽 웃는 하의 머리를 쓰다듬고는 계란 껍질을 풀기 위해 하를 침대 위에 굴렸다. 돌돌 굴러간 하는 침대 끝에 매달려서 웃음을 터뜨렸다.

"내가 확실히 잘해볼게. 내가 그 회장님들이 보게 해준다는 그 판타스틱한 세계로 인도하면 어떻게 해줄래? 아, 맞다. 계속 달링이라는 말 쓰게 해줘야 한다. 별을 보게 해줬는데 나도 그 회장님들이랑 같은 급수가 되는 거잖아. 알았지?"

"그래, 그렇게 해라. 어디 시작이나 해보시지?"

두 눈을 반짝이며 그를 마주본 하는 또 그를 어지럽게 하는 웃음을 지었다.

"너야말로 이 서준후의 위대한 모습에 반하고 말걸? 두고 보라고."

"어때, 별 봤어?"

"글쎄, 잘 모르겠어."

"뭐, 잘 몰라? 그럴 리가 없는데, 잘 생각해 봐."

"정신이 없어서 기억이 안 나. 한 번 더 해봐야 알 것 같은데……."

"좋, 좋아."

"이, 이젠 별 보여?"

"글쎄, 그냥……."

"하, 나 힘들어 죽는 꼴 볼래?"

"어, 장난 아니야. 별이 한 개가 아니라 떼로 보인다. 우와, 은하수야!"

그리고…… 하는 다음날부터 어쩔 수 없이 '달링'이란 말을 계속 들을 수밖에 없었다. 그 별이 정확히 어떤 별이었는지는 모르겠지만.

‘왜 자신만의 생각을 남에게 보여줘야 하는 건데!’

그 당시엔, 아마도 내 생각, 내 자신을 들키고 싶지 않은 숨바꼭질(?) 마음이 컸던 것 같았다. 그래서 학창시절 내가 가장 싫어했던 시간은 글짓기 시간이었다.

어찌나 싫은지, 뛰쳐나가고 싶은 생각이 간절해서 그 시간 내내 창밖으로 보이는 풍경에만 몰두했다. 결국 스승님께 혼나는 건 당연한 일이었고, 글짓기 과제를 받아도 내 투철한(?) 가치관에 따라 ‘타인의 생각’을 대신 보여주었다.

글짓기는 대범하게 보이는, 대범한 척 보이려는 소심증 대마왕 아이에겐 그리 만만한 작업이 결코 아니었다. 스승님들이 읽지만 않는다면 얼마든지 쓸 수 있다면서(과연 그랬을까) 반항했던 기억이 아직도 생생하게 남아 있다.

그런데 내가 글을, 그것도 한 사람도 아닌 수많은 사람들에게 보여주는 글을 내다니! 사람 일은 아무도 모른다더니, 거참. 앞으로도

얼마나 많은 미지의 일들이 벌어질지는 모르겠으나 분명 이 일도
놀랄 만한 사건으로 김 모씨 인생·공책에 기록될 것이다.

　남빌(남자친구를 빌려드립니다)이를 쓰고 있던 그때는, 정말 지독
한 시간이었다. 개인적으로 좋지 않던 때, 보통 '죽지 못해서 산다'
라는 무서운 말이 내 머리에 콕 박혀 있던 시간이었다. 그 괴로움
을 잊고자, 평소 반해 있던 중세 시대의 추리물을 구상중이었다. 그
러다 알고 있던 두 어릴 적 친구들이 조만간 결혼 예정이라고 커플
공식선언을 하면서, 추리물은 물 건너가게 되었다.
　남빌이의 진짜 주인공인 이들은, 내게 살아 있는 소재가 되어준
것이다. 물론 본인들은 여기에 출연한지 꿈에도 모른다. 알면 날 여
러 가지 이유로 고발하고도 남을 한 세트이기 때문이다. 정말 고맙
다, 얘들아! 감자탕 한 번 쏘마. 당연히 대용량으로!
　남빌이는, 이십 년 넘게 함께해온 두 남녀가 유지해 오던 아슬아
슬한 관계에 종지부를 찍고 서로의 반려자가 되는 얘기다. 너무 기
다리다가, 알면서도 모르는 척하다가, 알아서 겁먹다가, 서로를 인정
하면서도 더 인정하려다가…… 결국 그런 상황에 끝을 선언하게
된다. 그냥 그런 거 필요 없는 사이가 되자고. 그들은 서로에 대한
기대감 때문에 긴 시간을 꾹 참고 기다린 약간 미련한 주인공들이
다. 상처받기 싫어서, 서로에 대한 막연한 기대감 때문에 그런 거라
고 우기고는 싶은데 내 말을 믿어주려나 모르겠다.
　주인공은 그렇지만 나머지 소재는 지어낸 것도 있고, 현실에서
빌려온 것도 있다. 하지만 중요한 건, 언제나 그렇듯이 사랑은 진짜
다. 존재하면서도 보이지 않기에 그 가치가 따질 수 없는 것이 아
닐까. 그래서 걱정이 많이 된다. 사랑이라는 버거운 주제를 내 기술
로 잘 풀어낼 수 있을까, 과연 이 혼합탕을 독자들이 재밌게 읽어
줄까.
　글이 지닌 문제점을 알지만 그것을 고치는 건 다른 문제란 걸 진

정 깨닫게 된 기회이기도 했다. 잘하고 싶은데, 어떻게 해야 할지 모르겠고. 이렇게 하면 잘한대서 했는데, 그게 아니면 어떡하고. 수정 내내 불안한 상태였다. 만들고 다듬는다는 것이, 내가 지어낸 거짓말을 더 그럴 듯하게 해서 폭 빠지게 한다는 것이 진짜, 진짜 어려운 일이더라. 어째 변명처럼 들리지만 그래도 좀더 하자면, '다음엔 더 잘 쓰면 안 될까요?'다.

  공식적으로 지면을 빌려 이런 애기를 하게 됐으니, 이제 감사인사를 드릴 차례다. 좀 길 수 있으니 이해해 주시길 바란다. 이런 일이 처음이고 또 언제 이런 기회가 올지 모르는 드문 시간이기 때문이다.
  우선, 당혹스런 질문에도 슬쩍 웃어주신 큰나무 출판사 한익수 사장님께 감사드린다. 가능하면 재고는 안 남게 잘 팔렸으면 좋겠지만 만약 그렇지 못하더라도 너그러운 마음으로 봐주셨으면…… 그리고 출판업계의 생리를 잘 이해하지 못하는 본인(원래 다른 것도 잘 이해 못하면서)이 계속 늦어지는 것에 대해 이상한 질문을 던지며 본의 아니게 괴롭게 한 미스 빅트리, 김미진 씨에게도 정말 미안한 마음을 전한다. 또 리뷰어님들과 표지제작자님에게도 감사를 드린다.
  또 전전긍긍하다가 도움의 손을 내어주신 신 여사님께, 바쁜 일정에도 불구하고 엉망인 글을 보고 꼼꼼하게 지적해 주신 리뷰쪽지에 진한 감사를 드린다. 정말 많은 도움이 되었지만 실력이 미진한 관계로 당신의 리뷰가 빛을 발하지 못함에 참 안타까운 마음입니다.
  연재하다가 쓱 내려서 황당했을 독자님들에게도 미안한 마음을 전한다. 응원글로 모니터 앞에서 혼자 좋아라하며 헤벌쭉 웃게 해주는 독자님들 위해 앞으로 열심히 해서 보답해야겠다. 그리고 트리 작가님들인 네이님, 승주님, 레인님, 그냥님, 연님에게도 항상 고맙고 미안하다. 쓰는 게 힘들 때마다 맛난 걸로 기분전환 확실히 해주시는, 그나마 날 믿고 건강상담을 자주 해주시는 헤라님도. 못난 글, 항상 긍정적으로 생각해 주는 지어내기 원조 라온 양도.

그리고 자갈밭 양, 자석부인, 쌍화점 양, 바미니, 강 여사와 전 여사, 숫자 브라더스! 참 고맙다. 아무리 뭐라 해도 보여주진 않을 거야, 절대 못 찾을 걸!

쓰는 것보다 읽는 게 미치도록 좋은 내가 매일 돌아다니며 열정을 태우고 있는 여러 사이트 작가님들께도 고마움을 전하고 싶다. 앞으로도 계속 볼게요!

가족들, 현재 그들은 아직 모르지만 언젠간 보게 되겠지. 항상 미안한 마음만 그득한 내가 내미는 부끄러운 선물이 될지도 모르겠다.

앞으로 어떤 종류의 글을 적게 될지는 모르겠지만, 사람의 마음을 움직이는 글을 쓰고 싶다. 지금은 그렇지 않지만 언젠가는 그렇게 되기를 바라며. 끝으로, 최고의 커플로 여기고 그려보고 싶은 두 남녀인 발따자르와 블리문다가 나오는 주제 사라마구가 쓴 '수도원의 비망록'에서 가장 좋아하는 구절을 적어본다.

이리와요, 어서, 발따자르 세뜨 쏘이스의 의지가 서서히 그의 몸에서 빠져나왔다. 그러나 그 의지는 천상의 별까지 올라갈 수가 없었다. 왜냐하면 발따자르의 의지는 지상의 것이었고, 블리문다의 것이었기 때문이다.